OUTRAS VERSÕES DE NÓS

ESPERANZA LUQUE

OUTRAS VERSÕES DE NÓS

A história de amor em que cabem todas as histórias de amor.
É você quem decide como termina.

_mood

Esta é uma publicação Mood, selo exclusivo da Ciranda Cultural.
© 2025 Ciranda Cultural Editora e Distribuidora Ltda.

Traduzido do original em espanhol
Otras versiones de lo nuestro

Produção editorial
Ciranda Cultural

Texto
© Esperanza Luque

Preparação
Carmen Garcez

Publisher
Samara A. Buchweitz

Diagramação
Linea Editora

Editora
Michele de Souza Barbosa

Revisão
Fernanda R. Braga Simon

Tradução
Eva Barros

Ilustrações
Marta Pineda

Dados Internacionais de Catalogação na Publicação (CIP) de acordo com ISBD

L926o	Luque, Esperanza
	Outras versões de nós / Esperanza Luque ; traduzido por Eva Barros Rampazo. – Jandira, SP : Mood, 2025.
	480 p. ; 14cm x 20cm.
	ISBN: 978-65-8306-008-2
	1. Literatura espanhola. 2. Ficção. 3. Romance. 4. Passado. 5. Escolhas. I. Rampazo, Eva Barros. II. Título.
2025-2196	CDD 860 CDU 821.134.2

Elaborado por Vagner Rodolfo da Silva - CRB-8/9410

Índice para catálogo sistemático:
1. Literatura espanhola 860
2. Literatura espanhola 821.134.2

1ª edição em 2025
www.cirandacultural.com.br
Todos os direitos reservados.
Nenhuma parte desta publicação pode ser reproduzida, arquivada em sistema de busca ou transmitida por qualquer meio, seja ele eletrônico, fotocópia, gravação ou outros, sem prévia autorização do detentor dos direitos, e não pode circular encadernada ou encapada de maneira distinta daquela em que foi publicada, ou sem que as mesmas condições sejam impostas aos compradores subsequentes.

Para minha avó.
Obrigada por ser uma mãe para mim.

Todas as versões do mesmo início

CAPÍTULO 1

Quem dera eu nunca tivesse namorado Dylan Franco. Não, quem dera eu nunca tivesse conhecido Dylan Franco! Bem, a segunda possibilidade seria impossível, porque estudávamos no mesmo colégio. Mesmo assim, não posso deixar de pensar que, se eu tivesse feito outras escolhas, minha vida teria sido bem diferente.

– Agora que já superei tudo, vejo que foram quase quatro anos desperdiçados – lamento. – Jogados no lixo.

– Não seja tão dura com você, Charlotte. – Martha, minha melhor amiga, liga a Netflix no meu quarto. – Às vezes, algumas pessoas nos deixam lições valiosas. Por exemplo, regra número um: nunca saia com alguém que você conheceu na aula de Matemática.

Reviro os olhos, meio irritada. Acho muito engraçado quando as pessoas tentam nos consolar com palavras do tipo "Foi um aprendizado para a próxima, amiga" ou "Isso vai te deixar mais forte". Por mais que Martha tenha tentado aliviar a tensão com uma piadinha amigável, a mensagem é a mesma. E, sinceramente, prefiro ser uma ignorante feliz a ser uma sábia amargurada.

Hoje estamos curtindo uma noite só de meninas, algo que não fazíamos desde que entramos na universidade. Martha estudou Psicologia na universidade comunitária de uma cidade perto da nossa e eu me formei em Arte na Universidade da Califórnia, a UCLA, em Los Angeles. Isso significou muitos quilômetros de distância entre nós. Agora estou de volta à casa dos meus pais, trabalho em um restaurante e economizo para conquistar minha independência. Não posso dizer que gosto muito disso, sobretudo porque só eu voltei ao ninho familiar: a carreira de Martha como *influencer* permitiu que ela alugasse um apartamento com o namorado. Então, embora sejamos as mesmas, já não é a mesma coisa.

Às vezes, sinto como se houvesse cem mil pessoas entre mim e minha melhor amiga. Não sei, talvez ainda não tenha me acostumado com o fato de ela ter se tornado tão conhecida. Nós duas, junto com o namorado dela, éramos os rejeitados do colégio. Nunca tocamos a popularidade, nem sequer de leve, com a ponta dos dedos. E agora, ao que parece, ela é uma referência para muita gente...

Eu adoraria dizer que estou orgulhosa de Martha, mas cada vez que penso nisso me dá uma pontada no estômago.

– Desde quando você se tornou tão zen? – protesto. Ao perceber que ela não está me escutando, absorta vendo o trailer de um reality, puxo uma mecha do seu cabelo ruivo para trazê-la de volta à realidade. – Você odiava o Dylan mais que qualquer pessoa.

– Sei disso, mas você não está mais com ele. – Para se vingar, puxa meu cabelo de volta. – E o mais importante é que você não o defende mais.

Desvio o olhar. Ela tem razão. No começo da nossa relação, nos últimos meses do ensino médio, Dylan já demonstrava que não era bom para mim.

Para começar, fazia pouco-caso dos meus sonhos como pintora. No início, não era muito explícito: pequenos comentários, gestos que sugeriam que essa aspiração era demais para mim... Mais tarde, atrevia-se a me ridicularizar sempre que eu mencionava qualquer coisa relacionada à arte. Dizia: "Ah, Charlotte, quando é que você vai crescer? Se ao menos você pintasse bem...". Então, por fim, decidi abandonar minha paixão.

Lamentavelmente, minha carreira não foi a única vítima do meu relacionamento com Dylan.

– Acho que vou me arrepender pra sempre por ter me afastado das pessoas por culpa dele. Eu me isolava e nem me dava conta disso. Tenho pensado muito no Lucas, sabe? Fui uma estúpida.

– Você não foi estúpida, Charlotte. Seu melhor amigo te colocou contra a parede. Ou não se lembra do ultimato que ele te deu?

Claro que lembro. Era ano-novo, eu tinha voltado com Dylan depois de terminar com ele pela milionésima vez. Apesar de Lucas sempre ter sido muito compreensivo com as minhas decisões, naquele dia foi diferente. Ele não gostava do Dylan, e o Dylan também não gostava nem um pouco dele. Ficava enciumado. Detestava o Lucas. Na verdade, chegou a um ponto em que eu me encontrava com o Lucas às escondidas, para que Dylan não ficasse bravo.

Naquele dia, Lucas contou como se sentia com tantas reconciliações, e me irritei. Claro que eu não esperava que aquela discussão terminasse com o vínculo que tínhamos desde o jardim de infância.

– Sei disso, Martha, mas minha cabeça gosta de ficar remoendo sobre o que poderia ter sido e não foi. E eu falei do Lucas porque era meu melhor amigo, mas não era o único! Acho que perdi muito mais pessoas... Como a Stacy, aquela garota que conheci na academia, o Trevor, da irmandade Alpha, o... o Jared! Lembra como eu era chata com ele no colégio?

– Minha nossa, Charlotte. Fala sério... Você me cansava. Eu devia ter cobrado pelas sessões de terapia improvisadas que fiz com você.

Jared era um garoto por quem eu sentia um grande amor platônico. Para mim, ele era como o *bad boy* dos livros do ensino médio:

com cara de problemático e um físico que me tirava o fôlego toda vez que o encontrava.

Óbvio, e infelizmente, nunca falei com ele. A Charlotte do passado era muito tímida e, como eu disse, uma rejeitada. Além disso, o coração de Jared já estava ocupado por outra pessoa e, quando terminou com ela, eu já namorava o Dylan.

– Stacy, Trevor, Jared... – Fecho os olhos, pensando em como teria sido minha vida se os tivesse conhecido melhor. – Com certeza, teria me dado melhor com qualquer um deles.

– Você se esqueceu de uma pessoa. Olho para ela. Já sei de quem está falando.

– Não me esqueci de ninguém.

– Sim, você se esqueceu de uma pessoa... Da Alaska.

Alaska, também conhecida como uma das meninas mais populares do nosso colégio, Silver Bay. Era a capitã das líderes de torcida e, além disso, minha inimiga declarada na sala de aula. O motivo? Porque eu me considerava "diferente das outras meninas" (uma forma chinfrim e bem meia-boca de lutar contra minha condição de rejeitada), e Alaska representava tudo o que eu queria destruir naquela época.

– Não tenho nada a dizer a respeito da Alaska.

– Ah, não? Pois acho que vocês disseram muitas coisas uma pra outra no baile de formatura...

– Sério que vai ficar me lembrando pelo resto da vida que fiquei com ela?

– Mas foi a coisa mais icônica daquela noite! É engraçado pensar que você estava tentando conquistar o Jared e, em vez disso, beijou a ex-namorada dele, justo quem você odiava.

Eu tinha acabado de terminar com o Dylan – a primeira de muitas vezes – e achei que aquele era o momento perfeito para me aproximar do Jared. No entanto, a noite decidiu que Alaska e eu acabaríamos nos beijando bem no meio do campo de futebol.

Pouco tempo depois, voltei com meu ex.

– Como é mesmo que a chamávamos? – lembra Martha. – Ah, é! A Víbora Venenosa do Silver Bay. Deus, onde estava o feminismo quando mais precisávamos?

Concordo totalmente. Às vezes me pergunto se, na verdade, odiávamos Alaska porque ela era de fato tão terrível quanto dizíamos ou se apenas porque deveríamos odiá-la. Quem pode saber? Talvez eu devesse tê-la conhecido melhor para poder responder a essa pergunta.

Fico observando enquanto Martha se levanta da cama e se aproxima de uma das telas penduradas na parede do meu quarto. Suspiro fundo, sabendo o que está por vir. Minha melhor amiga tem se esforçado para que eu volte a pintar quanto antes, mas está difícil recuperar o entusiasmo depois de passar tantos anos acreditando que minha arte era péssima.

– Mudando de assunto, Charlotte… Você deveria criar uma conta nas redes sociais para falar sobre seus quadros. Já pensou se você viraliza e se torna a próxima Van Gogh?

Isso seria bem difícil. Para começo de conversa, sempre gostei de arte abstrata, não de pós-impressionismo. E outra: não tenho a menor pretensão de ficar famosa só depois de morta. Prefiro desfrutar do reconhecimento ainda em vida.

– Não sei, Martha, vou pensar. Não sou muito de redes sociais.

– Ah, mas eu sou. Vou postar isso no Instagram.

Decidida, minha amiga pega o celular e tira uma foto de *Morte rubra*, um degradê que vai do azul ao preto, inspirado em um conto de Edgar Allan Poe.

– Não faça isso. Nenhum seguidor seu vai se interessar – reclamo.

– Na internet você fala de saúde mental, não de pintura.

Como minha melhor amiga estudou Psicologia, entende muito dos conselhos de saúde mental que posta na rede. Não é como certos gurus que defendem uma positividade tóxica e dizem coisas do tipo "Seja feliz. A tristeza só atrai coisas negativas".

– Bobagem. Acredito que a arte expressa nossos sentimentos, fala de como somos. – Martha mexe no celular e, em seguida, senta-se na cama ao meu lado. – Pronto, já postei. Preparada para o estrelato, minha querida artista?

Esboço um sorriso tímido. Acho que Martha me vê com bons olhos porque gosta muito de mim. Sério, duvido que as sete salas de *A máscara da morte rubra* representadas em uma tela chamariam a atenção dos seus seguidores. De qualquer forma, sou grata pela fé tão cega que ela tem em mim.

Antes de dormirmos, como não poderia deixar de ser, minha melhor amiga e eu retomamos nosso costume de fantasiar sobre o que poderia ter sido e não foi. Por alguns instantes, sinto que ainda estamos no ensino médio e que ainda posso mudar as decisões que me trouxeram até aqui.

Vá para o PRÓXIMO CAPÍTULO →

CAPÍTULO 2

Acordo no meio da madrugada, por volta já das quatro da manhã. A conversa com Martha deve ter mexido com alguma coisa na minha cabeça, porque sinto eclodir em mim uma revelação: se eu tivesse convivido com outras pessoas, poderia ter sido mais feliz.

Talvez com Lucas, meu melhor amigo.

Ou com Stacy, minha colega de academia.

Ou com Trevor, com quem estudei na universidade.

Ou com Jared, o garoto mau.

Ou... com Alaska?

Não, com ela, não.

Não paro de pensar em todas as pessoas que afastei da minha vida ao me isolar. Penso tanto nelas que não consigo voltar a dormir. Então, num ímpeto de martirizar-me ainda mais, pego o celular, entro no Instagram e procuro o perfil de cada uma.

Primeiro, o Lucas. Embora eu o siga, ele deixou de me seguir há mais de um ano. Me arrependo tanto de como acabou aquele fim de ano...

"Então você vai voltar com o Dylan", me disse.

"Você não parece muito contente", respondi.

"O Dylan está fazendo você escolher entre mim e ele. Não te ama de verdade", continuou. "Mas suponho que isso significa que você já escolheu um e descartou o outro."

Sinto um nó na garganta quando me lembro da discussão que veio depois.

Quando olho as fotos do seu perfil, meu coração se aperta de tristeza. Lucas não costuma atualizar frequentemente suas redes sociais, e uma das imagens mais recentes é de uma foto que tiramos naquele inverno, depois de uma guerra de bolas de neve. O fundo é todo branco, nevado, tanto que não seria possível ver o telhado da minha casa se não fosse pela decoração natalina.

Na imagem, só é possível ver nós dois: um garoto de pele negra, corpo robusto e cabelo crespo, abraçado a uma garota de pele rosada, magra e de cabelo castanho ondulado. Estamos ensopados, nossos gorros estão cobertos de gelo, mas parecemos felizes. Porque nós éramos, eu acho. Porque tudo ainda não tinha acabado.

Minhas mãos tremem. Sem pensar, abro a opção de enviar uma mensagem privada para ele. A conversa com Martha e aquela foto me trouxeram muitas lembranças e sentimentos. Gostaria de dizer a Lucas que sinto sua falta e que queria tê-lo ao meu lado outra vez.

Começo a escrever e a apagar minhas palavras repetidamente. Não sei o que dizer. Talvez seja difícil por ter medo de que ele rejeite minhas desculpas espontâneas. Paro. Pensando melhor, se é para fazer isso, que seja quando eu já tiver refletido com calma – e não agora, em plena madrugada... E juro de pés juntos que não se trata de uma justificativa para adiar o pedido de perdão.

Então, começo a investigar a vida de Jared, meu antigo colega de classe. Ficar ruminando minha culpa pelo afastamento de Lucas não vai me ajudar a resolver o problema.

A tristeza se transforma em uma gargalhada silenciosa quando vejo as publicações do garoto por quem eu era apaixonada no ensino médio. Não sei por quê, mas já imaginava que ele se tornaria o tipo de cara que posta fotos dos treinos, acompanhadas de frases como "Sem dor, sem ganho" ou "Trabalhe duro e o seu eu do futuro te agradecerá".

— Tremendo marombeiro — sussurro.

Além disso, noto que ele ainda conserva o mesmo topete castanho--claro de quando frequentávamos o colégio. A única diferença é que agora tem o braço esquerdo todo tatuado.

No entanto, meu sorriso se desvanece assim que deslizo o dedo e vejo uma foto em que ele está com Alaska. "Amizades que são família", descreve a legenda.

Eu sabia que eles tinham terminado bem (porque foi ela quem namorou o Jared durante o colégio), mas não fazia ideia de que continuavam tão próximos.

A antiga capitã das líderes de torcida, por outro lado, mudou um pouco. O cabelo loiro já não é tão claro. Quer dizer, continua loiro, mas no ensino médio eram quase platinados — e isso é difícil esquecer.

"Não entre no perfil dela, não entre no perfil dela, não en…"

Quando percebo, já estou na conta de Alaska. Parece que ela ainda gosta de se mostrar em fotos perfeitas, tanto na iluminação como na pose. Nunca a segui, mas reconheço que gostava de bisbilhotar seu Instagram. A primeira coisa que vejo é uma foto em que ela segura um molho de chaves — talvez tenha comprado uma casa.

A família dela sempre teve dinheiro. Aliás, chegaram a passar alguns verões nos Hamptons, e ela se gabava disso.

Com o mesmo impulso que tive em relação ao Lucas, acesso as mensagens privadas com Alaska. A única mensagem ali é a que ela me enviou e eu nunca respondi.

> Oi, Charlotte, como você está?
> Não sei o que você acha, mas eu gostaria de conversar sobre o que aconteceu ontem à noite.

Toparia me encontrar amanhã pra tomar um milk-shake na lanchonete perto do colégio?
É por minha conta.
São os melhores milk-shakes do mundo.

Coço a testa, tentando lembrar o que pensei no dia em que recebi essa mensagem. Sei que me senti confusa, porque nós nunca havíamos nos falado muito no colégio, pelo menos até a noite anterior. Ainda não conseguia entender bem o que tinha acontecido, sobretudo o que nos levara a dar aquele beijo.

Entretanto, acho que a vergonha de ter baixado a guarda com minha pior "inimiga" e, principalmente, o fato de ainda não aceitar muito bem que eu também gostava de mulheres foram motivos suficientes para que eu lesse a mensagem e, logo em seguida, decidisse que o melhor a fazer era dar-lhe um *ghosting*.

Quatro anos depois, tudo o que vejo aqui é uma Alaska entusiasmada, que não se parece em nada com a garota que conheci no colégio. Volto a ler a mensagem e paro na pergunta. No convite. Talvez eu devesse ter dado uma chance a ela, em vez de reprimir o que sentia.

"Sinto muito por não ter respondido. Eram outros tempos, acredite", escrevo.

Não sei com que cara eu mando essa mensagem. Alaska já deve ter esquecido o que aconteceu entre nós. E, se não esqueceu, com certeza vai se incomodar por eu estar respondendo depois de 1.471 dias de silêncio.

É curioso que eu não tenha a menor dificuldade em me desculpar com Alaska, a quem ignorei por todos esses anos, mas seja incapaz de pedir desculpas a Lucas. Ainda que, se ela me ignorar, eu não vá ficar tão mal quanto ficarei se o meu melhor amigo o fizer.

Entre nostalgia e cansaço, pego no sono de novo. Mas não por muito tempo, porque, poucas horas depois, Martha me acorda da maneira que ela mais gosta e que eu mais odeio: pulando na minha cama.

– Bom dia! Vamos começar o dia com muita alegria!

Bufo, irritada. Ela definitivamente não perdeu o sono no meio da noite.

– Para! Você vai me machucar! – Ergo-me devagar. – Martha! Depois de me levantar, tomamos o café da manhã e planejamos o dia. Ela quer que passemos o máximo de tempo juntas, aproveitando que meus pais viajaram.

– Tyler vem para o almoço. – Nosso amigo do colégio, agora namorado dela. – O que você acha de irmos à hamburgueria de sempre? Pra lembrar os velhos tempos.

– Conta comigo. – Sorvo meu café. – E depois, quais são os planos?

Costumo deixar que Martha organize tudo. Ela é muito mais decidida que eu e, além disso, bem menos preguiçosa.

– Vamos pensando no caminho. Vou tomar banho.

Sozinha no quarto, fico pensando na conversa da noite passada e no que Martha fez por mim, postando a foto do meu quadro. Adoraria que sua tentativa de me tornar conhecida desse certo. Para isso me formei em Arte, certo? Para pintar. Porque é o que eu amo fazer.

Quem dera eu encontrasse logo um trabalho na minha área para poder sair do restaurante. Se tivesse sorte com meus quadros, seria sensacional.

Recebo uma notificação no celular e me lembro da mensagem que enviei de madrugada. Uma onda de nervosismo percorre meu corpo ao pensar que pode ser de Alaska. Mas, quando olho para a tela, vejo que a mensagem é da minha mãe.

Vamos chegar em casa amanhã à noite. Te amamos.

Sou uma tonta. Sério mesmo que eu estava na esperança de que a antiga capitã das líderes de torcida falasse comigo? Tento me convencer de que nem queria tanto, mas não consigo me enganar. Por fim, abro nossa conversa no Instagram só para conferir se há alguma resposta. Talvez tenha ocorrido algum problema na conexão de internet e a notificação não tenha chegado...

– Nada.

Suspiro. Não recebi nenhuma mensagem. Nem receberei, pois Alaska me deixou no modo "lido".

Para falar a verdade, isso não me surpreende.

Vá para o PRÓXIMO CAPÍTULO ➜

CAPÍTULO 3

Não me machuca Alaska ter me ignorado, assim como eu fiz com ela no passado. Isso não. Porque, no fundo, eu também não queria que tivesse acontecido algo entre nós. Mas preciso admitir que me incomoda ter de experimentar do meu próprio veneno.

— Charlotte, Charlotte! — Martha surge de repente. — Você não sabe o que aconteceu!

— Fale o que hou...

Nem termino a frase quando ela me mostra o celular. Alguém a havia convidado para a inauguração de uma galeria às oito e meia da noite.

— Eu sabia que compartilhar sua pintura daria certo! — celebra. — É a oportunidade perfeita para as pessoas te conhecerem!

Não estou tão confiante nesse golpe de sorte, então pego o celular de Martha e entro no perfil do homem para checar se não é falso. A princípio, parece real e confiável. Em sua biografia, consta que é organizador de eventos e, depois de pesquisar no Google, comprovo que é verdade. Ainda assim, é muita coincidência. Essas coisas não costumam acontecer comigo.

Devolvo o telefone com uma expressão perplexa.

— Você tem certeza de que não é golpe ou, pior, que estão tentando nos sequestrar?

– Charlotte, não seja desmancha-prazeres. – Ela aponta o dedo para mim em tom de brincadeira. – Não vá nessa. Você vai ser minha acompanhante, vamos à inauguração e você fará contatos.
– Não tenho escolha, né?
– Claro que não. Nesta noite acaba sua maré de penúria.

Reviro os olhos. Martha consegue ser bem mandona quando quer. Não faz por mal, mas porque acredita que é para o meu bem, ou de quem quer que seja. Mesmo assim, me tira do sério toda vez que age dessa forma.

– Uhu! Que animação! – digo em tom de ironia. Para ser mais enfática, ergo os punhos fechados.

– É isso aí, garota!

Dou risada sozinha enquanto a observo voltar eufórica para o banho. Parece tão feliz... Talvez, ainda que só por isso, não seja uma má ideia ir até a suposta galeria.

À uma hora da tarde nos encontramos com Tyler na porta da hamburgueria. Coloco-me um pouco à parte enquanto Martha e ele se beijam como se não se vissem há anos. Nunca me senti deslocada quando meus amigos entram em modo romântico, mas, ainda assim, fico meio triste de vê-los tão felizes. Não consigo evitar comparar-me com eles. Por que tenho de me sentir tão sozinha?

– Ty, você não acredita! – Martha conta ao namorado enquanto entramos no mesmo lugar onde costumávamos nos reunir na adolescência. – Ontem postei a foto de um quadro da Charlotte, aquele do conto de Edgar Allan Poe... E me convidaram para a inauguração de uma galeria! Vou levá-la para conhecer as pessoas do mundinho artístico.

– Poe é sempre um acerto.

Assim que ouve a notícia, Tyler faz um *high five* comigo. Na verdade, pintei essa tela graças a ele, já que sempre adorou os contos de Poe. Fui cativada por *A máscara da morte rubra* desde o dia em que ele me recomendou a leitura.

– Sério que você vai contar a todo mundo? – pergunto a Martha quando nos sentamos, logo depois de fazer os pedidos. – Se ao menos tivessem me convidado para expor...

– Claro que sim. É preciso celebrar as pequenas vitórias, Charlotte. Você se menospreza demais. Mas não se preocupe: seus amigos estão aqui para garantir que você recupere a confiança em si mesma. – Ela aperta minha mão.

Torço o nariz. Que tipo de vitória é essa de ir a uma inauguração para a qual nem sequer fui convidada?

Em questão de minutos, nossos hambúrgueres chegam e começamos a comer. Enquanto devoro o meu, esqueço os problemas que me rondam. Estar aqui é como voltar ao ensino médio, refugiados depois de um dia cheio.

– Com licença, você é a Martha Smith?

Levanto a cabeça e vejo uma garota se aproximando. Quando minha amiga confirma com um aceno, a menina dispara a falar sobre quanto gosta do seu conteúdo.

– Você é uma grande inspiração! Me ajudou muitíssimo na minha busca por amor-próprio. Espero ser como você um dia...

Sorrio por causa da maneira como ela fala de Martha, embora não seja um sorriso legítimo.

Gostaria de estar sinceramente feliz por ela, pois é o que se espera, afinal. Mas não consigo. Enquanto minha melhor amiga parece ter a vida resolvida, ainda estou muito longe da meta final do jogo. Bem, isso quando eu tiver saído da casinha de partida. E me sinto péssima por não poder celebrar como deveria o que ela já conquistou. Mas não consigo. De verdade, não consigo.

Eu não a mereço como amiga.

Assim que acabamos de comer, nos despedimos de Tyler, que está hospedado na casa da mãe, e voltamos a ser só Martha e eu.

– Pode ir com ele se quiser, não tem problema. – Dou de ombros.

– Depois nos vemos na inauguração.

– Nada disso! Este sábado será só nosso. O que acha de darmos uma olhada na galeria?

– Agora?!

Fico aflita só de pensar que estou sem meu portfólio, pois planejei pegá-lo assim que voltasse para casa, antes de me arrumar para o evento.

– Sim! A esta hora deve estar fechada, mas assim já ficamos sabendo onde é e podemos especular um pouco. Você não está animada, Charlotte?

Coloco as mãos em seus ombros e comprimo os lábios. Não mereço uma amiga como ela. Uma amiga que quer me ajudar a ser a melhor versão de mim mesma e a obter sucesso com meus quadros, de uma vez por todas. Tenho muito o que aprender com Martha.

Vá para o PRÓXIMO CAPÍTULO ➤

CAPÍTULO 4

Martha e eu pegamos o metrô para chegar à rua onde fica a galeria. No caminho, protagonizo um longa-metragem fantástico em que vou à exposição de arte, conheço muitas pessoas influentes e sou descoberta por um mecenas. No entanto, meu filme mental desmorona quando descobrem que sou uma farsa, que minha arte não vale muita coisa. E, na última cena, Dylan aparece dizendo "Eu tinha razão". Quando chegamos, vemos que a porta de aço está erguida. Martha aproxima o rosto da vidraça.

– Viu só? Não caímos em um golpe nem vão nos sequestrar. – Aponta para o interior do local. – É uma galeria de verdade.

"Você tem de acreditar que as coisas boas também podem acontecer com você", ela me repreende só com o olhar. Dou um pequeno sorriso e me coloco a seu lado para espiar. Lá dentro, um homem de terno, de uns cinquenta anos, conversa com um que parece ajudar na preparação do evento.

Consigo identificar que algumas peças pós-modernas são de bioarte, por causa do laboratório improvisado que tem ali, talvez de arte interativa, já que há uma área de espelhos dispostos de maneira estratégica, e...

Droga. O dono e o funcionário estão nos observando.

– Merda, nos flagraram! – Agarro o braço da minha melhor amiga. – Vamos embora, Martha!

– Tchau, até mais tarde! – ela grita e levanta o braço para que vejam que está se despedindo.
 – Não faça isso! Que vergonha! Vão pensar que somos duas abelhudas.

Ela dá de ombros e ri. Eu, no entanto, solto uns palavrões em voz baixa, pensando que, quando me apresentar ao homem de terno, ele vai me reconhecer como a xereta da calçada.
 – Aonde vamos agora? – minha amiga pergunta. – Quer tomar alguma coisa na cafeteria de sempre?
 – Não, que chatice. Acabamos de comer. Que tal uma caminhada pela região?

Martha não parece muito animada com minha proposta. Mesmo assim nos afastamos e ficamos vagando por ali, por ruas mais escondidas que não conhecemos. Não é o que pretendíamos, mas, curiosas para saber aonde nos levariam, nos deparamos com lojas que nunca vimos antes. De um lado está a Loja da Lulu, que parece um lugar para se comprarem roupas *vintage* por peso. A seguinte que vemos é um herbanário chamado Entre Plantas. Contudo, é outro estabelecimento que captura minha atenção e paro no meio da calçada.

"Alcance a vida que deseja", diz o letreiro pendurado na porta.
 – O que é isso? – murmuro.
 – Não faço ideia. Vou olhar no celular.

Martha pesquisa por alguns segundos enquanto me pergunto se não se trata de alguma empresa de *coaching* ou algo similar.
 – É o consultório de uma vidente. Isto é... "vidente". – Ela faz as aspas com os dedos. – Tem de tudo aqui. Alguns comentários dizem que ela é incrível, outros, que é uma fraude... Em resumo, o que todas as videntes são. Affe!

Ouço as palavras da minha melhor amiga com uma ponta de esperança. Não sei muito bem se acredito em videntes, mas acho que talvez seja exatamente isso que está me faltando. Qualquer coisa que me ajude. Quem sabe, de alguma forma, poderia mudar minha vida.

Sinto que, de repente, meus problemas tomaram um novo rumo e estão prestes a ser resolvidos.

— Alcance a vida que deseja — leio em voz baixa.

Talvez a pessoa que está ali dentro possa me ajudar a entender o caos que me rodeia. Ou, melhor ainda, poderia dizer o que teria acontecido com meus amigos e minha carreira se eu nunca tivesse namorado Dylan. E se eu tentasse ver se funciona? Se for uma fraude, ao menos não vou ficar me perguntando se era ou não...

Não estou muito a fim de ser enganada e há uma grande chance de que seja charlatanice. Mas, mesmo na incerteza, algo nesse ambiente me convida a entrar para uma consulta.

— O que acha de darmos uma olhada? — pergunto a Martha sem desviar os olhos da porta.

— Charlotte, você não está falando a sério. Tenho de arrastar você para ir à galeria, mas, para esse tipo de coisa, você não pensa duas vezes!

Martha é extremamente cética com tudo que seja místico. Vive alertando no Instagram sobre cultos modernos e como algumas dessas práticas se parecem com seitas disfarçadas.

— E se ela for capaz de dizer como será minha vida? Se o futuro me reserva coisas boas?

— Você realmente acredita que essa mulher tem poderes mágicos? — pergunta, boquiaberta. — Ah, por favor, Charlotte! Ela vai enganar você. E não estou falando de um ou dois dólares, mas de centenas! Você não entende que essa gente se aproveita de pessoas desesperadas?

Alargo as narinas, sentindo a raiva crescer. Não porque Martha desconfie desse tipo de coisa, mas porque me incluiu no grupo das "pessoas desesperadas". O que até pode ser verdade. Mas, claro, como minha melhor amiga tem uma vida perfeita, não se dá conta de que algumas pessoas gostariam de ter uma vida diferente daquela que realmente têm. Neste momento, me sinto menor do que nunca.

– Olha, não faço a mínima ideia se vão me enganar ou não, mas saiba que você não tem a verdade absoluta, Martha. – Cruzo os braços. – Vou entrar. Você vai ficar aqui fora ou vai me acompanhar? Preciso superar o passado que nunca existiu e acho que essa é a melhor maneira.

– Faça como quiser. – Ela mexe as mãos no ar, rendida. – Mas prometa que será só desta vez. Tem gente que fica viciada nesse tipo de coisa.

– Está bem – respondo com certo enfado.

– Charlotte, estou pedindo, por favor.

Reviro os olhos.

– Juro.

Sem esperar mais, empurro a porta. O tilintar de um pequeno sino anuncia nossa entrada e a primeira coisa que nos atinge é o forte cheiro de incenso. Começo a tossir. Na verdade, o odor me incomoda um pouco.

– Entrem. – A voz desconhecida ecoa pelo ambiente. – Não tenham medo de se aproximar.

No final do corredor, nos aguarda uma moça mais ou menos da nossa idade, de cabelo castanho longo e ondulado. Eu esperava encontrar alguém com um visual mais próximo ao estereótipo de uma vidente. No entanto, ela usa uma regata branca e jeans, roupas que eu mesma usaria.

Na verdade, não tenho a impressão de que vou consultar uma vidente. Se não tivéssemos pesquisado antes, poderia mesmo jurar que se trata de um escritório de *coaching* ou, ainda, o consultório de uma psicóloga.

— Muito prazer. Sou uma bruxa da mesma linhagem daquelas que foram mortas nos julgamentos de Salém. — Ela sorri atrás de um balcão. — Estou aqui para servi-las.

Martha bufa baixinho, num tom zombeteiro. Enrubesço na hora. Não poderia ser um pouco mais discreta? Está me envergonhando com seu jeito.

— Então, uma bruxa de Salém — comenta minha melhor amiga. — Diga uma coisa: onde está seu vestido preto e seu chapéu pontiagudo?

A mulher não se intimida com o tom de Martha. E ainda responde com uma naturalidade desconcertante:

— Na verdade, minhas irmãs se vestiam como qualquer puritana da época. O resto são costumes criados pela literatura. O que estão procurando? — Sua voz é uma mistura de doçura e mistério.

— Eu gostaria de saber como será meu futuro — respondo.

No entanto, a bruxa se mostra hesitante.

— Tem certeza? Porque o que vejo é que o passado te preocupa mais.

Perco a fala diante dessa observação.

— Não é isso... — respondo, com dificuldade. — É que estou...

— Com certeza ela diz isso pra qualquer um — sussurra minha acompanhante ao meu ouvido. — As pessoas normalmente chegam aqui com o coração partido.

— Em você, ruiva, posso ver um ceticismo cheio de rancor. — A mulher olha fixamente para Martha. — Não se preocupe, não sou como aquela falsa bruxa que enganou sua avó. Sou uma bruxa de verdade.

Agora foi Martha quem emudeceu. A bruxa acertou na mosca. Foi exatamente o que aconteceu. A avó da minha amiga gastou uma

fortuna em telefonemas para uma suposta médium que prometeu colocá-la em contato com seu marido no além.
– Então... – a mulher continua, dirigindo-se a mim. – Fale sobre esse passado que lhe tira o sono.

Permaneço em silêncio, incapaz de contar minha história. Antes que eu possa responder, a suposta bruxa nos convida a passar por trás do balcão e entrar em uma sala pequena, mobiliada com três cadeiras e uma mesinha redonda. Em cima da mesa, como se pode imaginar, uma bola de cristal, um baralho de tarô e mais incenso. Agora, sim, parece um consultório de vidente.

– Na verdade, são várias coisas... – O nervosismo me deixa sem jeito. – Fiquei quase quatro anos com um rapaz e terminamos há alguns meses. Não fui muito feliz nesse período e agora não paro de pensar no que poderia ter acontecido se...

– Tivesse feito outras escolhas.

Engulo em seco, incomodada. Penso na conversa de ontem com Martha e nas coisas que fiquei remoendo durante a madrugada sem sono.

– Isso... Fico só imaginando – respondo, baixando o olhar. – Mas... bom, eu gostaria de saber se o futuro...

– E quanta vontade você tem de viver o que teria acontecido se tivesse feito outras escolhas? – ela me interrompe.

– É... – Fico confusa diante da pergunta. – Desculpe, mas não entendi. Como assim... "viver o que teria acontecido"?

A bruxa esboça um terno sorriso, como o de uma mãe para a filha. Parece agora ter muito mais idade que eu.

– Em seus olhos vejo o desejo de conhecer caminhos diferentes. De saber o que poderia ter sido. Mas não apenas saber, e sim viver isso. Viver outras realidades, inclusive outros amores que ficaram no esquecimento.

"Outros amores..." A frase toca fundo em mim.
— E eu estou aqui para ajudar — continua. — O que posso oferecer é que sua consciência viaje no tempo, para que você descubra por si mesma. Bem, seria como um salto entre dimensões. Talvez com essas palavras você me entenda.

Franzo o cenho enquanto escuto a proposta. Ela está falando a sério? Não pode ser. É impossível que possa fazer algo assim. Quer dizer, acredito que ela tenha algum dom psíquico, mas não que me mande de volta ao passado com essa facilidade. Isso já é demais.

— Você está de brincadeira. — Solto uma risada sarcástica.

— Sempre falo muito a sério.

Olho para Martha, que também não esconde seu espanto. Em silêncio, peço que me diga o que pensa a respeito.

— Esta sessão está muito estranha — confessa minha amiga. — Mas continuo não engolindo nada. Mesmo que fosse um episódio de *Black mirror*.

Também não estou acreditando muito nisso. Mas, vamos lá, porque realmente é difícil de acreditar. Se fosse possível, se eu realmente pudesse mudar meu passado, significaria que posso apagar Dylan da minha vida amorosa para sempre. Além disso, poderia dar um rumo à minha pintura de uma forma que esta realidade não me permitiu.

Repito: se fosse possível.

— Então... é possível? — balbucio.

— Claro que sim — responde a bruxa. E acresenta: — Obviamente, se você viajar no tempo, terá de viver de novo todos esses anos que agora a separam do dia de hoje. Não se trata apenas de consertar o que lhe interessa e depois voltar ao presente. Isso não é uma comédia romântica.

Minha boca fica seca só de pensar que teria de passar de novo por certas situações difíceis. Se a bruxa está sendo honesta, será que eu estaria disposta a voltar ao passado, considerando tudo o que isso implica? Não estou tão certa.

– Como não sinto você muito confiante em atravessar para outra dimensão, posso te dar uma opção menos incisiva. – Ela move as mãos ao redor da bola de cristal, sem a tocar. – Se quiser, podemos fazer uma regressão, para que conheça uma de suas vidas passadas. E, claro, quais foram seus grandes amores. O que você prefere? Pode conhecer uma burguesa da Londres vitoriana que descobre a liberdade graças ao filho de má reputação de um conde. Ou uma alemã que foge da Segunda Guerra Mundial e se apaixona por um marinheiro estadunidense.

Pisco os olhos, seduzida pela descrição que ela acaba de fazer das mulheres que, teoricamente, a Charlotte do passado viveu. Gostaria de saber mais sobre quem fui ao longo dos séculos. Mas não foi para isso que vim aqui, certo?

O que eu faço?

E, o mais importante, será que acabo acreditando que isso é real?

– Decida com calma – ela me aconselha.

A verdade é que há muitas opções. Então, fecho os olhos e levo o tempo necessário para não me arrepender depois. Assim que os abro novamente, já tenho certeza de qual será minha resposta.

Se Charlotte escolhe a regressão, vá para o PRÓXIMO CAPÍTULO →
Se Charlotte escolhe viajar no tempo, vá para o CAPÍTULO 6 (página 33) →
Se Charlotte escolhe ir embora da consulta, vá para o CAPÍTULO 7 (página 37) →

CAPÍTULO 5

A bruxa me observa, na expectativa, quando digo:
— Escolho a regressão.

Reconheço que morro de vontade de experimentar o que teria acontecido se voltasse no tempo. Mas minha hesitação não vem apenas da descrença de que isso seja possível, ou do medo de reviver tudo de novo. O que realmente me assusta é que, se eu voltasse ao passado, poderia comprometer meu presente e piorar tudo. Porque, sim, há a opção de melhorá-lo, mas também de torná-lo ainda pior. Por isso, apesar do meu desejo, é melhor ficar com a dúvida do que correr o risco de estragar as coisas boas que tenho hoje.

— Tenho de avisá-la, Charlotte. — Fico tensa ao ouvir meu nome saindo dos lábios da bruxa. Eu disse meu nome a ela? — Aqui, suas decisões serão mais limitadas. Poderá escolher o que quiser conhecer da história de suas antigas encarnações, mas não poderá mudar nada. Trata-se de um ciclo fechado. Você participará como espectadora, em primeira pessoa.

Concordo com a cabeça.

— Será como ver um filme, mas de realidades que, supostamente, eu vivi — digo, só para ter certeza de que entendi direito.

— Exatamente. Das opções que te apresentei, já sabe qual delas gostaria de visitar?

— Para falar a verdade... as duas.

– Isso não pode ser. Deve escolher apenas uma das encarnações.
Mais escolhas... Olho para minha melhor amiga, esperando que me dê sua opinião.
– Bom, a vitoriana tem jeito de ser uma história muito passional, e a da Segunda Guerra Mundial, um dramalhão completo.
– Pode ser que acabe bem – pondero.
– Sim... ou não. Tendo em conta que você se sente tão frustrada no amor, não acho que uma regressão que termine em tragédia vá te fazer muito bem.
Sim, algo a se considerar. Volto o olhar para a bruxa, que apenas encolhe os ombros.
– A decisão é sua. Embora sua amiga possa não estar errada. O que vai escolher?
Boa pergunta. Que decisão tomar? Porque, agora, não faço nem ideia.

Se Charlotte escolhe visitar o passado da Londres vitoriana, vá para o CAPÍTULO 8 (página 40) →

Se Charlotte escolhe visitar o passado da Segunda Guerra Mundial, vá para o CAPÍTULO 9 (página 42) →

CAPÍTULO 6

Talvez seja uma loucura o que vou fazer. E, quem sabe, seja só uma fraude. No entanto, quero ir até o fim.

– Vou viajar no tempo.

– Você não pode estar falando a sério – responde Martha.

Se já está difícil para ela aceitar que todo esse teatrinho seja real, nem quero imaginar o que pensa sobre essa história de eu ir para outra dimensão. E, sim, pode ser que seja uma mentira, mas...

– Por que não?

– Porque você não vai viajar no tempo. As viagens no tempo não existem. Só acontecem nos filmes.

– Talvez sim, talvez seja real. De qualquer forma, que mal há em experimentar?

Martha pisca várias vezes, confusa. Acho que não sabe se deve levar essa história na brincadeira ou se realmente precisa me impedir.

Volto-me para a bruxa, dando meu consentimento.

– Abra sua mente e confie. – A vidente estende as palmas das mãos para mim. E acrescenta, sem olhar para Martha: – Você se surpreenderia com o conhecimento que está ignorando por seu ceticismo, ruiva.

– Olha aqui, deixe minha amiga em paz. – Martha ergue a voz: – Ela está passando por um momento difícil, e gente como você não pode lhe fazer nada bem.

Balanço a cabeça em desaprovação. Minha melhor amiga sempre faz a mesma coisa: diz que está me defendendo, mesmo sem eu pedir.

— Não fale por mim, Martha. Estou aqui porque escolhi estar. Quero saber o que vai acontecer... — Um ligeiro incômodo aperta meu estômago. Decido ignorar. — Já disse que não acredito que possa me acontecer algo de ruim. É sério. Isto é o que eu quero.

— Charlotte, não vê que é tudo uma armação? Um cenário com atores num quartinho dos fundos para que você caia nessa...

— E que diferença faz? Ao menos não ficarei me perguntando o que teria acontecido se escolhesse voltar no tempo.

Martha se levanta, incrédula. Está alterada, convencida de que enlouqueci. Pode ser que tenha enlouquecido mesmo. Quem sabe? Talvez, dentro de alguns minutos, eu lhe dê razão.

— Pois vou dizer o que vai acontecer: ela vai lhe roubar mais dinheiro. Você vai ver.

— Não roubo o dinheiro de ninguém — a bruxa intervém, calmamente. — Cobro pelos meus serviços.

Minha melhor amiga arqueia as sobrancelhas. Irritada, abre a boca para retrucar, mas quem já está se cansando da discussão sou eu.

— Sei que sua vida é maravilhosa, Martha. — Estou profundamente ofendida. — Mas você não se toca de que as coisas não são assim pra todo mundo.

— Do que está falando? O que minha vida tem a ver com o fato de que isto aqui é uma farsa?

— Que você jamais se sujeitaria a algo assim porque, pra você, está tudo perfeito — respondo. — Mas pra mim, não, e você sabe disso. Se há alguma possibilidade de consertar as coisas, vou tentar.

Minha melhor amiga, perplexa, me observa por alguns segundos. Depois, se aproxima e segura meus ombros com delicadeza para me puxar de volta à realidade pragmática que ela tanto defende.

– Minha nossa, Charlotte. É preocupante que você tenha alguma esperança de que essa mulher esteja dizendo a verdade. Você está mesmo dando ouvidos a ela? – pergunta, apontando para a dona do lugar. – Viagens no tempo! Qual vai ser a próxima? Adquirir superpoderes? Vai transformar você em Homem-Aranha?

Dou de ombros. Sim, talvez tudo seja uma brincadeira de mau gosto, mas estou tão desesperada que me agarro a qualquer possibilidade. E, sinceramente, o que interessa a Martha? A decisão é minha, o dinheiro é meu. Olho fixamente para minha amiga, deixando claro que não vou mudar de opinião.

Isso não parece agradá-la.

– Faça o que quiser. Vou sair daqui, porque meu sangue já está fervendo. – Então, bate de leve no meu braço. – Espero você lá fora, Charlotte, porque depois temos de ir para a galeria. – Leva a mão à testa, num gesto dramático, para enfatizar o sarcasmo: – Ah, desculpe... Esqueci que você supostamente estará em outra dimensão e não poderá ir.

Em seguida, Martha vira as costas e sai.

Amo a minha amiga. Às vezes, no entanto, me irrita o fato de que a realidade tenha sempre de ser como ela acredita, e nada mais. Não que eu esteja tão confiante nessa experiência, mas quero tentar, para ver no que vai dar.

– Bom, vamos lá – digo à bruxa, com um suspiro.

Ela sorri com gentileza.

– Charlotte, continuo achando que você ainda está cheia de dúvidas, então vou te fazer um favor. – Segura minhas mãos, o que me provoca calafrios. – Quando você já tiver resolvido o que precisa, vou perguntar se ainda quer continuar em seu novo passado. Caso se arrependa, trago-a de volta para esta dimensão, para o mesmo instante em que você e eu estamos aqui. Está bem?

Levanto a cabeça. Bem, se a minha nova realidade não me agradar, sempre posso regressar ao ponto de partida. Porque quero partir, certo?

— Obrigada, seja qual for seu nome.

— Agora, o que você quer explorar?

Se Charlotte escolhe voltar ao ensino médio, vá para o **CAPÍTULO 45** (página 215) →

Se Charlotte escolhe reconciliar-se com Lucas, vá para o **CAPÍTULO 76** (página 339) →

Se Charlotte escolhe arrepender-se e ir embora com Martha, vá para o **CAPÍTULO 98** (página 411) →

CAPÍTULO 7

Reflito sobre as possíveis escolhas durante longos segundos e, para falar a verdade, nenhuma delas me convence. Não sei se foi porque Martha me contagiou com sua incredulidade ou porque, no fundo, prefiro ficar com meu presente imperfeito.

Minha melhor amiga vai ficar boba quando escutar minha decisão, sobretudo pela minha insistência para entrarmos no consultório da vidente.

– Não vou escolher nada, vou embora. Prefiro deixar o presente do jeito que está. Aliás, me dá uma certa má impressão essa história de regressão. De todo modo, obrigada por seu tempo.

Sem esperar que a bruxa nos acompanhe até a porta, nem mesmo que responda qualquer coisa, pego no braço da minha melhor amiga e vamos embora correndo. Segundos depois, quando já nos afastamos do lugar, caímos na gargalhada.

– Charlotte, não há quem te entenda – ela diz, enquanto enxuga uma lágrima que lhe escorre pelo rosto, de tanto rir. – Você me torrou a paciência, insistindo que a gente entrasse lá, e depois me faz sair correndo, como se fugíssemos do diabo.

– Acho que sou feliz sendo infeliz no presente. Será melhor não remexer no ontem, por mais tentador que seja.

Martha me abraça para me animar, e a abraço também.

– Tenho certeza de que tudo vai ficar bem, Charlotte. Prometo que o presente não vai te decepcionar.

Quisera eu sentir o mesmo. Talvez, se eu deixar de me menosprezar, como ela diz, e parar de ficar me comparando o tempo todo com ela, pensando só em tudo o que ela conseguiu, eu possa me concentrar em dar uma virada na minha vida.

– Mas fiquei chocada com as coisas que a bruxa acertou – diz Martha. – Você acha que ela tem uma câmera oculta que escaneia o nosso rosto e dedura os nossos podres por uma miniescuta?

Solto uma gargalhada ao ouvir a hipótese absurda.

– Não sei e não quero nem imaginar isso. Me arrepia até o cabelo da nuca só de pensar que quis entrar lá. Da próxima vez que eu decidir fazer uma coisa dessa, você tem minha permissão pra adotar medidas drásticas que me tragam de volta à realidade.

– Como, por exemplo, lembrá-la de que *Garota infernal* é o pior filme do mundo?

– Claro que não! – Martha não esconde que se diverte ao me ver irritada. – Já nem sei quantas vezes tivemos essa conversa! *Garota infernal* é o melhor filme do mundo e ponto.

– Sim, deve ser por isso que está entre os filmes mais podres avaliados no *Rotten Tomatoes*[1].

Minha melhor amiga abaixa a cabeça sem conseguir esconder o sorriso. Ela adora me provocar e sabe perfeitamente como fazer isso.

– É um filme cult. Você não entende, Martha. – Seguro a respiração para me acalmar. – Bom, voltando ao assunto principal, na próxima vez adote medidas drásticas, exceto suas opiniões sobre *Garota infernal*.

---

[1] *Rotten Tomatoes* é um site estadunidense agregador de críticas de cinema e televisão. O nome, *Tomates Podres* em português, deriva do costume de se atirarem tomates nos artistas quando o público não gosta de sua atuação. (N.T.)

– Está beeeem.

E foi assim que Martha e eu nos dirigimos até uma cafeteria depois de ter discutido de novo por causa do mesmo filme de sempre. Os bons costumes nunca mudam.

Como você não escolheu nenhumas das opções da bruxa, vá para o CAPÍTULO 100 (página 414) →

CAPÍTULO 8

– Que seja a Londres vitoriana – respondo.

– Sabia que escolheria essa encarnação – diz a bruxa, movendo novamente as mãos em volta da bola de cristal. – Vejamos o que a espera nessa regressão... Ah, sim... Você vai ver as recordações de sua vida como Beatrice Turner, uma jovem londrina de dezenove anos que estava prometida em casamento ao dono de uma fábrica têxtil que tinha o dobro de sua idade. Sua história de amor começou em 6 de abril de 1850, duas semanas antes da cerimônia. Agora pergunto: você quer começar sua regressão nessa data ou gostaria de saber como Beatrice conheceu o amor da sua vida?

Abro a boca para responder, mas a bruxa me interrompe.

– Não, não precisa responder nada, só mentalize sua resposta.

– Está bem – respondo e, em seguida, decido em pensamento.

– Agora feche os olhos e imagine um jardim muito bonito.

Obedeço.

– Vou contar até três e, quando você visualizar, vai entrar em um estado de relaxamento profundo.

Escuto as batidas do meu coração. Em alguns segundos, verei a vida de Beatrice Turner como se eu mesma a tivesse vivido.

– Um.

O vento mexe suavemente as flores do jardim.

— Dois.
Observo-as mais de perto. São margaridas.
— Três.

Se Charlotte escolhe recordar como conheceu o amor de sua vida passada, vá para o CAPÍTULO 10 (página 45) →

Se Charlotte escolhe ir para 6 de abril de 1850, vá para o CAPÍTULO 11 (página 48) →

CAPÍTULO 9

— Que seja a regressão à Segunda Guerra Mundial — respondo. Mantenho um sorriso nervoso. Não estou totalmente segura da minha escolha, porque Martha tem razão: poderá ser uma experiência difícil... Mas foi o que decidi, então enfrentarei, aconteça o que acontecer.

— Ora, ora, quem diria — diz a bruxa, baixando o rosto para observar a bola de cristal mais de perto. — Vejamos o que você vai presenciar... Ah, sim... Verá as recordações de sua vida como Hanna Beck, uma jovem de vinte e três anos, alemã, que migrou para a ilha de Oahu por causa da guerra. Sua história de amor começou em 12 de setembro de 1941, no dia em que conheceu o marinheiro que acreditou ser o grande amor de sua vida.

— Minha nossa, Charlotte — Martha deixa escapar. — Você sabe o que te espera, não é?

Esse é o meu medo.

— Vai dar tudo certo — digo a mim mesma.

— Agora pergunto: você quer começar a regressão nessa data ou gostaria de conhecer Hanna Beck antes da guerra?

Talvez seja muito doloroso recordar a vida que lhe foi arrebatada por causa do conflito, então prefiro refletir por alguns instantes antes de tomar a decisão.

— Agora já sei.

– Responda mentalmente. Não é preciso que fale em voz alta.
Obedeço à sua ordem.
– Agora feche os olhos e imagine que está em Oahu. Vou contar até três e, assim que tiver a resposta, você vai entrar em um estado de relaxamento profundo.
Sinto um nó na garganta ao pensar que, dentro de segundos, lembrarei tudo o que vivi durante a Segunda Guerra Mundial.
– Um.
Sinto Martha apertar minha mão com força para me encorajar. Não estou preparada.
– Dois.
Aviões de combate aparecem na ilha e tenho de me esconder dos bombardeios.
– Três.

Se Charlotte escolhe recordar como era sua vida passada antes da guerra, vá para o CAPÍTULO 27 (página 129) →

Se Charlotte escolhe ir para 12 de setembro de 1941, vá para o CAPÍTULO 28 (página 133) →

Um canalha em West End

CAPÍTULO 10

Quando eu era pequena, minha mãe sempre me contava histórias. Algumas eram inventadas; outras, nem tanto. Sem dúvida alguma, uma de suas favoritas era a de como sua melhor amiga de infância havia se apaixonado pelo conde de Uxbridge e se casado com ele. A princípio, eu achava que era uma simples lenda. Afinal de contas, que nobre casaria com uma simples plebeia? Entretanto, tudo mudou no dia em que fomos à casa deles para tomar o chá.

Ao chegar, apresentaram-me a seus dois filhos: Frederick Edevane, de nove anos, e Dorothea Edevane, de sete, a mesma idade que eu tinha na época. Tornamo-nos amigos rapidamente e, juntos, nós três nos divertíamos com brincadeiras que encantariam qualquer criança. Nossa brincadeira preferida era a de pega-pega. Adorávamos perder-nos pelo imenso jardim daquela residência, que nos permitia correr quanto quiséssemos sem nos entediar.

Algumas vezes, também nos deitávamos no chão para descobrir formas nas nuvens:

— Ali há uma tartaruga! – gritava eu.

— Não, essa é Dorothea quando fica com dor de barriga e suja os lençóis – dizia, rindo, Frederick.

— Fred! Estás mentindo! Não mintas!

Frequentemente, os irmãos brigavam entre si – do mesmo modo que, no instante seguinte, faziam as pazes e voltávamos a desfrutar do encontro como se nada tivesse acontecido. Apesar da distância social que nos separava, em nenhum momento me senti inferior a eles. Ao contrário, assim que chegava àquela casa, recebiam-me com uma calorosa saudação ou, para ser honesta, gritando meu nome.

— Beatrice! Beatrice!

Cultivei uma amizade muito sincera e próxima, sobretudo com Frederick. Não é de estranhar que ele se tenha tornado meu primeiro amor. Cada vez que o via, corava como uma jovem apaixonada. Ele, por sua vez, remexia em seu cabelo dourado, nervoso.

Talvez eu não fosse a única a sentir a chama da paixão entrar em seu coração.

Jamais esquecerei o dia em que fui à residência dos Uxbridges e brinquei apenas com Frederick, porque Dorothea estava de cama, doente.

Frederick e eu nos divertimos muito, embora tenhamos sentido a falta dela. No fim da visita, ele me entregou uma margarida. Talvez não fosse a mais bela das flores, mas tornou-se a minha favorita. Nossa flor.

— Para ti, Beatrice.

Ruborizei enquanto aceitava o presente.

— É adorável, Frederick — eu disse, tocando as pétalas brancas da flor.

— Quando formos adultos — me perguntou —, serás minha esposa?

Se fôssemos mais velhos, sua atitude seria considerada, no mínimo, impertinente. Havia se dirigido a mim em vez de pedir minha mão a meu pai. No entanto, éramos crianças. Quem levaria a sério nossas brincadeiras?

— Sim — respondi, sorrindo. — Um dia me casarei contigo.

A partir de então, as margaridas passaram a ser nosso modo discreto de comunicar sentimentos.

Contudo, as margaridas não são eternas, assim como nenhuma flor. As pétalas sempre acabam caindo. Frederick e eu crescemos, e as coisas mudaram. Distanciamo-nos e, quando chegou o momento, fui prometida a um homem completamente diferente.
Um homem por quem eu não estava apaixonada.

Vá para o PRÓXIMO CAPÍTULO →

CAPÍTULO 11

Londres, 6 de abril de 1850

"O que faço neste lugar?" Era a pergunta que não parava de rondar minha mente enquanto caminhávamos pela fábrica têxtil. Pergunta retórica – claro que eu sabia o motivo pelo qual me encontrava ali. Havia sido prometida ao proprietário, Leopold Clark, um cavalheiro solteiro que, poucas semanas antes, havia completado quarenta anos. Um homem com o qual eu não casaria se a escolha fosse minha.

– Deve ser difícil lidar com certos trabalhadores – declarou minha mãe. – Sobretudo depois das Leis de Fábrica de dois anos atrás.

Uma das medidas adotadas por esse conjunto de determinações era que as mulheres e os adolescentes não podiam trabalhar mais de dez horas por dia. Minha mãe e eu tomamos conhecimento disso porque meu pai nos contou depois de regressar de uma de suas jornadas como comerciante têxtil.

– Nem me fale, senhora Turner – disse meu noivo, passando a mão na barba grisalha, pensativo. – Mas temos os nossos métodos para que esses indolentes não abandonem suas responsabilidades. Seria uma pena, por exemplo, que perdessem seus postos aqui. Com tanta gente necessitada que há...

— É preciso mão de ferro, Leopold — comentou meu pai. — Sempre lhe digo.

Eles se davam muito bem, porque haviam trabalhado juntos em diversas ocasiões. A amizade deles era uma das razões pelas quais haviam acordado que eu deveria ser sua esposa e não de outro homem. Ele era de confiança e cuidaria de mim com sua fortuna.

Nós não éramos pobres, ainda que, com os vícios de meu pai, tampouco podíamos nos considerar suficientemente ricos para que pudesse me casar com quem eu desejasse. O matrimônio por amor estava longe de meu alcance.

Acariciei meu anel de noivado, já arrependida de ser sua mulher antes mesmo de sê-lo.

— O que achas da minha fábrica, Beatrice? — A voz de meu noivo causou-me calafrios. — É de teu agrado?

Levantei a cabeça e vi centenas de operários trabalhando sem descanso nas máquinas. Impressionou-me notar que, apesar de parecerem macilentos e extenuados, esforçavam-se para continuar suas tarefas. Eu já haveria desmaiado, e estou segura de que meus acompanhantes, também.

— Certamente, mas o senhor não crê que eles necessitam de um descanso, ainda que seja só para comer?

Isso provocou risos em meu noivo e em meu pai, enquanto minha mãe me lançava um olhar de reprovação. Como eu ousava questionar as ordens de Leopold Clark, um dos homens mais abastados de Londres?

— Não te deixes enganar, Beatrice. Não conhecem o que é trabalho duro de verdade. Além disso, sou generoso com eles, embora me ouças falar assim. Sempre que posso, dou-lhes alguns bônus para que gastem aqui mesmo e, dessa maneira, se salvem dos intermediários.

Quis protestar. Parecia uma maneira eufemística de dizer-me que era dessa forma que pagava os operários. Contudo, calei-me e tentei não parecer mais descortês do que já havia sido. Só conseguia pensar quanto ia custar-me parecer dócil naquela mesma noite, quando estivéssemos juntos no jantar de noivado de Dorothea Edevane.

Agora que faltavam duas semanas para nosso casamento, contemplava meu futuro com resignação e percebia que minha vida não seria como a das protagonistas dos livros que eu lia.

Desde que aprendi a escrever, esquecia minhas frustrações preenchendo páginas em branco com muitas histórias. Na maioria das vezes, não as finalizava. Entretanto, com essa estava bem perto de acabar. Ia intitulá-la *Linho e seda*, e o enredo versava sobre uma preceptora que descobria que a família com quem iria morar havia sido brutalmente assassinada em um incêndio. Vendo que as autoridades não conseguiam encontrar o responsável, ela passara a investigar por conta própria até encontrar o culpado.

Minha inspiração surgiu enquanto lia *Jane Eyre*. Absorta na história, um dia me perguntei o que teria acontecido se o fogo houvesse assolado Thornfield Hall quando a protagonista chegara ali pela primeira vez. Como ela teria agido?

"As provas não mentem", pensei. "Estou convencida de que o assassino é…"

– Beatrice – ouvi minha mãe às minhas costas.

Detive a pena no ar. Uma gota de tinta caiu sobre a folha em que havia escrito. Maldição.

Não era necessário perguntar-lhe sobre o que queria falar comigo.

– Sim, mãe. – Levantei-me para falar com ela.

– Podemos conversar na sala? Pedi a Bessie que nos prepare um chá. – Bessie era nossa criada.

Assenti com a cabeça e a segui. Assim que nos acomodamos e fomos servidas, ela começou sua reprimenda.

– Teu noivo não merece a impertinência com que te diriges a ele.

– É que...

– Não! – Bebeu um pouco de sua xícara de porcelana. – Teu futuro é muito importante para nós. Tu te comportas como uma ingrata.

Meu lábio inferior começou a tremer, e tive a impressão de que explodiria em lágrimas se a conversa continuasse no mesmo rumo.

– É isso que a vida me reserva, mãe? Casar-me com um homem a quem não amo?

– Quem te ouve falar pode pensar que somos como os franceses! Que não o ames hoje não significa que não o amarás amanhã, como em meu caso. Hoje amo teu pai com devoção.

Senti um nó no estômago ao escutá-la. Não era segredo que, frequentemente, meu pai chegava tarde da noite depois de suas incursões adúlteras. Ela realmente o amava? E mais: amava-o com devoção? Mil vezes eu a escutara acusando-o de não ter o mínimo de decência e não ser mais discreto, preocupada que os vizinhos tomassem conhecimento e começassem os falatórios.

Isso era amar?

Eu não desejava trilhar o mesmo caminho. Atormentava-me a ideia de experimentar os mesmos desgostos da minha mãe, a quem muitas noites eu ouvia soluçar sozinha em seu quarto, lamentando o rumo que sua vida havia tomado.

Ainda assim, ela me disse:

– Tu te casarás com o senhor Clark porque ele será um bom provedor para ti. O mais importante para teu pai e para mim é que não passes por privações.

— Quero casar-me com alguém a quem ame e poder escrever meus livros. — Entrelacei os dedos e entreguei-me a meus sonhos.

— Deus nos livre, Beatrice! Não vejo como vais cuidar de teus futuros filhos, de teu esposo e da casa com essa maneira de pensar. Espero que esta noite te comportes diante do senhor Clark como deve ser. Hoje é o jantar de noivado da filha do conde de Uxbridge, e não quero causar um escândalo.

Como esquecer? Dorothea, minha amiga desde a infância, ficara noiva recentemente, e o jantar era para celebrar o casamento próximo. Eu me sentia feliz por ela, pois havia se apaixonado pelo filho do marquês de Westminster muito antes de ele lhe fazer a corte.

Alegrava-me que ela, sim, teria o que eu mais desejava, sem impedimentos de sua família. Se eu não podia sentir nenhum júbilo por meu matrimônio, sentiria pelo de Dorothea.

— Não esqueci, mãe.

Tampouco esquecera que voltaria a encontrar-me com seu irmão, Frederick, a quem eu não via desde muitos anos. A ideia não me entusiasmava.

Vá para o PRÓXIMO CAPÍTULO →

CAPÍTULO 12

Enquanto me olhava no espelho, não parava de pensar que em breve eu deixaria de ser livre. Bem, se é que alguma vez havia sido. Por um momento, desejei ser como a protagonista do meu novo livro, uma preceptora preocupada apenas em solucionar assassinatos e que só se casaria com a pessoa por quem estivesse apaixonada.

Minhas mãos enluvadas tocaram meus ombros, descobertos pelo tipo de vestido que eu usava. O dia havia terminado repentinamente e já não havia tempo para trocá-lo.

– Estás belíssima, senhorita Turner. O cabelo castanho-claro te favorece ainda mais quando preso.

Ali estava Bessie. Para mim, era a irmã que nunca tive, já que era poucos anos mais velha que eu.

No passado, pedira-lhe que me chamasse pelo meu primeiro nome. Se entre primos distantes podíamos nos chamar assim, por que não com ela, que morava em casa? Porém, minha mãe havia descoberto e a punira por sua impertinência. Pouco ajudara explicar que eu era a responsável por tal "desrespeito".

– Muito obrigada, Bessie.

Esbocei um sorriso triste, lembrando que em poucos minutos teria de fingir que estava apaixonada pelo senhor Clark.

– Estais bem, senhorita?

Olhei para ela.

— Claro, Bessie. Por que a pergunta?

Ela pareceu um pouco envergonhada.

— Bem, escutei algumas coisas enquanto faláveis com vossa mãe. Estava cumprindo meus afazeres...

Interrompi-a. Não tinha obrigação de se explicar comigo.

— Minha vida não me pertence — lamentei.

— Não dizei tolices. Tendes dinheiro; sois dona de vossa vida mais do que eu posso ser.

Senti-me uma egoísta ao confessar meus sentimentos mais profundos a Bessie. Compreendi que, enquanto na minha família nunca havia faltado o que comer, para ela nem sempre era assim. Dedicava-nos sua vida e, em contrapartida, meu pai costumava gastar em apostas o dinheiro que deveria ser reservado a seu salário. E, sinceramente, ele era um péssimo jogador.

— Bessie, deixa de ser indolente — repreendeu-a minha mãe, enquanto entrava no quarto. — Sempre que te encontro estás ociosa.

— Dirigindo-se a mim, continuou: — A carruagem já chegou. É hora de partires.

Assenti e apanhei meu leque.

Minha imaginação continuou trabalhando enquanto nos dirigíamos à saída de casa. Já não só desejava livrar-me de meu futuro, mas também poder levar Bessie ao amanhã que minha mente elucubrava.

Ao chegar à residência do conde de Uxbridge, notei que a sorte não estava ao meu lado: Leopold já havia chegado em sua carruagem, o que significava que eu não desfrutaria de um só momento de tranquilidade durante a festa.

— Boa tarde — cumprimentou-nos, inclinando-se em nossa direção e erguendo o chapéu.

Vi-me na obrigação de estender-lhe a mão para que a beijasse e tentei não demonstrar muito nojo enquanto seus lábios tocavam o tecido da minha luva. Agitada, balancei meu leque, com o qual desejei golpeá-lo.

— Beatrice, tua beleza brilha mais que as estrelas.

Se não o detestasse tão profundamente, teria rido diante de um galanteio tão pouco original.

— Obrigada, Leopold. Agradeço tuas palavras.

Era uma resposta irônica. Ele nunca alcançaria a sensibilidade que Edward Rochester mostrava diante de Jane Eyre.

Bessie foi a única que o senhor Clark não cumprimentou. Durante a festa, ela agia como minha segunda sombra para que eu não falasse com nenhum outro homem além de meu noivo.

O serviçal nos guiou até o salão. Lá estavam os demais convidados, que aguardavam até o jantar ficar pronto. Dirigimo-nos aos noivos e a seus pais para prestar nossos votos de felicidade.

Ao cumprimentar minha amiga, segurei suas mãos entre as minhas:

— Parabéns, Dorothea. — Esbocei um sorriso sincero. Comoveu-me ver a felicidade que iluminava seu olhar. — Desejo-te um noivado muito feliz.

Os cachos louros que pendiam de seu penteado balançavam enquanto ela assentia com a cabeça.

— Muito obrigada, Beatrice. Estou bastante ansiosa por assistir a teu matrimônio.

Por meio de silêncios forçados em encontros e das mensagens secretas em nossa correspondência, eu lhe havia confessado que estar noiva de Leopold Clark me fazia sentir miserável. Por isso, sabia que suas palavras poderiam ser traduzidas como um "Espero que estejas bem, por mais que te sintas infeliz em teu noivado".

— Muito obrigada.

Retirei-me e inspecionei o salão. Além dos familiares do conde de Uxbridge e do marquês de Westminster, também se viam amigos do noivo de Dorothea. Então, meus olhos foram atraídos por uma cabeça dourada. A dele. Frederick Edevane, o primogênito do conde de Uxbridge.

Além de Dorothea, Frederick havia sido meu melhor amigo de infância. Brincávamos juntos e, quando Dorothea se ausentava por qualquer razão, nos divertíamos sozinhos. Certa vez, com uma margarida na mão, prometeu casar-se comigo. Éramos pequenos, mas ainda penso nisso.

Nossa amizade durou até o dia em que ele se tornou má notícia para os pais de qualquer jovenzinha, e então nos distanciamos. Além de se haver refugiado em uma das propriedades da família em West End para não assumir suas obrigações profissionais, protagonizara escândalos com mulheres casadas. Portanto, qualquer um desejaria ver sua filha o mais distante possível de Frederick Edevane.

Talvez, se Frederick não tivesse tomado essas decisões em sua vida, a escolha de meu noivo por parte de minha família teria sido muito diferente. Afinal, ninguém podia negar que o filho de um conde outorgava muito mais status que o dono de uma fábrica, não é verdade? Além disso, os Uxbridges eram amigos de meus pais. Mas essa era uma regra que poderia ser aplicada a qualquer filho de conde – menos a ele.

Em todo caso, não queria me perder em um "talvez" sobre o que poderia ter sido minha vida com ele. Não gostaria de ficar pensando se eu teria sido mais feliz ou, ao contrário, se ele também me tivesse levado para o mau caminho. Porque, por mais imaginativa que eu fosse, essa não era a minha realidade.

Então, ele olhou para mim.

O mundo à nossa volta parou por alguns segundos. Algo em meu peito, que havia sido enterrado havia tempos, voltou a aflorar como a nossa margarida – embora ela tenha murchado logo depois.

Seus olhos azuis enigmáticos continuavam me cativando da mesma maneira que antes e, realmente, fiquei sem fôlego.

Frederick entendeu minha reação como um convite para se aproximar e me cumprimentar, o que me sobressaltou. Censurei-me por ter-me mostrado tão vulnerável, pois ninguém naquele salão deveria ver-me falando com ele. Ele não era meu noivo, e isso poderia significar uma desonra para mim, mesmo tendo sido meu amigo de infância.

Então abri meu leque e, dissimuladamente, comecei a abaná-lo com rapidez.

"Estou noiva", revelei-lhe por meio do movimento do leque.

Em consequência, meu antigo amigo deteve seus passos e pareceu lembrar-se de uma realidade que talvez estivesse tentando ignorar ou que, quem sabe, desconhecesse: que, naquela noite, eu me achava acompanhada de um homem que não pertencia à minha família, mas que, dentro de pouco tempo, pertenceria.

– Estás bem, Beatrice?

A voz de Leopold me fez estremecer. A despeito de minha relutância, aproveitei a ocasião e peguei sua mão para enfatizar o que havia dito por meio do leque.

Frederick comprimiu os lábios e engoliu em seco. De onde eu estava, notei que houve uma mudança em seu olhar, algo que não soube interpretar.

Vá para o PRÓXIMO CAPÍTULO →

CAPÍTULO 13

O jantar transcorreu sem mais incidentes, já que tentei não prestar atenção em Frederick quando o percebia lançar-me algum olhar furtivo.

No entanto, embora o tenha ignorado, uma parte de mim sentia-se extasiada cada vez que ele me observava. Não entendia o motivo dessa reação, pois nem sequer havíamos nos falado naquela noite, mas me causava uma emoção que jamais havia experimentado com Leopold quando me cortejava, nem sequer agora que estávamos noivos.

Assim que terminamos de comer, o conde de Uxbridge, sentado à cabeceira da mesa, levantou-se para propor um brinde.

– Hoje estamos aqui – levantou sua taça de vinho – para celebrar o noivado de minha filha, lady Dorothea Edevane, com Hugh Lupus Grosvenor, o conde Grosvenor. – E futuro marquês de Westminster. – Que esse matrimônio seja repleto de bênçãos e felicidade. À tua saúde, minha filha!

O pai de Dorothea deu um gole na bebida, e os convidados ergueram suas taças. Então, todos fizemos um brinde à minha amiga, que enxugou algumas lágrimas de alegria diante daquele momento tão emocionante. E eu quase a acompanhei em seu pranto ao vê-la transbordante de júbilo.

Depois o noivo fez a entrega do anel de compromisso, com uma linda coroa de rubi, sua pedra favorita. Era visível que os noivos partilhavam de uma intimidade que eu jamais teria com Leopold.

– Entrego a ti este anel – anunciou –, que simboliza a nossa promessa de uma vida sempre juntos.

Enquanto minha amiga afirmava-se ainda mais como a protagonista indiscutível da noite, senti um par de olhos sobre mim. Instintivamente, procurei por Frederick e o surpreendi observando-me novamente.

Então já não pude fingir indiferença. Disfarçar que não queria vê-lo. Que queria afastá-lo com os movimentos de meu leque.

Eu ainda o amava, apesar da distância entre nós, do meu noivado e do fato de ele ter-se tornado um canalha.

Assim que os discursos terminaram, as mulheres se dirigiram ao salão, e os homens permaneceram na sala de jantar. Para mim, foi um momento de descontração; senti-me aliviada porque não teria de aturar meu noivo pelo resto da festa. Então, sentada no sofá, pus-me a escutar as conversas das outras mulheres.

– Querida, logo você será uma Grosvenor – lady Grosvenor, a mãe do noivo de Dorothea, disse. – Então pensei em convidá-los, a ti e a tua família, para um jantar em Eaton Hall na próxima semana.

– Ficaremos honrados, lady Grosvenor – respondeu minha amiga, escolhendo as palavras para agradar a esposa do marquês. – Conte conosco.

Por sorte, me livrei de um jantar como aquele, já que os pais de Leopold haviam morrido havia muito tempo. Tínhamos feito apenas um desastroso anúncio de compromisso, no qual eu apareci com os olhos inchados de tanto chorar durante a tarde.

– Beatrice, já não falta quase nada para teu casamento – disse minha amiga, dirigindo-se a mim. – No dia 22 de abril te inundarás de alegria.

Ela quis dizer: "Beatrice, por desgraça, já não falta quase nada para teu casamento. O dia 22 de abril... Como te sentes com isso?".

— Ah, sim, quero muito me casar.

De soslaio, notei que minha mãe me vigiava para que minhas palavras não fossem inapropriadas. Esbocei um sorriso para aparentar uma felicidade que na verdade não sentia.

— E eu desejo que te cases com alguém que te faça feliz para sempre — desejou minha amiga.

As palavras de Dorothea me impactaram de tal forma que não pude mais sustentar minha máscara. A mensagem havia sido direta, sem um significado oculto que pairasse no ambiente. Só me lembrou que ter a liberdade de escolher com quem queria ser feliz para o resto da vida, como era meu desejo, causaria a perda de minha reputação. Minha família seria motivo de falatórios por meses.

Eu realmente estava disposta a tornar-me um escândalo para ser dona de meu próprio futuro? Refleti por uns instantes e assustei-me ao me dar conta da minha própria resposta. Sim, era o que eu desejava. Depois, tentei convencer-me de que isso não seria o correto.

— Desculpa-me. — Minha voz estava trêmula — Preciso sair para tomar um pouco de ar. Não me demoro.

Após desculpar-me por minha repentina saída, dirigi-me a um lugar muito especial, ciente de que Bessie me seguia, prudentemente, a alguns metros de distância. Parei no jardim dos fundos, pois era o único lugar onde não me sentia sufocada. Não apenas por ser uma área externa, mas porque me transportava a um tempo em que ainda não tinha consciência das responsabilidades que deveria assumir quando adulta.

Na escuridão da noite, vislumbrei a silhueta de algumas margaridas. Eram cultivadas naquela área do jardim desde minha mais remota memória do lugar. Ainda me lembrava delas como símbolo do amor que, certa vez, Frederick e eu compartilhamos.

Inspirei profundamente para captar todas as nuances da natureza, fechei os olhos e rememorei os momentos que havia desfrutado com Dorothea e Frederick em minha infância. Desejei, no fundo da alma, que tudo aquilo retornasse.

— Vejo que nunca esqueceste o lugar onde juramos amor eterno.

Abri os olhos. Somente uma pessoa se dirigiria a mim desse modo, sem nenhuma mesura e com semelhante tom de ironia.

Não me voltei para olhá-lo. Não era preciso. Continuara ouvindo sua voz toda a minha vida, às vezes mais perto e, a cada vez, mais distante. Nem precisava vê-lo para saber que ele sorria.

Diante do meu silêncio, Frederick acrescentou:

— Cada vez que vejo essas margaridas, penso em ti, Beatrice.

— Senhorita Turner — corrigi. — Em breve, senhora Clark.

Frederick se colocou a meu lado e censurei-me por sentir o coração bater mais forte. Deveria estar ofendida com tamanho atrevimento, em vez de reagir desse jeito.

— Não são modos de um cavalheiro.

— E quem disse que sou um cavalheiro?

— Pois deveria, lorde Edevane. Como futuro conde de Uxbridge, tens muitas responsabilidades e não deverias comportar-te assim. Além disso, a criada de nossa família presencia esta conversa.

Era algo que me incomodava, embora soubesse que podia confiar em Bessie.

— Sério? Nos conhecemos desde pequenos, Beatrice. Não é preciso que uses tanta formalidade comigo.

Quando finalmente virei-me para olhá-lo, Frederick deu uma piscadela. Meu corpo retesou-se, embora seu gesto tenha me agradado mais do que eu gostaria de reconhecer.

— Para falar a verdade — ele continou —, duvido que penses em mim como lorde Edevane e não como Frederick.

Era verdade, mas eu não podia admitir.

Ficamos em silêncio por alguns instantes, até que perguntei:

— Como vai tua vida?

— Como está a tua?

A pergunta me desconcertou.

— Por que a pergunta, lorde Edev...?

— Frederick! — ele me interrompeu.

— Frederick — acabei cedendo. Ninguém mais me fazia perder as boas maneiras.

— Já sabes por quê. Nunca te vi tão infeliz. Ao lado do teu noivo, parece que estás te preparando para um funeral, não para teu casamento.

Arregalei os olhos, perplexa. O tempo todo tentara me mostrar o mais cordial possível com Leopold, mas vi que não estava surtindo efeito. Baixei a cabeça, decepcionada com o desenrolar da noite.

— Minha família acha que o senhor Clark será um bom provedor para mim, já que... que não dispomos de grande fortuna — gaguejei, tentando justificar-me. — Mas ele nem se dá conta de...

— Ora, mas esse homem sabe que não estás apaixonada por ele, Beatrice. Se eu pude perceber, como ele, sendo o alvo desse desprezo, não notaria? Para ele tanto faz. O que pretende é ter ao lado uma jovenzinha a quem possa manipular para satisfazer seus caprichos. Queres mesmo casar-te com alguém que não se preocupa com tua felicidade?

Eu precisava responder, mas não encontrava forças para tal depois da conversa com minha mãe. Meu mal-estar era evidente.

— Não o conheces — murmurei, só para dizer algo.

– Não preciso. Se é por dinheiro, Beatrice, há muitas opções melhores que ele, te garanto. Nem necessitas estar apaixonada, pode ser qualquer um. Inclusive eu – brincou ele, com um sorriso zombeteiro. – Se é para se casar sem amor, case-se comigo. Poderíamos nos casar como amigos. Ademais, na prática já estamos prometidos um ao outro, não é? Pode-se dizer, inclusive, que cometeste adultério.

Meu rosto ardia de raiva. Embora Frederick estivesse brincando, me perturbava saber que Bessie ouvia tudo aquilo.

– És um... um... – Ameacei-o com o leque, e ele começou a rir.

– Meu pai jamais veria com bons olhos teu pedido de casamento, nem mesmo de namoro – retruquei, como se sua proposta fosse de verdade. – Não se pode dizer que contas com boa reputação.

– Porque meu objetivo é viver a vida, não me ater a normas sociais. Quero descobrir se minha existência é algo mais que apenas diferentes tons de cinza. Em poucos anos estarei condenado a administrar o condado de Uxbridge, mas não gostaria de pensar que minha passagem por este mundo decadente reduziu-se a somente cumprir com minhas obrigações.

– E o que desejas para tua vida? – perguntei, embora já imaginasse a resposta: residir em West End e ter casos amorosos com mulheres casadas.

Frederick deteve-se por alguns segundos para pensar melhor. Na penumbra da noite, intuí que umedecia os lábios.

– Descobrir o mundo, ser um poeta.

– Escreves? – Não escondi minha surpresa.

– Sim. Percy Shelley e Lord Byron são meus mestres.

Não deveria surpreender-me que suas referências fossem dois artistas com uma vida tão censurável. Sempre houvera muito falatório sobre a intimidade de Byron com a esposa do primeiro, Mary Shelley.

– São também tuas referências para teus escândalos?

Frederick riu.

– Se por escândalos te referes a viver sem medo, sim. Eram duas almas livres que desfrutavam de muitos prazeres sem temor ao que dissesse a sociedade.

– Também escrevo – revelei. – Mas narrativas de ficção.

– É mesmo? Que tipo de histórias?

Deixei escapar um pequeno sorriso diante do interesse de Frederick por minha escrita. Meus pais nunca tinham dado atenção às minhas aspirações literárias. A conversa que tivera com minha mãe antes da festa me fizera lembrar disso.

– Agora estou escrevendo uma história inspirada em *Jane Eyre*. Perguntei-me o que teria acontecido se Jane houvesse chegado a Thornfield Hall no dia do incêndio e...

– Estás me adiantando o enredo do livro? – interrompeu ele.

– Tens intenção de lê-lo? – Pestanejei, pois Frederick me fez perder o fio da conversa. – O caso é que minha Jane, que não se chama Jane, investiga a morte da família, porque a polícia acredita que foi um acidente.

– Mas não foi.

– Exato.

– Ficaria encantado em ler quando terminares. Porque irás terminá-lo, não é?

– É o meu propósito.

Meu peito subia e descia, ofegante, pela emoção de existir alguém que valorizava minhas histórias. Mesmo alguém de reputação questionável. Quase não tinha oportunidade de falar sobre o assunto, e responder às suas perguntas havia me deixado contente.

Então me dei conta: eu estava realmente feliz. Pela primeira vez em muito tempo. Ainda que durasse um segundo e que tivesse sido graças a Frederick.

Olhei-o com curiosidade. Mesmo que nossa conversa houvesse arrefecido um pouco, assim como murchara a margarida que ele me deu quando éramos crianças, o silêncio não era incômodo. Permiti-me desfrutá-lo por um momento antes de regressar ao salão para me unir às demais mulheres.

Então, Frederick fitou-me diretamente nos olhos, sorriu meio de canto e disse as palavras que me desestabilizaram por completo:

— Agora que nos reencontramos, depois de tantos anos separados, lembrei como era estar apaixonado por ti.

Vá para o PRÓXIMO CAPÍTULO →

CAPÍTULO 14

Quando cheguei em casa depois do meu encontro com Frederick Edevane, foi difícil manter a tranquilidade. Estava agitada e sentia um anseio que não sabia explicar. Jamais havia experimentado uma sensação parecida. Parecia que o diabo me havia possuído com um de seus pecados capitais: a luxúria. Queria voltar a ver Frederick e, ao mesmo tempo, manter-me o mais distante possível dele. Já não conhecia nem meus próprios desejos e não queria aceitar que meu corpo ansiava por ele.

Enquanto me despia, só conseguia pensar em meu encontro com Frederick. Em seus gracejos. No interesse que demonstrara por minha escrita. Na maneira como havia pronunciado as últimas palavras, como se fosse uma confissão, embora o mais provável era que se tratasse apenas de uma recordação passageira e doce atravessando sua mente.

Ele havia se despedido com monossílabos antes de se afastar. Como me arrependi de não lhe ter pedido que ficasse. Queria tê-lo perto de mim, mais do que antes, que não partisse novamente. No entanto, me acovardei. Estava noiva de outro homem e não podia me permitir pensamentos tão impuros.

Passei grande parte da noite acordada, recordando a nossa amizade ao longo dos anos. Sorri ao lembrar-me de como brincávamos de ser um casal depois do nosso "compromisso" e de como seguimos até chegar à puberdade. Foi então que Frederick começou sua fase de rebeldia e rejeitou tudo o que havia pertencido a sua infância. Inclusive a mim.

Eu era parte daquilo que ficara para trás. Por algum tempo, o afastamento me causou muita dor, pois minha mente já nos imaginava juntos, felizes para sempre. Contudo, aceitei o fato de que ambos estávamos crescendo por caminhos paralelos. Enquanto ele se tornava um canalha, eu aceitava o meu papel de submissa na sociedade. Para mim, estava claro que nossos caminhos nunca mais voltariam a se cruzar.

Até essa noite.

O desassossego continuou durante toda a semana, a tal ponto que, durante a missa de domingo, rezei para esquecer Frederick. Ao sair da igreja de Saint Mary, estava com esperança de que Deus atenderia minhas preces.

Para tirá-lo de minha cabeça, refugiei-me em *Linho e seda*. Faltava muito pouco para terminar e acreditei que essa seria uma boa maneira de afastá-lo de minha mente. Quanto mais pensava nele, mais urgência sentia em escrever. Entretanto, Deus e minha sensatez me haviam abandonado. Cada vez que eu fechava os olhos, via aquele jovem loiro de olhos azuis que ocupara o meu coração havia muito tempo.

Meu estado de ânimo piorou ainda mais quando Leopold convidou-me para um passeio no Regent's Park. Percebi o contraste entre meu desejo de voltar a ver Frederick e a insatisfação por estar ao lado de meu noivo.

Leopold e eu caminhamos sob um céu completamente nublado, enquanto eu imaginava como continuaria a escrita do meu romance. Precisava encontrar um meio de desaparecer da vista de meu noivo por um tempo. Queria ficar sozinha e não conseguia pensar em outra maneira de fazê-lo a não ser arrancar minha aliança de noivado e lançá-la, disfarçadamente, em algum arbusto. Então lhe diria que a havia perdido e iria procurá-la.

— Beatrice, estás me escutando?

Estremeci. Por pouco, Leopold teria me flagrado jogando a joia.

— Perdoa-me. Eu me distraí pensando no nosso casamento.

Se ele me conhecesse, saberia que era só uma desculpa.

— Entendo. — Ele sorriu. — Quero muito chamar-te de "minha esposa".

Lembrei-me, então, do que Frederick havia comentado durante o jantar de noivado de sua irmã: que meu noivo não se importava comigo e que pretendia contrair matrimônio porque eu era muito mais jovem.

— Se não for indiscrição de minha parte — comecei —, gostaria que me contasse por que decidiste casar-te comigo.

Leopold franziu a testa sem entender o porquê daquela pergunta, lançada de modo tão impertinente. Em seguida, notei como movia o pomo de adão, engolindo em seco.

— Por que me perguntas, Beatrice?

— Bem, tivemos poucas ocasiões para conversar a sós. Em geral, temos conosco ao menos a companhia de minha mãe. Em menos de duas semanas seremos marido e mulher e gostaria que não fôssemos meros desconhecidos. Que me contasses o que em mim despertou tua paixão e se pensas em minha felicidade...

Na verdade, o que eu queria comprovar era se meu antigo amigo de infância tinha razão. Se Leopold demonstrasse ser o homem vil que Frederick afirmara, eu não sentiria tanto remorso pelas ideias que rondavam minha mente naqueles últimos dias. Contudo, se a resposta desmentisse essa ideia, eu tentaria amá-lo a meu modo. Tentaria.

— Quando te vi pela primeira vez, o que me cativou foi tua delicada beleza. És mais bela que as pétalas de uma rosa.

Contive a vontade de perguntar "E o que mais?". E tentei dissimular meu desgosto, que só crescia. Mas ele conseguiu piorar a situação.

– E, sim, claro que desejo que sejas feliz, Beatrice. Sem dúvida! Desejo que sejas a mãe de meus filhos. No futuro, serás minha confidente. Quando eu chegar em casa, exausto de um dia duro na fábrica, quero te encontrar com teu mais meigo sorriso. Então te contarei minhas maiores atribulações no trabalho e tu me aconselharás com tua doce inocência.

Nem tive forças para responder àquelas palavras. Embora outras pessoas pudessem interpretá-las como a resposta de um noivo apaixonado, a mim não enganava. Ele não se preocupava com minha felicidade, via-me apenas como um mero acessório para seus planos de vida. Só pude sentir um grande desapontamento ao descobrir que eu, como mulher, estava destinada a não ser dona de minha própria vida.

Antes que eu pudesse responder qualquer coisa, ele me perguntou:

– Beatrice, onde está tua aliança?

– Oh, não! – Tentei soar o mais abalada possível. – Eu a perdi! Como meus dedos são muito finos, devo tê-la deixado cair sem perceber.

Na verdade, nos dias mais frios sentia a aliança mais folgada em meu dedo, mas não a ponto de poder perdê-la sem que eu percebesse.

– Espera aqui, vou procurá-la – disse-me ele.

Suspirei aliviada. Ao menos teria tempo de digerir aquelas emoções tão angustiantes. Não queria casar-me com ele, precisava fugir de meu próprio destino.

– Minha amada Beatrice – escutei às minhas costas, repentinamente. – Que problema te perturba a mente?

Dei meia-volta. A razão de todos os meus tormentos se aproximava com aquele semblante sedutor de sempre e um sorriso irônico.

Não conseguia acreditar que a caminhada no Regent's Park havia se tornado um encontro imprevisto com Frederick Edevane. Como aquela tarde podia ficar ainda pior? Deus não havia escutado minhas preces do domingo anterior.

Esperei-o sem sair do lugar.

– Avistei-te de longe e não resisti em vir cumprimentar-te – disse, deixando de lado o tom de gracejo.

Permaneci calada, encarando-o, e ele voltou ao sarcasmo:

– És real, não? Não paro de pensar em ti desde o dia em que nos vimos. Como não me diriges a palavra, estou achando que talvez sejas uma miragem. Ou delírio de um apaixonado.

Desviei o olhar, tentando transparecer indiferença diante de seu descaramento.

– O que queres, Frederick? – resmunguei. – Não estou para brincadeiras. O senhor Clark pode ver-te. Ele está procurando minha aliança de noivado.

– Oh, espero que se demore. Assim teremos mais tempo para conversar.

– Conversar? Não entendes que não podemos nos falar a sós?

– Mas é justamente o que mais queres.

Sim, ele estava certo. Porém, uma coisa era o que meu íntimo queria, outra era o que eu ia deixar que ele descobrisse. E, claro, também o que a sociedade permitia. O que os londrinos falariam de mim se pensassem que Frederick estava me cortejando? Saberiam que era só um antigo amigo?

– E sobre o que queres conversar?

– Sobre ti. Sobre mim. Sobre as coisas que escrevemos. Já te disse que não paro de pensar em ti desde aquela noite. Realmente não consigo tirar da cabeça o que me contaste sobre teu romance.

– Beatrice – escutei a voz de meu noivo –, o que estás fazendo com lorde Edevane?

Prendi a respiração. Estava acontecendo o que eu tanto temia: que Leopold me surpreendesse falando a sós com outro homem.

– Desculpa-me, querido. Lorde Edevane é um amigo de infância. Só veio cumprimentar-me.

Embora não parecesse muito convencido, Leopold não insistiu no assunto. Apenas olhou para Frederick de maneira ameaçadora, para indicar-lhe que eu era sua propriedade.

– Encontrei tua aliança – disse, entregando-me a joia. – Havia caído num arbusto de margaridas.

– Margaridas! – Frederick lançou-me um olhar malicioso. – São minhas favoritas. Têm um significado especial para mim.

Olhei-o fixamente, incrédula. Não podia tolerar o que acabara de fazer. Já havia sido constrangedor o que me dissera privadamente, no jardim de sua casa, mas fazer insinuações de duplo sentido diante de meu futuro esposo era demais. Ele não tinha limites.

– Pois me parece uma flor muito sem graça – afirmou Leopold, acariciando o bigode. – Ninguém gosta de margaridas.

– Não subestimes o poder das margaridas. Podem ajudar-te a conquistar uma dama.

Estava indignada com o comportamento de Frederick. Temia que, a qualquer momento, ele pudesse deixar escapar mais informações do que deveria. Por sorte, fez uma reverência com o chapéu antes de se afastar e desapareceu de nossa vista.

O encontro me entristeceu. Se Frederick não houvesse se tornado uma pessoa tão cínica, talvez as coisas entre nós tivessem sido diferentes.

Senti meu rosto molhar-se. A princípio achei que eram minhas próprias lágrimas. Contudo, quando notei que meu noivo manuseava a bengala para transformá-la num guarda-chuva, me dei conta de que começava a chover.

Nos dias seguintes, fui tomada pela apatia. Não conseguia me concentrar em nada. Felizmente, meu estado de ânimo melhorou quando retomei a escrita de *Linho e seda* para dar-lhe o final que não conseguia encontrar.

Ademais, ocorreu um fato que me devolveu a alegria ou, ao menos, fez com que eu esquecesse um pouco meu pesar.

– Senhorita Turner – Bessie apareceu –, vos deixaram esta carta.

Levantei-me depressa da cadeira da escrivaninha em meu quarto. Imaginei que eram notícias da minha boa amiga Dorothea.

– Que felicidade!

Mas, assim que nossa criada entregou a carta, não reconheci a caligrafia do envelope. Com um nó na garganta, desdobrei o papel enquanto temia o pior. Ao ler a assinatura, abafei um grito.

Claramente, Frederick não conhecia a palavra decoro.

Londres,
11 de abril de 1850

Minha cara Beatrice,

Conforme comentei em Regent's Park, não parei de pensar em ti e em teu romance desde que conversamos no jardim.

Escrevo esta carta para compartilhar contigo um de meus poemas. Uma vez que me contaste a trama de teu livro, considero justo que conheças minhas inquietações artísticas.

Ao mar

O mal que há aqui na cidade
recorda o agitado mar.
Profundo, cheio de calamidade,
como a maçã de Adão.

Os pés se molham em minha perdição,
conscientes do reduzido poder
que recebo em minha posição.
E só vi as ondas após romper.

São frágeis, vulneráveis em si,
com um destino que jaz mortal,
de suas terríveis Mortes aprendi.
O mar que temo nunca foi leal.
Desventurado sou! Me afoguei
imóvel na onda que nadei.

O que achas? O poema é uma metáfora de como a vida nos afoga, tal como se mostra o perigoso mar quando afundamos. A natureza pode ser impiedosa.

Como tem evoluído tua história? A detetive já encontrou o assassino?

Espero que o endereço do remetente não se perca, pois é onde resido. Sempre que quiseres visitar-me, serás bem-vinda. Parece que já posso ouvir tuas queixas sobre quanto isso não é bem-visto pela sociedade, sobre minha má reputação e outros tantos inconvenientes que te passem pela cabeça. Mas minhas palavras são sinceras, Beatrice. Aqui tens um amigo.

Teu verdadeiro noivo,

FREDERICK

Embora poemas não fossem meu forte, senti-me extasiada por poder dividir minha paixão pela literatura com outra pessoa. Deixei escapar um sorriso ao ver que me perguntava sobre *Linho e seda*.

– Estais bem? – A pergunta de Bessie me trouxe de volta à realidade. – A carta vos deixou sem fala.

Não podia confessar que a carta não era de Leopold. Gostava muito da nossa criada, mas ela prestava contas aos meus pais, não a mim, e eu não me sentia à vontade em confiar-lhe assuntos tão íntimos.

– Sim, Bessie, a carta é... é perfeita. Creio que, com o tempo, vou aprender a amar Leopold.

Vá para o PRÓXIMO CAPÍTULO →

CAPÍTULO 15

Bessie logo deduziu que o remetente da carta não era Leopold. Enquanto pedia que se apressasse para enviar-lhe minha resposta, nossa criada aconselhou-me com uma expressão que deixava claro que eu não a havia enganado, mesmo tendo escrito o nome de meu noivo no envelope:

– Senhorita Turner, eu vos aconselharia a serdes honesta com o nome do destinatário. A carta pode extraviar-se e acabar em casa errada... Prometo que vossa família não saberá para quem escreveis.

Assim, revelado meu segredo, comecei a troca epistolar com Frederick Edevane sem que meus pais soubessem. Bessie mantinha a máxima discrição ao enviar e receber as cartas, eu as lia na privacidade de meu quarto e depois as queimava na lareira da sala de estar para que ninguém as descobrisse.

Londres,

12 de abril de 1850

Prezado não noivo,

És um indecente por autodenominar-se dessa forma. Não tens vergonha! E nem mencionemos tua ousadia no Regent's Park... Não quero nem pensar no que aconteceria se tua carta tivesse caído nas mãos de minha mãe. Ou, pior, do senhor

Clark! Não lhes pareceria divertido se descobrissem que troco cartas com um homem, especialmente contigo.

Mas tenho de reconhecer que, embora a princípio não tenha me entusiasmado voltar a ver-te (dado o teu histórico), depois acabei por alegrar-me. Sobretudo pela inesperada conexão que compartilhamos por meio da literatura. Que agradável surpresa! Agradeço as palavras que me dedicou; foi um grande elogio de tua parte. Ademais, adorei o poema que me enviaste. Imagino que te inspiraste em Percy Shelley ou Lord Byron.

Sobre meu livro, bem, vai mais ou menos. Estou em um labirinto do qual não acho a saída. Minha Jane Eyre já encontrou o assassino, contudo me parece muito pobre que a trama acabe simplesmente em um casamento com o policial. Minha personagem me pede que eu dê um final diferente a *Linho e seda*, só que ainda não sei qual. Talvez possas me aconselhar.

Tua amiga,

BEATRICE

Londres,
13 de abril de 1850

Cara Beatrice,

Alegra-me que gostes do que escrevo. Como já havia dito, minha referência tem sido, sobretudo, o grande Percy Shelley, que escreveu em diversas ocasiões sobre a natureza perigosa com a qual nos defrontamos. Meu favorito: *Ode ao Vento Oeste*. Sei que tens muitos preconceitos em relação a ele; mesmo assim, sugiro que o leias.

Quanto ao teu romance, queres realmente minha sugestão? Confesso que tua última frase, pedindo-me conselho, deixou-me ainda mais contente do que o elogio ao meu poema.

Entendo tua Jane Eyre. Será que seu destino é simplesmente casar-se e tornar-se mais uma mulher inglesa? Não me intrometo nos assuntos do amor, mas, se eu fosse tua protagonista, me sentiria muito frustrado se me desses esse final. A personagem conseguiu o que a polícia não foi capaz. E se ela decidisse tornar-se detetive e investigasse outros casos nos próximos livros? Não tenho a menor dúvida de que triunfaria em seu propósito.

Teu não noivo,

FREDERICK

Londres,
13 de abril de 1850

Prezado amigo e não noivo,

Acabo de ler *Ode ao Vento Oeste* e, embora tenha gostado, a figura de Percy Shelley continua não me agradando. Mas admito que estou disposta a buscar mais poemas dele.

Não imaginas quanto me tocou tua ideia para o meu romance. É perfeita. Minha protagonista será detetive e, ocasionalmente, contará com a ajuda de seu esposo, que é policial e, por força do ofício, tem acesso a arquivos confidenciais.

Isso, portanto, significa que haverá mais volumes de *Linho e seda*, e a trama do próximo envolverá um furto em um baile. Ainda não sei qual será o objeto furtado, mas será o bem mais precioso de um duque. Essa continuação é fundamental para a evolução de minha Jane Eyre, já que o nobre não confia em sua competência como detetive, por se tratar de uma mulher. No entanto, quando ela solucionar o caso, porque irá lográ-lo, todos lhe darão valor.

Estou emocionada. Agradeço de coração, Frederick. Se não fosses um canalha destruidor de corações, talvez até pudéssemos ter estas conversas pessoalmente, não por intermédio de cartas.

Tua amiga,

BEATRICE

Londres,
14 de abril de 1850

Cara Beatrice,

Posso até ser um canalha, mas não um destruidor de corações. Nunca arrebatei o coração de ninguém para depois pisoteá-lo. As mulheres se apaixonam por mim do mesmo modo que eu me apaixono por elas — cada uma num momento diferente, claro. E não lhes prometo nada que não possa cumprir. Quando dois adultos conhecem os limites de seus encontros, os corações não deveriam gerar um problema, concorda? Tampouco falatórios. Portanto, não vejo nenhum inconveniente em conversarmos pessoalmente. Já tens meu endereço, que está no remetente.

Quanto a teu livro, desejo-te toda sorte do mundo. Oxalá um dia seja impresso e mais pessoas possam acessá-lo. Todavia, espero ler o manuscrito. Adoraria conhecer tua prosa, se me permitires, e manter-me atualizado em relação às aventuras de tua protagonista.

Teu bom amigo,

FREDERICK

Londres,
15 de abril de 1850

Prezado Frederick,

Agradeço teus esclarecimentos e teu convite. Quem sabe um dia.

E prometo que lerás *Linho e seda*. Só espero que esse momento chegue logo.

Tua boa amiga,

BEATRICE

Londres,
16 de abril de 1850

Cara Beatrice,

De minha parte, anseio ler teu livro o mais breve possível. E o segundo. E o terceiro. Quando fores escrever os agradecimentos, espero encabeçar a lista.

A verdade é que estou muito feliz por termos resgatado nossa amizade. Fui um tolo por deixar que o tempo nos separasse; deveríamos ter continuado amigos.

Teu caríssimo amigo,

FREDERICK

Londres,
17 de abril de 1850

Prezado Frederick,

Odeio Leopold Clark com toda a minha alma. Não pretendo casar-me com ele. Odeio-o. Odeio-o.

BEATRICE

Londres,
17 de abril de 1850

Beatrice,

    O que aconteceu? Escreve-me o mais depressa possível ou vem à minha casa. Fiquei preocupado com tua mensagem. A folha de papel está enrugada devido a tuas lágrimas?

    Aqui tens um amigo leal,

FREDERICK

Vá para o PRÓXIMO CAPÍTULO →

CAPÍTULO 16

Algumas horas antes

Pela manhã, eu havia começado a escrever a segunda parte de *Linho e seda*. Levara os papéis e a pena para escrever na mesa da sala e pedi a Bessie que acendesse a lareira. Mudar de ambiente sempre me deixava mais inspirada, como se minhas ideias se escondessem nos diferentes cantos da casa e eu tivesse de encontrá-las.

– Detetive? Detetive, eu?! – falei em voz alta enquanto escrevia. – Quem diria... Há poucos meses eu era uma simples preceptora. Mas...

– Senhorita Turner – interrompeu-me Bessie –, tendes visita.

Desejei que fosse Dorothea, mas ergui a cabeça já sabendo que me depararia com Leopold. Coloquei a pena sobre a mesa e em seguida o cumprimentei.

– Bom dia, Leopold.

– Bom dia, Beatrice. Vejo-te muito ocupada. Estás escrevendo uma carta?

Olhei para a folha em que havia iniciado a continuação de meu livro. Nunca falara com ele sobre minha paixão pela literatura. Era algo muito pessoal para compartilhar com alguém que nunca se interessara em me conhecer.

— É... bem...

— Bom dia, senhor Clark. — Minha mãe quis mostrar-se presente.

— Minha filha já está de novo com outra de suas histórias.

Levei a mão ao peito ao sentir minha respiração se alterar. Por que ela tinha de lhe contar?

— Escreves?

— Sim. — Permaneci calada por alguns segundos, pensando se deveria falar sobre o livro ou se deveria ignorá-lo para que não tocasse mais no assunto. Por fim, me enchi de coragem. Não havia razão para me envergonhar de meu romance. — Escrevo sobre uma londrina que é detetive. Comecei agora a segunda parte do romance.

— Uma mulher detetive? — Leopold arqueou as sobrancelhas, e várias linhas marcaram sua testa. — E não é casada?

— Sim, é casada, mas investiga crimes, desaparecimentos, roubos e outros casos. É muito boa no que faz.

Meu noivo acariciou o bigode, pensativo. Olhei para minha mãe, que se instalara no sofá. Parecia orgulhosa por ter revelado minha paixão a Leopold, pois devia imaginar que ele me censuraria por não cumprir meus deveres de mulher.

"Pediste por isso", me dizia com o olhar.

No entanto, a reação de Leopold me deixou, no mínimo, surpresa.

— Posso lê-lo? Para falar a verdade, acho interessante que minha futura esposa tenha um passatempo criativo.

— Estás falando a sério?

— Com certeza. Quero saber que ideias rondam tua cabeça.

Apesar de ser um homem que não se importava comigo, pensei, talvez não fosse tão mesquinho quanto eu achava. Eu podia tê-lo julgado mal. Com entusiasmo, saí para buscar o manuscrito do primeiro livro e voltei. Bessie permanecia atenta em um canto da sala.

Assim que coloquei o romance nas mãos de Leopold, ele se acomodou numa poltrona para ler as primeiras e as últimas páginas. Não pude sentar-me outra vez, já que não conseguia desviar os olhos dele. Estava muito ansiosa para saber o que diria sobre minha história. Minutos depois, Leopold ficou parado, com o olhar perdido.

— Então, o que achaste? — perguntei, empolgada.

Ele alisou os cantos da boca antes de fitar-me e pronunciar as palavras que culminariam em tragédia.

— Bem, é um livro escrito por uma mulher com a qualidade de um livro de mulher. Carregado de sentimentalismo e de uma prosa muito pobre.

— Julgas que escrevo mal por ser mulher?

— Mais ou menos. — Entrelaçou os dedos. — Penso que tentas copiar nosso estilo, mas com um resultado nefasto. Deus criou as mulheres para que se dediquem a outras tarefas. E, como minha futura esposa, entre as tuas não há espaço para a escrita de romances a respeito de uma mulher que também não atende suas obrigações.

Abri a boca para protestar. Mas, por desgraça, antes que eu pudesse dizer qualquer coisa, Leopold levantou-se da poltrona e atirou meu manuscrito a um lugar que eu jamais poderia esperar: para a lareira em chamas.

Foi tudo muito rápido.

— Não! Não! — gritei sem me importar com as boas maneiras. — O que estás fazendo?!

Corri em direção à lareira para salvar *Linho e seda*, mas o maldito miserável tentou bloquear meu caminho. Quando consegui passar, vi que as folhas já estavam queimadas nas bordas e o fogo avançava perigosamente em direção ao centro.

Cada vez que estendia a mão para resgatar o livro, o fogo ameaçava queimar-me também. Não havia nada que eu pudesse fazer, porque, mesmo que corresse em busca de água, seria tarde demais para salvar alguma coisa.

Comecei a chorar ao ver meu trabalho dos últimos meses sendo reduzido a cinzas. Senti-me uma estúpida ao pensar que só havia perdido o romance por ter confiado na pessoa errada.

Bessie me empurrou para longe da lareira e apagou o fogo com um balde de água. Agradeci seu gesto com um sutil movimento de cabeça, mas o manuscrito já estava arruinado. O que o fogo não engolira ficou destruído pela água. A tinta se espalhara pelas folhas, como mais tarde fariam minhas lágrimas.

A dor me consumiu ao ver que minha mãe e Leopold assistiam a tudo sem uma gota de remorso. Certamente acreditavam que aquela era a melhor coisa que podiam fazer por mim.

Levantei-me com o coração apertado pelo que acabava de acontecer. O homem que se casaria comigo havia me humilhado da pior maneira, e com a aprovação e a cumplicidade da mulher que me deu à luz.

– O que fizestes é imperdoável, senhor Clark! Não tínheis nenhum direito de queimar o livro da senhorita Turner.

As palavras de Bessie me surpreenderam: além de tentar salvar *Linho e seda* do fogo, ela havia saído em minha defesa. Foi então que me dei conta de que era minha única amiga de verdade, alguém capaz de enfrentar todos sem se preocupar com as consequências.

– Bessie, não te atrevas a falar desse modo com nossa visita! – censurou-a minha mãe. – Como castigo, hoje ficarás sem o almoço.

– Beatrice é minha futura esposa – emendou Leopold. – É claro que tenho direitos sobre seus pertences, criada insolente!

– Vosso futuro patrimônio ainda não vos pertence. – Bessie não se deixou intimidar e empinou o nariz, desafiadora. – Ela ainda não está casada, portanto a decisão de queimar ou não o livro não vos cabia.

– Ficarás também sem jantar – minha mãe dobrou a punição. – E levanta as mãos para o céu por não te demitirmos agora, garota petulante.

Ora, se a despedissem, minha mãe e meu pai ficariam sem ter em quem descontar suas frustrações. Doeu-me saber que esse era o real motivo de não a mandarem embora.

– Ainda o agradecerás por isso, minha filha, assim como a mim – murmurou minha mãe, enquanto me olhava com ar condescendente. – Foi a melhor coisa que teu noivo fez por ti, arrancar de uma vez essas ideias nocivas da tua cabeça. Eu deveria ter feito isso antes, pois, como diz o provérbio 13:24, "quem se nega a castigar o filho não o ama; quem o ama não hesita em discipliná-lo".

Levantei-me bruscamente, tomada pela ira. Não concordava com aquilo. Deus não haveria de permitir que queimassem o livro que levei meses para escrever. Ele teria apreciado meu romance e não consentiria que me magoassem daquele modo.

Aproximei-me de meu noivo e agitei com violência os fragmentos molhados.

– Não me casarei contigo, Leopold. A partir de agora, nosso noivado está terminado.

– Tolice! Claro que vamos nos casar, por bem ou por mal. Não deixarei que canceles nosso casamento por uma birra de menina mimada.

– Não lhe dá ouvidos, senhor Clark. Isso passará. – Minha mãe, uma vez mais, demonstrava não ter a menor empatia com meus sentimentos.

Cerrei os punhos com raiva.

– Vou-me embora daqui. Não posso honrar minha visita nestas condições – disse Leopold e dirigiu-se à saída acompanhado por uma Bessie que não estava para cortesias. – Até a próxima vez, Beatrice.

Só que não haveria uma próxima. Enfurecida, fechei-me em meu quarto e desatei a chorar aos soluços, envergonhada por toda aquela humilhação. Encolhi-me em mim mesma e observei, frustrada, que não restava nada do manuscrito. Não havia o que fazer com aqueles fragmentos de papel, então joguei-os ao chão e os pisoteei, sentindo-me uma idiota por ter entregado o livro nas mãos de Leopold.

Rasguei também a folha em que havia começado a escrever a continuação do romance. Por que eu prosseguiria com a escrita se já não havia a primeira parte? Não me serviria de nada escrever a sequência, uma vez que o que lhe precedeu já não existia. E não existiria nunca mais, porque não queria voltar a escrever *Linho e seda*. Não, não voltaria a escrevê-lo.

Com o coração aos pedaços, arranquei minha aliança de noivado e extravasei meus sentimentos em uma breve carta que enviei a Frederick.

Vá para o PRÓXIMO CAPÍTULO →

CAPÍTULO 17

A resposta de Frederick chegou algumas horas depois. "Escreve-me o mais depressa possível ou vem à minha casa", pedia. Eu o havia assustado. Claro que sim, minha mensagem era visceral e desalentadora.

– Acho que hoje não seria muito sensato falar com "já sabemos quem", senhorita Turner – disse Bessie.

Sem ninguém ver, eu havia separado um pouco de minha refeição para Bessie, a fim de compensar o castigo que minha mãe, injustamente, lhe havia imposto. Assim, ela estava comendo às escondidas na cozinha enquanto eu a acompanhava.

– Sou muito grata pelo que fizeste, Bessie – disse com um sorriso. – Mesmo sem conseguir resgatar o manuscrito, enfrentaste o senhor Clark por mim.

– Eu não podia permitir que fosse destruído aquilo que vos dava tanta felicidade, senhorita Turner. Peço desculpas por não o ter salvado a tempo.

– Foste a única que correu em meu auxílio, Bessie. Muito obrigada.

Dirigi-me ao meu quarto para guardar a carta de Frederick na gaveta da escrivaninha. Talvez devesse desfazer-me dela, mas minha mãe estava na sala, e eu não poderia queimá-la como havia feito com as anteriores.

Pretendia encontrar Frederick, embora visitar um homem em sua casa não fosse apropriado. Mas já não me importava com isso.

Vesti um casaco para proteger-me do frio de abril e me preparei para sair de casa. Antes de chegar à porta, porém, encontrei minha mãe.

— Aonde pensas ir, Beatrice?

Jamais me haviam permitido sair sozinha de casa, por causa dos perigos que poderia encontrar nas ruas de Londres. No entanto, eu planejava sair de qualquer modo.

— Saibas, mãe, que não vou me casar com Leopold Clark, queiram ou não. É preferível ter um marido que não seja rico. — Mantive-me firme, sem nenhuma intenção de voltar a chorar diante dela. Já havia me mostrado vulnerável demais.

— Crês que se trata somente da riqueza de seu noivo? — Minha mãe aproximou-se na tentativa de me intimidar. — Teu pai mantém uma sólida relação comercial com o senhor Clark. Se rompes o compromisso, teu noivo passará a vender as mercadorias a outros comerciantes.

— Então te preocupas mais com meu pai do que ele com a senhora, mãe. Onde ele se encontra agora? Já sei que trabalhando não está — disse.

E era verdade. Ou estava apostando a pouca fortuna que nos restava ou sendo infiel à minha mãe. Conhecendo-o bem, eu diria que talvez ambas as coisas ao mesmo tempo.

— Tu te importas com o bem-estar de um homem que neste momento está te faltando com o respeito e que tampouco se preocupa com a honra de tua família — continuei. — Eu tentei, mas não vou esperar para saber se algum dia conseguiria amar o senhor Clark. Não depois da atitude desprezível que ele teve comigo hoje.

Sem lhe dar tempo para resposta, saí rapidamente em busca da parada de ônibus mais próxima. Meu coração batia cada vez mais rápido, sentia-me insegura no meio da rua. Os transeuntes, alguns deles vizinhos, me observavam com arrogância, com certeza perguntando-se o que fazia uma jovem como eu sozinha pelas ruas.

Os olhares não paravam, menos ainda quando me instalei em um dos assentos do ônibus. Tratei de manter meu olhar fixo nos cavalos, que puxavam a estrutura sem julgar quem havia subido no transporte. Minutos depois cheguei à mansão em que residia Frederick, uma das menores propriedades do conde de Uxbridge. Bati à porta algumas vezes com a aldrava, até que o mordomo veio abri-la.

– Boa tarde – cumprimentei. – Lorde Edevane se encontra em casa?

O homem tentou manter-se o mais discreto possível, mas ficara visivelmente desconcertado diante da minha chegada em hora tão pouco usual para uma visita.

– Senhorita Turner? – perguntou e eu assenti. – Lorde Edevane está à vossa espera. Venha por aqui, por gentileza.

O mordomo guiou-me até a sala de leitura, onde se encontrava Frederick. Da porta, pude ver a cabeça dourada inclinada sobre um exemplar de *Don Juan*, de Lord Byron. A expressão absorta no rosto do filho do conde de Uxbridge transformou-se em preocupação assim que me viu entrar.

– Vieste, Beatrice. – Levantou-se da poltrona e aproximou-se. – O que aconteceu? Conta-me.

Frederick abordou-me tão abruptamente que não consegui dizer nada, permaneci em silêncio. Os acontecimentos do dia me haviam exaurido tanto que não sentia ânimo para explicá-los.

A princípio, meu amigo mostrou-se confuso diante de minha reação, mas logo compreendeu que eu precisava de um pouco de tempo. Chamou a criada e pediu-lhe que nos servisse um chá. Enquanto esperávamos, talvez com a intenção de descontrair-me, tentou abordar temas agradáveis:

– Como anda a continuação do romance? – perguntou. – Vieste para trazer o manuscrito do primeiro volume?

Suas palavras fizeram-me chorar novamente, agora de modo mais contido. Ele se inquietou.

– O que eu disse?

– Leopold Clark queimou *Linho e seda*. O manuscrito já não existe.

– O que estás dizendo? Aquele grosseiro infame! Como ousou? E ninguém o impediu?

Neguei com a cabeça e, quando minha desolação permitiu, olhei-o nos olhos:

– Bessie, a nossa criada, foi a única que fez alguma coisa. Tentou apagar o fogo. Mas minha mãe disse que foi para o meu bem.

Abaixei a cabeça e repousei as mãos sobre a saia do vestido. Logo em seguida vi a mão de Frederick aproximar-se das minhas num gesto de conforto. Já não me importavam as normas sociais e, naquele momento, eu só precisava que alguém me consolasse. Esse alguém era Frederick. Peguei sua mão e entrelacei meus dedos nos dele.

Na verdade, puxei-o para mais perto de mim, para que me abraçasse, e então encostei a cabeça em seu ombro. Não me importavam os falatórios, ou era disso que eu queria convencer-me. Era meu amigo. O único que me compreendia. Meu único apoio.

– E o que pensas fazer a respeito de teu romance? – perguntou.

– Nada. Acho que não voltarei a escrevê-lo. Não vale a pena.

– Beatrice, não digas isso! – Soltou-se de mim e segurou-me pelos ombros. – O mundo precisa conhecer *Linho e seda*.

Fiquei surpresa com o modo efusivo como mencionava meu romance. Nem mesmo eu seria capaz de defendê-lo daquela maneira, menos ainda num momento de tanta tristeza como aquele.

– E para quê? – respondi. – Vou perder meses da minha vida reescrevendo-o. E talvez nunca seja publicado.

– Essa história deseja ser escrita. Não podes ignorar teus anseios. Agora pensas assim por tudo o que aconteceu, mas, quando fores mais velha, te lamentarás por não ter reconstruído tua Jane Eyre. Tens de confiar um pouco mais em ti. Espero que consigas enxergar o que estou vendo.

Concordei. Frederick tinha razão. Não me atormentaria em meu leito de morte lembrar que Leopold e minha mãe haviam arruinado meus sonhos, mas, sim, que eu não tivesse feito nada para mudar isso ao longo dos anos.

Então meus olhos concentraram-se no desenho de seus lábios. Minha respiração tornou-se ofegante devido aos pensamentos que invadiam minha mente. Um pedido. Um desejo.

Talvez eu não devesse fazê-lo. No entanto, naquele dia minha reputação me importava quase nada. Preferia ser feliz.

– Frederick... quero um beijo teu.

Vá para o PRÓXIMO CAPÍTULO →

CAPÍTULO 18

Frederick franziu a testa, confuso.
– O quê?!
– Quero que me beijes. Quero... Se minha vida vai ser isso, se estou condenada a ver meus sonhos queimados numa lareira, quero ao menos experimentar. Descobrir como pode ser o amor de verdade. Pode ser que não me reste outro remédio que não seja me casar com Leopold, mas ao menos essa lembrança permanecerá para sempre em minha memória. – Fiz uma pausa, o coração batendo forte no peito, quase supliquei. – Um único beijo, se quiseres.

Havia manifestado minha intenção de romper o noivado, contudo não era tão ingênua a ponto de acreditar que conseguiria fazê-lo tão facilmente. Além do mais, eu não tinha nenhum poder nessa decisão.

Mas para fazer o que estava querendo naquele momento, sim. Bem, se Frederick aceitasse.

Ele me olhava como se eu tivesse enlouquecido.
– O quê? – voltou a perguntar quase num sussurro, incrédulo.
– O que acabas de ouvir. Ouviste perfeitamente. Por favor, não me faças repetir. Não desejas beijar-me? – perguntei, com certo nervosismo.

Eu não queria parecer desesperada diante dele. Tampouco parecer uma tola, deselegante ou inadequada. Tinha certeza de que ele vivera outras situações parecidas e, no mínimo, havia beijado muitas mulheres antes. Por isso era a pessoa certa a quem eu podia pedir. Aquilo não tinha nada a ver com o fato de eu achar que meu tempo se esgotava, nem com o fogo que sentia consumir-me cada vez que o via ou abria suas cartas. Não. Era por sua experiência, por seu despudor inato, e porque era meu amigo.

Eu não queria romper nossa amizade, que tanto apoio me dava e que me fazia tão incrivelmente feliz, mas sentia que aquela era a última oportunidade para realizar meu desejo.

Frederick permanecia em silêncio e, por alguns minutos, desviou o olhar. Sua expressão era de incômodo, quase uma dor. Lembrei-me, então, daquele momento na festa de Dorothea, em que me viu de mãos dadas com Leopold. Seus olhos haviam me mostrado o mesmo pesar que eu podia ver agora. Engoli em seco, esperando. Não queria pressioná-lo mais, no entanto a impaciência começava a consumir-me.

Finalmente, confessou:

– Não quero que seja assim.

– Assim como?

– Nosso primeiro beijo, Beatrice. Se vai acontecer hoje, sob este teto, não quero que seja fruto do desespero que te causa teu noivado. Quero que me peças porque me desejas, não para fugir de outra coisa.

Suas palavras me surpreenderam. Por alguns instantes, um silêncio perturbador inundou o ambiente. Não podia acreditar no que ouvira, mas suas palavras flutuavam entre nós e eu não podia ignorá-las. Ele estava sendo honesto comigo.

Não queria crer, mas...

– Sabes que continuo comprometida... – murmurei, devagar. Sentia-me fragilizada, quase como se não tivesse sido eu quem havia começado tudo aquilo.

– Sim, Beatrice, mas o que te peço não é mais escandaloso do que o pedido que fizeste a mim, é?

Frederick aproximou-se. Tinha as mãos trêmulas, o cenho franzido, e eu não conseguia supor o que faria em seguida. Porém, quando fitou-me profundamente, percebi: o desejo, a decisão e a angústia. Segurou minhas mãos. Tive a impressão de estar diante de um homem muito diferente daquele que eu havia reencontrado, tão confiante e determinado a me fazer corar a cada palavra proferida.

Seus lábios tocaram os meus.

O que senti foi algo completamente diferente das ocasiões em que beijei meu noivo. Leopold e eu havíamos nos beijado pouquíssimas vezes, de maneira muito casta; era impossível fazer qualquer comparação. Frederick segurou meu queixo ternamente, e seus lábios moveram-se em harmonia com os meus, que eram mais desajeitados, devido à inexperiência. Contudo, fui capaz de seguir-lhe os passos. Como numa valsa, ele me conduziu e eu acompanhei seus movimentos, até mesmo quando me convidou a abrir os lábios para que nossas línguas se unissem a essa dança, tornando-a mais intensa.

Nunca tinha sido beijada de tal modo. Nem imaginava que se podia beijar assim.

O calor que invadira meu ventre na semana anterior voltou novamente, e admiti que minha alma o desejava com uma impetuosidade desconhecida.

Frederick deixou escapar um gemido. Perdi o controle. Agarrei-o pelo colete, colando meu corpo ao seu, inclinei-me sobre ele e pressionei os seios contra seu peito.

– Beatrice, o que estás fazendo? – Frederick afastou-me com delicadeza. Estava ofegante, e eu, também. – Isso... isso não é só um beijo.

Certamente. Entretanto, agora que experimentara seus lábios, não conseguia parar.

– Eu te desejo, Frederick – murmurei, voltando a abraçá-lo. Enlacei-o pela nuca, ansiosa, impaciente. Não era o que havia me pedido? Que eu o desejasse e não fugisse de nada? – Não paro de pensar em ti. Eu te desejo. Te desejei desde o primeiro dia. Na festa, no jardim, naquela tarde no Regent's Park e a cada carta tua. Quero mais. Um beijo não é suficiente.

Ele respirou fundo. Eu podia sentir suas mãos em minhas costas e as queria por todo o meu corpo, em cada parte do meu corpo.

– Tu mesma disseste que ainda estás noiva...

– Não importa – murmurei, tapando-lhe os lábios com a ponta dos dedos.

Então os beijou.

– Importa, sim, Beatrice. Em tua noite de núpcias, Leopold notará que perdeste a inocência.

Eu não conseguia pensar com clareza, devido à onda de excitação que me dominara. Talvez, quando passasse todo o êxtase de estar ali, tão próxima dele, me arrependesse dessa decisão. Mas não agora. Agora não conseguia pensar em mais nada.

– Não me importa – voltei a afirmar.

– Então, casa comigo, Beatrice.

Arregalei os olhos, recuperando um pouco da serenidade anterior. Frederick já fizera essa proposta antes, ainda que como um pacto entre amigos. No entanto, naquele momento parecia sincero, como um homem que realmente pedia em casamento a mulher amada.

– É sério isso? – murmurei.

– Claro que é sério, Beatrice. Assim como era séria minha confissão naquela noite em que nos encontramos no jardim. E como era sério quando éramos crianças e te dei aquela margarida como prova do meu amor. Não entendeste? Eu te amo. Te amo e quero casar-
-me contigo, embora essa decisão seja tua. Porque já sabes que, se aceitares, tua reputação ficará manchada para sempre.

Refleti sobre suas palavras. Frederick me amava. Amava e estava disposto a casar-se comigo, o que significava que eu nunca mais seria a Beatrice Turner de sempre – em seu lugar, passaria a ser alguém tão desonrada quanto Mary Shelley, uma mulher que vivia à margem da sociedade. Mas que outra opção me restava? Resignar-me a sofrer o mesmo destino que minha mãe?

– Quero ser tua Mary Shelley – respondi.
– E eu, teu Percy Bysshe Shelley.

Nesse momento, voltamos a nos beijar como se nada houvesse nos interrompido. Tornei a puxá-lo para junto de mim e retomamos a intensidade anterior. Logo Frederick, ofegante, convidou-me a acompanhá-lo até seu quarto.

Uma vez no interior dos aposentos, senti a urgência de ficarmos nus para atender aos desejos de minha alma. Não sabia exatamente o que meu corpo procurava, mas estava certa de que só o encontraria em Frederick. Começamos a nos despir sem interromper nossos beijos. Enquanto ele desfazia os laços de meu vestido, tirei seu colete e a camisa. Acariciei-lhe o peito com a ponta dos dedos, deleitando-me em seu aroma. Cheirava a tangerina e essência de limão.

Ele tirou meu vestido e, devagar, ocupou-se de meu espartilho e da anágua, lançando-os em seguida para longe, sem se soltar de mim. Em questão de segundos, ambos nos encontrávamos sem nenhuma peça de roupa. A maneira como me deitou na cama foi gentil, mas ansiosa. Eu queria continuar beijando-o, não conseguia afastar-me, mas Frederick segurou meu rosto longe do seu e pôs-se a explorar todo o meu corpo com seus lábios.

Gemi ante a surpresa de experimentar aquela nova sensação. Extasiada com sua boca em minha pele, senti-me ainda mais arrebatada quando suas mãos começaram a acariciar-me entre as pernas. Não pude evitar um novo gemido, mais profundo. Em seguida, ele escondeu o rosto em meu púbis e tocou-me com os dedos um pouco mais abaixo, movendo-os tão suavemente que me fez contorcer de prazer, querendo mais e mais.

– Espera – sussurrou.

Frederick ergueu-se na cama e pegou um frasco de óleo sobre a cômoda ao lado, no qual mergulhou os dedos antes de trazê-los de volta à parte mais íntima de meu corpo. Arqueei-me. Como se soubesse que eu não podia mais aguentar, introduziu-os facilmente e foi abrindo caminho dentro de mim.

Com a respiração cada vez mais ofegante, segurei Frederick pelo cabelo, desesperada e sentindo-me como se estivesse prestes a cair num desfiladeiro. Frederick diminuiu o ritmo de seus movimentos para torturar-me e tornar a experiência mais duradoura. Eu queria lançar-me quanto antes. Por alguns minutos mais, ele incitou meu desejo de descobrir o que havia além do salto do precipício. Até que não pude mais aguentar e joguei-me.

Eu jamais havia me sentido tão arrebatada, amada e desejada como nesse momento.

Uma vez relaxada, puxei Frederick para perto de mim e voltei a beijá-lo.

– Agora é minha vez – ameacei, soerguendo-me entre os lençóis.

No entanto, ao olhar sua virilha, não consegui imaginar como poderia dar-lhe prazer. Ele então guiou minha mão para ensinar-me, e passei a manipulá-lo, acompanhando seus movimentos. Logo fui capaz de acariciá-lo sem sua ajuda e, assim como acontecera comigo, Frederick começou a ficar ofegante e inclinou a cabeça para trás.

Gostei de saber que, além de sentir prazer, também podia proporcioná-lo. Agora eu estava no comando da situação e podia fazê-lo sofrer da mesma maneira que ele havia feito comigo. Então comecei a alternar o ritmo de meus movimentos; algumas vezes para atender o que me pedia por meio da respiração, outras para provocá-lo.

Quando seus gemidos se tornaram mais intensos, suplicou:

— Para, Beatrice, senão vou terminar antes da hora.

Obedeci. Frederick deitou-me na cama e beijou-me. Continuamos com nossos lábios colados durante alguns minutos, até que ele se afastou, mergulhou os dedos no frasco e besuntou-me de óleo mais uma vez. Ao sentir minha pele lúbrica, cobriu-me com seu corpo e penetrou-me devagar. À medida que o fazia, gemia baixinho ao meu ouvido.

— Não sabes quanto desejei ter-te assim — confessou com um fio de voz. — Foste feita para mim, para ninguém mais.

Movia seu quadril e ao mesmo tempo me beijava. De início, a sensação era um pouco estranha para mim; mas logo comecei a sentir novamente aquela onda de desejo que havia me inundado minutos antes. A cada momento o desejo aumentava mais e mais, e então voltei a ver-me no desfiladeiro de antes.

Como num final de romance, nos atirávamos juntos ao precipício enquanto murmurávamos o amor que professávamos um ao outro. Quando alcançamos o clímax, Frederick envolveu-me em seus braços e juntou meu corpo ao seu. Permanecemos alguns minutos em silêncio, enquanto eu tentava assimilar o que acabara de acontecer entre nós.

Percebi que não me sentia arrependida de ter-me entregado a Frederick daquele modo, de ter descoberto o que era o amor de verdade. Lutaria para casar-me com ele. Contudo, antes deveria romper definitivamente meu noivado com Leopold. Deixar-lhe claro que minhas palavras de antes não eram apenas fruto da raiva. Agiria da melhor forma possível para amenizar as repercussões do meu ato.

Então, levantei-me para vestir-me.

— O que aconteceu? — Frederick olhou-me surpreso. — Vais partir?

— Tenho de falar com meus pais. Quero casar-me contigo, mas do jeito correto... — Parei pensativa. — Sei que será um escândalo, mas preciso evitar que seja irreversível.

Por sua expressão, Frederick não parecia muito contente com minha ideia. Todavia, não respondeu nada e vestiu-se rapidamente para acompanhar-me até a porta.

Antes de ir-me, nós nos beijamos longamente. Em breve, o momento de intimidade que havíamos dividido seria só o primeiro de muitos.

— Tudo vai ficar bem — animou-me Frederick enquanto eu deixava sua casa.

Havia perdido minha reputação, ainda que ninguém o soubesse. De todo modo, eu já não me preocupava tanto com isso. No caminho de volta para casa, fiquei pensando em como as mulheres eram ensinadas que deviam cumprir determinadas regras para que fossem aceitas pela sociedade. Mas, agora que eu havia rompido com algumas delas, percebia quanto me sentia aliviada.

Quando cheguei em casa, bati à porta com o nó dos dedos, tentando não chamar atenção. Estava ansiosa para que Bessie a abrisse logo e eu pudesse contar-lhe o que havia ocorrido. Entretanto, a pessoa que me esperava não era ela, mas meu pai, que me recebeu com uma bofetada.

Vá para o PRÓXIMO CAPÍTULO →

CAPÍTULO 19

Meu rosto ardeu por causa do tapa, e comecei a sentir um zumbido em um dos ouvidos. Os olhos marejaram, mas me contive para não deixar cair uma lágrima sequer. Bessie vinha logo atrás de meu pai, chorando de cabeça baixa, e tinha o lábio ensanguentado.

— Bessie... — murmurei.

— Não criei minha filha para ser uma messalina! — gritou ele. Como não respondi, agarrou meu braço e me sacudiu. — Não me escutas?!

— Encontramos a carta de Frederick Edevane. Como ousou chamar-te para ir à sua casa? — acrescentou minha mãe. Senti meu sangue gelar. — Já foste abrir as pernas para ele? Pela maneira como fala contigo, não parece ser a primeira vez que trocam mensagens. E a imunda da Bessie tem mantido tudo em segredo, porque é uma ratazana mentirosa.

Arrependi-me de ter corrido para os braços de Frederick enquanto deixava sozinha a única pessoa que me havia defendido. Não imaginei que revirariam meus pertences e encontrariam a carta que ele enviara. Foi um descuido muito grande de minha parte.

— Vou casar-me com lorde Edevane, queirais ou não. — Olhei para ele desafiadoramente. — Dai por terminado meu noivado com Leopold Clark.

— Nada disso! — exclamou meu pai, enfurecido.

Agarrou-me novamente pelo braço e, com a ajuda de minha mãe, arrastou-me pelas escadas até o sótão da casa.

– Não! Solta-me, pai! – eu gritava pelo caminho.

Não adiantaram os gritos nem as tentativas de escapar de suas mãos, pois logo me vi trancada no aposento. Meu primeiro instinto foi esmurrar a porta e suplicar que me tirassem dali, contudo não tiveram clemência. Nem pareciam me ouvir.

Cerca de uma hora depois, minha mãe entrou para levar o jantar.

– Deixa-me sair, mãe – roguei. – Por favor.

– Vais casar-te com Leopold Clark – foi sua resposta. – Não serás a desonra desta família.

– É só isso que importa? Preferes me ver infeliz?

Por um momento achei que ela havia se apiedado de mim. Sua expressão suavizou-se, no entanto as palavras que ouvi não foram as que eu esperava.

– És muito jovem para saber o que é felicidade.

Quando abriu a porta para sair, tentei escapar. Mas ela empurrou-me e, antes que eu pudesse impedi-la, bateu a porta e virou a chave.

No segundo dia, desejei jamais ter ido à casa de Frederick. Tinha me deixado levar pela emoção e agora pagava o preço. Em que momento me atrevera a pensar que podia decidir sobre minha própria vida? As consequências me haviam demonstrado que eu era apenas um fantoche nas mãos de outras pessoas. Eu jamais teria voz própria.

O tempo no cativeiro transcorreu tão monótono que os segundos se transformaram em minutos, e os minutos, em horas. Já havia entendido que não escaparia de nenhum modo e que dali só sairia para casar-me com Leopold Clark. Por outro lado, em nenhum momento Bessie levou-me comida ou utensílios de higiene pessoal – disso presumi que ou a impediam de subir por acreditarem que me ajudaria a fugir ou a haviam despedido.

Estava desesperada para sair e, ao mesmo tempo, convencida de que nunca mais o faria. Contudo, nessa tarde uma voz distante me fez recobrar parte da esperança: a voz de Frederick.

— Onde está Beatrice?!

Ouvia-a tão baixo que deduzi que ele se encontrava do lado de fora da casa. Sorri. Tinha ido à minha procura porque pressentira que algo de ruim havia acontecido comigo.

— ...na casa da minha irmã... — Encostei o ouvido na porta. Ainda assim, era difícil entender o que dizia minha mãe. — Descansando antes... casamento... Não procures... minha filha.

Embora muitas palavras fossem inaudíveis, imaginei que minha mãe lhe dizia que tinha me enviado para a casa de minha tia para refletir antes do casamento. Depois o teria repreendido por chamar-me pelo meu primeiro nome, e não pelo sobrenome de solteira.

— Isso é mentira! — consegui escutá-lo, pois estava aos berros. — Ela veio para romper o noivado com Leopold Clark! Onde ela está?!

— Sim, mas... convencê-la... o que é correto.

Agora ela estava lhe contando que eu havia entendido que me casar com o dono da fábrica era meu dever, que havia concordado.

Eu precisava evitar que Frederick acreditasse naquilo, pois, do contrário, ele me abandonaria para sempre.

— Frederick! — Esmurrei a porta. — Frederick! — gritei seu nome com mais força.

Infelizmente, o barulho da rua abafou minha voz.

— Se eu souber que aconteceu alguma coisa grave com ela, tomarei providências para que teu marido nunca mais volte a fazer negócios por aqui!

— Se continuares com as ameaças, vais arrepender-te de cada uma de tuas palavras! — esbravejou minha mãe. — Nossa família pode até ser mais humilde que a tua, mas meu marido também tem seus contatos!

— Com certeza vai precisar deles!

Depois disso, não voltei a escutar a voz de Frederick. Partiu sem alcançar seu objetivo.

Durante o terceiro dia, fiquei pensando em Jane Eyre. Não em minha versão, consumida pelo fogo, mas na original. No livro de Charlotte Brontë, o homem por quem a protagonista está apaixonada mantém sua primeira mulher trancada no sótão para, segundo argumenta, "curar-se de sua loucura", já que ela nos é apresentada como alguém que perdeu a sanidade mental. De início, compreendi as intenções desse ato, mas agora só conseguia pensar nessa personagem como uma miserável corajosa.

Trancafiar uma mulher no sótão era recomendado pelos médicos para curá-la da histeria. De fato, na minha vizinhança havia mais de uma que havia permanecido confinada durante um período para curar-se. Diante da minha situação, no entanto, comecei a reconsiderar se realmente elas mereciam ser prisioneiras no próprio lar, assim como eu. Haviam perdido a sanidade ou só desejavam ser livres?

O que teria acontecido à protagonista de *Linho e seda* se tivesse comunicado ao pai seu desejo de ser detetive? Ou, pior, o que teria acontecido se o tivesse dito a um hipotético marido, a um Leopold Clark?

Então me dei conta de que minha protagonista não teria um caminho tão fácil para conseguir ser detetive.

No quarto dia, perguntei por Bessie a meu pai, já que não tinha nenhuma notícia dela. Não a haviam despedido. Porém, ele me assegurou que ela havia recebido um castigo tão severo que nunca mais se atreveria a levantar a voz ou a encobrir qualquer pessoa que não fosse o senhor da casa.

Fiquei com o coração apertado. Não queria nem imaginar que tipo de punição ela havia recebido para manter-se submissa. À noite, rezei para que ela estivesse bem e, no meu íntimo, pedi perdão por ter-lhe causado essa infelicidade.

Cinco dias depois de me encarcerarem, minha mãe entrou no sótão com um largo sorriso estampado no rosto. Não foi preciso perguntar por que parecia tão feliz, pois sabia o dia em que estávamos: 22 de abril de 1850.

– Hoje é teu casamento, Beatrice! Minha pequena se torna uma mulher.

Fiquei em pé e baixei a cabeça, desalentada. O pesadelo estava a ponto de chegar ao seu ápice.

Vá para o PRÓXIMO CAPÍTULO →

CAPÍTULO 20

Minha mãe e uma Bessie emudecida me ajudavam a pôr o vestido de noiva. De vez em quando, eu olhava furtivamente para minha amiga, mas ela se comportava como se fosse uma empregada nova e não me conhecesse. Uma linha avermelhada ainda marcava seu lábio e, na pálpebra, havia uma mancha roxa que começava a clarear. Senti-me culpada por tê-la envolvido em meus assuntos. Não fosse isso, ela não teria sofrido as consequências.

Após vestir o traje com que me casaria, olhei-me no espelho. O vestido de linho branco cobria todo o meu corpo até os tornozelos. Depois me calçaram uns sapatos brancos de salto baixo e finalizaram com as joias herdadas de minha mãe, um véu que escondia meu rosto e uma tiara.

Eu havia perdido toda a esperança de poder escapar desse dia.

Antes de sair de casa, minha mãe entregou-me um buquê de lilases. Saímos caminhando. Bessie foi a encarregada de segurar minha cauda até a igreja de St. Mary, para que eu não tropeçasse. Não me sentia tão sozinha na companhia de minha amiga.

Quando chegamos à igreja, vi que a entrada estava repleta de flores, assim como o caminho que me conduziria ao infeliz matrimônio. Do lado de fora, viam-se estacionadas as diversas carruagens pertencentes aos convidados.

Meu coração começou a disparar e lamentei por meu futuro. Casaria com Leopold, daria à luz seus descendentes e me tornaria uma versão de minha mãe. Quando minha filha se apaixonasse por alguém, será que eu permitiria que voasse livremente? Ou será que lhe arrancaria as asas da mesma maneira dolorosa que haviam feito comigo?

— Parabéns, minha filha — felicitou-me minha mãe. — Estás linda. Desejo-te toda a felicidade do mundo.

Estava sendo sincera? Como podia alegrar-se com minha desgraça? Será que realmente acreditava que meus sentimentos mudariam assim que Leopold se tornasse meu marido? Ou simplesmente era uma pessoa perversa?

Com um vazio no peito, aproximei-me de meu pai para que me acompanhasse ao altar. Porém, nesse momento alguém saltou de uma das carruagens e correu em nossa direção.

Frederick.

— Beatrice! Beatrice!

Ele não poderia ver minha expressão por trás do véu, mas o júbilo floresceu em meu rosto. Ele voltara para buscar-me. Havia, então, alguma chance de eu não me casar com Leopold, e sim com o homem por quem estava apaixonada.

— Frede...

Não consegui terminar de pronunciar seu nome, porque meu pai empurrou-me e colocou-se à minha frente.

— Foste retirado da lista de convidados, lorde Edevane — disse. — Retorna ao lugar de onde veio e não estraga este casamento.

Tentei me aproximar para falar com Frederick, mas meu pai estendeu os braços para bloquear a passagem. Minha mãe, por sua vez, agarrou-me pelo punho para manter-me a seu lado.

— Não saio daqui sem tua filha — afirmou, decidido. — A senhorita Turner me ama, assim como eu a amo.

– Nunca! Nem em cem anos eu daria minha bênção a esse compromisso. Beatrice vai se casar com o senhor Clark, um cavalheiro que cuidará dela como ela merece!

– Um cavalheiro desejaria ver sua futura esposa feliz, não queimar seus sonhos em uma lareira.

– O senhor, por acaso, sabe o que é ser um cavalheiro?

Sentia-me grata pelas palavras de Frederick, pois além de Bessie era o único que havia enfrentado minha família. Mas me dei conta de que não podia mais deixar que outras pessoas saíssem em minha defesa; apesar de minhas limitações, era eu quem deveria ter aquela conversa com meu pai. Em toda a minha vida, alguém sempre decidia meu futuro, estivesse eu de acordo ou não. Não permitiria que isso acontecesse novamente, por mais que Frederick estivesse ali para ajudar-me.

– Silêncio! – gritei.

Puxei o braço e consegui soltar-me de minha mãe, enquanto meu pai olhava perplexo.

– Durante dezenove anos todo mundo fez escolhas por mim, mas não vou tolerar ficar prisioneira em um casamento sem amor, da mesma forma que fiquei encarcerada no sótão de casa nesta semana.

– No sótão?! – exclamou Frederick, indignado.

– Nem vos importáreis quando me recusei a aceitar a corte do senhor Clark – continuei meu protesto, sem responder a Frederick. – Este casamento é apenas mais um negócio comercial para ti, não é, pai? Uma aliança perpétua com o dono de uma fábrica têxtil.

– Tolice! Foi esse senhor que te fez perder o juízo? – Meu pai apontou para Frederick.

– Ninguém tem o poder de fazer-me enlouquecer ou de curar-me, mas, sim, ele ajudou-me a tomar decisões que antes eu não tinha coragem. Ainda que as consequências tenham sido nefastas, eu voltaria a enfrentá-las.

Calei-me por um instante enquanto me livrava da tiara que prendia meu véu e deixei-a cair ao chão.

– Não vou me casar com o senhor Clark. Ao diabo minha reputação. Prefiro ser feliz.

Olhei de soslaio a entrada da igreja, onde os convidados começavam a amontoar-se para presenciar a discussão.

Minha família estava impactada com o que eu dizia e, antes que tentassem bloquear meu caminho, eu já havia me jogado nos braços de Frederick.

– Olá, Frederick. – Encostei meu nariz no seu.

– Olá, Beatrice.

– Beatrice! Vem para cá!

Voltei-me ao ouvir a ordem recebida e deparei-me com a expressão enfurecida de Leopold, que acabava de aparecer entre as testemunhas da discussão. Sem pensar muito, mas consciente do escândalo que meu gesto representaria, colei meus lábios aos de Frederick. Foi um beijo curto, mas o efeito na audiência foi imediato. Esbocei um sorriso ao ouvir as exclamações de surpresa, assombro e desgosto.

– És uma messalina! – gritou meu pai. – Nunca mais pises em nossa casa. Não és mais nossa filha.

Sem desfazer o sorriso desafiador que exibia a todos, afrontei-o:

– Como ousas falar como uma pessoa superior a mim, sendo um adúltero há mais de vinte anos?

A pergunta foi lançada no tom mais alto que pude, para que todos ouvissem. Embora já devessem existir rumores pela vizinhança, fiz questão de reforçá-los. Meu pai emudeceu e ficou boquiaberto, não porque eu o magoara com aquela acusação, mas porque a partir daquele momento todos conheciam a verdade.

Nesse instante, minha mãe começou a chorar, envergonhada.

– Não tens o direito de dizer uma coisa dessa! – esbravejou. – O que fizemos por ti foi para o teu bem!

– Adeus, mãe. Espero que um dia te livres do jugo de meu pai. Só não sei se estarei a tua espera.

Ainda que em diversas ocasiões ela tivesse agido muito mal com a própria filha, naquele momento fui tola o suficiente para condoer-me, pois a via como uma mulher amargurada que não pudera escolher seu destino.

Antes de subir na carruagem com Frederick, olhei para a pessoa a quem eu prometera levar comigo se um dia eu fosse livre.

– Bessie, queres acompanhar-nos nesta nova aventura?

A pergunta a surpreendeu, como se achasse que eu nunca me lembraria dela num momento como aquele. Estendi-lhe a mão para confirmar minha proposta, que ela aceitou de imediato.

– Sim, senhorita! Sim!

– Bessie! És nossa criada! – minha mãe gritou, vindo em nossa direção. – Se fores com eles, mancharás teu nome.

– Escolho estar ao lado de quem me tem em alta estima, senhora. Beatrice tem muito respeito por mim.

Abracei-a por referir-se a mim pelo primeiro nome. Finalmente eu poderia dar-lhe a vida que merecia.

Frederick, então, pegou-me pela mão e conduziu-nos à carruagem, diante do olhar atônito de todos os convidados, do senhor Clark e de meus pais. A alegria tomou conta de mim enquanto partíamos para nossa nova vida e abandonávamos todos aqueles que tanta tristeza me haviam causado.

Não sabia o que o futuro me reservava, mas tinha certeza de que enfrentaria tudo de acordo com minhas próprias escolhas, e não conforme os outros decidissem.

– Por uma vida a teu lado, minha Mary Shelley – murmurou meu noivo.

– Por uma vida, meu Percy Shelley. – E beijei-o.

Pouco a pouco vou me afastando de Beatrice para ser novamente apenas Charlotte. Entretanto, o processo é interrompido num ponto em que sou ambas e nenhuma ao mesmo tempo. Sou um ser que flutua no meio do nada.

Então escuto a voz da bruxa, meio longínqua:

— Você quer saber como foi a vida de Beatrice Turner, a partir de agora Beatrice Edevane? Ou prefere finalizar o processo de regressão?

Não sei muito bem o que quero. Sigo com Beatrice ou já estou satisfeita com o que conheci da minha vida passada?

Se Charlotte escolhe conhecer mais sobre a vida de Beatrice, vá para o PRÓXIMO CAPÍTULO →

Se Charlotte escolhe sair da regressão, vá para o CAPÍTULO 22 (página 115) →

CAPÍTULO 21
NOSSA VERSÃO EM VERSOS E PROSA

Londres, 22 de setembro de 1859

Os anos posteriores ao meu casamento com Frederick Edevane foram difíceis. De fato, contraí o matrimônio dos sonhos: consegui casar-me com o homem a quem amava e que seria meu confidente para sempre. Porém, minha escolha teve uma repercussão negativa para ambos.

Para começar, toda a minha família distanciou-se de mim, e nunca mais soube deles. Além disso, a família de meu marido deixou de falar conosco, tanto com Frederick quanto comigo. Inclusive Dorothea, que já não era a melhor amiga que eu acreditava ter.

Isso significou que, meses depois, ele perdeu o título de lorde Edevane e foi despojado de suas riquezas, pois o deserdaram como futuro conde de Uxbridge. Frederick já protagonizara muitos escândalos, e seu pai não estava disposto a tolerar nenhum mais. Deixamos a mansão onde residíamos em West End e nos vimos obrigados a conhecer a vida rural, mais modesta, mas acessível para a nossa nova economia. Bessie permaneceu na cidade, pois havia se apaixonado pelo mordomo que trabalhava na casa do barão de Saye e Sele. Mas continuamos nos correspondendo, sem nos importar com a distância.

Assim que nos acomodamos em nosso novo e desastroso lar, perguntei-me se realmente havia feito a escolha certa. Embora tivesse acatado os desejos do meu coração, havíamos sido condenados a uma vida de miséria. E, claro, não nos tornaríamos os escritores que ambos desejávamos ser.

Frederick tentava tirar essas ideias da minha cabeça. Quando saíamos a passear pelo campo, quando trocávamos carícias ou quando íamos dormir, me assegurava que o que nos havia ocorrido não era culpa minha.

Por sorte, o conde de Uxbridge fez as pazes com Frederick assim que dei à luz nosso primogênito, Edward. Apesar de ele argumentar que sua decisão se dera por notar que meu marido havia amadurecido, sempre intuí que era por sentir falta do filho e porque queria conhecer o neto.

Voltamos para Londres, e a vida finalmente começou a sorrir para nós. Pouco depois, Frederick aceitou o cargo de conde de Uxbridge e retomamos nossa paixão pela escrita. No dia em que recomecei *Linho e seda*, me senti perdida – temia que não ficasse tão bom quanto na primeira vez que o escrevera. Ignorei meus medos, porém, e cobri o papel com a tinta negra da pena. Não sabia se algum dia seria publicado, mas estava decidida a fazer o que fosse necessário para consegui-lo.

Antes que eu me desse conta, já estava mergulhada na terceira parte. Sim, terceira parte: minha imaginação transbordava. E então Mary, uma de nossas criadas, apareceu à porta do quarto:

– Lady Edevane, visita para vós.

Pensei que fosse Bessie, dado que costumávamos nos encontrar sempre que seu trabalho permitia. No entanto, abafei um grito quando vi minha mãe na sala de espera, sozinha. Já não contava que algum dia viesse à minha procura.

– O que fazes aqui? Teu esposo morreu?

Era a única explicação que eu podia imaginar para aquela visita.

— Olá, minha filha. Não, divorciei-me. Depois de teu monumental escândalo, já não fazia diferença se eu perdesse um pouco mais da minha reputação. Senti tanto a tua falta...

Pestanejei, incrédula. Jamais acreditei que algum dia ela decidiria divorciar-se de meu pai, sobretudo porque sempre falava de quanto o "amava".

— Mamãe, quem é essa senhora? — perguntou-me Edward, então com seis anos, ao entrar na sala.

Examinei-a com o olhar. O tempo não havia sido generoso com ela: havia envelhecido demais nos últimos nove anos.

— Sou tua av...

— Ninguém, meu amor — interrompi. — Só uma pessoa que veio fazer uma visita.

Meu filho pareceu confuso com minha resposta tão seca. No entanto, não perguntou nada mais. Despediu-se com a cordialidade de sempre e em seguida saiu da sala.

— Meu neto merecia saber que tem uma avó.

— Tu abriste mão de ser mãe há anos. Não te creias com privilégios dos quais não dispões. E por que te divorciaste do teu marido, com quem eras tão feliz? — Enfatizei a última palavra.

— Não aguentava mais, Beatrice. Levei uma vida inteira de humilhações com os vícios dele e não podia mais com aquilo. Agora não tenho para onde ir.

Foi então que começou seu espetáculo de lágrimas. Tentava me inspirar pena, mas eu já não caía em sua rede de manipulação. Viera somente para tirar proveito de mim.

— E o que queres que eu faça, posso saber?

— Dar-me abrigo, claro. Esta casa é muito grande. Uma pessoa a mais não seria nenhum incômodo.

— Para mim seria. Tu fizeste da minha vida um inferno, me obrigaste a ficar noiva de um homem que eu não amava, me abandonaste quando eu mais precisava... Mas sabes de uma coisa? Fui tão ingênua que durante muito tempo esperei que me procurasses. E vens agora, depois de quase dez anos, porque não tens onde cair morta. Creio que nunca gostaste de mim, tampouco sentiste minha falta.

Caminhei em direção à porta, dando por finalizada a visita. Contudo, suas palavras seguintes me fizeram interromper meus passos. Não foi um pedido de desculpas nem uma demonstração de quanto me amava. Não. Ela simplesmente lançou:

– "Honrarás teu pai e tua mãe." Isso é o que Deus ensinou a Moisés em seus Dez Mandamentos.

Virei-me irritada pela altivez com que pronunciou essas palavras. No entanto, mantive a calma.

– Também disse "Não tomarás Seu santo nome em vão". Adeus.

Quando saí da sala, respirei fundo. Jamais havia me sentido tão fortalecida, segura de que podia ser eu mesma sem temer que minha mãe me trancasse no sótão novamente.

Ouvi Frederick conversar com nosso filho no corredor e fui ao encontro deles. Dei um beijo em meu marido, peguei sua mão e a de Edward e levei-os para longe de onde estava meu lúgubre passado, em direção a um iluminado presente.

– Sou abençoada por ter-vos em minha vida – disse, sorridente. – Eu vos amo muito.

Frederick observou-me com seu olhar enigmático de sempre e que ainda levava meu corpo a inflamar-se de desejo. Depois devolveu-me o sorriso, dizendo:

– Nós também te amamos, Beatrice. Minha grande escritora.

E voltou a beijar-me, fazendo com que eu me sentisse com dezenove anos novamente. Mas, agora, eu era livre finalmente.

Vá para o PRÓXIMO CAPÍTULO →

CAPÍTULO 22

Assim que abro os olhos, me sinto desorientada. Por um momento não reconheço as duas mulheres que olham para mim, mas então me dou conta: sou Charlotte Dewsbury e acabo de vivenciar uma regressão. Bom, ao menos é assim que denomina a bruxa que está diante de mim.

A sensação foi tão real que duvido que estivesse apenas na minha imaginação. Juro que eu era Beatrice Edevane de verdade, e não uma farsa.

– E aí, Charlotte, como foi? – pergunta Martha, minha melhor amiga.

Mal, muito mal, pensei. Conhecer o amor da minha vida passada me destroçou, embora tenha sido um processo "inofensivo". Agora, cada vez que me lembro do olhar enigmático de Frederick, me dá vontade de chorar.

Ele já não está neste mundo. Morreu, assim como eu, e quem pode saber onde sua alma reencarnou agora? Certamente está muito longe daqui e deve ter se apaixonado por outra pessoa. Porque, claro, não pode lembrar-se de mim nesta encarnação.

– Frederick se foi. – Levanto a cabeça. – Nunca mais vou vê-lo.

– Charlotte – estremeço ao ouvir a bruxa dizer meu nome –, esse tipo de coisa não funciona assim. Normalmente, somos pequenas comunidades que se reencontram nas viagens à Terra. Tenho certeza de que nesta vida você já conhece Frederick, ainda que com outro nome, aparência e papel em sua vida. Neste caso, sua alma e a dele compartilham a mesma paixão por alguma atividade ou profissão.

Quem sabe o meu Frederick de hoje também seja um apaixonado pelas artes plásticas. Mas acho que não, a bruxa deve estar enganada, não conheço ninguém que ame arte tanto quanto eu.

– E quem é? – pergunto.

– Não tenho como saber, porque não vi nada da sua encarnação atual.

– Isso quer dizer que, por exemplo, você consegue saber quem foi a Martha na minha encarnação como Beatrice Edevane?

– Isso mesmo.

Olho para minha melhor amiga, que nos observa com a expressão mais cética do mundo. Se não acredita que a mulher que nos atende é uma bruxa, muito menos vai engolir que nos reencontramos ao longo de vidas passadas.

– E quem era ela?

– Pense bem. Sua alma saberá reconhecê-la. Vocês mantêm um vínculo no qual as duas se ajudam mutuamente sem se importar com as circunstâncias. Quem lhe deu apoio quando quase todo mundo tinha dado as costas a você?

Olho para minha amiga e lembro que somente uma pessoa, além de Frederick, esteve ao meu lado nos momentos mais difíceis.

– Bessie, nossa criada.

– Exatamente.

– Ah, que ótimo! – diz Martha com ironia. – E ainda por cima me coloca como a criada. Que divertido...

Assim que termina a sessão, pago em dinheiro e vamos embora. Ainda sinto calafrios pelo que vivenciei, tudo tão real que eu poderia jurar que fui Beatrice Edevane nesta vida, e não em uma anterior.

– Você tinha que ter visto, Martha. – Junto as palmas das mãos com uma estranha saudade de mim. – Minha vida foi dura, mas feliz.

– Ok, Charlotte, não quero ser a estraga-prazeres, mas não acho que o que experimentou seja autêntico. – Pronto, lá vem a intervenção racional de Martha. – Vamos lá: é sério que você não se perguntou por que era a garota que se apaixonou pelo conde e não a criada simplesmente, assim como eu? Essa gente sempre tenta fazer com que as pessoas se sintam especiais e acreditem que tiveram encarnações maravilhosas, para que voltem à consulta. Se tivesse dito que sua existência anterior foi medíocre, assim como a de noventa por cento da população mundial, você teria ido embora sem pagar.

Entendo o ponto de vista da minha melhor amiga, mas gostaria que respeitasse minha experiência.

Ainda pensativa, pego o celular e digito "Beatrice Edevane". Quero descobrir se foi tudo invenção da minha cabeça ou se, de fato, existiu alguém com esse nome. Quando o resultado da busca aparece, paro no meio da rua. Meu antigo eu olha para mim de um retrato que, ao clicá-lo, me leva a uma página da Wikipédia.

– Fui real! – Mostro a Martha. – Veja isso!

Leio sua história. É a mesma que vi com meus próprios olhos, embora faltem alguns detalhes, como o da semana em que os pais a mantiveram trancada no sótão para forçá-la a se casar com o homem a que não amava.

Martha suspira.

– Eu não disse que essa mulher nunca existiu. O que eu acho é que a bruxa fez uma meditação guiada com você pra que acreditasse ser essa pessoa.

– Eu agradeceria se respeitasse minhas crenças.

– Desculpe, Charlotte. Só gostaria que você não ficasse obcecada por esse tipo de coisa.

— Claro que não.

Mas, logo em seguida, volto a inspecionar a biografia de meu antigo eu. Prendo a respiração ao ver que há um link intitulado "Obras literárias". Ansiosa, abro o link e constato, orgulhosa, que *Linho e seda* foi publicado, além de outras obras.

— Por fim, ela conseguiu. Fez uma saga de cinco volumes — murmuro. — Martha! Temos de achar os livros da Beatrice.

Ela se mostra resistente à proposta, mas acaba concordando:

— Está bem. — Suspira, com enfado. — Aonde você quer ir?

Coço o queixo. Sei que há uma biblioteca ali perto, mas gostaria de comprar um livro dela agora mesmo para lê-lo e guardar de recordação.

— Onde fica a livraria mais próxima?

— Fica um pouco longe, Charlotte. Não prefere ir à biblioteca aqui do lado?

Tem razão. O que faço?

Se Charlotte escolhe ir à biblioteca, vá para o PRÓXIMO CAPÍTULO →
Se Charlotte escolhe ir à livraria, vá para o CAPÍTULO 24 (página 122) →

CAPÍTULO 23

Enfim, me decido pela biblioteca. Martha tem razão: a livraria fica longe e, se não tiverem os livros que procuro, será uma perda de tempo.

Uma vez lá dentro, demoramos uns cinco minutos para encontrar a estante com os livros de Beatrice Edevane. Pego o primeiro volume de *Linho e seda* e o abraço com força, do mesmo modo como faria se eu o tivesse escrito – o que, tecnicamente, fiz há dois séculos, então não estou tão equivocada.

– Sabe quem deve conhecer alguma coisa sobre essa autora? – pergunta Martha em voz baixa. – Tyler.

É verdade. O namorado dela estudou Literatura, embora não me lembre de ouvi-lo mencionar qualquer obra de Beatrice Edevane. Duvido que estejam nos planos de estudo das disciplinas do curso.

Martha liga para Tyler e compartilha o fone de ouvido comigo para que nós três possamos conversar sem perturbar os usuários da biblioteca. No segundo toque, Tyler atende a ligação.

– Oi, querido. Charlotte e eu estamos numa biblioteca – diz minha amiga, quase sussurrando. – Então, você já leu Beatrice Edevane, autora da era vitoriana?

– Oi, meninas. Qual é o título do livro mais conhecido que ela escreveu?

– *Linho e seda* – respondo, sem saber se era de fato o mais popular.

Tyler fica em silêncio por alguns segundos antes de responder:

– Ah! Lembrei. Sim, sim, estudamos sobre essa obra em uma aula sobre perspectiva de gênero no âmbito profissional.

– Poderia nos contar um pouco sobre ela?

– Claro. Essa mulher escreveu diversos livros em que fazia críticas severas à sociedade da época. Muita gente a reprovava por isso, mas também por seu histórico amoroso. Parece que estava noiva de um burguês muito importante, mas deu o fora nele no dia do casamento. Embora o marido fosse tão rebelde quanto ela, ou ainda pior, os londrinos demoraram menos para perdoar os escândalos dele que os dela. Beatrice perdeu completamente sua reputação, mesmo depois de Frederick receber o título de conde. Ao menos é o que suponho. De qualquer forma, tenho certeza de que foi feliz, porque finalmente conseguiu ser livre, a coisa mais importante para ela.

– O que foi dito na aula sobre *Linho e seda*? – pergunto, a fim de saber o que contam os professores sobre a saga.

– Se não me engano, é a história de uma jovem viúva cujo marido a trancava no sótão porque ela queria ser detetive. Um dia acontece um incêndio na casa de seus vizinhos, no qual toda a família morre, e ela decide investigar porque acredita que o fogo foi provocado. Depois de descobrir o assassino, acaba se casando com um policial e abre uma agência de detetives.

– Pensei que a protagonista fosse uma preceptora que iria trabalhar com a família – recordo em voz baixa.

– Se fosse só isso, talvez o romance tivesse passado despercebido e não viraria um clássico. Seu principal atrativo é que trata da figura da "louca do sótão". A trama é uma espécie de Sherlock Holmes, só que com vinte anos de antecedência e sem ter tido o mesmo sucesso.

Portanto, a experiência traumática que Beatrice viveu por culpa dos pais fez com que mudasse o pano de fundo da história.

Pouco depois, diante dos pedidos de silêncio na biblioteca, interrompemos a chamada com Tyler. Então, formalizo o empréstimo do livro e levo-o para casa com muita vontade de começar a ler a nova versão e descobrir o que pensava o meu eu de antigamente.

— Bom, melhor você começar a se arrumar para o evento, não é? — comenta Martha, impaciente. — Senão, vamos nos atrasar.

— Que evento?

Minha melhor amiga se irrita comigo.

— Não, não acredito, Charlotte. A inauguração da galeria! Você esqueceu?

— Brincadeira, Martha, claro que lembro — minto. Estive mentalmente um longo tempo na Londres vitoriana; é normal que tenha esquecido todo o resto.

Martha cruza os braços.

— Você não vai, né? Agora só tem cabeça para essa tal Beatrice e não há meios de fazer você voltar à realidade.

Ela tem razão. Agora estou totalmente voltada à minha vida passada e, por mais que tente, não consigo prestar atenção no presente. Talvez devesse sair para uma caminhada e começar o livro que tenho em minhas mãos...

Então lembro que, como se supõe, a conexão que tenho com Frederick está vinculada aos nossos interesses comuns. Desse modo, estou convencida de que o que compartilhamos nesta encarnação é nossa paixão pela pintura ou pelas artes em geral. Se não vou, talvez nunca reencontre sua alma nesta vida.

— O que você decide, Charlotte?

Se Charlotte escolhe ir à galeria de arte, vá para o CAPÍTULO 99 (página 413) →

Se Charlotte escolhe não ir à galeria de arte, vá para o CAPÍTULO 25 (página 125) →

CAPÍTULO 24

Admito que é um pouco egoísta da minha parte fazer Martha ir comigo até uma livraria se há uma biblioteca ao lado, mas não consigo reprimir meu desejo de comprar ainda hoje um exemplar de *Linho e seda* e colocá-lo na minha estante.

Porém, ao chegarmos à livraria, meus planos parecem frustrar-se.

– Não temos o livro que você quer – esclarece a vendedora. – Podemos encomendá-lo ou procurar outro título da autora.

– Não, não se preocupe... O que você tiver dela está bom.

– Você disse Beatrice Edevane, certo?

– Isso.

Enquanto esperamos a garota voltar, olho para Martha, que me dirige um sorriso cansado. Comprimo os lábios, envergonhada. Ela me acompanhou até aqui para, no fim, os exemplares de *Linho e seda* já terem sido todos vendidos.

– Temos este. Chama *No fim do rio* e não faz parte da saga.

– Obrigada.

Folheio rapidamente o volume, que tem umas trezentas páginas. Na parte interna da contracapa há um retrato de Beatrice, Frederick e seus dois filhos, um menino de uns dez anos e uma menina de três. Acaricio a imagem, sem conseguir apreender que essa vida me pertenceu algum dia.

Depois começo a ler o comentário da editora na contracapa, que indica que Beatrice começou a escrever o livro quando deu à luz sua filha – de fato, dedicou-o a ela. A narrativa é sobre uma jovem que simulou a própria morte para livrar-se de um relacionamento abusivo. Fico muito interessada, pois meu objetivo é absorver os aprendizados que minha outra encarnação recebeu ao longo dos anos. Por exemplo, sua busca pela felicidade, mesmo que implicasse a desaprovação do resto da sociedade.

De acordo com o que leio, a agitação que Beatrice causou foi tal que a própria rainha Vitória censurou a obra. Em resposta, Frederick Edevane, já conde de Uxbridge, publicou um poema em que compara a figura da monarca com a Torre de Babel. Isso provocou outro escândalo, que durou meses e colocou em risco seu título de nobreza.

– Vou levar. – Entrego o volume à vendedora, com um sorriso.

Não é o livro que eu tinha em mente, mas mesmo assim fico empolgada ao descobrir uma história que ainda não existia no período em que vivenciei a regressão. Já fora da livraria, saio cantarolando pela rua, tomada de emoção, e até dou alguns pulinhos de alegria.

– Estou louca pra ler você! – Seguro *No fim do rio* à altura do meu rosto. – Logo que chegar em casa.

– Como assim, "logo que chegar em casa"? – pergunta minha amiga. – Charlotte, temos o evento da galeria, você esqueceu?

Paro de repente na calçada.

– Ah, é verdade.

– Você não vai, né? Agora só tem cabeça para essa tal Beatrice e não há meios de fazer você voltar à realidade.

Ela tem razão. Minha mente agora está totalmente voltada à minha vida passada e, por mais que tente, não consigo prestar atenção no presente. Talvez devesse sair para fazer uma caminhada e começar o livro que tenho em minhas mãos...

Então lembro que, como se supõe, a conexão que tenho com Frederick está vinculada aos nossos interesses comuns. Desse modo, estou convencida de que o que compartilhamos nesta encarnação é nossa paixão pela pintura ou pelas artes em geral. Se não vou, talvez nunca reencontre sua alma nesta vida.

— O que você decide, Charlotte?

Se Charlotte escolhe ir à galeria de arte, vá para o CAPÍTULO 99 (página 413) →

Se Charlotte escolhe não ir à galeria de arte, vá para o PRÓXIMO CAPÍTULO →

CAPÍTULO 25

Ainda que a escolha seja difícil, para mim está claro que é o correto a fazer. Me sinto mal por minha amiga, já que tudo o que ela fez foi para ajudar a impulsionar minha carreira como pintora, mas não sinto que hoje seja o dia para isso. Não consigo me concentrar em mais nada depois da regressão, e não será bom ir assim à galeria.

— Vá você, Martha. Desculpe, mas não acho que seja o momento certo para conhecer pessoas da área. Além disso, talvez nem estejam dispostas a ver meu portfólio, não sei... Ninguém espera ser assediado pela acompanhante de uma convidada.

Obviamente, Martha não gosta da minha resposta, posso notar em seu rosto. Contudo, respeita minha decisão e diz que, caso conheça alguém importante, me contará amanhã.

Acompanho Martha até sua casa e, a partir daí, nossos caminhos se separam. Assim que fico sozinha, vou a um parque próximo e me sento para ler o livro de Beatrice. Estou ansiosa por conhecer mais a fundo como era viver na Londres vitoriana e avaliar se minha escrita era boa. Hoje eu não seria capaz sequer de elaborar um relato curto. De qualquer forma, achei que talvez fosse uma boa ideia homenagear meu eu do passado com a ilustração de alguma história sua.

As horas passam voando enquanto estou submersa no livro, talvez porque a história está me cativando ou então porque sei que estas páginas foram escritas pela minha alma. Quando finalmente escurece, por volta das nove e meia, decido voltar para casa e continuar a leitura no meu quarto.

Justo quando estou me levantando do banco, meu telefone começa a tocar e sei, pelo horário, que só pode ser Martha.

> Amiga, você não vai acreditar.
> Estou conversando sobre nossa adolescência
> com a pessoa mais inesperada do mundo.
> QUERO SUMIR DAQUI.
> Com que cara você vai ficar se eu disser
> que a dona da galeria não é ninguém mais,
> ninguém menos que ALASKA ST. JAMES?
> Acho que abriu a galeria com o tio.
> Não sei nem explicar a cara que ela fez quando me viu.
> Imagino que a mesma que eu fiz quando a vi.
> Hahaha!
> Depois ficou uns dez minutos falando
> do tanto que ama as artes desde sempre
> e blá, blá, blá...
> Olha, não sei, não.

Sento-me de novo. Como Alaska, a capitã das líderes de torcida do nosso antigo colégio, pode ser a dona de uma galeria? Desde quando se interessa por arte, e por que eu nunca soube disso?

De repente, meu estômago se comprime. Talvez eu a tenha julgado mal. No fim das contas, nunca me permiti conhecer Alaska e criei uma ideia de quem ela era só pelo papel que representava no colégio. Quem sabe eu deveria tê-la aceitado mais e ter visto que tínhamos mais coisas em comum do que eu acreditava?

Na verdade, me queixo demais das oportunidades perdidas, mas, se me esforçasse, talvez pudesse recuperar algumas. Os erros que cometi no passado poderiam ser corrigidos no presente se eu fosse mais corajosa. De todo modo, já se passaram muitos anos. Todos nós mudamos, a começar por mim. Inclusive Alaska. Será que vale a pena? Nesta manhã ela visualizou minha mensagem e não respondeu. Nem sei se me daria uma última oportunidade...

O que vou fazer?

Se Charlotte escolhe deixar tudo como está, vá para o PRÓXIMO CAPÍTULO →

Se Charlotte escolhe ir à galeria na última hora, vá para o CAPÍTULO 106 (página 428) →

CAPÍTULO 26

Não acho que valha a pena. Afinal, já passou muito tempo, e Alaska nem se dignou a me responder, então provavelmente não queira saber de mim. E eu entendo. Às vezes, o melhor é deixar as coisas como estão.

Enfim, vou para casa. Hoje foi um dia intenso e preciso refletir e tomar decisões. Assim como Beatrice, passei anos com uma pessoa que me sugou as energias e as oportunidades.

Mas, em vez de me queixar por ter passado tanto tempo com Dylan, prefiro ser um pouco mais parecida com Beatrice e fazer algo com o que sou agora. Tenho de ser coerente com a minha situação, recuperar o rumo da minha vida, e não acho que a chave para isso sejam as pessoas que pertencem ao meu passado. Tenho de aprender a olhar para a frente, pelo meu bem e o dos meus sonhos. Então, quando encontrar a pessoa certa, seja quem for, vou recebê-la com os braços abertos. Nesse dia, já não estarei remexendo o passado e pensando no que poderia ter sido e não foi.

Observo o livro em minhas mãos. Beatrice Edevane. Em outra encarnação fui outra pessoa, mais corajosa, mais capaz de enfrentar as injustiças e, definitivamente, mais livre. Espero de todo o coração voltar a ser como ela, ainda que seja um pouquinho.

Fim

Aquele dezembro manchado de vermelho

CAPÍTULO 27

Meus primeiros anos de vida foram difíceis, ainda que não tanto quanto o período que veio depois. Lembro-me de atravessar a infância em um contexto de crise: assim que a Alemanha começou a se recuperar da recessão provocada pela Grande Guerra, mergulhamos fundo em outra, graças aos Estados Unidos. *Vielen Dank, Amerikaner!*[2]

Embora em minha família não tenhamos sofrido tanto: minha mãe era professora, e meu pai, catedrático da Universidade de Humboldt, em Berlin, por isso enfrentamos menos privações que outras pessoas com recursos mais limitados. Na verdade, recordo essa época até mesmo com alegria, porque minha família estava completa: nós três e meu irmão menor, Otto. O melhor eram os finais de semana, em que eu acordava escutando o piano do papai. Quando me levantava, já me esperavam as torradas com geleia da mamãe.

O ano de 1932, por desgraça, foi o início dos nossos problemas. Minha mãe faleceu numa segunda-feira de agosto, de infarto, deixando o marido e os dois filhos sem aviso prévio. Na época eu tinha catorze anos e já não era uma garotinha, mas, se ainda me restava algum resquício de infância, com esse acontecimento tinha acabado de perdê-lo. Tentei fazer com que a meninice de Otto durasse muito mais,

---
[2] Muito obrigada, americanos. (N.T.)

pois ele tinha apenas cinco anos quando perdemos nossa mãe. Era meu irmãozinho e eu estaria a seu lado sempre que ele necessitasse.

As coisas pioraram quando Hitler tornou-se chanceler. No início, muito vizinhos concordavam com suas políticas, porque ele prometia que nos tiraria da crise em que estávamos atolados e que a Alemanha voltaria a ser grande. No entanto, nunca conseguiu enganar meu pai. No dia em que ganhou as eleições, papai comentou que, quem dera, o voto fosse permitido somente aos alemães com alguma capacidade crítica e que não se deixassem levar pelo totalitarismo.

Seu discurso ficou mais pessimista dois meses depois, quando teve início a queima de livros. Da janela do nosso apartamento, podíamos ver de longe a Opernplatz, onde tudo acontecia. Nunca esqueci como meu pai, enquanto fumava, olhava o fogaréu que haviam provocado. Notei que tinha os olhos cheios de lágrimas. Foi a única vez que o vi chorar, além do dia em que minha mãe morreu.

– O que está acontecendo, papai? – Coloquei-me a seu lado e vi a fumaceira através do vidro.

Ele pigarreou várias vezes antes de responder:

– "Quem esquece sua história está condenado a repeti-la".

– O que estamos condenados a repetir?

Apagou o cigarro no peitoril e voltou a fazer uma pausa angustiante. Depois fechou a janela e saiu da sala.

– Logo haverá outra Grande Guerra – ouvi-o dizer no corredor.

Enquanto meu pai buscava um jeito de nos tirar do país, decidi entrar em estado de negação e desfrutar a vida sem aceitar que poderia estourar outro conflito de tal magnitude.

Nos anos seguintes continuei indo às aulas e cheguei a ingressar na universidade. Naquela época não havia muitas mulheres com acesso ao ensino superior, portanto fui uma das felizardas. No entanto, meu sonho era abrir uma cafeteria com minha melhor amiga, Emma. Desde que nos conhecêramos no colégio, fantasiávamos a respeito do nosso negócio.

— Teremos de tudo: sucos, tortas... — comentava ela, emocionada.
— "Os doces de Hanna e Emma". Gostei! O que você acha do nome?
— Que mania de tortas! Nós não vamos montar uma confeitaria.
— Posso ser o cozinheiro? — perguntava Otto, meu irmãozinho, meu outro melhor amigo.
— Numa cafeteria não há cozinheiros — explicava eu, sorrindo. — Mas sem dúvida poderá trabalhar conosco.

Então a Alemanha anexou a Áustria, e minha vida começou a se complicar. Nesse mesmo ano, os Estados Unidos, por fim, concederam vistos aos alemães que queriam fugir do país. Infelizmente, não havia vistos suficientes e a lista de espera era muito extensa. Centenas de milhares de pessoas ficariam sem poder emigrar, mas papai nos garantiu que isso não aconteceria conosco. Segundo ele, tinha contatos que lhe haviam prometido que estaríamos entre os escolhidos.

Por fim, o visto foi dado somente a mim. Nem a Otto, nem a papai. De fato, eu trabalhava e estudava, embora minha renda não me mantivesse muito estável como a de meu pai. E supunha-se que o lado financeiro tinha um peso muito importante nas decisões da embaixada. Mas não fazia o menor sentido escolherem a mim e somente a mim. Eu seria a única que poderia ir para os Estados Unidos nesse 1938, por isso estive a ponto de recusar. Ou iríamos todos ou não iria ninguém.

— Hanna, pelo que há de mais sagrado! — suplicava meu pai. — Deram-lhe a oportunidade de se salvar, minha filha. Aproveite. Além disso, concederão mais vistos nos próximos anos. É só uma questão de tempo para que seu irmão e eu nos reunamos a você.

Apesar de ele não se mostrar muito seguro de suas palavras, consegui convencer-me. No dia em que parti, fui entre lágrimas e abraços do meu pai, de Otto e de minha amiga Emma. Todos me prometeram que um dia voltaríamos a nos ver.

Mas a guerra que papai previra estourou e eu nunca mais soube deles.

Vá para o PRÓXIMO CAPÍTULO →

CAPÍTULO 28

Ilha de Oahu, Havaí, 12 de setembro de 1941

Café com leite, o leite não muito frio, mas também não muito quente, e não muito escuro, mas também não tão claro, porque sem café não é café com leite.

Às vezes, as especificações dos clientes mais me confundiam que ajudavam.

– Hannah, saindo um café puro – pediu meu patrão, Carl Stuart.

Meu nome é Hanna, sem "h" no final, mas desde que migrei para os Estados Unidos o senhor Stuart me dizia que seria melhor "Hannah". Segundo ele, para que eu me americanizasse e as pessoas não percebessem que eu era de Deutschland.

Uma das regras que ele impôs para "me ajudar" era que eu só deveria falar com os clientes se fosse estritamente necessário. "Hannah, seu sotaque é muito forte. Vão descobrir que você é alemã", dizia com seu paternalismo vulgar. Segundo ele, poderiam pensar que eu era uma espiã nazista ou que tinha vindo à ilha de Oahu para roubar as vagas de emprego. Mas, mesmo que muitos pensassem assim, eu sabia que ele usava desses argumentos para isolar-me e para que eu, definitivamente, não me integrasse em um país que por princípio me rejeitava.

Não era a vida que eu esperava. Com minha melhor amiga, Emma, planejara abrir uma encantadora cafeteria em alguma rua pitoresca de Berlim. Levamos anos planejando isso. Mas a guerra estourou e nosso sonho partiu-se em pedaços. Depois, fui para os Estados Unidos sem meu pai, sem meu irmão, Otto, e, claro, sem Emma.

Cada dia que passava, eu morria um pouco mais. Embora minha vida transcorresse com relativa normalidade, sabia que a vida de meus entes queridos corria um grave perigo. Nem mesmo em sonhos conseguia fugir da angústia e do temor. Todas as noites sonhava que tinha voltado a Berlim e os encontrava mortos sob os escombros. Então, seus corpos ensanguentados me recriminavam por tê-los abandonado.

– Hannah! – gritou o senhor Stuart, tirando-me dos meus pensamentos, porque eu não tinha levado o café.

– Já vou... – comecei, mas parei na mesma hora e substituí o que ia dizer por um aceno de cabeça.

Aproximei-me dele e entreguei o café com leite. Esbocei um leve sorriso para que se acalmasse, mas a situação só piorou.

– E o café puro que pedi?

Meu sorriso se desvaneceu assim que percebi minha distração. Baixei a cabeça servilmente, envergonhada.

– Olha, você não pode continuar assim. No dia em que me pegar de mau humor, será demitida.

Carl Stuart adorava deixar bem claro quem estava no comando e que podia prescindir de mim a qualquer momento. Mas já fazia um ano que eu trabalhava em sua cafeteria e nada acontecera nas dezenas de vezes que ele me ameaçou. Às vezes eu tinha vontade de pedir demissão, contudo sabia que poderia levar meses até conseguir outro trabalho. E ainda corria o risco de ser tratada da mesma maneira.

Suspeitava que ele havia me contratado porque eu era o alvo perfeito para sua rabugice. Devia pensar: "Pobre alemã, essa eu posso tratar como bem entender, porque não vai me abandonar".

A Hanna de outros tempos estaria com o sangue fervendo se visse minha atitude tão submissa. Mas a guerra é assim: arranca das pessoas tudo o que são e as transforma em seres quase irreconhecíveis.

Para piorar a jornada de trabalho, na última hora, quando estávamos apenas nós, chegaram uns marinheiros que vinham da base de Pearl Harbor. Fiquei bastante irritada, pois me deixavam nervosa quando apareciam. Sempre tão escandalosos, sempre tão mal-educados... Achavam que o mundo lhes pertencia só porque serviam à pátria.

O senhor Stuart foi até a mesa em que estavam para anotar o pedido. Quando terminou, entregou-me o papel.

– Vou ao banheiro – disse. – Cuide deles, Hannah.

Enquanto preparava os cafés, escutei a conversa acalorada do grupo. A namorada de um havia enviado uma carta, a mãe de outro fizera uma visita surpresa... Talvez eu os detestasse também porque tinham a vida que eu havia perdido.

Coloquei as xícaras no balcão e me preparei para levá-las. Nesse momento, um dos marinheiros, um rapaz ruivo, aproximou-se.

– Deixe que eu ajude – falou gentilmente, pegando uma delas.

Neguei com a cabeça, porque era minha responsabilidade e, se meu patrão visse, voltaria com suas ameaças.

– Não é incômodo nenhum – insistiu.

Começamos uma leve disputa pela xícara, até que aconteceu o inevitável: o café respingou em sua farda branca. Até mesmo meus cachos cor de mogno receberam algumas gotas. Por fim, a xícara acabou em cacos pelo chão.

– *Scheiße! Warum du das getan haben?*[3]

Assustei-me ao me dar conta do que havia feito. Não só havia falado com o cliente (contrariando uma das regras do senhor Stuart), como me expressara em meu idioma.

Olhei por trás do balcão para ver o estrago que havíamos causado.

– Meu patrão vai me matar! – Não consegui esconder minha preocupação.

– Fique tranquila – sussurrou o rapaz. Em seguida, exclamou em voz alta: – Droga, como sou desastrado! Derrubei café na minha farda!

– Que imbecil, Tobias! – zombou um de seus companheiros.

Enquanto os dois rapazes trocavam gracejos, caçoando um do outro, servi a bebida para os demais e corri para buscar a vassoura, a pá e o esfregão. Tentei ser o mais rápida possível, para arrumar a bagunça antes que o senhor Stuart voltasse.

– Você não é daqui, certo?

Fiquei desconcertada, porque jamais esperaria que o marinheiro puxasse assunto comigo. Comumente, assim que percebiam minhas origens, os estadunidenses me ignoravam ou me tratavam com desprezo. O fato de falar comigo de igual para igual era algo surpreendente.

– Da Alemanha ou da Áustria, é o que me parece – continuou, diante do meu silêncio. – Sei um pouco de alemão. – Pigarreou antes de se apresentar: – *Hallo, mein Name ist Tobias Matheson*[4].

Olhei para ele, achando graça de sua pronúncia.

– Sou da Alemanha. Muito bem, estou impressionada com seu alemão, mesmo com sotaque. – E me apresentei na minha língua materna: – *Ich bin Hanna Beck. Freut mich sehr*[5].

---

[3] Merda! Por que você fez isso?
[4] Olá, meu nome é Tobias Matheson. (N.T.)
[5] Sou Hanna Beck. Muito prazer.

– Agora já não sei o que você disse.

Sorri. Era a primeira vez que conversava dessa maneira desde que chegara ao país. Mas, como todas as coisas boas, durou pouco.

– Acho que tenho de voltar para a mesa – disse, apontando para onde estavam os amigos. – Muito prazer, Hanna.

– Muito prazer...

– Hannah, o que você fez agora?! – o senhor Stuart berrou.

Acabava de ver os cacos espalhados pelo chão, já que eu ainda não tinha acabado de varrer. Além disso, a mancha na farda de Tobias não ajudava muito.

– Fui eu – desculpou-se o marinheiro. – Peguei a xícara, tropecei e... bem, é só olhar para ver o que aconteceu.

Agradeci-lhe com o olhar, e ele voltou para a mesa.

Com a prova do crime na lixeira, comecei a limpar o balcão. Restavam apenas alguns minutos para fecharmos a cafeteria, e os rapazes não faziam a menor menção de ir embora, até que os expulsamos. Típico.

Vá para o PRÓXIMO CAPÍTULO →

CAPÍTULO 29

Só voltei a ver Tobias Matheson duas semanas depois; até já o havia esquecido.

O outono chegara e, nessa manhã, eu estava nas imediações da praia de Waikiki. Berlim é uma cidade afastada da costa e fui à praia com minha família em poucas ocasiões. Creio que na última vez eu tinha treze anos, e meu irmão, Otto, quatro, um ano antes da morte de minha mãe.

Ah, mamãe... Sentia demais sua falta, mas ao menos eu podia dizer que não fora a guerra que a tinha tirado de mim. Para mim, essa era uma pequena vitória diante das perdas causadas pelo conflito. Temia que, quando a guerra acabasse, eu precisasse encarar o fato de que nenhum dos meus entes queridos havia sobrevivido.

Assim que cheguei a Waikiki, fui para uma área mais isolada em busca de privacidade – embora eu já passasse meus dias na mais completa solidão. Para proteger minha pele muito branca, bastante sensível às queimaduras de sol, sentei-me debaixo de uma palmeira.

Fiquei observando em silêncio as pessoas que praticavam surfe. O vento não era dos mais propícios ao esporte, mas permitia que brincassem nas pequenas ondas. Sei nadar, mas nunca pensaria em subir em uma prancha. Jamais. Com certeza Otto adoraria experimentar. Se tivesse vindo comigo, eu o deixaria aventurar-se nos movimentos

do mar, mesmo que precisasse gritar-lhe umas cinquenta vezes para tomar cuidado.
– *Hallo!*
A voz de um jovem interrompeu meus pensamentos. Quem me cumprimentaria em meu idioma? À medida que se aproximava, pude ver o seu rosto e me pareceu familiar. Embora a pronúncia não fosse nativa, imaginei que se tratasse de outro imigrante, como eu. Mas como saberia que eu era de Deutschland?
– *Hallo! Wer bist du?*[6] – perguntei.
– Está bem, já me perdi de novo. – Ele abraçou sua prancha de surfe.
Ao ouvi-lo falar na língua inglesa, lembrei que já o encontrara antes, só que então usava uma farda branca com um lenço azul amarrado no pescoço.
– Ah! Você é marinheiro, não é? Tobias?
– Sim. E você é Hanna, se não me engano. – Assenti com um gesto de cabeça. – Não me reconheceu?
Na verdade, o encontro com ele tinha sido muito agradável, mas naquela circunstância também havia outras pessoas, e não fixei sua fisionomia em minha memória.
– Bem, vi você há duas semanas. – Sorri. – E sou meio introvertida. Acho que não é muito fácil entrar no meu... meu... Como é mesmo que se diz *Herz*?
– Coração?
– Isso!
Tobias e eu nos olhamos por alguns segundos em silêncio. Ele esperava que eu dissesse algo mais, mas nada me ocorria.
– Que coincidência nos encontrarmos aqui! – comentou, já que eu não abria a boca.

---
[6] Olá! Quem é você?

– Sim.

– Você não acha curioso? Nunca nos vimos em toda a vida e agora nos encontramos duas vezes em pouco tempo.

Dei um largo sorriso. Sua jovialidade estava me cativando. Se tivéssemos nos conhecido em outra fase da minha vida, tenho certeza de que já estaria apaixonada por ele.

– É bom vê-lo de novo. Mas a ilha de Oahu não é muito grande, portanto não me parece uma grande coincidência.

– Talvez seja. Acredito nessas coincidências que são puramente casuais.

Emma estaria gritando de emoção se tivesse escutado essas palavras. Também defendia a existência de um caminho já traçado para cada um de nós e que somos movidos pelos fios do destino. Mas eu não acreditava em magia.

– Você se incomodaria se eu me sentasse um pouco ao seu lado? – ele perguntou.

Era justo o que eu pretendia fazer: convidá-lo para sentar-se comigo.

– Não, não me incomoda em nada.

Então ele acomodou-se na areia e logo quis saber:

– Gosta de surfe?

Demorei um pouco para responder, pois acabaria mencionando Otto e não queria mostrar-me vulnerável diante de um desconhecido. O fato de Tobias ser amigável não queria dizer que fosse meu amigo.

– Nunca experimentei.

– Você gostaria de tentar com a minha prancha?

– Talvez num outro dia.

Tobias começava a me olhar com curiosidade, como faria um rapaz interessado em um relacionamento amoroso com uma garota. Ao menos essa seria a observação que minha amiga Emma faria para insinuar que ele estava flertando comigo. Eu nem podia opinar muito a respeito, porque, nas experiências que tivera em Deutschland, sempre havia dado o primeiro passo; meus pretendentes não precisavam olhar para mim com esse desejo nos olhos para me seduzir.

— Como você aprendeu a falar alemão? — perguntei.

— Os pais do meu melhor amigo de infância são de lá. Ele me ensinou uma ou outra frase.

Então entendi por que não me desdenhava, ao contrário de seus conterrâneos. Ele tivera a oportunidade de conhecer minha gente sem se deixar levar por generalizações e preconceitos.

— E você vive há muito tempo no Havaí? — questionei.

— Não muito. Cheguei no ano passado com a Frota do Pacífico.

— O reforço para proteger Pearl Harbor.

— Exatamente. Esta ilha não é ruim, mas sinto muita saudade da minha família e dos meus amigos.

Fiquei com certa inveja pela facilidade com que Tobias se abria comigo, uma pessoa com quem falava apenas pela segunda vez. Para mim, no entanto, era difícil. Eu me fechara demais nos últimos três anos, então entendi que era um sinal para começar a mudar um pouco.

— Também sinto muito a falta da minha família, de todo mundo, dos lugares... — deixei escapar de maneira atropelada. — Aqui me sinto muito sozinha.

O marinheiro ficou quieto. Ameaçou falar várias vezes, mas parecia não saber bem como me responder. Abracei os joelhos e escondi parte do meu rosto neles. Logo me arrependi do que disse, pois consegui justamente o que queria evitar: ser motivo de pena.

— Não precisa me olhar assim, está bem? Tenho olhos, percebo as coisas.

— Desculpe, Hanna. É a primeira vez que conheço alguém que veio por causa da guerra e não sei muito bem o que dizer.

– Então não diga nada.

Quando eu me irritava, meu sotaque ficava ainda mais acentuado. Por isso optei por não falar mais e ficar observando a água cristalina do mar.

– Olha, acho que isso de sentir-se sozinha precisa mudar – tentou me animar.

– Isso quer dizer que você não acha que sou uma espiã nazista?

Desde que chegara à ilha, muita gente me ignorava e, pior, me acusava, na minha cara, de trabalhar para Hitler.

– Não, não acredito que você seja uma espiã alemã.

– Talvez esteja enganado.

– Ou talvez não – disse, esboçando um sorriso. – Você gostaria de jantar comigo nesta noite? Ou quando quiser.

Minha melhor amiga surgiu de novo em minha mente, agora dando saltos de alegria pelo convite que eu havia recebido. "É a primeira vez em três anos que vai sair com um rapaz, Hanna!", Emma me diria. Depois me confessaria que os ruivos não faziam seu tipo, mas que não queria me ofender, porque também sou. Eu teria rido e a lembraria que seu ex também tinha o cabelo vermelho. Por fim, em resposta, ela me diria que por isso mesmo os ruivos não eram seu tipo.

Tentei tomar a decisão que a Hanna do passado teria escolhido.

– Está bem. Vou jantar com você.

Vá para o PRÓXIMO CAPÍTULO →

CAPÍTULO 30

Naquela tarde me permiti esquecer que estávamos em guerra e me arrumei com um entusiasmo que não sentia havia pelo menos três anos. Coloquei um vestido azul-celeste com mangas bufantes e um chapéu combinando. Além disso, deixei meus cachos mais definidos, como as atrizes de Hollywood. Fiquei parecida com a Scarlett O'Hara de...*E o vento levou*.

Porém, enquanto passava batom e vi meu reflexo sorridente no espelho, fui invadida pela culpa. Será que estava sendo egoísta? Com que coragem ia sair e me divertir à noite enquanto meus entes queridos sofriam?

Durante o dia, ficara imaginando que minha melhor amiga estaria feliz em saber que eu tinha um encontro. Mas realmente seria assim?

"Você me abandonou." A imagem de Emma ensanguentada em meus pesadelos voltou.

Comecei a chorar, com remorso por ser a única a viver longe da guerra. Não estava certo, não deveria ter sido eu a escolhida para receber o visto de imigração. Papai era mais estável economicamente que eu e, portanto, era quem deveria ter a chance de sair de Deutschland. Eu... Eu era só uma estudante com algumas economias de pequenos trabalhos. Se ele não houvesse insistido, eu teria recusado a oportunidade de migrar para os Estados Unidos e deixar para trás as pessoas que agora faziam parte dos meus pesadelos mais perturbadores.

Justo nesse momento, alguém bateu à porta do meu apartamento. Antes mesmo de virar a maçaneta, já sabia que era Tobias. Vestia um terno e segurava um buquê de rosas para mim.

– Olá. – Seu sorriso se desfez assim que me cumprimentou. – Você está bem? Quer que cancelemos o jantar?

Passei a mão no rosto para enxugar as lágrimas e notei que as pontas dos dedos estavam manchadas de alaranjado e preto. Havia estragado a maquiagem por causa do choro.

– Não se preocupe, Tobias, estou bem. Vou só lavar o rosto e saímos.

Peguei o buquê e procurei um jarro para colocar as rosas, vermelhas como o batom que eu passara nos lábios. Depois fui ao banheiro e lavei o rosto várias vezes. Depois fiquei me olhando no espelho por alguns segundos e amaldiçoei a mim mesma. Já não havia nem sombra da maquiagem, apenas o avermelhado das bochechas e do nariz.

– Estou pronta. – Saí com um sorriso forçado. – Obrigada pelas rosas; são lindas.

– Tem certeza de que quer sair?

– Claro que sim, não foi nada.

Tobias pareceu confuso com minha resposta, e logo saímos em direção ao restaurante. Era a primeira vez que eu entrava em um lugar como aquele, pois meu salário não permitia esse tipo de gasto.

– Hanna, não quero parecer impertinente, mas, caso queira falar sobre algo, o que quer que seja... Estou aqui. Se precisar de um ombro para chorar, os de Tobias Matheson estão livres.

Não precisava, então neguei com a cabeça. Ele tentava cruzar uma linha que era cedo demais para ultrapassar.

Tobias havia escolhido um *dine & dance* para me levar, onde podíamos dançar depois de comer. Assim que entramos, fomos recebidos com uma versão de 'In the Mood", de Glenn Miller, e percebi que ia gostar do lugar.

– Adoro essa canção – comentei.

A música me fez lembrar a época em que a guerra eclodiu. Embora tenham sido tempos muito difíceis, a melodia conseguia me animar.

– Certa vez assisti a uma apresentação de Glenn Miller – contou.

– Foi espetacular.

– Está falando a sério?! – Surpresa, esbocei um sorriso.

– Sim. Aliás, consegui arrancar um sorriso seu, um verdadeiro. E é muito bonito, Hanna.

Cruzei os braços, um pouco aborrecida com o comentário meio invasivo, mas razão não lhe faltava. Era a primeira vez que eu sorria para ele sem resquícios de nostalgia.

Quando nos acomodaram a uma mesa, o garçom nos atendeu e ambos pedimos hambúrguer.

– Tobias, conte um pouco sobre você – pedi, enquanto esperávamos para ser atendidos.

– Sobre meu trabalho como marinheiro?

Balancei a cabeça afirmativamente e completei:

– Por exemplo. Mas não gostaria que só falasse sobre isso.

– Está bem. Sou marinheiro bombeiro de primeira classe e agora estou baseado no encouraçado *USS Arizona*. No mais, sou de Denver, Colorado. Filho único. E tenho alergia a amendoim. Então, se me quiser em sua vida por algum tempo mais, agradeceria se não me oferecesse amendoim.

A última frase de Tobias conseguiu me fazer rir com vontade. Seu jeito tão autêntico era capaz de me fazer baixar a guarda e me divertir de verdade.

– Ah, outro sorriso! – Meu acompanhante parecia orgulhoso de sua vitória. – Tobias Matheson, 2. Tristeza, 0.

— Isso não é justo — protestei, sentindo-me mais à vontade. — Você me pegou desprevenida.

— E eu adorei isso.

Em seguida nos trouxeram o jantar e eu devorei meu hambúrguer, que estava delicioso. Comida assim era o que me deixava de bom humor, embora talvez não estivesse contente somente pelo sanduíche.

Tirei o olhar do prato e fiquei observando Tobias, que me encarou com uma expressão alegre ao perceber que eu o examinava.

— Agora é a sua vez — propôs depois de engolir um pedaço de seu hambúrguer. — Conte alguma coisa sobre você. O que gosta de fazer em seu tempo livre?

Em outras palavras: "Eu gostaria de conhecê-la melhor, mas não quero que fique triste de novo. Então, deixo por sua conta o que quiser revelar". Eu não tinha a menor pretensão de ser a protagonista do encontro; no entanto, pelo seu olhar curioso, entendi que não me restava opção senão falar sobre mim.

— Não há muitas coisas que me encham de alegria nos últimos tempos. Mas este jantar, por exemplo, está me fazendo muito feliz.

— Gostei de saber.

— E, quando não estou muito pessimista, costumo imaginar que um dia ainda vou voltar a ver minha família e minha melhor amiga. Então abriremos a cafeteria dos nossos sonhos.

Tobias arqueou as sobrancelhas com um ar de curiosidade.

— Uma cafeteria?

— Sim... Quer dizer, eu estava estudando para ser professora, mas meu sonho era abrir um negócio com Emma. Suponho que a esta altura isso seja muito difícil de realizar.

Abaixei a cabeça, triste por aquela realidade. Então Tobias se deu conta de que a conversa havia se desviado e tratou de dar-lhe um rumo mais alegre.

– Tenho certeza de que chegará o dia em que você se lembrará do que acabou de dizer e então dirá: "Incrível! Já estou com o café aberto. E pensar que um dia achei que nunca chegaria este momento". Então eu vou entrar no café e dizer: "Olá, boa tarde. Quero um café curto, mas desta vez peço que a mocinha não o jogue em minha farda. Grato".

Voltei a rir.

– Você seria o nosso primeiro cliente.

– O primeiro de muitos.

Assim que terminamos de jantar, começou a verdadeira diversão: a dança. Eu não era nenhuma dançarina, mas com Tobias sentia que poderia fazer papel ridículo ou errar o passo que ele não se importaria.

Cada vez que suas mãos roçavam meus braços, eu sentia um tremor. No início, tentei ignorar a sensação. Depois me atrevi a olhá-lo nos olhos, fascinada pelo seu encanto. Eu começava a gostar de Tobias, não só por seus olhos verdes e pelas sardas que cobriam seu rosto como se fossem constelações. O que realmente me atraía nele era seu carisma e como era capaz de me fazer rir, mesmo em um momento em que eu estava tão triste.

Quando pôs a mão em minhas costas, me sobressaltei.

– Aconteceu alguma coisa?

– Não quero que esta noite acabe!

Jamais podia imaginar que uma noite que havia começado em lágrimas poderia acabar nos mais autênticos sorrisos que eu havia esboçado nos últimos três anos.

– Não tem por que acabar. Podemos repetir quantas vezes você quiser.

Assim, ao ritmo do *swing*, Tobias e eu desfrutamos um encontro que eu jamais esqueceria. Na minha velhice, esse seria um dos momentos a que eu voltaria para lembrar a mim mesma que aquele período da minha vida não foi apenas de misérias e desgraças.

Ficou tarde, e Tobias acompanhou-me até meu apartamento. Na porta, nos despedimos com a silenciosa promessa de voltarmos a nos ver.

– Obrigada por esta noite – murmurei, com um leve sorriso. – Me diverti muito.

Perguntei a mim mesma se deveria dar o primeiro passo para que nos beijássemos. Contudo, um primeiro encontro não seria muito cedo para isso?

– O prazer foi meu, Hanna. Gostei muito de sair com você.

Assenti com a cabeça e dirigi-me à porta de entrada do prédio. Porém, enquanto a abria, pensei que estava sendo uma estúpida por me concentrar demais nas formalidades, e não naquilo que eu realmente desejava.

Então, com passos decididos, voltei e segurei-o pela lapela do paletó. Em resposta ao meu gesto, ele inclinou-se para que eu pudesse colar meus lábios aos seus. Nunca algo me pareceu tão acertado como beijar Tobias Matheson.

Vá para o PRÓXIMO CAPÍTULO →

CAPÍTULO 31

A partir de então, Tobias e eu começamos a nos ver com frequência. Muitas tardes e noites eram dedicadas a ele. Aproveitávamos para nos conhecer melhor – na verdade, eu a ele, já que delimitei meu espaço nos encontros seguintes. Tinha sido muito bom me abrir um pouco com Tobias, mas ainda não o conhecia o suficiente para lhe revelar mais intimidades.

– Tem certeza de que o seu sorvete está gostoso? – perguntou enquanto fingia estar nauseado com a minha escolha de sabor.

Naquela tarde havíamos combinado um passeio pela orla. Foi um encontro mais tranquilo que o do jantar, mas me diverti do mesmo jeito. O que me importava era sua companhia.

– Sim, e não ouse se aproximar da minha bola de menta e chocolate. – Dei uma lambida. – Não sabe o que está perdendo.

– O de baunilha é muito melhor. – Ele estendeu a mão com o sorvete em minha direção.

– Se você prefere escolhas seguras e sem graça, então sim.

Tobias deu de ombros e, fazendo graça, emitiu um "hummm" exagerado enquanto abocanhava o sorvete.

– Tenho um fraco por doce. E isso significa que gosto desde os sabores seguros e sem graça até outros mais arriscados. – Ele piscou um olho.

Ao ver sua expressão de malícia, não resisti e deixei escapar uma risada. Eu o estava deixando mal-acostumado por me divertir cada vez que fazia alguma graça.

– Como era sua vida na Alemanha, Hanna? O dia a dia.

Lá estava ele outra vez, insistindo em conhecer-me melhor, vasculhando meu passado. Eu já havia lhe contado muitas coisas, não havia por que acrescentar mais detalhes nesse momento.

– Era boa – respondi secamente.

Não estava com vontade de recordar os momentos com minha família. Com Tobias, eu esquecia os meus fantasmas; não queria que fizessem suas aparições através de nossas conversas. Por isso reagia com aspereza, para que não insistisse mais.

À noite fiquei imaginando o que diria Emma, minha melhor amiga, se tivesse presenciado minha reação brusca com Tobias. E cheguei à conclusão de que, com certeza, não aprovaria meu comportamento. "Esse marinheiro está louquinho por você! Vai acabar afastando-o, Hanna", ela teria me repreendido.

Eu responderia que ela estava muito enganada, que eu não queria perdê-lo, porque já havia perdido minha família e ela. Já era muito doloroso viver todos os dias com a incerteza de saber se estavam vivos ou se, a essa altura, já teriam sido mortos.

Mas a resposta de minha Emma imaginária só conseguiu me derrubar: "Você nunca me perderá, porque eu já vivo em sua memória".

Passei a noite toda chorando, e quando, por fim, adormeci, meus sonhos contradisseram minha imaginação. Outra vez uma Emma ensanguentada e coberta pelo pó dos escombros repetia seguidamente que eu os havia abandonado. Depois, juntaram-se a ela meu pai e a versão pré-adolescente de meu irmão, Otto.

Voltar à cafeteria sempre era um golpe brutal de realidade – e imaginei que assim deviam sentir-se as pessoas com ressaca após uma noite de bebedeira. Enquanto trabalhava com o senhor Stuart, compreendi que aquela era a minha vida de verdade. Os pequenos instantes com Tobias significavam um oásis de alegrias moderadas contidas em um deserto de adversidades, mas meu dia a dia era aquele.

Lembro que o dia de trabalho depois do nosso passeio tomando sorvete foi especialmente duro. Não só porque havia dormido pouco, por ter atravessado a noite aos prantos, mas também porque meu patrão voltou a descontar em mim todas as suas frustrações e aproveitou todas as minhas falhas, reais ou supostas, para me ameaçar.

– Vou dizer uma coisa, Hannah! Falta isto aqui – encostou a ponta do dedo indicador no polegar – para eu demitir você. Já estou farto. Você não faz as coisas e depois mente que fez! – E ergueu a cafeteira suja.

Eu não conseguia entender o que pretendia o senhor Stuart, mas às vezes chegava à conclusão de que fazia aquilo só para me ver chorar. *Dieser Amerikaner*[7] não merecia minhas lágrimas.

– Lavei essa cafeteira antes de ir embora ontem – respondi sem me importar se os clientes escutariam meu sotaque. – Tenho certeza. Assim como tenho certeza de que o senhor a utilizou hoje cedo para fazer o seu café.

E ele sabia disso.

– Vou lhe dar um conselho, Hannah, e escute-o como se fosse de um pai para a filha: jamais responda a um superior. Ninguém terá a paciência que tenho com você, muito menos sendo uma alemã.

As coisas só melhoraram quando já estávamos prestes a fechar a cafeteria e Tobias apareceu de surpresa com uma rosa na mão – ainda que eu tenha ficado chateada por chegar acompanhado de um amigo, outro marinheiro.

Sorri enquanto aceitava a flor e a cheirei. Mas devolvi-a para que me entregasse ao final do meu trabalho e dei-lhe um beijo. Então

---
[7] Aquele americano. (N.T.)

notei que meu gesto de intimidade o fizera corar, o que me deixou bastante sem-graça.

– Você ficou vermelho, Tobias! – exclamou o amigo, em tom jocoso. – Vou contar para todo mundo! – E olhou para mim. – Aliás, me chamo James. Prazer em conhecê-la.

– Hanna. Muito prazer.

Por um momento temi que sua expressão simpática fosse mudar ao ouvir minha pronúncia, mas o marinheiro não se mostrou surpreso nem confuso. O que significava que Tobias já o havia advertido de que eu não era americana.

Com o canto do olho, percebi que o senhor Stuart observava a cena com espanto. Mas recobrou-se o suficiente para voltar a me repreender, dizendo para eu me apressar, porque havia muitas tarefas pendentes. A verdade era que estávamos apenas os quatro ali e em poucos minutos acabaria meu turno. Por fim, me deixou sozinha para fechar o estabelecimento.

Quando terminei de limpar tudo, fui ao banheiro trocar o absorvente e tirar o uniforme. Já vestida para sair de lá, ao destrancar a porta ouvi Tobias e o amigo conversando baixinho do lado de fora. Encostei o ouvido na porta.

– Eu a achei muito simpática – dizia James. – Não entendo por que não querem que você a apresente a eles.

– Bom, na verdade, você sabe...

Lembrei que, quando conheci Tobias, estava acompanhado de outros marinheiros. Nessa tarde, porém, chegara com apenas um deles, provavelmente porque os demais haviam se recusado a ir, visto que não aprovavam seu relacionamento com uma alemã. Perguntei-me, portanto, quanto tempo mais Tobias aguentaria que os amigos lhe dessem as costas. Eu precisava estar preparada.

– Sim, mas deveriam fazer um esforço por você e por sua namorada. Porque é sua namorada, não?

Era?

– Já nos beijamos, já saímos várias vezes... logo, suponho que sim. Mas às vezes ela se comporta como se estivesse incomodada por estar comigo.

Engoli em seco, magoada. Eu não me sentia incomodada ao lado dele; era exatamente o contrário. De onde ele havia tirado essa ideia? Quem sabe por eu não querer tocar em questões muito sensíveis para mim...

– E se você chamar a Susan para jantar conosco um dia desses? – continuou Tobias. – Assim Hanna faz mais amizades pela ilha. Ela não costuma sair com amigos. Sua ajuda lhe faria muito bem.

– Você disse que só concederam visto a ela. A família ficou por lá?

– Isso mesmo.

– Deve ser horrível... Não se preocupe, vou falar com a Susan.

Ah, não... de novo sentiam pena de mim. A pobre Hanna Beck, que tinha ficado muito sozinha nos últimos três anos e precisava sociabilizar-se mais. Tobias agia com a melhor das intenções, mas eu não necessitava que me lembrassem mais uma vez quão miserável a nova década havia começado para mim.

Vá para o PRÓXIMO CAPÍTULO →

CAPÍTULO 32

Certo dia, Tobias me contou que desde pequeno sonhava com uma profissão que lhe permitisse ajudar as pessoas. Por isso, no dia em que completou treze anos, descobriu que seu destino era fazer parte da Marinha dos Estados Unidos.

– Além disso, sempre gostei do mar, quem sabe porque em Denver não existam praias. E as pessoas sempre dão valor ao que não têm – acrescentou. – Bom, acho que você deve ter percebido quando me viu surfando.

Talvez ele esperasse, ao revelar seu sonho, que eu também me abrisse a respeito de minhas paixões. Contudo, montar uma cafeteria com Emma sempre fora meu único desejo. Não havia outros.

– Além dos seus planos com sua melhor amiga, você tem outra paixão? – perguntou ao perceber que eu não falaria nada.

– Não, para mim a vida eram os momentos que eu passava com a família. O sorriso do meu irmãozinho Otto, meu pai tocando a *Sonata ao luar*, de Beethoven, aos sábados pela manhã...

Senti uma pressão no peito e Tobias tratou de me consolar. Primeiro apoiou sua testa na minha e me acariciou o rosto com o polegar. Depois, me beijou. E em seguida murmurou uma frase típica para essas circunstâncias:

– Tenho certeza de que se sentem muito orgulhosos de você. – Aproximou os lábios dos meus para um beijo mais breve. – Haja o que houver, enquanto se lembrar deles, sempre estarão com você, *meine Liebe*[8].

Lembrei-me das palavras imaginárias que Emma me havia dito algumas semanas antes: que ela sempre viveria em minha memória.

Depois desse encontro, em que eu quase havia desmoronado diante de Tobias, ele tentou fazer com que os próximos fossem mais divertidos e amenos. Em um fim de semana, bateu à minha porta de surpresa e, quando a abri, lá estava ele abraçado à sua prancha de surfe, com intenções muito claras.

– O que está fazendo aqui? – perguntei, rindo.

– Senhorita Beck, sou Tobias Matheson, seu instrutor de surfe. A senhorita tem dez minutos para vestir o maiô. Estarei à sua espera lá fora.

Sua atuação foi tão engraçada que não consegui resistir ao convite. Como já comentei, não tinha a menor vontade de subir em uma prancha de surfe e me equilibrar sobre as ondas, mas achei a ideia original – e, por causa dela, me apaixonaria ainda mais por Tobias.

Ai, ai, ai... Que história é essa de apaixonar-me ainda mais?

Minhas emoções avançavam rápido demais. De fato, ele havia chegado em minha vida em um momento bem complicado, mas eu não podia afirmar que estava me apaixonando... Estávamos nos encontrando havia pouco menos de um mês!

Por isso, enquanto caminhávamos em direção à praia, adotei uma atitude distante. Cada vez que Tobias olhava para mim, sorridente, eu desviava o olhar, embaraçada.

– Ei, eu fiz alguma coisa errada? – perguntou.

---

[8] Meu amor. (N.T.)

Parei, meio desorientada.

– Do que você está falando?

– É que, quando cheguei em sua casa, você estava sorridente. Agora, de uma hora para outra, voltou a se comportar com frieza, parece aborrecida. Tento me convencer de que não tem a ver comigo, mas... Puxa, às vezes é realmente difícil.

– Não tem a ver com você, Tobias – menti. Ele não entenderia minha intenção de ir mais devagar com meus sentimentos.

Entretanto, não consegui convencê-lo. Fiquei com o coração partido ao perceber que ele interpretava mal minhas atitudes.

Felizmente, meu remorso dissipou-se com as ondas do mar. Assim que chegamos a uma praia deserta, parecia que a conversa anterior jamais havia acontecido.

– Muito bem. – Nos acomodamos na areia. – Preparada para aprender a surfar?

– Mas você não me fará ir até lá, não é? – Apontei para um ponto mais distante no mar, no qual as ondas formavam-se imponentes.

– Não! Claro que não! Primeiro você tem de aprender a ficar de pé na prancha.

Ficar de pé? Era tão difícil assim? Muitas vezes observara os surfistas em manobras sobre a água, como se a prancha fosse uma extensão de seus corpos. Não devia ser muito complicado.

– Vamos, *meine Liebe*. – Tobias pegou a minha mão, convidando-me a entrar na água. – O mar nos espera.

Dias antes já empregara a expressão carinhosa em alemão. Contudo, na ocasião meus pensamentos estavam voltados à minha família, de modo que não dei muita importância.

– Você decidiu me chamar de "meu amor" no meu idioma?

– Gosta?

– Para falar a verdade, sim.

Já dentro do mar, com a água pela cintura, começou a dar-me instruções.

– Ok, deite-se de bruços sobre a prancha.

Parecia uma tarefa simples, mas, à medida que eu tentava realizar o procedimento, mais o achava inviável. Quando ensaiava subir pela parte de trás, o artefato de madeira polida enviesava e batia no meu rosto e no torso. Se experimentava pela frente, Tobias dizia que não era a maneira correta, pois eu deveria me posicionar de modo a enxergar a ponta dianteira, e não a traseira. O pior era quando queria subir pelas laterais: nesse caso, a prancha virava traiçoeiramente e me jogava de volta para a água.

Desisti e, cansada, me apoiei em Tobias.

– Não acha que eu deveria treinar a posição primeiro na areia? – perguntei.

– Tem razão.

Em seguida, me ajudou a me posicionar de modo que os dedos dos pés encostassem na parte de trás, enquanto o peito ficasse suspenso, sem se apoiar na prancha. A próxima etapa foi mostrar-me a braçada para remar, primeiro uma mão, depois a outra.

– Está indo muito bem, Hanna – felicitou-me depois de darmos uma volta por uma área tranquila. – Você se atreveria agora a treinar um pouco no *swell*?

– Claro! – respondi, embora não tivesse a mínima ideia do que me propunha. – Com certeza.

Tobias guiou-me até uma área onde havia uma ondulação muito suave. Eu esbanjava tanta confiança por minha nova "habilidade" que baixei a guarda. E, então, não soube pegar uma das ondas e caí da prancha novamente.

Quando emergi, de boca aberta, engoli uma boa quantidade de água e comecei a tossir. Assim que me recompus, vi que Tobias não conseguia parar de rir enquanto tapava a boca com a mão para disfarçar.

– Não sei o que está achando tão engraçado.

– Desculpe, *meine Liebe*. É que você tinha de ver sua cara quando escorregou da prancha.

– Você vai se arrepender!

Aproximei-me dele e, de brincadeira, tentei empurrá-lo da prancha para que também caísse na água. Mas ele segurou meus braços e lutou contra as minhas tentativas de vingança por sua zombaria. Para completar, pegou-me pela cintura e levantou-me até que eu ficasse apoiada em seu ombro.

– Solte-me, Tobias! Solte-me! – Entre gargalhadas, eu o golpeava nas escápulas. – *Lass mich gehen! Bitte!*[9]

– Só se prometer não me jogar na água. – Tobias continuava morrendo de rir.

– Prometo! Prometo!

Fui tão convincente que ele acabou me soltando e, depressa, aproveitei de seu descuido para empurrá-lo com força. Sem poder reagir, afundou exatamente como eu minutos antes. Então, quem riu da cara de espanto fui eu, o que me custou muito caro assim que ele se aprumou.

– Você me paga, Hanna!

Tobias começou a me fazer cócegas e eu soltei um grito estridente, de aflição e divertimento ao mesmo tempo. Encolhi-me para que não alcançasse meus pontos fracos, mas não adiantou muito.

Aos poucos suas investidas foram diminuindo enquanto ele se encostava mais e mais em meu corpo, até abraçar-me pelas costas. A maçã do seu rosto tocou a minha e, nesse momento, decidiu beijar-me. Era um beijo diferente, que começou suave e foi ganhando

---

[9] Solte-me! Por favor!

intensidade lentamente. Segurou meu rosto com ambas as mãos e passou a língua em meus lábios, querendo que eu os abrisse.

O beijo estava me deixando bastante excitada e, por sua respiração acelerada, percebi que eu não era a única. Afastou-se de mim e lançou-me um olhar faminto, que contrastava com sua habitual doçura. Abracei-o com força e inclinei minha cabeça para trás, insinuando-me para que explorasse meu pescoço com os lábios, ao que ele logo atendeu. Uma de suas mãos passeou por meu abdômen até cobrir um dos meus seios. A outra desceu em direção à virilha e começou a acariciar-me, por cima do maiô, com movimentos circulares. Respondi com um gemido.

Em meu íntimo, perguntava-me quão inapropriado seria fazer amor na praia. No entanto, não havia ninguém além de nós dois e uma pessoa que caminhava tão distante que parecia somente um ponto na areia. Fizéssemos o que fosse, ninguém se daria conta.

Ajoelhei-me para esconder meu corpo na água e despi-me diante dele, que continuava me devorando com o olhar.

– Fique de pé. Quero vê-la.

– Na próxima vez. – Enrolei o maiô em torno do braço.

Tobias juntou-se a mim e voltamos a nos beijar com mais intensidade que antes. Com movimentos apressados, baixou seu calção de banho e, assim como eu, ficou nu. Depois, enquanto nos beijávamos sofregamente, peguei em seu sexo e comecei a acariciá-lo. Em resposta, ele também me tocou com seus dedos.

Pela expressão de Tobias, eu sabia que ele estava gostando. Enquanto gemia seu nome o mais baixo que podia, verifiquei com o olhar que continuávamos sozinhos. Nada me deixaria mais envergonhada do que ser surpreendida naquela situação.

Olhei para ele extasiada; me excitava demais vê-lo cobrir sua boca para abafar os gemidos. Já sem poder conter o arrebatamento provocado por suas carícias, busquei abafar o orgasmo escondendo meu rosto entre seu ombro e o pescoço, para ser mais silenciosa.

    Após atingirmos, nós dois, o auge do prazer, ficamos em silêncio por alguns momentos, apenas nos beijando, abraçados. Em seguida nos ajudamos mutuamente a vestir os maiôs. Foi então que a calmaria se rompeu.

    – A prancha! – gritou Tobias. – O mar levou!

    Olhei a superfície do mar e vi seu bem mais precioso ser carregado pelo movimento das águas. Não consegui segurar a gargalhada – havia até me esquecido do motivo que nos levara à praia. Tobias começou a nadar depressa para recuperá-la, e eu, um tanto atordoada, não podia parar de rir.

Vá para o PRÓXIMO CAPÍTULO →

CAPÍTULO 33

Como no dia do nosso primeiro encontro, naquela manhã eu tinha me esquecido das pessoas que eu tanto amava.

Ao chegar em casa após a praia, percebi que não podia mais me enganar: estava me apaixonando por Tobias. Nunca me sentira daquele modo. Na Alemanha havia saído com outros garotos, mas só por diversão, sem grandes emoções. Tobias e eu, no entanto, nos conectávamos em dimensões inexplicáveis.

– Emma, você adoraria conhecê-lo – eu disse em voz alta, em meu idioma, como se minha amiga estivesse a meu lado. – É bem mais interessante que o namoradinho que eu tinha na Alemanha. Você lembra? Ele se chamava Jakob. Sem comparações. Tenho certeza de que você me daria sua bênção e me faria perguntas indiscretas. E sim! A gente se pegou. Em pleno mar. Correu tudo bem, mas foi um pouco estranho para uma primeira vez.

A partir desse episódio, minha relação com Tobias tornou-se mais próxima. Pouco a pouco, ganhei confiança para contar-lhe mais sobre minha vida. Infelizmente, os pequenos pedaços de informação não eram suficientes para ele, e eu acabava esquivando-me de outras perguntas mais pessoais. Estava me abrindo, mas no meu tempo.

Nessa época, Tobias e eu estávamos namorando havia pouco mais de um mês e meio. Certa noite, ele ficou para dormir no meu apartamento, já que não estaria de serviço no dia seguinte e podia passar algumas horas a mais comigo.

– Você se lembra do James, aquele amigo que eu lhe apresentei há umas semanas? – Balancei a cabeça afirmativamente. – Ele propôs que amanhã jantemos com a namorada dele, Susan. O que você acha?

Abri a boca para responder, prestes a revelar que já sabia que a ideia do jantar não tinha sido de James. Porém, resolvi calar-me. Havia passado bastante tempo desde que os ouvira às escondidas, o que me fazia suspeitar de que não tinha sido muito fácil convencer a tal Susan.

– Imagine só... – Abraçou-me pela cintura e me beijou diversas vezes enquanto falava. – Jantamos, depois dançamos *swing*... Além disso, a namorada do James é muito simpática. Você vai gostar dela, *meine Liebe*.

A pergunta era: ela iria gostar de mim? Porque eu não tinha tanta certeza.

Assim que nos encontramos com James e Susan, já percebi que ela não tinha simpatizado comigo. Quando me aproximei para cumprimentá-la, adotou uma postura enrijecida, distante. Tentei ignorar a maneira indiscreta como me olhou nos primeiros cinco minutos. Essa atitude não passou despercebida a seu namorado, nem ao meu, que apertou meu ombro com ternura para que eu a ignorasse. James, por sua vez, pigarreou com força para que ela caísse em si.

Sentia-me grata pelas boas intenções de Tobias ao organizar o jantar, mas ficara evidente que a noite não sairia como ele esperava. Tínhamos acabado de nos sentar à mesa e eu já estava com vontade de voltar para casa. Queria estar onde me sentisse a salvo, e o restaurante com Susan, definitivamente, não era esse lugar.

Até que o garçom nos atendesse, ficamos em silêncio. Depois, James e Tobias começaram a falar sobre o dia a dia no *USS Arizona*. A expressão de soberba de Susan me impedia de prestar atenção na conversa. Tinha vontade de gritar que não havia sido escolha minha estar nos Estados Unidos, mas que as circunstâncias me haviam arrastado para o país.

Não satisfeita com seu silencioso desdém, Susan entrou em ação no meio do jantar.

– Então você é alemã.

Respirei devagar. O espetáculo estava prestes a começar.

– Exatamente.

– De que parte da Alemanha?

– Susan... – repreendeu-a seu namorado.

– Berlim.

A estadunidense torceu o nariz e não respondeu. Mesmo assim, isso não significava que havia terminado a rodada de perguntas invasivas, que continuou no minuto seguinte.

– O que você acha de Hitler?

– Bom, já chega, não? – Tobias interveio, visivelmente irritado. – Acho muito desrespeitoso o que você está fazendo, Susan.

Suas palavras deram o assunto por encerrado, mas eu não quis dar a Susan o gosto de pensar que eu precisava de alguém para me defender.

– Obrigada, querido, mas não vou permitir que *diese Amerikanerin*[10] me intimide. – Orgulhosa de minhas origens, me dirigi a ela: – Cheguei aqui antes da guerra, então acho que você consegue ter uma ideia sobre o que penso a respeito. E não tenho por que me aprofundar no tema, já que não lhe devo nenhuma explicação.

Infelizmente, minha resposta incitou-a a prosseguir.

– Antes da guerra, ora essa! E como vamos saber se não é uma infiltrada da SS que passa informações confidenciais sobre os Estados Unidos? Que coincidência você namorar justo um marinheiro, não é? Um civil seria pouca coisa para você.

---

[10] Esta americana. (N.T.)

Susan esboçou um sorriso desafiador e cruzou os braços, na expectativa do que eu responderia.

– Tobias e eu não conversamos sobre assuntos relacionados ao serviço dele.

– Ora, então sua vinda a este país não está servindo para nada. Ao menos devem lhe pagar muito bem.

– Nem todo ouro do mundo seria suficiente para que eu deixasse minha família e minha melhor amiga.

Só por mencioná-los, tive vontade de chorar. Tratei de me controlar, mas tinha certeza de que meus olhos já estavam avermelhados.

– Pelo que vejo, você ficou meio tristinha. Porque, claro, a esta altura sua família já deve estar reduzida a ossos. Obviamente não estão morando em casas financiadas pelo nazismo, não é? Não, que v...

A estúpida por fim se calou quando bati a mão no tampo da mesa, o que também fez minha taça de vinho colorir a toalha de rubro. Então apontei para o seu rosto com o indicador, trêmulo por causa da crueldade que acabava de me lançar.

– *Wenn du noch einmal so über meine Familie sprichst, schwöre ich dir, dass ich dich töten werde!*[11]

Sabia que ela não tinha entendido nenhuma palavra, mas minha ameaça surtiu o efeito desejado: Susan me olhava assustada. Nós, alemãs, temos um temperamento forte e, quando o manifestamos, não há espaço suficiente para que escapem de nós.

Enquanto a primeira lágrima escorria pelo meu rosto, percebi que havia chamado a atenção de outros clientes. Notei que cochichavam a respeito do idioma que eu utilizara.

Magoada pelo encontro mais doloroso da minha vida, levantei-me e fui direto para a saída, deixando o jantar inacabado.

---

[11] Se voltar a falar assim da minha família, juro que vou te matar!

— Hanna, espere! E vocês, podem ir à merda! Você, pela falta de respeito. Espero que nunca seja obrigada a deixar seu país por causa de uma guerra... E você, por ficar calado diante de tudo isso.

— Mas eu...!

Não parei para escutar as queixas de James. Já estava fora do restaurante, mas podia imaginar o que havia dito: "Mas eu tentei impedi-la de continuar mexendo com Hanna".

Com o coração estilhaçado, abracei a mim mesma e solucei. Acariciei meus ombros, ainda sentindo a dor pelas palavras de Susan. Como podia existir gente com tão pouca empatia?

— Hanna!

Ignorei Tobias, que acabava de deixar o restaurante. Eu só queria chegar em casa, enfiar-me na cama e ficar ali até amanhecer um novo dia.

— Hanna, eu sinto muito! Não podia imaginar que você fosse passar por isso. Estou... Estou muito envergonhado.

— Não preciso da sua ajuda para fazer amigos — respondi, irritada. — E muito menos que você, na cafeteria, suplicasse ao James para me apresentar a namorada.

Tobias pestanejou, surpreso.

— Você escutou nossa conversa?

— Sim, foi sem querer. Sei que você agiu de boa-fé, mas isso só provou o que eu já sabia: que estou sozinha.

— Você não está sozinha, tem a mim.

Tobias aproximou-se e segurou minhas mãos. Contudo, eu não estava disposta a gestos carinhosos. No meu íntimo, sentia uma mistura de todos os sentimentos ruins que me acompanhavam naqueles últimos três anos. Voltei a soluçar, muito ferida.

— E até quando você vai ficar comigo? Até perceber que, se continuar comigo, vai perder todos os seus amigos?

Porque era esse meu destino nos Estados Unidos: ser marginalizada pela sociedade.

Tobias franziu a testa, perplexo.

— Não entendo o que está falando. — Acariciou minhas mãos com suavidade para me acalmar, mas afastei-o com um movimento brusco. — Hanna, as pessoas se afastarem de mim porque você é minha namorada diz mais sobre elas do que sobre você.

— Sim, isso é o que você pensa agora, porque *o amor tudo vence* — falei, modulando as palavras com ironia.

Tobias começou a mostrar certa irritação. Embora minha consciência me alertasse que estava sendo injusta com ele, continuei a lamentar:

— No dia em que perceber que as pessoas estão ignorando você do mesmo jeito que me ignoram, vai se arrepender de estar comigo.

— Ah, isso não vou aceitar — advertiu-me. — Você não tem o direito de fazer conjecturas a respeito dos meus sentimentos, porque tenho demonstrado exatamente o contrário. Estou apaixonado por você, Hanna. Não é um simples capricho do qual posso me arrepender depois.

Infelizmente, sentia-me machucada demais para conseguir dizer que também estava apaixonada. Ao contrário, falei coisas nas quais nem eu mesma acreditava.

— Não são conjecturas. Sou uma mera diversão enquanto você estiver servindo em Pearl Harbor. Quando voltar para Denver, já não se lembrará mais da alemã com quem costumava deitar-se.

Estava sendo incoerente. O medo de que ele voltasse para Denver não tinha nada a ver com a discussão anterior, sobre ele me abandonar por causa da pressão social. Deixara-me levar pela ira, pela vergonha e pela angústia.

— Se você tem tanta certeza de que isso vai acontecer, por que estamos juntos, Hanna?

Meu peito pareceu dilacerar. A pergunta de Tobias era retórica, do tipo que se fazia antes de uma ruptura.

– A verdade é que está bem difícil entender você. – Levantou a cabeça e notei que tinha os olhos marejados. – Quando está bem comigo, está tudo muito bem. Mas, de repente, às vezes você fica assim. E hoje, ainda por cima, vem com essas questões que nem têm relevância... Não tenho dúvida de que você é uma pessoa maravilhosa, mas já não sinto vontade de tentar entender seus motivos.

Minha consciência gritava para que eu lhe pedisse desculpas, porque ainda não era tarde demais para consertar as coisas. O jantar havia sido um momento tenso para ambos, e nossas emoções estavam à flor da pele, sobretudo as minhas. Entretanto, o orgulho me venceu.

– Bem, então acho que deveríamos terminar aqui.

Antes que ele me deixasse, eu o deixaria.

Vá para o PRÓXIMO CAPÍTULO →

CAPÍTULO 34

Na manhã seguinte, acordei sentindo-me a pior pessoa do mundo. Enquanto tomava café e via Pearl Harbor da minha janela, bem ao longe, admiti que tinha me excedido. Por que havia dito a Tobias todas aquelas coisas em que nem eu mesma acreditava? Não podia esquecer sua expressão de decepção. A mesma que se manifestava cada vez que eu me mostrava distante. Por que ele não conseguia entender que eu era uma pessoa reservada?

"Ai, Hanna, isso não é verdade", repreendeu-me minha Emma imaginária da outra ponta da mesa. "Você é a melhor amiga que eu já tive... mas também a mais falastrona."

"Não é bem assim", retruquei em pensamento.

A Emma da minha imaginação esboçou um sorriso petulante. Crispei os lábios, irritada; já sabia qual história iria me relembrar.

"Preciso falar de quando você contou toda a sua vida a meu primo poucos minutos depois de conhecê-lo?"

"É que naquela época eu não conseguia ficar quieta. As palavras me escapavam da boca com facilidade", disse eu.

"E Tobias também é muito perguntão..."

Olhei para o chão; razão não lhe faltava. Só que a Hanna que entregara seus maiores segredos ao primo de Emma era uma pessoa completamente diferente da Hanna de agora.

"A guerra me transformou", confessei.

"Já considerou a hipótese de que talvez não seja por isso, mas porque está com medo, Hanna?"

Depois Emma desapareceu da minha mente, e me senti mais sozinha ainda. Levei a mão ao pescoço; um nó havia se formado na minha garganta e ameaçava asfixiar-me. A realidade fustigou-me cruelmente. Eu não tinha sido atenciosa com Tobias ao longo do nosso curto namoro – na verdade, me fechara em mim mesma. Porque... porque havia boicotado o nosso relacionamento desde o início, sem sequer ter consciência disso. Há uma diferença entre ser comedida e fazer o que fiz, e Tobias percebeu isso. Não me via como uma jovem reservada, pelo contrário: havia notado como eu, de fato, o afastava cada vez que nos aproximávamos demais.

Por isso se mostrara tão confuso naquele dia na cafeteria, ao conversar com James; não conseguia entender minhas reações tão contraditórias. E havia me convencido de que eu, na verdade, era assim.

Agora me dava conta de que meu boicote era uma reação natural diante do medo de ser abandonada. Se não o deixasse entrar demais em minha vida, não teria por que chorar sua hipotética perda... No entanto, pelo medo de ficar sem ele, acabei conseguindo justamente isso: perdê-lo.

A vida não havia me derrubado – eu mesma me derrubara.

Já não tinha como voltar atrás: havíamos terminado nossa relação. Então decidi que era melhor manter-me longe dele. Sentia-me muito culpada pelo meu comportamento; não era digna de alguém como Tobias. Ele merecia alguém que pudesse amá-lo sem as amarras invisíveis do medo.

Assim compreendi que não era preciso uma tragédia para arrancar de mim uma pessoa amada – eu também podia perdê-la pela estupidez das minhas atitudes.

Os dias se tornaram mais tristes. No início, achei que a agonia se dissiparia com o passar do tempo e eu voltaria a ser a mesma Hanna de antes. Mas, à medida que cada amanhecer penetrava em meu quarto, fui compreendendo que a Hanna deprimida e solitária era a mesma daqueles últimos três anos. Percebi que o namoro com Tobias tinha sido um interlúdio de felicidade entre as misérias que eu vivia desde que me separei de minha família. E agora já não chorava somente pelos meus, mas também pela centelha de alegria que se havia apagado para sempre dentro de mim.

Sentia demais a falta dele.

Minha vida voltou a resumir-se aos insignificantes turnos na cafeteria com o senhor Stuart. Embora meu patrão nunca o tenha verbalizado, eu suspeitava de que se regozijava com o término do meu namoro. Tobias representava uma ameaça para a minha permanência como empregada submissa.

A todo instante perguntava a mim mesma o que estaria fazendo Tobias naquele momento. Estaria em serviço no *USS Arizona*? Ou pegando uma onda grande e perigosa? De todas as possibilidades, só não queria imaginá-lo triste por nossa separação. Embora intenso, o relacionamento também tinha sido breve. Com um pouco de sorte, em pouco tempo ele esqueceria *die Deutsche Frau*[12] que havia partido seu coração.

Ou talvez não. Por alguma razão, lembrei-me da ocasião em que censurei Emma por estar tão perdidamente apaixonada por seu vizinho, com quem namorava havia apenas um mês. Na época eu não entendia que algumas pessoas não precisam de uma eternidade para marcar nossa vida. Há pessoas que tocam nossa alma nos momentos mais inesperados e da forma mais surpreendente.

---

[12] A mulher alemã. (N.T.)

Sem Tobias, o tempo parecia não passar, e era difícil concentrar-me nas tarefas da cafeteria. De fato, certo dia eu estava mais distraída que o normal.

— Hannah! Você é tonta? O que acontece com você?

Escutara um barulho forte, mas sem me dar conta de que eu mesma o tinha provocado. Apática, olhei para o chão, onde se espalhavam pedaços de copos quebrados, e me agachei para recolhê-los com gestos lentos.

Então ouvi alguém entrar na cafeteria e, logo em seguida, senti-o agachar-se a meu lado. Era James, o amigo de Tobias.

— Posso dar uma mão? — perguntou, incapaz de me olhar nos olhos.

Com relutância, permiti que me ajudasse.

— O que você quer, James? — quis saber depois que recolhemos todos os cacos de vidro.

— Primeiro, lhe pedir desculpas.

Cruzei os braços para marcar distância.

— Desculpas pelo quê? — Embora para mim fosse evidente.

— Pelo comportamento de Susan. Eu... sinto muito. Deveria ter feito alguma coisa.

Revirei os olhos, com desdém, e continuei meu serviço. Um pouco tarde para me dizer aquilo.

— Podemos conversar depois do seu turno, Hanna? Gostaria de falar com você, mas em outro lugar.

Quis recusar, mas ao mesmo tempo achei que seria uma boa forma de virar a página com Tobias. Talvez James me ajudasse a fechar o ciclo.

Assim que saí da cafeteria, o marinheiro me conduziu por diferentes ruas de Honolulu. Imaginei que buscasse um lugar tranquilo para conversar.

— Como está Tobias? — perguntei.

– Meio destruído nas últimas semanas. Mas vai ficar bem. Assim espero.

Engoli em seco, preocupada. Tentara convencer-me de que ele se recuperaria logo, mas a realidade era outra: não fora capaz de me esquecer, assim como eu não fizera diferente.

– Hanna, não posso mais esconder o motivo que me trouxe aqui. – James parou de repente. – Estou levando você para encontrar Tobias.

– Como?!

– Ele não sabe, está bem? Pensa que o encontro é só comigo. Eu queria juntá-los de surpresa... Mas acho que com você devo ser sincero. – Tossiu. – Devo isso a você.

Fui tomada pelo constrangimento ao saber para onde me dirigia. O que eu diria a Tobias? "Olá, sinto muito por ter, inconscientemente, boicotado nossa relação"?

– Ele não vai querer falar comigo.

– Bobagem! Está louco para ver você. – Eu podia identificar em seus olhos o arrependimento por ter me revelado o plano. Depois, juntou as mãos num gesto de súplica. – Por favor, Hanna. É o mínimo que posso fazer. Vá e fale com meu amigo.

Suspirei. Supus que não me restava outro remédio senão enfrentar meus medos.

– Está bem.

Dez minutos depois, encontramos Tobias no terraço de um café, distraído diante de uma taça de sorvete. Esbocei um pequeno sorriso: lá estava ele em sua compulsão por doces. Teria escolhido o de baunilha?

A emoção de revê-lo sobrepujou o medo que pouco a pouco havia minado nosso namoro.

– Tobias...

Ele estremeceu ao ouvir minha voz, como se houvesse tido uma alucinação. Levantou a cabeça e se deparou com meu olhar cheio de remorsos.

– *Es tut mir leid*. Quero dizer, me desculpe – falei.

Ele continuou calado, sem conseguir pronunciar uma palavra sequer. Havia sido uma má ideia ter ido até lá, pensei, bastava ver sua nula reação. Olhei para James, que me fez um sinal com a mão para que eu me sentasse diante de Tobias, enquanto se afastava para dar-nos privacidade.

– Tremenda cilada essa do James – Tobias, por fim, queixou-se baixinho.

Senti uma pontada no peito ao ouvir essas palavras. No entanto, resolvi mudar o rumo da conversa para diminuir a tensão entre nós.

– Sorvete de amora? – perguntei, apontando para sua taça. – O que aconteceu com o de baunilha?

– Cansei das escolhas seguras e sem graça – respondeu, tomando outra colherada.

– Tobias, eu... Sinto muito pelo meu comportamento. Realmente não pensava nada daquilo que disse. – Calculei as palavras seguintes. – Na verdade, peço desculpas por minhas atitudes durante toda a nossa relação... Não sei nem por onde começar.

Se pretendia consertar as coisas, teria de ser honesta. Sobretudo no que se referia às minhas conclusões em nossa última discussão.

– Seria bom começar por suas mudanças repentinas de humor, Hanna. Tinha realmente a ver comigo ou era tudo imaginação minha?

– Sim, tinha a ver, mas não como você está pensando. Quando falávamos de assuntos alegres, ficava tudo bem. – Nervosa, comecei a estalar os nós dos dedos contra a palma das mãos. – O problema era quando tocávamos em assuntos relacionados ao meu passado, ou quando chegávamos muito perto disso.

— Por quê?

— Porque achava que amar alguém significava o risco de perdê-lo. Não fiz de propósito.

Tobias manteve-se em silêncio. Foi então que decidi me abri por completo:

— Cheguei a comentar com você que minha vida, no passado, era composta pelos bons momentos que eu passava com minha família. Agora penso assim sobre o presente com você. A vida são as rosas que você me dá sempre que nos encontramos, embora murchem uma semana depois. A vida é aquele primeiro *swing* que dancei com você. A vida é poder surfar com você e do meu jeito. A vida são nossos beijos, sonhos e medos. Cometi um grande erro por não desfrutar dessa vida pela possibilidade de um dia perdê-la. Mas prefiro perder tudo isso a nunca tê-lo vivido.

Quando terminei de falar, minha respiração estava acelerada. Fazia muitos anos que eu não me mostrava tão vulnerável diante de alguém. Era uma sensação nova e muito bem-vinda.

Agora tinha de esperar para saber se Tobias aceitaria minhas desculpas.

— Eu preferia que você tivesse sido sincera desde o início — começou. — Entendo que tenha medos, Hanna, só que você não pode expulsar as pessoas da sua vida pelas coisas que possam vir a acontecer no futuro. Um futuro que talvez nunca chegue!

— Eu sei. Me desculpe, de todo o coração. Eu estava muito confusa.

Ficamos em silêncio e acreditei que não íamos nos reconciliar. Quando muito, ele entenderia meu ponto de vista e, depois, cada um tomaria o próprio rumo. E eu merecia isso. Ao menos teria aprendido para a próxima ocasi...

— Ora, venha aqui — Tobias interrompeu meus pensamentos, puxando-me para perto de si.

Em seguida, me beijou sorrindo e eu comecei a chorar.

Era real, eu também podia ser feliz em algum momento, minha vida não tinha de ser uma sequência de tragédias.

Quando nos afastamos, ele enxugou minhas lágrimas com o polegar e beijou a ponta do meu nariz.

– Se depender de mim, vai ter de me aturar por muitos anos, *meine Liebe*.

– Oh, não, que tortura! – respondi, rindo.

– Até ficarmos velhinhos. Enquanto depender de mim, ficarei a seu lado. – Segurou meu rosto com as duas mãos. – Você aceita, Hanna Beck?

– Aceito, Tobias Matheson. *Ich liebe dich*[13].

– Se você disse o que estou pensando, é um pouco cedo para isso, mas eu também. – E beijou-me novamente.

Experimentei uma felicidade genuína, como havia anos não me permitia, sem saber que se tratava de um sentimento com prazo de validade. Dentro de sete dias, minha vida mudaria de novo – e para sempre.

Vá para o PRÓXIMO CAPÍTULO →

---

[13] Eu te amo. (N.T.)

CAPÍTULO 35

A "nova" relação com Tobias foi bem diferente da anterior. Por fim, eu amava em total liberdade.

– Você acha que sua amiga Emma vai gostar de mim?

Nesse dia, estávamos vendo o amanhecer na praia. Havíamos levado o café da manhã em uma cesta, a fim de aproveitar mais tempo ali antes de seguir para o trabalho.

– Sim. Otto, meu irmão, também. Com meu pai é que você terá mais dificuldade. Segundo ele, ninguém pode ser bom o bastante para a garotinha dele.

Eu começara a falar deles no presente. Nada me garantia que estivessem vivos, nem mortos, então escolhi a primeira opção. Até que não se provasse o contrário, não deixaria que a incerteza me consumisse tanto como nos meses anteriores.

– Falando de pais... – Tobias ergueu-se levemente na areia, apoiando-se nos cotovelos. – Os meus virão para o Natal, e eu gostaria que os conhecesse. Tenho certeza de que vão adorar você. Na verdade, já adoram, porque já falei de você umas cinquenta vezes.

– Tenho muita vontade de conhecê-los e gostaria que, algum dia, também pudesse apresentar você à minha família.

Tobias pousou os lábios em minha testa.

– Certamente isso acontecerá antes do que imagina. E então você irá montar a cafeteria com sua amiga.

Os encontros com Tobias pareciam um sonho do qual eu não queria despertar. Mas os beijos, abraços e carícias eram reais demais para que fossem fantasias da minha mente.

Infelizmente, enquanto vivíamos submersos em nosso idílico relacionamento, o mundo que nos rodeava não havia parado de girar. Comecei a notar Tobias inquieto. Uma noite observei-o deitado em minha cama com o olhar perdido, fixo no teto.

– O que você tem? – perguntei.

– Nada sério. Mas os dias têm sido um pouco tensos na base. Não se preocupe.

Senti um aperto no coração. Algo não parecia bem, e eu não podia deixar que a conversa terminasse ali.

– Pode me contar. – Minha voz soou quase como uma súplica.

– Não quero estragar seu dia por uma coisa que nem sequer está confirmada.

– Por favor...

– Que isso não saia daqui, Hanna, porque escutei às escondidas...
– Concordei com a cabeça. – O presidente Roosevelt acredita que os japoneses vão nos atacar em breve. Os especialistas acham que é improvável, mas não sei...

Tobias calou-se e continuou absorto em suas preocupações, que também se tornaram minhas. Não, a guerra não poderia envolver os Estados Unidos, supliquei em pensamentos. Não estava preparada para isso.

Ninguém estava preparado.

– Alguém sabe dizer qual será o alvo? – Minha voz soou trêmula.

– Segundo ouvi dizer, o governo acha que podem bombardear nossas tropas do Sudeste Asiático.

Minhas pernas tremiam por causa do medo, mas eu não podia permitir que isso fosse perceptível. Tobias necessitava que eu me mantivesse forte. Ele já estava assustado demais para que eu corroborasse com seus remores.

— Tudo vai ficar bem, querido. Os japoneses não poderão com vocês.

Nas próximas vezes que nos encontramos, tratei de me mostrar sorridente. E ele fez o mesmo, porque não voltou a tocar no assunto, nem sequer parecia preocupado. Talvez também pretendesse me tranquilizar, mostrando-se confiante.

No entanto, a realidade era que ambos estávamos sujeitos aos desígnios do mundo. A qualquer momento, nossos planos poderiam ser interrompidos, fosse pela guerra, fosse por uma causa natural...

E o destino decidiu que fosse pela primeira.

No fatídico domingo, eu tomava o café da manhã sozinha. Tobias fora trabalhar na base de Pearl Harbor, por isso eu não o veria até bem tarde. Enquanto comia uma torrada com geleia de morango, como aquelas que minha mãe preparava, vi algo incomum através da janela. Uns pontos escuros sobrevoavam o céu da ilha de Oahu, e aproximei-me da vidraça para verificar o que era.

Coloquei a cabeça para fora da janela e entendi que os "pontos escuros" eram aviões, os aviões do inimigo. Os japoneses haviam chegado ao Havaí. Muito ao longe, na costa, vislumbrei um campo de luz, o mesmo que produziria uma bomba ao chocar-se contra o seu alvo: Pearl Harbor.

Tobias.

Saí correndo do apartamento e desci as escadas o mais rápido que pude. A base ficava a meia hora dali, se eu fosse a pé. Deparei-me com alguns vizinhos em alvoroço pela calçada. Não conseguia pensar com clareza. Precisava impedir a tragédia. Tinha de verificar se Tobias estava bem.

— Não posso perder você — pedi baixinho, como se ele pudesse me ouvir. — Por favor, agora não.

— Ei, alemã, vamos para o porão! — gritou um de meus vizinhos. — Venha!

Nunca havia falado com ele, e ele não podia ter escolhido pior momento para me chamar. Tentei ignorá-lo, mas outro homem segurou-me pelo braço.

— Não corra. Um desses aviões vai matá-la!

— Tobias, Tobias...

Não conseguia balbuciar outra palavra além de seu nome. Precisava assegurar-me de que o veria de novo, de que aquilo não era um sinal de que a vida o tiraria de mim para sempre.

Vá para o PRÓXIMO CAPÍTULO →

CAPÍTULO 36

Lutei de todas as formas para ir até Pearl Harbor, mas *der Amerikaner* e sua esposa me arrastaram para o porão. Estava tão impactada que nem conseguia deixar correr as lágrimas que se acumulavam em meus olhos.

Já dentro do porão, esperaram que chegassem mais vizinhos e, então, trancaram a porta para que todos ficassem um pouco mais seguros. Via a cena toda como se fosse mera espectadora, sem capacidade de tornar-me protagonista.

– Está em choque – disse uma vizinha, observando-me com as mãos na cintura. – Deve lembrar-se das coisas que viveu na Alemanha.

Ah, claro, pensavam que eu havia emigrado depois da invasão da Polônia.

Joguei-me no chão e escondi a cabeça entre os joelhos. Não era um pesadelo, era a realidade. O Japão havia atacado os Estados Unidos, mas o alvo não fora o que Tobias havia mencionado.

Tobias... Eu não conseguia para de pensar nele. Precisava escapar daquele lugar. Levantei-me abruptamente e corri para a porta. O homem que havia segurado meu braço e outro vizinho bloquearam minha passagem.

– Deixem-me sair! – gritei. – Estão atacando Pearl Harbor!

– Acho que o namorado dela é marinheiro – cochichou uma das vizinhas. – Eu o vi de uniforme.

Coloquei as mãos na cabeça ao sentir que tudo girava ao meu redor. Gemi de dor ante a incerteza que a situação me causava.

– *Tobias darf nicht sterben, bitte!*[14] – Voltei a sentar-me no chão.

Cada segundo ali confinada era uma tortura. Primeiro, recordei os momentos de felicidade com Tobias. Podia vislumbrar seu sorriso e a maneira como me chamava de *"meine Liebe"* todas as vezes que estávamos juntos. Depois, me invadiram outras lembranças: as várias ocasiões em que me mostrara distante e a angústia que lhe causei. Tudo poderia ter sido diferente entre nós, e agora havia uma grande chance de que nosso tempo estivesse se esgotando.

Cerca de uma hora depois de entrarmos no porão, os vizinhos começaram a conversar. Alguns mostravam-se preocupados se os familiares estariam bem, outros diziam que o amigo de um amigo estava em Pearl Harbor... Uma mulher comentou que o bombardeio a surpreendeu enquanto lavava roupa.

Eu, enquanto isso, jogada no chão, experimentava uma agonia que destroçava cada parte do meu corpo. Farta de não poder fazer nada, levantei-me e percebi que a porta estava livre novamente. Sem pensar que poderia colocar em risco a vida de meus vizinhos, fui correndo até ela.

– O que está fazendo? – gritou um deles.

– Deixe que saia – disse uma outra. – Se for se matar, será só ela.

Abri a porta e saí correndo, fechando-a atrás de mim.

O cenário do lado de fora era desolador. O caos se apoderava das ruas, com pessoas que fugiam correndo de um lado a outro para escapar do perigo. Eu ia na contramão dos demais; muitos que passavam por mim me advertiam de que eu deveria tomar o caminho oposto, porque estava me aproximando do foco do ataque.

---

[14] Tobias não pode morrer, por favor!

Mas essa era a intenção. Lamentavelmente, foi difícil chegar a meu destino, dado que havia militares fora de serviço que regressavam à base naval. Durante o caminho, pediam a todos que voltássemos a nossos lares.

– Tenho de ir com vocês – explicava. – Meu namorado está em Pearl Harbor.

Por infortúnio, as explicações não eram suficientes e insistiram que eu regressasse à minha casa. Por fim, decidi tomar um caminho alternativo para evitá-los.

Uma dor intermitente instaurou-se em meu abdômen, e mal conseguia respirar, por causa do esforço. Apertei quanto pude a região do diafragma para amenizar a dor; não pensava em parar.

Quando finalmente cheguei à base naval, parei alguns segundos para recuperar o fôlego. Então me dei conta de que a situação era muito pior do que me parecia ao ver de longe.

Pearl Harbor, assim como toda a baía, era a representação do inferno. Vi marinheiros gravemente feridos que eu se ajudavam a sair da zona do ataque – alguns carregavam colegas inconscientes ou mesmo mortos. Mas nenhum dos rapazes que via era Tobias. E se... e se o tivessem levado ao hospital? Sim, eu precisava confirmar, certamente estaria lá.

No caminho, vi um marinheiro que cambaleava, tentando sustentar um dos companheiros. Aproximei-me e ajudei o ferido a passar um dos braços em volta do meu pescoço, a fim de dividir seu peso.

– Quem é você? – perguntou o que estava em melhores condições.

– Uma amiga. – Relutei um pouco antes de perguntar: – Conhecem Tobias Matheson? Ele deveria estar aqui hoje.

O rapaz negou com a cabeça.

– Não o conhecemos. Tobias Matheson? Onde ele está baseado?

– No *USS Arizona*.

– Ora... Bem... Vamos agora à enfermaria, quem sabe esteja lá...

Meu coração acelerou-se ainda mais diante da resposta, um tanto evasiva. Ele não parecia muito convencido de que Tobias estivesse lá. Percebi sua voz carregada de dúvidas, preocupação e medo de dizer-me o que eu não queria ouvir.

– O que aconteceu? – perguntei, de forma tão incisiva que ele não foi capaz de continuar escondendo a verdade.

– Creio que o Arizona foi o mais atingido pelo ataque – disse, ofegante. – Ele... afundou. Depois da... Nada.

– Depois do quê?!

– Depois da explosão.

Minhas pernas perderam as forças. Não, não podia ser verdade. Tobias não podia estar morto, não nesse momento. O soldado tinha se confundido. Sim, talvez por estar perturbado com o ataque; certamente não tinha sido o *USS Arizona* que afundou.

De repente, o marinheiro ferido começou a pesar demais sobre meus ombros. Eu fazia muita força para não cair. Meus tornozelos dobravam a cada passo; o estado do rapaz havia piorado.

Logo depois, começou a convulsionar. Como pudemos, o deitamos no chão, enquanto a vida se afastava de seu corpo.

– Um médico! Uma enfermeira! Alguém! – gritava seu companheiro, mas ninguém aparecia para acudi-lo.

Olhei ao redor e vi que só havia pessoas feridas.

– Vou procurar ajuda para o seu amigo – assegurei-lhe.

Saí correndo em direção ao que, seguramente, era o destino da maioria das pessoas que estavam ali: o Hickam Field Hospital.

O cheiro de queimado aumentava à medida que eu avançava. Tossi, sufocada, e cobri o rosto para proteger-me da fumaça.

Entrei correndo no centro médico, mas logo percebi que não seria possível cumprir a promessa que havia feito ao marinheiro. Os corredores do hospital estavam abarrotados de vítimas que ainda não tinham sido atendidas, não importando a gravidade.

— Um médico! — berrei, desesperada. — Alguém pode me ajudar?! Há pessoas feridas lá fora também!

Ninguém respondeu. Era uma missão perdida. Tentei, inclusive, segurar uma das enfermeiras pelo pulso para chamar sua atenção.

— Por favor, há um rapaz lá fora que...

— Solte-me! Não estamos dando conta!

Ela tentava desvencilhar-se de mim, mas eu não podia deixá-la ir antes de fazer a pergunta cuja resposta não estava preparada para ouvir.

— Tobias Matheson. Ele está aqui?

— Não sei quem é. — Soltou-se bruscamente. — Por favor, deixe-me em paz. Há muita gente aqui precisando de ajuda.

Contudo, não me detive; precisava encontrá-lo. Quase sem forças, procurei por Tobias em todos os cantos do hospital, inclusive em áreas provavelmente restritas aos militares. Mas ele não estava lá.

Tobias estava morto. Tobias estava morto.

Quem acabei encontrando foi James, inconsciente e com o corpo tomado por queimaduras. Cobri a boca, horrorizada. Só conseguia pensar que, pouco tempo antes, ele nos ajudara em nossa reconciliação. E, agora, estava gravemente ferido. Desejei que tudo aquilo fosse um pesadelo do qual eu ainda não havia acordado.

O cheiro de morte e fumaça causado pelo ataque a Pearl Harbor invadia minhas narinas. Enquanto me sentava no chão do centro de saúde, as primeiras lágrimas transbordaram. A guerra mais uma vez tirava de mim um ente querido, a primeira pessoa que eu deixara entrar em meu coração depois de anos de solitude. Como havia arrebatado meu pai, Otto e Emma. Eu estava sozinha de novo.

Vá para o PRÓXIMO CAPÍTULO →

CAPÍTULO 37

Passei a noite em claro. Eu nem sabia como tinha chegado a meu apartamento. A última coisa que me lembrava era de ter permanecido no hospital até que algumas enfermeiras tentaram me expulsar de lá. Quando lhes expliquei por que não queria sair dali, me disseram:

– Volte amanhã, quando as coisas estiverem um pouco mais calmas, então atenderemos você.

Antes de ir embora, aproveitei para doar sangue, porque seria muito útil naquele momento.

Às cinco da manhã, dirigi-me ao Hickam Field Hospital. Na porta, vi um rosto familiar: era Susan, que chorava desconsoladamente ao lado de uma enfermeira.

– Por quê, Mimi? – Soluçava. – Por quê?

Sua acompanhante, que parecia ser sua amiga, abraçava-a para consolá-la. Logo entendi que James havia morrido. Engoli em seco. No dia anterior, eu já sabia que ele era um dos pacientes mais graves e que não sobreviveria. No entanto, ainda não tinha assimilado que não o veria nunca mais.

– Ele estava muito mal, Susan. Agora vai descansar – disse a amiga.

– Eu não queria que ele descansasse! Queria que ele vivesse!

Embora ela tivesse me ferido demais, senti vontade de oferecer minhas condolências. Odiava Susan, mas ao mesmo tempo me identificava com sua dor. O destino dos meus familiares era incerto, mas por muito tempo eu havia carregado a hipótese de sua morte.

Nesse momento, Susan notou minha presença a poucos metros dela. Não me aproximei, mas fiz um sutil aceno de cabeça para expressar meu apoio. Ela, por sua vez, ficou imóvel.

Ao perceber que minha interação com Susan não iria muito além, entrei no hospital. O fluxo de pessoas havia diminuído em comparação ao dia anterior. O centro médico, no entanto, continuava movimentado.

Busquei uma enfermeira que pudesse me atender, e dessa vez uma delas se dispôs a falar comigo por alguns instantes.

– Sabe me dizer se Tobias Matheson está entre os feridos?

Ela arregalou os olhos ao ouvir seu nome.

– Espere, você é a namorada dele, a alemã?

– Sim! Sim! Você o viu? Estou muito preocupada.

A enfermeira ficou calada e balançou a cabeça negativamente. Meu coração acabava de se romper ao confirmar o que eu já suspeitava anteriormente.

– Não o encontraram, e estando no Arizona... Acredita-se que morreram centenas de marinheiros. Sinto muito. Ele falava muito de você... A verdade é que...

Continuou falando, mas eu já não escutava mais nada: ajoelhei-me no chão e comecei a soluçar. Não podia nem imaginar como haviam sido seus últimos momentos. Talvez nem tenha tido consciência de que um avião japonês os bombardeava...

E, o pior de tudo, não tive sequer a oportunidade de me despedir dele. O que quer que tivesse acontecido com minha família, ao menos tinha me despedido deles antes de ir embora para os Estados Unidos.

Senti-me como no dia em que minha mãe morreu – de um dia para o outro ficara sem a sua presença. Mas ela foi em paz, muito diferente de Tobias.

– Por que a vida é tão injusta? – gritei enquanto chorava.

Nesse dia não abrimos a cafeteria. Voltei para casa e fiquei na cama o maior tempo que pude. Ao meio-dia, o presidente Roosevelt fez um pronunciamento a respeito do ataque a Pearl Harbor.

– Ontem, 7 de dezembro de 1941 – falava pelo rádio –, uma data que viverá na infâmia, os Estados Unidos foram atacados de forma repentina e deliberada pelas forças navais e aéreas do Império do Japão.

A guerra havia chegado também aos Estados Unidos, e já não se podia escapar dela... mas, sim, eu poderia fugir do foco da minha dor. O que faria na ilha de Oahu, além de ficar lembrando o que havia amado e perdido? Eu precisava começar uma vida nova, longe da angústia que sentia. Não queria continuar a viver em um lugar onde voltaria a ser sozinha, um lugar onde as únicas coisas que me restavam eram minha bagagem e meus medos.

"Aonde quer que você vá, sempre estarei a seu lado", Emma voltou à minha imaginação pela última vez.

Os dias se passaram, e minha decisão manteve-se firme. Quando voltei a ver o senhor Stuart, comuniquei-lhe minha escolha. Evidentemente, não a aceitou muito bem.

– Você vai embora, Hannah? E vai me deixar na mão?

– Preciso começar uma vida nova.

– Está sendo muito injusta. Depois de eu tratá-la tão bem...

Como já não trabalharia mais para ele, resolvi expressar o que calara por muito tempo.

– O senhor não tem a menor ideia do que significa tratar bem alguém. Só me usou para descontar suas frustrações e sentir que podia mandar em alguém ao menos uma vez na vida. Mas o senhor é um imprestável. Fico muito feliz em saber que não o verei nunca mais. *Verpissen Sie doch!*[15]

---

[15] Vá à merda!

Assim que terminei o discurso cheio de grosserias, saí da cafeteria. A última palavra teria sido minha se aquele estúpido não tivesse me respondido:

— Você é uma mal-agradecida, Hannah. Ninguém vai cuidar de você como eu cuidei.

Mas eu tinha prometido a mim mesma que a última palavra seria minha, então decidi cumprir a promessa. Dei meia-volta e pude ver que ainda sustentava um sorriso arrogante.

— Essa é a ideia, *Blödmann*[16].

Senti-me aliviada quando, por fim, abandonei a cafeteria para sempre. Havia sido uma experiência horrível, muito diferente de tudo o que eu havia planejado com Emma a respeito de nosso futuro negócio.

Naquele instante, também jurei que um dia ainda cumpriria o nosso sonho. Se possível, com ela a meu lado. Eu tinha claro para mim que nunca a esqueceria. Sempre me lembraria dos momentos maravilhosos que vivemos juntas. Desde nossa primeira conversa no colégio até os planos futuros que tínhamos antes da guerra.

Também jamais apagaria as lembranças de meu pai e meu irmão, Otto. Eram minha família, um pilar fundamental ao longo da minha infância e adolescência. Ainda podia ouvir as conversas profundas que meu pai tentava manter comigo quando ainda menina. Também invadiam minha memória os gritos de alegria de Otto cada vez que brincávamos juntos na rua. E, claro, embora já fizesse muito tempo que ela havia falecido, jamais esqueceria minha mãe.

Agora havia se juntado a esse grupo uma nova pessoa. Alguém com quem convivera por pouco tempo, apenas dois meses e alguns dias. No entanto, não seria engano afirmar que sua chegada a minha vida havia mudado tudo. Graças a ele, tinha conhecido o que era o amor.

---

[16] Otário. (N.T.)

A partir desse momento, me esperava um novo futuro, cheio de incógnitas – mas, enquanto eu continuasse viva, os quatro seriam hóspedes permanentes em meu coração.

Pouco a pouco vou deixando de ser Hanna para voltar a ser Charlotte. Entretanto, o processo é interrompido no meio. Agora sou ambas e nenhuma ao mesmo tempo. Sou um ser que flutua no nada.

Escuto a voz da bruxa, ao longe.

– Você gostaria de saber como foi a vida de Hanna Beck depois do episódio de Pearl Harbor ou prefere terminar a regressão aqui?

No primeiro momento, estou convencida de que quero saber mais sobre Hanna. Mas então compreendo que o que ela presenciou depois foi a guerra em toda a sua expressão. Não sei se estou preparada para vê-la sofrer mais. Será que deveria continuar ou já me dou por satisfeita com o que conheci sobre ela?

Se Charlotte escolhe conhecer mais sobre a vida de Hanna, vá para o PRÓXIMO CAPÍTULO →

Se Charlotte escolhe sair da regressão, vá para o CAPÍTULO 40 (página 201) →

CAPÍTULO 38
MINHA VERSÃO SEM VOCÊ

Santa Bárbara, 26 de julho de 1946

A guerra foi tão difícil quanto eu imaginava, mas não por perder mais pessoas queridas. A instabilidade econômica fez com que eu me transformasse em uma nômade durante os anos seguintes. Nenhuma cidade tornou-se meu lar, não só pela falta de trabalho, mas porque não simpatizei com as pessoas que conhecia.

Todos os dias sentia falta dos meus pais, de Emma, de Otto e de Tobias. Cheguei a perguntar-me se o que havia vivido com Tobias não teria sido somente um lindo sonho. Aconteceu tudo tão rápido e foi tão intenso que não podia ser real. Será que foi?

Em 1945, por fim, a paz foi selada e chegou a hora de enfrentar a realidade. Eu descobriria, afinal, se algum dos meus parentes na Alemanha havia sobrevivido. Infelizmente, as ilusões foram se dissipando à medida que o ano avançou e ninguém buscou contato comigo. Tentei obter informações sobre eles, mas era quase impossível encontrá-los em um país mergulhado no caos.

Cheguei a pensar em voltar para a Alemanha, mas desisti da ideia ao tomar conhecimento dos acordos que foram fechados. As divisões em Berlim só gerariam mais diferenças, e a nação levaria muito tempo até recuperar-se da guerra. Meu tempo na Alemanha havia acabado. Talvez não para sempre, mas por um bom tempo.

Passaram-se os meses sem nenhuma notícia. Porém, no inverno, recebi uma ligação telefônica que mudaria minha vida para sempre. Não estava preparada para o que escutaria.

– Senhorita Beck – saudou-me uma voz enérgica e ao mesmo tempo amigável. – Informamos que há um jovem alemão que imigrou recentemente e diz ser seu irmão. Otto Beck.

Talvez meu futuro não seria tão solitário como imaginei.

Reencontrei-me com ele alguns dias depois, logo após solicitar licença no trabalho para viajar a Washigton, onde Otto se encontrava. Ao vê-lo pela primeira vez depois de sete anos, custei a assimilar que se tratava de meu irmão. Quando saí da Alemanha, ele era apenas um menino, e agora havia se tornado um adulto. Já estava com dezoito anos.

– Otto! – Beijei-lhe a testa repetidas vezes e o abracei com força. – Como você cresceu!

Em 1938, eu era uma cabeça mais alta que ele. No entanto, em 1945, ele havia me ultrapassado.

Assim que nos separamos, pude examiná-lo melhor: o cabelo negro, despenteado, chegava à altura do queixo. Em seu rosto havia duas olheiras marcadas a fogo que testemunhavam as desgraças que teria vivido.

– Hanna! Você é real, de carne e osso! – Chorou. – Quanto desejei que chegasse este momento!

Não pude mais manter-me forte e acabei desabando com ele. Eram lágrimas de tristeza, embora também de felicidade. Tinha passado tanto tempo separada de Otto, mas, felizmente, a vida o devolvia para mim.

Contudo, faltavam duas pessoas, que deveriam estar com ele.

– E papai? E Emma? – Minha alma congelou quando Otto, como resposta, negou com a cabeça.

– Quando?

– Em 1943 e em 1940, respectivamente.

Mordi o lábio com tanta força que chegou a sangrar. Se tivesse aguentado dois anos mais, meu pai estaria ali, junto de nós.

– Mas tenho algumas cartas que nós três escrevemos várias vezes, caso não sobrevivessem todos – revelou com a voz embargada. – Não queríamos partir sem falar com você uma última vez.

Meu irmão colocou a mão no bolso para me entregar as cartas, mas o interrompi – eu ainda não estava pronta. Só as li quando voltamos para minha casa, onde ele me entregou dois pedaços pequenos de papel. Supus que haviam rasgado a folha por causa do racionamento de materiais.

Primeiro li a carta de meu pai:

> Se você estiver lendo esta carta, é porque já não estou. Mas o importante é que você, sim, e quero que viva sem remorsos, Hanna. Desfrute sua vida todos os dias, sabendo que seu pai vela por você de onde estiver.

Comecei a chorar copiosamente. Depois de todo aquele tempo, meu pai continuava me conhecendo melhor que ninguém. Com poucas palavras, havia aliviado o sentimento de culpa que me invadira desde minha partida da Alemanha.

– Na verdade, a carta do papai me deu muita força – admitiu Otto. – Li essa mensagem muitas noites, como se também falasse comigo.

Voltei a abraçá-lo, como se ainda não o tivesse mimado o suficiente nos últimos dias.

— Agora estamos sós, Hanna — lamentou. — Não nos resta ninguém. Somos completamente órfãos.

— Não diga isso, Otto. Temos um ao outro.

Quando nos acalmamos, entregou-me a mensagem de Emma:

Vai valer a pena você abrir a nossa cafeteria, minha amiga. Cumpra esse sonho por mim.

Sorri com tristeza. Somente ela poderia escrever uma despedida trazendo-me essa recordação, para dizer quanto me amava.

— Bem, parece que a cafeteria vai ter de esperar — disse a mim mesma, pensando em como manter Otto e a mim com meu escasso salário.

— Ou não.

As palavras de Otto me surpreenderam.

— O que você quer dizer?

— Tenho comigo umas economias que o papai nos deixou. Talvez dê para abri-la.

Pensei que meu irmão havia enlouquecido: era desse modo que pensava investir as economias da família?

Embora acredite que também não demonstrei muito juízo quando aceitei a proposta e abrimos o negócio. Para isso, nos mudamos para uma cidade costeira dos Estados Unidos. Havia evitado o litoral desde o ataque a Pearl Harbor, mas, quando contei tudo a Otto, me respondeu:

— Não há melhor maneira de homenagear uma pessoa querida do que estar onde mais nos lembramos dela. É uma maneira de mantê-la viva.

Enquanto estávamos no processo de abertura da cafeteria, aprendi a surfar. Para mim, essa foi outra maneira de prestar homenagem ao amor que me havia deixado cedo demais. Não foi fácil, mas aprendi mais rápido do que esperava.

No dia em que surfei uma onda completa sem cair, voltei a chorar por Tobias. Imaginei-o sorrindo da areia e aplaudindo meu feito. Estaria orgulhoso de mim.

Finalmente, abrimos a cafeteria na primavera. O dia da inauguração foi um dos mais tristes e felizes da minha vida. Jamais havia experimentado uma sensação tão agridoce.

– Os Doces de Emma – Otto leu o cartaz com o nome do café. – Gostei muito.

De alguma maneira, minha melhor amiga estaria sempre presente em nosso café. Ao menos seu nome estamparia a fachada.

– Ei, Hanna! – Meu irmão abraçou-me bem forte. – Tenho certeza de que ela está muito feliz por você. E papai. E o marinheiro de quem você me falou.

Os primeiros dias foram os mais complicados. Não entrava quase ninguém. Até acreditei que o negócio estava fadado ao fracasso. Não fazia diferença se tínhamos os melhores milk-shakes ou os bolos mais deliciosos da cidade – como desejava Emma –, pois as pessoas não nos conheciam nem se interessavam em conhecer.

No entanto, à medida que as semanas passavam, mais gente foi aparecendo. E, aos poucos, as pessoas se tornavam clientes, satisfeitas com o serviço.

– Conseguimos, minha amiga – murmurei um dia em que o café estava lotado.

No verão, Os Doces de Emma já era um lugar de encontro de jovens e de não tão jovens. Otto e eu trabalhávamos sem descanso para que continuasse crescendo. Logo nos demos conta de que precisaríamos de uma terceira pessoa trabalhando conosco.

Quando a encontramos, nossa jornada deixou de ser tão intensa. Então eu teria a oportunidade de isolar-me no pequeno escritório para organizar as contas da cafeteria. Muitas vezes cheguei a levar esse trabalho para casa, mas finalmente poderia dedicar alguns minutos para fazer essa tarefa dentro do meu horário de trabalho.

Ou era o que eu pensava, de maneira equivocada, porque, no primeiro dia em que me recolhi para cuidar da contabilidade, Otto logo me interrompeu.

– Hanna, você pode vir aqui um momento?

– Estou ocupada.

– É importante. – Meu irmão calou-se por uns momentos, absorto nos próprios pensamentos, depois continuou: – Bem, está aí um rapaz que quer um café curto, desde que a garçonete não o derrube em sua roupa.

Vá para o PRÓXIMO CAPÍTULO →

CAPÍTULO 39

Saí do escritório abalada e busquei-o com o olhar. Estava sentado ao lado de uma janela. Não podia acreditar. Tinha me convencido de que os japoneses o haviam matado.

Tobias olhou para mim com um doce sorriso e acenou discretamente com a mão. Não fez menção de levantar-se, pois certamente queria dar-me tempo para assimilar a surpresa.

Aproximei-me com os olhos marejados e só consegui balbuciar algumas palavras sem sentido quando me sentei diante dele.

– Você não esperava – disse-me, devagar. – Passou muito tempo, *meine Liebe*.

Observei a cicatriz rugosa em uma das maçãs do rosto e outra em um dos braços. Decerto, o resultado de uma grave queimadura.

– Mas... se estava morto...

– Bem, ao que eu saiba, meu nome não está na lista das vítimas fatais. Ou você acha que se enganaram? Será que sou um fantasma e ninguém me avisou?

– Tobias, não posso rir das suas piadas. Passei quase cinco anos pensando que você havia morrido.

Eu estava tão abalada com a situação que Tobias e eu precisávamos sair para tomar um pouco de ar fresco. Ainda assim, ele me deu espaço, para que eu não me sentisse sufocada. Enquanto caminhávamos, percebi que ele mancava discretamente.

Sentamo-nos em um banco da orla e ficamos olhando o mar por alguns minutos. Então desatei a chorar e o abracei.

— Pensei que tivesse morrido — falei entre soluços. — Fui ao hospital... Me disseram que o mais provável era que você tivesse afundado com o Arizona.

Ele acariciou minha cabeça para acalmar-me.

— Na verdade, demoraram para me encontrar. Por isso você não me achou no hospital.

Tobias parecia tenso enquanto rememorava aquele evento trágico. Não devia ser fácil para ele recordar o ataque que havia custado a vida de muitos companheiros.

— Quando vi os caças japoneses, fiquei apavorado. Então saltei do Arizona antes que lançassem a bomba. Eu me lembro de ter nadado para longe do navio. — Baixou a cabeça. — Acordei dias depois, no hospital. Disseram que me encontraram inconsciente sobre um fragmento dos encouraçados.

— Foi um milagre — murmurei.

— É o que diz minha mãe. Acho simplesmente que foi uma série de casualidades que me mantiveram vivo. Consegui escapar. Ou, como acredita meu pai, não tinha chegado a minha hora.

À medida que Tobias falava, suas palavras pareciam carregadas de culpa. O mesmo pesar que senti quando fui para os Estados Unidos deixando meus familiares para trás.

— Você não é responsável pelo que aconteceu.

— Às vezes custo a aceitar. — Comprimiu os lábios, entristecido. — Ao longo desses anos, tenho sido aclamado por ser um dos sobreviventes. Agora, além disso, sou considerado veterano de guerra, embora a verdade seja que me salvei porque fui covarde. Assim que vi o primeiro caça, não pensei em defender a base ou ajudar os companheiros. A única coisa que vinha à minha cabeça era que eu não queria me despedir de você ou de minha família. Então fugi exatamente no momento em que meus companheiros mais precisavam de mim.

Podia entender a situação de Tobias: devia ser muito doloroso receber cumprimentos dos quais não se sentia merecedor. Acariciei seu ombro suavemente, insegura sobre nosso relacionamento depois de tantos anos afastados.

– Você não teria como evitar a morte de mais de mil marinheiros que naufragaram com o Arizona. Já estavam condenados; você só enfrentaria o mesmo destino.

– Sei disso, embora seja difícil não me martirizar pelo que poderia ter feito e não fiz. Teve gente que defendeu os nossos sem ao menos ter treinamento para isso. Na prática, sou um desertor.

Apoiei minha testa na de Tobias. Não havia palavras que pudesse dizer para consolá-lo, apenas mostrar-lhe que podia contar comigo. Cada vez que necessitasse rir, chorar ou simplesmente ficar em silêncio, eu estaria a seu lado.

– Senti tanto a sua falta, Hanna... – disse entre lágrimas e abraçou-me com força.

– Como me encontrou?

– Prometi que estaria sempre a seu lado e não pensava em quebrar a promessa. Nem uma guerra mundial me separaria de você.

Afastei-me e segurei seu rosto encharcado de lágrimas. Ele não tinha esquecido a conversa que tivemos na nossa reconciliação.

– Venho procurando você desde que partiu do Havaí – contou. – Cada vez que encontrava o seu paradeiro, tentava contatá-la. Mas depois ficava sabendo que você já havia se mudado, e tudo voltava à estaca zero. Entre a guerra e essa busca, acabei levando tempo.

De fato, tinham sido anos muito agitados em que não consegui me estabelecer em lugar nenhum. Pelo menos, Santa Bárbara me parecia uma cidade onde eu poderia viver por muito tempo.

— Há algumas semanas descobri que você estava por aqui. Então, soube que você tinha aberto a cafeteria e pensei em fazer uma surpresa.

— Foi a melhor surpresa que poderia me fazer.

— Gostei de ver que colocou o nome de sua melhor amiga. — Parecia saber que Emma havia morrido. — O rapaz que está aí é seu irmão?

— Assenti. — Achei que fosse mais novo, pelo jeito como falava dele.

— É que, quando saí da Alemanha, ele tinha só onze anos.

— É verdade, não havia me dado conta.

Deitei a cabeça no ombro dele, e permanecemos abraçados em completo silêncio por um bom tempo, enquanto me concentrava apenas em contemplar o mar e sentir as batidas de seu coração.

Em seguida, ao olhar para ele, tive um enorme desejo de beijá-lo. Então dei o primeiro passo. Fechei os olhos e esperei que nossos lábios voltassem a se unir com paixão. Quando senti sua boca na minha, tive a sensação de que os cinco anos de distância não haviam existido. Era como se continuássemos na ilha de Oahu e o 7 de dezembro de 1941 jamais tivesse constado no calendário.

— Até quando vai ficar? — perguntei.

— Até quando você quiser.

— Para sempre é uma boa opção?

— Preciso regularizar alguns documentos primeiro. Mas claro que sim, é uma ótima opção. Além disso, estamos à beira do mar. Aqui vou poder surfar quando quiser.

— Aprendi a surfar — contei, rindo. — Sou um pouco novata ainda, mas já não caio da prancha remando. E outro dia consegui fazer um *take off* que você não iria acreditar!

— Isso eu quero ver.

Abriu ainda mais seu sorriso e voltou a me beijar.

— Ei! — Às nossas costas, ouvi meu irmão chamar. — Não quero estragar o reencontro, mas vocês já estão aqui fora há tempo demais. Não param de entrar clientes, e todos, é óbvio, ficaram por conta do pobre Otto.

— Você deixou a cafeteria sozinha com a garçonete nova?! — perguntei, em tom de reprimenda.

— Não sabia o que fazer. Estou desesperado!

— Já estou indo. — E voltei-me para Tobias. — Me acompanha? Estamos até o teto de trabalho.

— Claro, eu ajudo. Podem contar comigo.

Nesse momento, percebi que, além de ficar a meu lado, Tobias também seria uma peça fundamental para o negócio.

E foi assim que começou o segundo capítulo da aventura que havia iniciado em 1941 com o marinheiro de Pearl Harbor. Agora, eu não temia que o destino o arrancasse de mim; ao contrário, olhei para o futuro com esperança. Pouco a pouco, eu voltava a ser a Hanna de antes da guerra. Depois de muitos anos, me sentia feliz, sem nenhum medo a me atormentar.

Vá para o PRÓXIMO CAPÍTULO →

CAPÍTULO 40

Ao sair da regressão, sinto falta de ar. Coloco a mão no peito e inspiro com dificuldade. Quando a bruxa me oferece um lenço, percebo que estou chorando.

— Charlotte, você está bem? — pergunta Martha.

Demoro alguns segundos para me recuperar, sem conseguir me livrar dos soluços.

— Foi horrível, pior do que eu imaginava. — Passo o lenço no rosto. — Houve bons momentos, mas os maus não saem da minha cabeça. Por que sofri tanto na minha outra vida?

— Porque assim é a guerra, infelizmente — responde a bruxa.

Abaixo a cabeça e recordo os momentos que Hanna viveu ao lado de Tobias, seu grande amor. Entendo perfeitamente o que a levou a se apaixonar por ele: a cumplicidade entre ambos; a capacidade que ele tinha de fazê-la sorrir, mesmo quando Hanna não estava bem; e a maneira como cuidava dela. De repente, sinto que ele me lembra alguém, como se eu já tivesse tido ao meu lado alguém assim. Mas não pode ser. Tobias é único, quase irreal.

Fico pensativa.

— Não consigo evitar essa sensação, como se já o conhecesse. Quer dizer, eu sei que não, mas me sinto muito conectada a tudo o que Hanna e Tobias viveram. Sua cumplicidade, quanto ele a apoiava...

A bruxa balança a cabeça, concordando com meus comentários.

— Talvez já o tenha conhecido em sua atual encarnação.

– Como? Isso significa que alguém na minha vida é a reencarnação de Tobias?

Olho para Martha, que me devolve o olhar, cética pelo que acaba de ouvir.

– As almas não vêm sozinhas para a Terra a cada uma de suas viagens – explica a bruxa. – Ainda que não se lembre neste plano espiritual, são sempre as mesmas entidades que acompanham você a cada encarnação. Por isso, pode ser que haja alguém com quem você já tenha tido, ou venha a ter, uma conexão como a de Hanna e Tobias. Embora não seja o único que você pode ter conhecido nesta nova viagem à Terra.

Fico pensando sobre as coisas que a bruxa me diz.

– Quer dizer que ela também fez parte da vida de Hanna Beck? – pergunto, apontando para Martha.

– Com certeza.

– E quem era?

– Sua alma saberá reconhecer, assim como fez com esse outro rapaz. Vocês mantêm um vínculo que as une de maneira incondicional.

Pestanejo e penso sobre quem poderia ter sido Martha. Então compreendo que havia uma pessoa que Hanna teria defendido com a própria vida se fosse necessário. Uma pessoa para quem meu eu dessa vida passada sempre esteve presente, assim como eu para Martha.

– Era Otto, o irmão mais novo de Hanna?

A vidente concorda e, então, sorrio. Fico feliz por descobrir que Martha e eu éramos parte da mesma família em uma vida passada. Enquanto minha tristeza começa a se dissipar, minha melhor amiga se encolhe em seu canto, incomodada.

– E como posso reconhecer Tobias? – pergunto. – Digo, a reencarnação dele.

– Da mesma forma, sua alma saberá identificá-lo. Se pensar bem, saberá quem é.

Fico matutando. Em poucos segundos, uma imagem muito clara me vem à mente, mas não me alivia em nada – ao contrário, me deixa angustiada.

Só há uma pessoa que me apoiou do mesmo jeito e com quem tive a mesma cumplicidade que existia entre Tobias e Hanna. No entanto, essa pessoa saiu da minha vida faz tempo.

– É... o Lucas? – me aventuro a dizer.

A bruxa olha para mim, mas não preciso que me diga nada para confirmar minha suspeita.

– O Lucas? – repete Martha, já ao meu lado, levantando apenas uma sobrancelha.

Não consigo responder. Também não consigo deixar de pensar nele. Será que vivi uma história de amor com o Lucas no passado? O que significa essa revelação? E onde isso coloca meus sentimentos por ele? Para mim, sempre foi só um amigo.

Acho que é hora de ir embora daqui. Por outro lado, fico frustrada por terminar minha consulta com a vidente desta maneira tão agridoce. Não é só pela regressão em si, mas porque agora tenho vontade de viajar ao passado para salvar minha amizade com o Lucas.

– Bom, muito obrigada pelo teatrinho, mas temos de ir embora – dispara Martha.

– Espere. – A bruxa levanta a mão e me encara, muito séria. – Charlotte, vejo em seus olhos um certo arrependimento por ter escolhido a regressão. Por acaso, gostaria de explorar outra opção?

Fico petrificada ao escutar como ela foi capaz de identificar meus pensamentos. A pergunta é: devo experimentar se posso realmente viajar no tempo ou simplesmente deixar as coisas como estão?

Se Charlotte escolhe viajar no tempo, vá para o PRÓXIMO CAPÍTULO →
Se Charlotte escolhe ir embora da consulta, vá para o CAPÍTULO 42 (página 207) →

CAPÍTULO 41

Tenho receio de estar caindo numa enorme falcatrua. Por outro lado, minha hesitação pode apenas estar atrasando o inevitável, pois, neste momento, quero mais do que nunca acertar as coisas com Lucas.

– Sim, eu gostaria de viajar no tempo.

– Você não pode estar falando a sério – protesta Martha.

Se para minha amiga já foi difícil acreditar na autenticidade da regressão, não quero nem imaginar o que está pensando sobre eu viajar a uma outra dimensão. Pode ser que seja tudo mentira, mas...

– Por que não?

– Porque você não vai viajar no tempo. Isso é inverossímil. Só acontece nos filmes.

– Talvez seja possível. A regressão foi.

Martha pestaneja, confusa. Não sabe se deve se preocupar com minha justificativa ou levar na brincadeira.

– Abra sua mente e confie. – A bruxa estende as mãos abertas para mim.

– Deixe minha amiga em paz, por favor – Martha levanta a voz.

– Ela está passando por um momento difícil, e gente como você não pode lhe fazer bem.

Balanço a cabeça em desaprovação. Ela sempre faz a mesma coisa: diz coisas que, em princípio, são para me proteger, mesmo sem eu pedir.

– Não fale por mim, Martha. Já tomei minha decisão.

– Que decisão? Esta mulher já tem tudo montado, um cenário com atores num quartinho dos fundos para que você caia nessa farsa.

– Ao menos não ficarei na dúvida sobre o que teria acontecido se escolhesse voltar ao passado.

Martha se levanta, incrédula. Com certeza, pensa que enlouqueci. E pode ser que tenha razão, quem sabe? Talvez, dentro de alguns minutos, eu lhe dê razão.

– Pois vou dizer o que vai acontecer: ela vai lhe roubar mais dinheiro. Você vai ver.

– Eu não roubo dinheiro de ninguém – a bruxa intervém calmamente. – Cobro pelos meus serviços.

Minha melhor amiga arqueia uma das sobrancelhas, desconfiada.

– Óbvio, sua vida é maravilhosa, Martha – intervenho, muito irritada. – Só que você não se toca que as coisas não são assim pra todo mundo.

– Do que você está falando? O que tem a ver minha vida com o fato de que isto é uma verdadeira enganação?

– Que você jamais se sujeitaria a fazer algo assim porque, pra você, está tudo perfeito. Mas pra mim, não, e você sabe disso. Se há alguma possibilidade de eu consertar as coisas, vou tentar.

Minha melhor amiga segura meus ombros com delicadeza, para que eu volte à realidade pragmática que ela tanto defende.

– Minha nossa, Charlotte. É preocupante que você tenha alguma esperança de que essa mulher esteja dizendo a verdade. Você está mesmo dando ouvidos a ela? – Aponta a dona do lugar com o indicador. – Viagens no tempo! Qual vai ser a próxima? Adquirir superpoderes? Vai transformar você em Homem-Aranha?

Dou de ombros e, com o olhar sério, sinalizo a Martha que não vou mudar de opinião.

Isso não parece agradá-la.

– Olha, vou sair daqui, porque meu sangue já está fervendo. – Martha bate de leve em meu braço. – Te espero lá fora, Charlotte, porque depois temos de ir para a galeria. – Leva a mão à testa, num gesto dramático, para enfatizar a ironia. – Ah, desculpe... Esqueci que você supostamente estará em outra dimensão e não poderá ir.

Logo em seguida, vai embora.

Amo a minha amiga, mas às vezes me irrita que a realidade tenha de ser como ela acredita, e nada mais. Não que eu esteja tão confiante nessa experiência, mas gostaria de experimentar, para ver no que vai dar.

– Bom, vamos lá – digo à bruxa, com um suspiro.

Ela concorda, sorrindo com gentileza.

– Charlotte, continuo achando que você ainda está cheia de dúvidas, então vou te fazer um favor. – Segura minhas mãos, o que me provoca calafrios. – Quando você já tiver resolvido o que precisa, vou perguntar se ainda quer continuar em seu novo passado. Caso você se arrependa, trago-a de volta para esta dimensão, para o mesmo instante em que você e eu estamos aqui. Está bem?

Levanto a cabeça. Bem, se minha nova realidade não me agradar, sempre posso regressar ao ponto de partida.

– Para qual dimensão quer viajar? – pergunta ela.

Afinal, quero partir, certo?

Se Charlotte escolhe continuar com a viagem no tempo e consertar as coisas com Lucas, vá para o CAPÍTULO 76 (página 339) →

Se, no último instante, Charlotte escolhe ir embora com Martha, vá para o CAPÍTULO 98 (página 411) →

CAPÍTULO 42

Não, melhor não me arriscar. Primeiro porque duvido que essa coisa de viajar no tempo seja verdade, e o que menos quero é que me trapaceiem. E, segundo, porque, se for verdade mesmo, eu seria capaz de estragar ainda mais o meu novo passado.

– É só isso mesmo, obrigada.

Martha e eu, então, saímos da consulta e vamos a uma cafeteria tomar algo para me acalmar. Embora já tenha parado de chorar e minha respiração esteja um pouco mais tranquila, continuo com uma sensação angustiante no peito. Ainda sinto como se tivesse um pé no passado, rodeada pelas ruínas da guerra, de tudo o que o conflito mundial levou de mim e do que trouxe consigo. De alguma forma, tenho a sensação de que o cheiro da morte vai ficar na minha memória para sempre, mesmo sem a ter vivenciado nesta encarnação.

Enquanto servem nossas bebidas (para mim, um chá de tília), faço uma busca por Hanna Beck no Google. A primeira coisa que aparece é um obituário, o qual evito ao máximo. Embora saiba que ela já não está neste mundo, seria sinistro saber a data em que morreu.

Mais abaixo, encontro o link para o site de uma cafeteria chamada Os Doces de Emma. É o café de Hanna. Fico emocionada ao descobrir que ainda permanece aberto, e, sem pensar muito, acesso a página para saber como é atualmente.

Em uma fotografia aparece uma mulher de meia-idade atrás do balcão: sua neta. Tremo ao pensar que foi alguém muito importante para mim em uma vida passada, mas não me lembro dela.

Ao lado da imagem há uma apresentação que conta a história de Os Doces de Emma.

"Esta cafeteria foi tudo para minha família", leio em silêncio. "Foi aberta por minha avó e seu irmão após a Segunda Guerra Mundial e, algum tempo depois, meu avô se juntou à equipe. Ainda me lembro de quando ela me trazia aqui, na minha infância, e eu ficava fascinada com sua dedicação aos clientes. Então decidi que continuaria o negócio mesmo depois de sua partida. Creio que consegui manter a mesma magia."

"Muita gente me pergunta quem era Emma. Minha avó? Minha mãe? Ou apenas um nome qualquer? Para entender, é preciso explicar por que este estabelecimento foi aberto. *Oma*[17] e sua melhor amiga sonhavam abrir uma cafeteria juntas, mas a guerra destruiu esse sonho: Emma faleceu em um dos bombardeios em Berlim, no ano de 1940. Os Doces de Emma é uma homenagem aos planos que tinham em comum."

Sinto uma certa tristeza ao pensar que, quando Hanna finalmente conseguiu abrir a cafeteria, foi em uma circunstância triste. Ainda que o tenha feito com o irmão, a pessoa com quem havia planejado começar o negócio já estava morta.

Levanto a cabeça e me deparo com o olhar curioso de Martha. Martha, que é o Otto desta encarnação. Minha amiga, minha irmã.

– Você está melhor? – pergunta ela. – Você me assustou agora há pouco.

---

[17] Vovó, em alemão. (N.T.)

Escaneio mentalmente meu corpo. As palpitações continuam, minha respiração ainda não normalizou, e meus olhos voltaram a lacrimejar devido ao que acabei de ler.

– Não. Pra falar a verdade, ainda me sinto inquieta. Martha, era tudo tão real... E agora acabo de descobrir que o negócio de Hanna existe até hoje. – Mostro para ela a tela do meu celular.

– Mas o que está escrito aí?

Com as mãos trêmulas, seguro a xícara pela alça e começo a beber o chá.

– Que ela abriu a cafeteria dos seus sonhos, só que com o irmão.

– Mas... e o tal Tobias?

Prefiro não contar a Martha o que aconteceu com ele, porque, agora, ao pensar nele, me lembro também do Lucas. Além disso, me sinto mal por imaginar que ele possa ser a reencarnação de Tobias. Perdi o Lucas para sempre.

Assim que terminamos nossas bebidas, saímos do café. O chá não conseguiu me acalmar e continuo angustiada com o que experimentei durante a consulta. Tanto que Martha me pergunta:

– Você está bem pra ir ao evento da galeria? Se não estiver, posso ir sozinha.

Suspiro profundamente. A verdade é que preciso me jogar na cama e descansar, pois o processo de regressão mexeu demais comigo. No entanto, vou ficar muito mal se não acompanhar minha melhor amiga, já que ela está muito otimista em relação à oportunidade que pode surgir para mim.

– Martha...

Se Charlotte escolhe ir para a galeria, vá para o CAPÍTULO 99 (página 413) →

Se Charlotte escolhe não ir à galeria, vá para o PRÓXIMO CAPÍTULO →

CAPÍTULO 43

Sinto-me péssima por Martha, mas estou exausta.
– Você não se importa se eu for embora pra casa?
– Bom, adoraria que você me acompanhasse, mas desde que estivesse bem. E já percebi que hoje você não está para eventos sociais.
Abaixo a cabeça, com uma mistura de remorso e vergonha. Não foi uma boa ideia ter entrado no consultório da bruxa num dia como este... Mas eu também não tinha como imaginar que o grau de emoções seria tão intenso.
– Quer que eu vá com você até sua casa? – pergunta Martha.
– Não, não se incomode. Preciso ficar sozinha.
Martha e eu nos despedimos. Um sentimento de impotência toma conta de mim por ir embora deste jeito – às vezes, porém, a vida nos leva por caminhos que não esperamos.
A volta, no metrô, é cansativa. A luz artificial me incomoda muito. Acho que por isso estou com dor de cabeça. Quando chego ao meu destino, tenho a impressão de que passei séculos dentro do vagão.
Assim que saio da estação, porém, tenho um sobressalto. Parece brincadeira, mas a vinte metros de distância vejo Lucas.
Não mudou muito; a única diferença é que agora usa o cabelo preso em trancinhas. No mais, está igual, embora eu não consiga vê-lo da mesma forma. É a primeira vez que nos cruzamos desde que paramos de nos falar, há um ano e meio. E tinha de encontrá-lo

justamente hoje, logo depois da regressão e com as emoções à flor da pele?

O que faço? Cumprimento ou será que acabamos tão mal que é melhor nos ignorarmos? Qual escolha seria a corret...?

— Charlotte!

Droga, ele me viu. Percebeu que estou aqui parada, na frente da estação, olhando fixamente para ele. Depois de um ano e meio, me encontra desse jeito... Estou morrendo de vergonha.

Lucas vem na minha direção, meio apressado. Parece alegre em me ver.

— Lucas! Tudo bem?

Nem responde, pega o celular e me mostra a mensagem no Instagram. Penso em mil palavrões quando vejo que, sem querer, enviei um "J" para ele ontem à noite. Em algum momento devo ter clicado em "enviar" enquanto me debatia se devia ou não pedir desculpas a ele.

Deus meu, que vexame!

— Você me escreveu? — pergunta, como se não fosse evidente.

— Ah, é... — Mordo as pelezinhas da lateral do polegar. — Que vergonha.

— Um "J" às quatro da madrugada? O que estava passando pela sua cabeça?

Respiro fundo. Estou encurralada, então pode ser o momento de ser sincera sem me importar com o que ele vai me responder.

— Ah... É que eu ia escrever pra você, mas me arrependi. Mandei sem querer.

Olho para meus pés, sentindo minhas bochechas pegarem fogo. Que humilhação!

— Bom... — Esboça um sorriso. — Mesmo sendo uma mensagem meio estranha e cifrada, também sinto sua falta.

Algo no meu coração parece curar-se quando escuto suas palavras. Lucas não me odeia e... Está mesmo disposto a falar comigo? Respiro fundo e me armo de coragem para me abrir por completo.

– Na verdade, entrei nas nossas mensagens antigas porque me sinto muito mal com o que aconteceu entre nós. – Engulo em seco, nervosa. – Não deveria ter me afastado de você e me arrependi disso todos os dias desde então, Lucas. Principalmente depois que terminei definitivamente com o Dylan.

Lucas parece surpreso ao saber que já não estou com meu ex. Passamos tempo demais sem saber nada um do outro.

– Também sinto muito, Charlotte. Pus você contra a parede e entendo por que se afastou. Deveria ter ficado do seu lado.

Arregalo os olhos, muito surpresa. Tive tanto medo de ele nunca me perdoar que nem imaginei que também pudesse estar arrependido do que fez.

– Desde quando pensa assim? – perguntei.

– Então... No início eu estava com raiva, mas depois me dei conta de que deveria ter reagido de outra forma. Não quis falar sobre isso com você porque achei que ainda estava muito brava comigo.

Balanço a cabeça negativamente e depois dou um sorriso amargo. Desperdiçamos tanto tempo, por medo, que não nos atrevemos a ser honestos com nossas emoções. Por fim, foram dias, semanas e meses de convívio que já não podemos recuperar.

"Foi o mesmo que aconteceu entre Hanna e Tobias", penso.

Devo encarar isso como uma oportunidade para ser honesta e afastar nossos temores.

Vá para o PRÓXIMO CAPÍTULO →

CAPÍTULO 44

"Venha, sem medo. Sua encarnação do passado não gostaria de saber que você não aprendeu nada com ela."

Se há uma coisa que aprendi com a Hanna foi que tenho de aproveitar o presente. Ok, perdemos muitos momentos juntos e sei que vou continuar me torturando com isso nos próximos dias. Mas, mesmo assim, hoje escolho curtir a alegria de ter reencontrado Lucas.

Da mesma forma que posso escolher que ele faça parte da minha vida novamente.

– Charlie? – me chama ao ver que estou muito quieta. – Está tudo bem? Eu disse alguma coisa errada?

Diante de sua dúvida, acabo dando risada.

– Claro que não. Desculpe. Só fiquei pensando em... como fomos tontos. Perdemos um tempo precioso, não acha? Um imaginando que o outro estava com raiva e, por fim, ficamos sem nos falar. Gostaria que nos encontrássemos mais, principalmente agora que meio que nos entendemos.

Lucas abre um largo sorriso e me dá um de seus abraços, desses que quase esmagam meus órgãos vitais. Sou invadida por uma sensação de alegria nostálgica (existe esse conceito?). Sinto como se voltássemos a ser os melhores amigos de sempre.

– Charlie, como senti sua falta, é sério! – Nos soltamos e ele, então, me estende seu telefone. – Você ainda tem meu número? Porque pode ser que, num acesso de raiva, eu tenha apagado o seu...

Assinto e pego o celular para anotar meu número.

— Tenho mil coisas pra contar — diz ele. — Pra começar, sobre minha namorada, Jeanette. Na verdade, minha futura noiva, embora ela ainda não saiba disso.

Quando devolvo o celular, ele abre a galeria de imagens e me mostra a foto de uma garota de cabelo castanho, longo e com franja. Vai passando as fotos e vejo uma em que estão se beijando. Pelo jeito como olha as fotos da namorada, e pelo sorriso que traz nos lábios, percebo que a ama muito.

Um pensamento cruza minha mente: assim como Tobias amava Hanna. Sinto um aperto no peito que não consigo identificar muito bem ao perceber que, no momento, Lucas e eu não podemos ter nada romântico. Creio que em cada reencarnação é diferente. Assim como ele foi o grande amor da minha vida na década de 1940, tenho certeza de que outras almas que hoje me acompanham estiveram em outras experiências na Terra, como a de Otto — Martha — ou a de Emma.

Imagino que essas pessoas mudarão seu papel a cada reencarnação. E não posso me queixar se não está do jeito que eu gostaria, porque o papel do Lucas na minha vida não é o mesmo do Tobias na vida da Hanna.

E está tudo bem. Chego à conclusão de que hoje me basta ter meu melhor amigo de volta.

— Quero muito conhecer sua namorada — digo, o que o deixa ainda mais feliz.

Em seguida nos despedimos e finalmente volto para casa, mais tranquila do que quando saí do metrô. Graças à minha reconciliação com Lucas, vou rumo a um novo capítulo da minha vida.

Agora, ao contrário de algumas horas atrás, estou na expectativa para ver o que o futuro me reserva. Por enquanto, acho que o presente promete.

Fim

CAPÍTULO 45

Penso por alguns instantes e aproveito para soltar suas mãos. Tenho clareza sobre onde e quando.

– Gostaria de voltar ao último ano do ensino médio. Foi aí que tudo começou a perder o rumo, mas não sei por onde começar.

– Não tem problema – responde a bruxa, sorrindo. – Você vai escolhendo o caminho com o tempo. Mas é importante escolher uma data para a qual queira viajar, porque "último ano do ensino médio" fica meio vago.

Coço a cabeça, em dúvida; na verdade, não havia pensado nisso. "Pense, Charlotte, pense."

Para mim, está claro: quero apagar o Dylan da minha vida de uma vez por todas. Respiro fundo e lembro que houve uma data que marcou um antes e um depois, o dia em que completei dezoito anos. Se pudesse voltar ao passado, não responderia àquela maldita mensagem de parabéns, e o Dylan simplesmente desapareceria do meu caminho.

Além disso, quem sabe o que poderia ter acontecido se eu não o tivesse namorado? Havia muita gente no colégio que eu poderia ter conhecido ou de quem eu poderia ter me aproximado se não fosse por ele.

E também teria continuado a pintar.

– Está decidido.

– Está bem, não é preciso nem dizer a data. Feche os olhos.

Obedeço com algum ceticismo.

— Repita a data mentalmente e lembre-se do que você estava fazendo nesse dia como se estivesse vivendo agora.

Ainda bem que tudo começou no dia do meu aniversário, senão eu não seria capaz de lembrar tudo com precisão.

Imagino a mim mesma na penumbra da sala de jantar, iluminada somente pelas velas do meu bolo de aniversário. Ao meu redor, minha família e amigos cantam *Parabéns a você*.

Minha mãe, meu pai, a Martha, o Tyler e... o Lucas? Não, o Lucas não pôde ir, porque estava gripado.

Quem estava também era o Cookie, meu golden retriever. Passei a chamá-lo assim porque, quando chegou em casa, comeu todos os cookies que eu tinha nas mãos. Eu tinha quatro anos de idade e fiquei entre desatar no choro ou chamá-lo assim – escolhi a segunda opção.

Se isso for real, a vida vai me presentear com mais tempo ao lado do Cookie, embora isso também signifique que vou ter de me despedir dele novamente.

Sinto cheiro de queimado. É um incenso que a bruxa acabou de acender... Não, não posso me distrair outra vez. Preciso me concentrar no que ela me pediu. Então fecho os olhos com força e visualizo novamente a cena do meu aniversário. Também procuro recordar a temperatura daquele dia, para ser precisa. Consigo sentir o frio do final do inverno junto ao pequeno halo de calor que as velas criam. Nunca fui muito friorenta, mas posso jurar que era uma sensação agradável.

Imagino minha mãe sorridente trazendo o bolo com as dezoito velinhas. Posso até ver: todos estão prontos para cantar o *Parabéns a você*. Inclusive acabo de lembrar que todos usavam aquele chapeuzinho de papel bem cafona. Tinham colocado o chapeuzinho até no pobre Cookie. Deixo escapar uma lágrima ao vê-lo balançar o rabinho, tão emocionado.

Continuo recordando a expressão de felicidade de todos, mas, de repente, eles mudam da alegria à preocupação.

Demoro um pouco para entender o que está ocorrendo... Perceberam que estou chorando?

Cookie também parece ter intuído que alguma coisa acontece comigo e corre até mim. Franzo o cenho, pois não é assim que me lembro dessa tarde. É como se eu estivesse mudando a realidade.

É como se eu já tivesse passado para a dimensão em que ainda sou adolescente.

Então sinto alguém tocar meus ombros, mas não é a bruxa de Salém. É meu pai.

– Ah, minha pequena, você está crescendo. – Faz um carinho no meu rosto. – Agora todos juntos!

Vá para o PRÓXIMO CAPÍTULO →

Atração inconfessável

CAPÍTULO 46

Newlowhite Springs, 5 de março

Tento abrir os olhos para voltar à consulta, mas não posso. Consigo apenas pestanejar dentro da minha própria casa.
Minha família e meus amigos se aproximam de mim enquanto cantam *Parabéns a você*. Então percebo que esta não é minha imaginação, e sim a realidade.
— Você está bem, filha? — pergunta minha mãe, interrompendo a canção.
Então a bruxa não estava mentindo: ela realmente me mandou de volta ao passado. Eu tinha certeza de que não era uma cilada... Bom, quase certeza.
— Eu disse que não era fraude! — exclamo, olhando para Martha.
Minha melhor amiga (em sua versão de quatro anos atrás) não entende do que estou falando e me olha como se eu tivesse perdido o pouco juízo que me resta.
— O quê?
— Charlotte, você está bem? — Há um tom de preocupação na voz da minha mãe, por eu ainda não lhe ter dado atenção.
— Sim, mãe. É que não estou acreditando que já tenho dezoito anos. Estou ficando velha! — Dou uma risada meio forçada. — Não caiu a ficha ainda.

Lembro que na primeira vez, quando fiz dezoito anos de verdade, senti que minha juventude estava escapando pelas inexistentes rugas de expressão, logo essa era uma resposta bastante convincente.

Todos recomeçam o *Parabéns a você*. Enquanto isso, fico abraçada ao Cookie, que subiu no meu colo. Ainda não consigo acreditar que ele tenha voltado e que esteja aqui comigo.

Martha diria que tudo isso é produto de um delírio, mas, quando encosto o rosto no meu cachorro, sinto que sua pelagem é muito real.

O aroma do bolo de limão é muito real.

A cantoria das pessoas que tanto amo, idem.

Definitivamente... viajei no tempo. Dá até medo de dizer.

– Agora é hora de fazer um pedido! – grita meu pai.

Na ocasião anterior, desejei que Jared, o garoto popular, me notasse – coisa que nunca aconteceu. Agora, no entanto, opto por um simples: "Que minha vida seja o que espero dela".

Depois me entregam os presentes e finjo surpreender-me com cada um deles, porque, claro, já sei que meu pai e minha mãe me deram uma pulseira gravada a palavra "Família". Como também lembro que Martha e Tyler me presentearam com ingressos para ver a adaptação teatral de um livro que eu tinha lido. Agradeço a todos como se fosse a primeira vez.

Depois de comermos o bolo, e de já ter me acostumado que Cookie ainda está conosco, subi para o quarto com meus amigos para termos um pouco de privacidade.

– Muito bem, Charleston. – Minha melhor amiga coloca um dos braços em meus ombros. – Embora ainda não tenha vinte e um, os dezoito são uma idade importante. Como se sente?

Fico um pouco confusa ao ouvi-la me chamar de Charleston. Havia esquecido completamente que, em nossa época de ensino médio, ela costumava me chamar assim ou apenas abreviava para Ton. Só a partir do segundo ano de faculdade parou de me chamar desse modo.

– Me sinto ótima, Martha.

Mordo o lábio inferior quando percebo que disse seu nome inteiro. Ela também tinha (e tem novamente) um apelido.

– Martha? Virou minha mãe agora?

– Quer dizer... – Tento lembrar seu apelido. – Motty.

Encolho os ombros e sorrio para minimizar minha gafe.

– Bom – Martha tira os tênis e sobe na minha cama –, o que eu ia dizer é o seguinte: ficamos mais velhos, mas nunca vão tirar de nós o que somos. Desde sempre, combatemos o ambiente conservador do colégio Silver Bay. Comecem a tremer, líderes de torcida, jogadores de futebol e todos os populares! Porque chegaram os Abutres. Somos os carniceiros que irão derrubar esse sistema decrépito!

Tento disfarçar a vergonha alheia que estou sentindo com seu discurso no momento. De fato, não tenho dúvida de que a Martha de quatro anos depois pensaria o mesmo que eu, mas, claro, não posso tentar convencê-la disso agora.

O pior de tudo é que lembro que eu adorava essa visão tão romantizada da nossa passagem pelo ensino médio. Hoje, me esforço para não deixar escapar nenhuma expressão de constrangimento enquanto a escuto. O nosso objetivo era ser diferente daquela "laia" de populares que nos marginalizava por combatermos o *status quo*. Hoje, contudo, percebo que nos comportávamos exatamente igual a nossos inimigos. Com a diferença de que nos achávamos as melhores pessoas do mundo.

– O que foi, Ton? – pergunta minha melhor amiga.

Opa, ela percebeu que não estou muito à vontade com seu discurso. Por sorte, alguém começa a desviar sua atenção.

– Nossa, Motty. – Tyler pega uma mecha do seu cabelo. – Você não acha que já está exagerando com essa tintura?

Martha não é ruiva natural; seu cabelo é castanho-claro. Mas, um pouco depois que a conheci, no penúltimo ano do colégio, decidiu tingi-lo. O problema é que a Martha dessa época não tinha dinheiro para ir a um salão que tingisse seu cabelo decentemente. Além disso, não tinha nem competência profissional nem paciência para fazer uma descoloração adequada em casa...

— Já sei, Tyler. Não precisa ficar me lembrando disso. Tenho espelho em casa para saber como está meu cabelo.

— Foi o que me disse da última vez. Vai acabar ficando careca.

— Obrigada por se preocupar, mas faço o que eu quiser com este cabelo, porque é meu, e não seu.

Nessa época, eles tinham uma relação de amor e ódio. Às vezes eu achava que não se falariam nunca mais, e outras, que iam acabar namorando. A segunda alternativa acabou se concretizando.

Já sozinha, quando estou me preparando para dormir, recebo uma mensagem no Instagram. Fico tensa, pois, mesmo sem ver o celular, já posso intuir quem está escrevendo para mim.

Dylan.

Foi assim que começou nosso relacionamento: ele me enviou uma imagem do Bob Esponja me desejando feliz aniversário e, a partir daí, começamos a conversar.

Em que péssimo momento fui fazer isso.

Pego o celular com o sangue fervendo pelas lembranças. De fato, é o inominável.

— Desta vez, não, Dylan. — Irritada, largo o celular na mesinha de cabeceira.

Vá para o PRÓXIMO CAPÍTULO →

CAPÍTULO 47

Quando acordo pela manhã, esqueço por uns segundos que voltei ao passado. Penso que tudo o que aconteceu ontem foi só produto da minha imaginação, até ver Cookie subir na minha cama para me despertar.

— Meu bebezinho lindo — sussurro.

Então meu coração dispara, pois me dou conta de que agora vem a hora da verdade, o momento em que minha vida vai mudar completamente, para o bem ou para o mal. Voltei. E voltei para fazer as escolhas certas. Não só para ser mais segura em relação à minha pintura, mas também para me conectar com todas as pessoas a quem não dei a menor chance, por estar com Dylan.

Por quem deveria começar? Ou deveria ir resolvendo com o passar dos dias?

Talvez tenha escolhido a data errada, porque falta pouco para terminar o ano letivo e estão todos alucinados com os requerimentos para a universidade e os exames finais. Mas seria esta época ou nenhuma, pois foi aqui que tudo começou.

Assim que me levanto, ponho para tocar a minha antiga *playlist* e começo a me preparar para o novo dia.

I took her out, it was a Friday night
I wore cologne to get the feeling right

Tinha me esquecido de quanto gostava dessa música, que me deixava de bom humor. Ainda que a letra não seja exatamente alegre.

– *And that's about the time she walked away from me* – canto a plenos pulmões. – *Nobody likes you when you're 23.*

Abro o armário para escolher uma roupa e não gosto do que vejo.

– Ai, não... – me queixo.

Ontem à noite já tive uma ideia do que ia encontrar quando vesti o pijama, mas não quis admitir. É que a minha época de colégio foi bastante questionável no quesito moda: tinha peças meio esfarrapadas, de estilos muito diferentes, nada combinava com nada ou eram roupas de que, simplesmente, não gostava... E, o pior de tudo, fazia isso de propósito. Era uma declaração de intenções de que eu não era como as garotas que amavam maquiagem e se vestiam na última moda.

Ainda bem que já deixei para trás minha época de *pick me girl*.

Reviro o armário e pego o que dá para salvar entre o que tenho: um suéter preto, uma camisa xadrez amarela e preta e um jeans.

– Posso te dar uma carona, filha? – pergunta minha mãe, da porta.

Dou um sorriso nostálgico. Agradeço seu gesto e aceito, embora na época me incomodasse ser a única da classe que não tinha carro – me sentia inferiorizada quando minha mãe me levava ao colégio e preferia ir a pé. Por isso, é estranho que tenha mudado meu jeito de pensar "de repente". Isso não passa despercebido por minha mãe.

– Sério? – ela se surpreende.

– Claro.

No fundo, morro de vontade de poder reviver esses momentos entre mãe e filha.

Logo depois, quando entramos no carro, ela sintoniza no rádio uma estação que toca música "moderna". Seguro o riso ao lembrar que ela tentava ser uma mãe antenada, conectada com os jovens.

Nessa época, eu tinha muita vergonha desse seu comportamento, mas agora vejo isso com ternura.

Então, assim que começa a tocar "Bad guy", de Billie Eilish, ela começa a cantar como se soubesse a música de cor.

– *Nanana... tough guy... Nanana... guy*. Essa música é um barato.
– Faz-se um silêncio entre nós duas. – Os jovens de hoje continuam dizendo "barato"? Ou é coisa de velho?

– Bom, entre os meus amigos, não é um termo que a gente utilize.

Fico olhando minha mãe de canto de olho, observando como ela se esforça para adaptar-se ao meu mundo.

Antes de chegar ao colégio Silver Bay, ela para o carro no início da rua.

– O que está fazendo, mãe?
– Ué! Estou deixando você aqui, como sempre me pede.

Ah, é. Esqueci que, por vergonha de ela me levar ao colégio, tinha o costume de pedir que me deixasse a vários metros de distância.

Mas agora não há motivo para eu ser assim. Desta vez, me sinto contente pela carona, não me incomodo com o que meus colegas possam pensar.

Talvez a nova versão de Charlotte devesse mostrar-se menos distante de sua mãe.

– Mãe, não tem problema, pode me deixar na porta.
– Mas não é você que diz que vão rir da sua cara se a virem comigo? – Começa a tamborilar os dedos no volante. – Olha, filha, por mim tudo bem deixar você aqui. Também já fui jovem e me incomodava com tudo o que tinha a ver com meus pais.

Ela sempre foi muito compreensiva em relação às diferentes fases da minha vida, algo pelo que sou muito grata. Martha e Lucas não tiveram a mesma sorte com seus familiares.

– Que riam de mim se quiserem. Pode avançar até o portão, por favor.

Minha mãe percorre o trajeto que falta para chegar à frente do colégio.

Olho para a fachada cinza e lilás do Silver Bay. É real: volto a ser uma de suas alunas.

Mesmo segura da minha decisão de viajar no tempo, fico angustiada ao pensar que terei de enfrentar de novo as divisões entre os estudantes. Sei que levava com muito orgulho a fama de "não popular", mas agora me parece absurdo separar as pessoas por rótulos.

– Tenha um bom dia, filha – despede-se minha mãe.

Dou um abraço rápido nela e saio do carro. Enquanto cruzo o portão, uma voz me detém.

– Ei, você, você!

Volto-me para ver quem está gritando, mas acho que reconheço a voz.

Jared.

Na antiga linha temporal, nós não chegamos a trocar nada além de "oi" e "tchau". Nunca me atrevi a falar com ele nem tive muitas oportunidades para isso. Além disso, seu grupinho de amigos me intimidava demais.

Agora ele corria na minha direção.

Fico parada, olhando para ele como uma tonta.

– Você deixou cair. Tome.

Estou tão atordoada com essa pequena e substancial mudança na minha realidade que não percebi que minha mochila estava aberta e eu tinha deixado cair meu estojo e algumas folhas.

– Nossa, mas estava fechada...

– Foram aqueles imbecis. – Com a cabeça, indica dois de seus amigos, que saem correndo às gargalhadas.

Lembro que já haviam aprontado comigo dessa maneira em meu outro passado. Que ingênua... voltei a cair na mesma zoeira de quatro anos atrás.

— Obrigada — respondo secamente.

Jared me entrega o material com um sorriso meio de lado e nossos dedos se tocam. Fico enrubescida só por estar conversando com ele e porque houve um contato físico entre nós — se é que se pode considerar assim. E pensar que isso não teria acontecido se minha mãe tivesse me deixado mais afastada do colégio...

Depois que fechei a mochila, ficamos nos olhando por alguns instantes sem saber o que dizer.

— Bom — digo, finalizando nossa conversa —, muito obrigada mais uma vez. Acho que tenho de entrar.

— Ah... claro... sim... — responde Jared, que por alguma razão pareceu perturbado. — Daqui a pouco... nos vemos na classe.

Esboço um sorriso sutil ao notar que ele está tentando adivinhar meu nome. Acho que não sabe e está se esforçando para não ficar mal comigo.

— Meu nome é Charlotte.

— Sim, é... eu já sabia.

Fico olhando Jared caminhar pela grama do Silver Bay para se encontrar com seus amigos, algumas líderes de torcida e jogadores de futebol: os Silver Crocodiles. Estão ali todos os "pops", menos Alaska, que não deve ter chegado ainda.

A primeira coisa que faço assim que entro no edifício é ir ao banheiro do térreo para fazer xixi. Porém, quando tento abrir a porta, constato que alguém a trancou.

Bufo irritada. Agora me lembro de que os alunos faziam isso quando precisavam de privacidade. Mas não bastava trancar somente o sanitário, tinham de interditar o banheiro inteiro. Aquilo me irritava tanto que, normalmente, ignorava-os e abria a porta do mesmo jeito.

Porque, sim, é possível abri-la mesmo trancada. É uma porta muito velha, e basta um bom empurrão. Na verdade, posso voltar a fazer isso (e estou morrendo de vontade), mas será que devo deixar a porta fechada desta vez?

Se Charlotte escolhe abrir a porta do banheiro, vá para o PRÓXIMO CAPÍTULO →

Se Charlotte escolhe ir para outro banheiro, vá para o CAPÍTULO 49 (página 232) →

CAPÍTULO 48

Que se dane, vou entrar.

Enquanto giro a maçaneta, forço a porta com o ombro. Perdi a prática e demoro um pouco mais do que costumava em meu passado anterior, mas consigo abrir.

Quando entro no banheiro, encontro um silêncio constrangedor. Devo ter pegado a pessoa desprevenida e agora deve estar fingindo que não há ninguém, mas de onde estou posso ver que o sanitário mais distante está ocupado, com a porta fechada.

– *I'm only happy when it rains, I'm only happy when it's complicated* – cantarolo para me fazer notar.

Sem conseguir aguentar mais, me dirijo a um dos sanitários. Já em seu interior, escuto a pessoa abrir a porta e sair.

Então percebo que começa a fungar e depois soluça.

Um clássico: a pessoa se tranca no banheiro para chorar. Então me sinto culpada por não lhe ter dado privacidade suficiente.

Espero alguns instantes para que ela possa ir embora sem se sentir pressionada pela possibilidade de eu a descobrir a qualquer momento, mas o tempo passa e ela não se mexe. De fato, ouço-a abrir a torneira, possivelmente para lavar o rosto.

Desculpe, aluna da Silver Bay, mas tenho de sair do banheiro.

Quando abro a porta e, com a maior naturalidade, ando em direção ao lavatório, paro congelada ao descobrir que quem estava chorando era Alaska, a capitã das líderes de torcida.

Aí está ela com seu uniforme de inverno: vermelho e branco, com as mangas e a gola do suéter também vermelhos. Por cima, usa um casaco preto.

Depois de quatro anos, não era dessa forma que eu imaginava voltar a encontrar Alaska. Esperava um encontro muito mais... favorável.

— Você não viu que a porta estava trancada? — Ela olha para mim pelo reflexo do espelho. — Então por que abriu mesmo assim?

Em silêncio, continuo lavando as mãos. Por fim, respondo, também olhando-a pelo espelho:

— Porque este banheiro é tão meu quanto seu.

Alaska solta o rabo de cavalo para ajeitá-lo melhor no alto da cabeça. Depois se maquia, para não notarem que esteve chorando.

Enquanto enxugo as mãos, penso que essa não é a melhor maneira de se iniciar uma conversa. Se pretendo mudar meu passado, devo ser mais... empática. Não repetir minha atitude de quatro anos atrás.

— Se quiser, pode desabafar comigo. O que aconteceu?

— O que isso te interessa?

Ah, bem, o fato de eu ter mudado não significa que ela também mudou. Na verdade, isso é impossível, porque essa é a Alaska do Silver Bay, a garota que não suportávamos. Embora, dentro de alguns meses, não vá se incomodar em me beijar.

Se é que isso vai acontecer.

— Então está bem, menina. — Seco as mãos. — Vou deixá-la sozinha.

Sigo em direção à porta e, antes que a alcance, ela me chama:

— Espere!

Ao que parece, mudou de ideia de repente. Mas, quando me volto para olhá-la, noto que se mostra bastante hesitante. Por fim, se manifesta:

— Se tivesse de tomar uma decisão que sabe que é a correta, mas tem medo das consequências, o que você faria, Charlotte?

Arqueio uma sobrancelha. Alaska passou da garota que me dá respostas atravessadas para a que me pede conselhos e, o mais surpreendente, sabe o meu nome. Isso não deveria me chocar tanto, porque já ouvi meu nome em seus lábios no baile de formatura, mas me soa estranho, porque nunca falei com ninguém do seu grupo de amigos.

— Essa escolha pode prejudicar alguém? — pergunto.

— Pode, mas prejudica ainda mais se eu continuar com a mentira.

Começo a juntar as peças. Claro que está se referindo, de maneira cifrada, a seu iminente rompimento com Jared, que deverá acontecer dentro de algumas semanas.

Tenho vontade de contar-lhe que, apesar disso, eles continuarão muito amigos no futuro. Mas, para sua infelicidade, não posso revelar esse tipo de informação.

— Você merece ser feliz com quem quer que seja — digo apenas.

Ela suspira.

— Está tão na cara que estou falando do Jared?

Claro que não, eu é que sou uma linguaruda, mas, em vez disso, respondo:

— Talvez.

— Só espero que você não saia falando disso por aí, senão vai se encrencar comigo.

Já voltou a ser a Alaska de sempre.

— Olha, se vai dar uma de *mean girl*, vou embora.

Decido deixá-la sozinha no banheiro antes que possa me responder. No entanto, o que ela diz em seguida me deixa sem palavras.

— Aliás, feliz aniversário, Charlotte.

Vá para o CAPÍTULO 50 (página 234) →

CAPÍTULO 49

Acho melhor não invadir a privacidade da pessoa – ou pessoas – que está aí dentro, por mais que isso me irrite. Subo ao primeiro andar e entro no banheiro quase sem poder me segurar mais.

– Gente estúpida que se tranca de forma estúpida num banheiro estúpido – protesto para mim mesma enquanto corro para um dos vasos sanitários.

Quando termino, lavo as mãos e saio do banheiro. Não posso me entreter com mais nada, porque, senão, vou chegar atrasada à aula.

Contudo, o destino tem uma surpresinha preparada para mim.

– Charlotte!

Não, não pode ser. "Ignore, ignore. Você não ouviu nada."

– Charlotte!

Quem ignorei ontem à noite se coloca à minha frente, para que eu não possa fugir. Não disfarço a repulsa que sinto, ainda que nesta linha temporal, até agora, ele não tenha feito nada para me prejudicar.

– Oi, Dylan. – Reviro os olhos.

No ano passado, caí na mesma turma que ele na aula de Matemática. Não que fôssemos amigos, mas ele era um dos poucos alunos com os quais me dava bem no Silver Bay.

– Te mandei uma mensagem de parabéns ontem – ele me lembra. – Como foram as comemorações?

Poderia responder, mas estou sem a menor paciência. Então não lhe dou brecha e continuo meu caminho andando bem depressa.

— Aconteceu alguma coisa? — Ele tenta me alcançar. — Não gostou de alguma coisa que escrevi na mensagem?

— Me deixe em paz, Dylan.

Eu disse essas mesmas palavras em todas as ocasiões em que ele me menosprezou durante o nosso namoro. Não voltei ao passado para manter uma relação com ele, nem sequer de coleguismo.

— Posso saber o que eu fiz?

— Você azeda a minha vida.

Minha resposta o abalou, tanto que não conseguiu mais me acompanhar. Ao contrário, decidiu desaparecer da minha vista, que é o que deveria ter feito há quatro anos.

Foi exatamente o que vim consertar.

Vá para o PRÓXIMO CAPÍTULO ➝

CAPÍTULO 50

Quando chego à aula, atordoada pela conversa que acabo de ter, Martha e Tyler já tinham guardado lugar para mim e me esperavam. Sento-me ao lado deles e fico observando a sala de aula. Continuo ciente de que regressei e, enquanto acaricio minha carteira, ouço comentários sobre uma festa para a qual não fomos convidados.

— Ei, você está bem? — Tyler me pergunta. — Você está meio dispersa esta manhã.

— Esta manhã e ontem à noite — acrescenta Martha.

— É que... estou feliz por ter voltado.

— Para o colégio?! — Minha melhor amiga ri.

— Sim, porque um dia vamos terminar o ensino médio, e nada será como antes.

— Ty, acho que a perdemos. Os dezoito estão sendo bem piores do que eu imaginava.

Solto uma breve risada ao ouvir o que Martha diz, mas a alegria se apaga quando vejo Jared e Alaska entrarem na sala.

Muita gente os conhecia como a Bela e a Fera do Silver Bay. A história deles era digna de um romance de literatura juvenil: o garoto mau e cheio de conflitos que se transforma depois de se apaixonar pela doce garota do ensino médio — embora Alaska não fosse tudo isso, mantinha uma reputação muito mais aceitável que a dele.

Apoio o queixo na mão e suspiro: formavam o par perfeito. Qualquer um gostaria de namorar qualquer um dos dois. Inclusive eu, embora nesse momento não admitisse. Sempre me considerei uma pessoa de mente aberta em relação aos outros, mas, no meu caso, foi mais difícil assumir que também gostava de mulheres. Até os vinte anos, eu não aceitava muito a ideia de que as mulheres também podiam chamar minha atenção.

Acompanho Jared e Alaska com o olhar. Ambos eram o autêntico *bi panic*.

Nesse momento, percebo que Alaska me observa. Em seguida revira os olhos com desprezo, como se incomodada por eu ter me dignado a olhá-la.

Não, retiro o que disse; continuo sem conseguir digerir que minha pior inimiga do ensino médio pudesse me atrair. Tanto faz que tenha escrito para ela no presente, pois a Alaska de quatro anos atrás ainda é tão insuportável quanto eu me lembrava.

— Ali vai a Víbora Venenosa do Silver Bay — murmura Martha.

Anteontem, quer dizer, daqui a quatro anos, minha melhor amiga se horrorizaria ao lembrar como costumávamos chamá-la. Antes eu teria entrado na brincadeira ou rido de Alaska. Agora esta versão de Charlotte não consegue ficar em silêncio, apesar da cena que acaba de ocorrer no banheiro.

— Você não acha que... não acha que é meio grosseiro chamá-la assim?

Martha arqueia as sobrancelhas.

— Por quê? Porque eu disse que ela é uma cobra venenosa?

— É. Acho desnecessário desaboná-la como mulher só porque não simpatiza com ela.

Martha dá de ombros e demora alguns segundos para dar a resposta para mim.

— Está beeeeeem... Tem razão, Ton. Talvez não seja o mais apropriado. — Fico olhando para ela, satisfeita. — O que foi? O que quer que eu diga?

– Nada. Estou orgulhosa de você, Motty.

Então Tyler começa a provocar Martha atirando bolinhas de papel na sua carteira.

– Para, Tyler! – Joga as bolinhas de volta.

Ele começa a rir. Acho estranho eu não ter percebido, quatro anos atrás, a química que havia entre os dois.

E, por falar em Química, eu havia me esquecido de que teríamos aula nesse dia. Martha, Tyler e eu havíamos optado por aulas avançadas dessa disciplina porque achávamos que chamaria a atenção das universidades nas quais nos interessava ingressar. Apesar de termos escolhido os cursos de Psicologia, Literatura e Arte, respectivamente. Óbvio que nos arrependemos, principalmente porque estamos quase no momento da competição que a professora propôs para poupar alguns do exame final.

Na outra ocasião em que participei, no passado, perdemos.

Enquanto Alaska entra na aula com duas líderes de torcida, recordo a derrota humilhante que sofremos diante delas, e que ainda não aconteceu. Foi difícil não levar a derrota para o lado pessoal.

– Meus queridos alunos, sei que sou um pouco dura como professora – começa a senhora Brooks. – Tenho fama de aplicar o exame final mais complicado do último ano do ensino médio. Por isso, existe uma tradição que não falha ano após ano: uma competição justa!

– Perdão, senhora Brooks. Como será essa competição? – pergunta um colega, levantando a mão.

– Era isso que eu ia explicar agora. Como são doze alunos, serão divididos em quatro grupos de três. – Ela coloca os óculos para nos enxergar melhor. – Farei sete perguntas relacionadas à disciplina, que serão respondidas por duas equipes de cada vez. Serão duas rodadas de disputa, em que haverá um grupo vencedor em cada rodada. Ao final, duas equipes serão vencedoras e ficarão dispensadas do exame final. Subentende-se que os que vencerem poderiam tirar um dez em Química Avançada sem dificuldade. Aqueles que perderem, não se preocupem, pois vou dar duas oportunidades para fazerem o exame final.

Tivemos de encarar duas avaliações, porque não havia como passar nessa disciplina. Fomos aprovados por um fio na segunda prova, e isso baixou nossa média no curso.

— Não sei o que me estressa mais — protesta Tyler, baixinho —, se esta aula ou o fato de que vão nos torturar ainda mais com uma competição que já está perdida.

Ele dizia isso com conhecimento de causa, porque sempre nos saíamos mal em Química Avançada. Porém, agora temos um ás na manga: é a segunda vez que enfrento o desafio.

— Vamos ganhar! — Bato palmas vigorosamente.

— Eu não estaria tão certa disso.

Essa última frase, seguida de uma gargalhada, vem de Eleanor, uma das líderes de torcida e amiga de Alaska. Eu não a suporto; é a mais maldosa do grupo de populares.

— Minha amiga tem razão, vamos ganhar, sim — retruca Martha.

— Vão precisar de um milagre. — Dessa vez é Alaska quem se manifesta. — Vocês não vivem se queixando de que serão reprovados nessa matéria?

Fico muito irritada pelo tom de desdém com que ela fala conosco. Embora não esteja errada no que disse, não entendo a necessidade de provar que seu grupo é superior ao nosso.

— Talvez você tenha uma surpresa... — começo e faço uma pausa — quando tiver de enfrentar o exame final.

— E é você quem vai me derrotar? Estou tremendo de medo. — Ela exagera no tremor das mãos para que eu veja como está "apavorada".

Alaska é sarcástica porque não sabe que seremos mesmo adversárias, mas eu falo muito a sério:

— Exatamente, é isso que vou fazer — respondo tranquilamente — Vou ganhar, e você terá de engolir o que disse.

— Já chega, meninas! — nos repreende a senhora Brooks. — Não briguem, senão os grupos de vocês serão desclassificados da competição.

Encerramos a discussão, mas por alguns segundos continuo com os olhos cravados em Alaska, do mesmo modo que ela em mim.

Depois passamos os integrantes dos quatro grupos para a senhora Brooks, que toma nota em pedaços de papel, a fim de sorteá-los em seguida.

Assim que a professora sorteia os dois grupos que se enfrentarão na primeira rodada, entre os quais não estamos incluídos, meus amigos ficam conhecendo quem serão nossos adversários diretos, na segunda disputa.

— Não acredito... — murmura Martha discretamente.

Tyler abaixa a cabeça e enfia as mãos nos bolsos da calça.

Volto a olhar para o grupinho da Alaska: entre risinhos, o trio nos encara em uma postura desafiadora. Sinto uma raiva tão grande do jeito deles que amasso entre as mãos a folha de papel que tenho sobre a carteira.

— Tyler Banks, Charlotte Dewsbury e Martha Smith... — lê a professora — ...contra Eleanor Hayes, Alaska St. James e Madison West. Fico contente que tenham sido sorteados juntos, como castigo. Quem sabe aprendem a lição.

Desta vez não vou permitir que vençam. "Boa sorte", digo a Alaska em pensamento.

Vá para o PRÓXIMO CAPÍTULO →

CAPÍTULO 51

O que mais me entusiasma nesta viagem à época do colégio é, sem dúvida, a disciplina de Pintura. Se fosse por alguma outra matéria, estaria bem entediada de ficar aqui até as três da tarde. Mas não por esta. Quatro anos depois, continua tudo igual.

Depois de vestir o avental para não manchar a roupa e colocar os materiais em seu devido lugar, cada aluno se acomoda diante de seu cavalete. Então o senhor Rochester nos indica o que pintar para trabalhar diferentes posições, volumes e texturas, embora eventualmente nos permita criar o que quisermos (desde que utilizemos a técnica por ele indicada).

Hoje, ao repetir esses movimentos, vejo que meu quadro *Morte rubra* está inacabado e lembro que nesta semana havíamos nos dedicado à pintura a óleo.

Na verdade, me dá um pouco de preguiça observar o quadro ainda por terminar, mas me sinto feliz por poder estar novamente focada na minha paixão. Molho o pincel na terebintina e começo a trabalhar. Faz tanto tempo que não pinto que volto a me sentir viva, embora tenha perdido a prática. Espero recuperá-la com o tempo.

Estou concentrada trabalhando em um degradê e me assusto ao ouvir um barulho na janela. Há uma pessoa com um capuz verde do outro lado do vidro, mas não tive tempo de ver seu rosto antes que se abaixasse e desaparecesse.

Não é a primeira vez que isso acontece nessa disciplina. Na verdade, na primeira vez pensei que era alguém bisbilhotando a sala, mas isso continuou ocorrendo e, depois de um tempo, um colega insinuou que a pessoa olhava para mim.

Nunca cheguei a saber quem era. Talvez neste novo passado eu descubra.

O tempo passa tão depressa que, quando o senhor Rochester avisa que a aula está no fim, tenho a impressão de que não transcorreram mais que dez minutos.

– Antes de terminar por hoje – anuncia o professor –, gostaria de lembrá-los de que as inscrições para o Concurso de Arte do Congresso se encerram no final da semana. Como já sabem, o concurso tem alcance nacional e vai selecionar obras de estudantes de todos os estados.

Minha alegria começa a desvanecer quando ouço a notícia. Ainda que tenha viajado no tempo para consertar os erros que cometi, o fantasma do meu relacionamento com Dylan continua a me assombrar, e acho que vou fazer papel ridículo se participar.

No passado, não me inscrevi porque me senti muito intimidada pela participação massiva das escolas de todo o país. Hoje, além disso, o que me angustia é também o rastro deixado por meu ex-namorado (que nessa realidade não o é).

Não sei o que fazer.

Não, não vou cometer os mesmos erros da primeira vez. Voltei para solucionar meu passado, não para ter as mesmas atitudes. Ok, é muito provável que não ganhe no meu estado nem exponham meu quadro em Washington, mas ao menos terei tentado.

Espero todos os colegas saírem da sala para falar com o professor.

– Senhor Rochester, gostaria de me inscrever no concurso.

Ao me ouvir, ele baixa seus óculos, assombrado.

– Você não tem ideia de quanto me deixa feliz ouvir isso.

Agora quem ficou surpresa fui eu.

– Por quê?

– Bom, você é uma aluna com muito potencial. Além disso, se interessa por uma corrente artística diferente em relação à maioria de seus colegas. Isso sempre soma. Eu não esperava por isso, porque você sempre tenta passar despercebida. Mas a vida só dá oportunidades às pessoas dispostas a pedi-las.

Assim que termina de falar, dou-lhe um abraço, o que nos pegou, a ambos, desprevenidos. Foi um ato impulsivo, fruto da insegurança que senti há poucos minutos.

– Muito obrigada, senhor Rochester.

Em seguida, conto-lhe que vou inscrever o *Morte rubra*, inspirado no conto de Edgar Allan Poe. Enquanto mostro o quadro, explico que cada uma das cores – da direita para a esquerda – representa um dos cômodos descritos na narrativa.

– Estou aqui pensando, Charlotte... Seguindo nesta linha, por que você não pinta uma mancha vermelha representando a figura mascarada e outra cor para o príncipe Próspero e seus convidados? Assim a obra ficaria mais dinâmica.

Meus olhos brilham. A ideia do professor nunca teria ocorrido a mim. Agradeço a sugestão e peço permissão para incluir os novos elementos em um dia fora da aula. Devo esperar o degradê secar.

Depois, deixamos minha inscrição preparada, à espera de eu finalizar o quadro.

Ao sair da sala de aula, estou certa de que tomei a melhor decisão. Hoje a vida ganhou novas tintas, porque fiz outras escolhas.

Nem me importo se vou perder o ônibus por ter ficado até mais tarde no colégio, então saio caminhando tranquilamente. A esta hora, há menos linhas de transporte e lembro que ficava com muita raiva quando o ônibus ia embora fechando a porta na minha cara.

Mesmo assim, corto caminho pela grama e pelo estacionamento para não me demorar demais. Mas uma conversa entre Jared e o professor de Educação Física me detém. Jared está chorando.

— Alaska e eu terminamos — ele diz, soluçando.

Começo a andar mais devagar: o assunto me interessa.

— Que coisa, Jared... — lamenta o professor.

— Era meio previsível. Já fazia uns meses que éramos mais amigos que namorados. Mas não quero perdê-la. O apoio dela tem sido muito importante... Eu...

De rabo de olho posso ver que o professor o abraça.

— Escute, você não vai perdê-la. Isso é só um recomeço entre vocês. Continuarão amigos.

Ouvindo isso, posso entender as publicações do presente no Instagram do Jared. Para ele, Alaska era muito mais que uma namoradinha de colégio. Mas não vou ficar para apurar — vão acabar me flagrando.

Sigo para o ponto de ônibus antes que descubram que estou de olho (e ouvidos) na conversa.

Vá para o PRÓXIMO CAPÍTULO →

CAPÍTULO 52

Dedico a tarde a relembrar as perguntas que a professora de Química vai nos fazer durante a competição e reviso as respostas. Embora não tenhamos aula com ela amanhã, preciso me preparar.

Fico pasma ao identificar algumas questões entre os exemplos que a senhora Brooks nos explicou em classe. Parte das soluções sempre esteve nas minhas anotações.

Já que estou com a mão na massa, aproveito para tentar me lembrar também das questões do exame final, para o caso de dar azar e perdermos novamente de sete a zero... Mas não, mentira, desta vez não vamos perder. Estamos em vantagem e vamos ganhar.

No início da noite, recebo uma chamada de vídeo que me faz parar o estudo: meu melhor amigo, Lucas. Assim como Martha, que é uma irmã (no sentido emocional) que se juntou a mim no meio do caminho, Lucas sempre esteve por perto. Até aquele Natal.

Engulo a saliva.

Se bem me lembro, hoje está me ligando para se desculpar por não ter vindo à minha festa de aniversário, já que estava gripado.

– Charlie, felicidades! Desculpe o atraso... Trinta e nove de febre não é fácil – fala, pigarreia e em seguida canta o *Parabéns a você* com a voz nasalada.

Deixo escapar uma lágrima por nosso "reencontro". É uma pena que no presente real eu tenha deixado de falar com Lucas. Embora tente me controlar, quando Cookie sobe na minha cama não aguento e começo a chorar.

— Ei — Lucas franze a testa —, aconteceu alguma coisa?

Minha amizade com ele era uma das coisas mais bonitas que eu tinha. Não podia ter-me afastado dele.

— Lembrei de quando ficamos amigos. Você recorda?

Mas não vou contar-lhe toda a verdade.

— Nossa, como você está nostálgica! Claro que sim. Emprestei meu giz de cera favorito porque você não tinha... E você apertou tanto que acabou partindo...

— E você caiu no berreiro — digo, rindo.

— Ah, mas eu tinha uns... cinco anos. E aquela era minha cor favorita! — ele lembra, também entre risos.

Minha mãe, depois de me dar a maior bronca dizendo que eu precisava tomar mais cuidado com as coisas dos outros, comprou-lhe uma caixa inteira de giz de cera para que fizéssemos as pazes. E nossa paz foi selada tomando um picolé no parque.

— Senti tanto a sua falta — penso em voz alta. E logo emendo, para disfarçar: — Quero dizer, porque não vamos mais pra escola juntos, né?

No último ano do ensino fundamental, mudei de escola, porque minha relação com os colegas não era das melhores. Tudo por causa de um boato. Alguém disse que tinha me ouvido falar mal da minha classe no vestiário, mas foi estranho, porque na verdade nunca fiz disso.

A partir de então, começaram a me tratar com grosseria, muitos me ignoravam. Menos o Lucas, que me apoiou até o fim. Isso acabou afetando minhas notas, e foi então que meus pais se deram conta de que precisavam me ajudar. Mas só depois que minhas notas baixaram... Bom, isso tem a ver com a criação da minha família.

Não que em Silver Bayeu tenha me saído muito melhor com as pessoas, mas já era uma situação bem mais suportável.

— Mas então me conta — continua meu melhor amigo. — Como foi seu aniversário, Charlie?

— Foi tudo bem. O clássico: bolo, presentes... Mas faltou você.

Lucas ri novamente.

— E aquele garoto, o Jared, cumprimentou você?

— O Jared nem sabe o meu nome. Duvido que saiba o dia do meu aniversário — respondo. — Quem me deu os parabéns foi alguém que... Bom, melhor mudar de assunto. — Coço a sobrancelha, inquieta.

Conforme a conversa avança, percebo que o que disse a ele é verdade: sinto muito sua falta, muito mesmo. Que bom voltar a tê--lo em minha vida!

Na quinta-feira estou com a cabeça totalmente nas nuvens. Continuo resgatando as perguntas para a competição de Química Avançada dos cantos mais recônditos da minha memória. Consegui encontrar a maioria das respostas, mas há uma que me escapa.

— Calcule o pK_a de... O que era mesmo? — murmuro enquanto estudo. — Ah, claro, ácido benzoico com uma constante de equilíbrio de não sei quê. E... qual era o resultado? Quatro ponto alguma coisa.

— O que você falou, Ton? — pergunta Tyler.

— Estou... pensando no que pode cair na competição.

Só vou conseguir lembrar na sexta-feira, enquanto corro na quadra de atletismo durante a aula de Educação Física:

— Quatro ponto dois!

— O que é quatro ponto dois? — pergunta Martha, ofegante, enquanto corre ao meu lado.

— Nada, Motty. É sobre a competição.

— Affe... Nem me fale nisso. Fico sem fôlego só de pensar quanto vamos nos dar mal.

— Mas é claro que falta ar! — grita o professor, que acompanha a corrida atrás da turma para garantir que os alunos deem a volta completa na pista. — Quantas vezes já falei para não conversar enquanto correm?

— Desculpe, senhor Johnson — eu digo.

No vestiário, enquanto tomamos banho, noto que Martha volta a ficar desanimada por causa da competição. Decido animá-la.

— Vamos ganhar, Motty, você vai ver!

— Não sei o que me deixa mais desesperada: se ter de fazer o exame final ou suportar as risadinhas das líderes de torcida.

Ao menos no vestiário podemos conversar sobre o assunto, porque, por serem líderes de torcida, estão dispensadas da Educação Física.

— Você vai ver a cara de bobas quando vencermos — sentencio. — Haja o que houver, o importante é que nos vejam seguras. Jamais nos verão derrotadas. Afinal, quem somos? — Seguro Martha pelos ombros.

— Os Abutres — responde, desanimada.

— E o que fazemos?

— Somos os carniceiros que acabarão com este sistema decrépito — continua, já com algum brilho nos olhos.

Eu me controlo para não rir quando noto o orgulho com que ela pronuncia essas últimas palavras, o que a deixa mais tranquila.

— Muito bem, minha abutre Motty. Vamos dar a essas garotas o que elas merecem.

No passado, nós três estávamos tão nervosos que até nos atrasamos para entrar na classe. Mas nesta vez, não.

— Cabeça erguida! — exijo. — Não somos menos que elas.

Tyler e Martha estão bastante inseguros, mas não demonstram quando chegam ao colégio para a competição: ambos endireitam as costas e transmitem uma autoconfiança que não vi naquela época.

Caminhamos em fila pelo corredor e, de longe, percebemos que Alaska, Eleanor e Madison também se aproximam.

— Olha só! Nunca vi ninguém se sentir tão preparado para perder — provoca Madison.

— É que são Arsyn e seus sicários. — Alaska não perde a pose de superioridade.

Todos, incluindo suas amigas, olhamos para ela sem entender muito bem.

— Não é possível que eu seja a única *swiftie* daqui — protesta, e então entendo que se refere ao final do videoclipe *Bad blood*, de Taylor Swift.

— Bom... — Eleanor retoma a cadeia de comentários desdenhosos —, já vai ser muita sorte se os três conseguirem somar dois mais dois.

— Vamos ver se você vai poder somar esta — responde Martha.

Tyler e eu temos de segurá-la para não se atracar com Eleanor. Embora, sinceramente, minha vontade é deixá-la dar a Eleanor o que ela merece.

— Eleanor, não exagere — murmura Alaska.

— Não vai me dizer que ficou com pena — escarnece a outra.

A capitã das líderes de torcida me encara por uns segundos sem saber o que responder, depois nega com a cabeça.

Nesse momento, começo a suspeitar que a Alaska que conheci não era tão impiedosa como algumas de suas amigas, com quem se dava muito bem. Embora parecesse a abelha-rainha do grupo, talvez só se sentisse capturada por amizades que não refletiam quem ela era de fato.

Talvez não fosse todo o tempo a garota insuportável que eu pensava conhecer. Só às vezes.

Vá para o PRÓXIMO CAPÍTULO →

CAPÍTULO 53

A competição obedece à ordem do sorteio, portanto é iniciada pelos outros dois grupos.

Martha e Tyler começam a descartar as perguntas feitas para essas equipes. Enquanto isso, repasso mentalmente as perguntas feitas para nós no passado.

— Vamos perder — lamenta nosso amigo em voz baixa, com um desânimo que não combina com sua postura antes de entrar na sala.

— Não diga isso, Ty — repreendo-o. — Vamos nos sair melhor do que imagina.

As constantes risadinhas de Alaska e companhia tentam nos desestabilizar. Comigo não vai dar certo e não vou permitir que consigam com meus amigos.

— Agora os outros dois grupos — chama a senhora Brooks.

Para facilitar o desenvolvimento da prova, ela colocou duas mesas de frente uma para a outra e coladas à dela, de maneira que formam um U. Nós três nos sentamos à mesa à sua direita, enquanto nossas adversárias se instalam à esquerda.

Observo as duas sinetas que servem para pedir a vez de resposta, uma em cada mesa das equipes.

— Estão prontos? — pergunta a professora, sorrindo.

— Sim, mais do que nunca — respondo com o nariz empinado.

Ao ver meu olhar desafiador, Alaska o retribui.

– Que ganhe a equipe mais bem preparada. Primeira pergunta: por que o ponto de fusão do ácido salicílico...?

Aperto a sineta sem pensar.

– Charlotte, não terminei a pergunta.

Meus amigos me olham surpresos pela minha reação.

– Desculpe, senhora Brooks, estou nervosa.

– Está bem, mas lembro a vocês que está terminantemente proibido bater a sineta antes que eu conclua a pergunta. Na próxima vez, a equipe estará automaticamente desclassificada. Entendido?

Concordamos em silêncio e trato de conter minha ansiedade. Observo que Alaska mantém a mão sobre sua sineta.

– Primeira pergunta: por que o ponto de fusão do ácido salicílico é mais alto que o do salicilato de metila?

Fui mais rápida, e nossa sineta volta a soar.

– Porque o ácido salicílico... quer dizer... suas moléculas têm mais ligações de hidrogênio. E isso faz com que tenha forças intermoleculares mais fortes e... e... um ponto de fusão mais alto.

Ninguém dá crédito à minha resposta, nem mesmo meus amigos.

– Muito bem. Ponto para Tyler Banks, Charlotte Dewsbury e Martha Smith. – A professora faz um pequeno risco na lousa.

Sorrio com certa altivez e articulo um "sinto muito" para Alaska, Eleanor e Madison.

– Segunda pergunta: quando o pH da titulação ácido-base é 4,00, no balão há maior concentração do ácido fraco, $HC_7H_5O_3$, ou de sua base conjugada, $C_7H_5O_3$?

Faço menção de apertar, mas Alaska foi mais rápida. Maldita seja.

– Tomara que erre, tomara que erre – balbucia Martha para ela mesma.

Isso não vai acontecer. Ela já acertou na outra vez.

– Quando há um pH de 4,00, a concentração é maior no ácido fraco porque...

Paro de ouvir, pensativa. Temos de ser mais rápidos.

— Muito bem! — a professora parabeniza as nossas adversárias e faz um risco no lado delas da lousa. — Ponto para Eleanor Hayes, Alaska St. James e Madison West.

Nas três perguntas seguintes, a senhora Brooks alterna duas de teoria com outra de gráficos e operações. Anoto imediatamente a resposta depois de cada pergunta, mas depois faço alguns rabiscos sem sentido no papel, para que pareça que estamos fazendo alguma coisa, e não perdendo tempo, até que seja um bom momento para responder. Então, sugiro à Martha e ao Tyler que respondam o que anotei. Senão, a professora poderia pensar que somente eu tenho um bom nível. E, se isso acontecer (porque, conhecendo esta professora, não estranharia), não importa se ganharmos, meus amigos terão de fazer o exame final por "não terem demonstrado as qualidades necessárias".

Faltam apenas duas perguntas e, até o momento, a sorte está do nosso lado. Não voltaremos a fazer o exame horroroso de Química Avançada.

— Como sabe as respostas? — sussurra Tyler ao meu ouvido. — Alguém passou cola pra você?

— Meninos... — cochicha Martha. — Prestem atenção!

— Claro que não! — digo a Tyler. — Você não se lembra do que vimos nas aulas? É o mesmo exemplo que ela deu quando explicou. Revisei minhas anotações e está tudo igual.

Que outra coisa eu poderia responder? Além disso, é verdade.

Justo nesse momento soa a sineta da equipe das líderes de torcida. Merda, estava tão concentrada me explicando para o Tyler que me distraí.

Não pode ser.

— Segundo o princípio de Le Châtelier — começa Eleanor —, os mols de CH_3OH decrescerão.

Não acredito que empatamos por tamanha besteira. Eu sabia essa, foi uma das poucas em que não tive de quebrar a cabeça para achar a resposta.

– Ponto para o grupo de Eleanor Hayes, Alaska St. James e Madison West! – A professora sorri. – Opa! Empate, empate! Que emocionante! Há um equilíbrio térmico entre as duas equipes... – Ninguém riu da sua tentativa de piada. – Ok, vamos para a sétima e última pergunta...

Pego a caneta, porque sei que agora teremos de fazer um cálculo. Alaska, ao ver meu movimento, me imita. Estalo a língua, aborrecida. Por que fiz isso? Agora ela também está preparada.

– Se o K_a do ácido benzoico é de $6{,}3 \times 10^{-5}$, qual é o valor do pK_a do ácido benzoico?

Alaska começa a equação o mais rápido que pode, enquanto finjo que estou calculando. Quando vejo que minha adversária está prestes a largar a caneta e bater na sineta, me adianto sem me dar conta de que não tinha largado a caneta. A tampa da caneta dá uma pequena beliscada no meu dedo.

– Ai, meu dedo! – reclamo. – É... 4,2! O pK_a do ácido benzoico é 4,2.

Faz-se um silêncio perturbador. De tal modo que chego a me perguntar se realmente acertei. Talvez tenha me confundido e o resultado é outro...

Então a senhora Brooks aplaude.

– Meus parabéns! A equipe de Tyler Banks, Charlotte Dewsbury e Martha Smith é vencedora. Como prêmio, vocês três estão automaticamente aprovados em Química Avançada. Foi uma disputa acirrada. Assim que eu gosto! Uma competição que me deixa orgulhosa dos meus alunos. Eleanor Hayes, Alaska St. James e Madison West, vejo vocês na semana que vem para o exame final.

Martha e Tyler berram de alegria após nossa inesperada vitória. De repente, me levantam pela cintura e abafo um grito, surpresa.

— Charleston, Charleston! — cantarolam, felizes.

Fico radiante por nos livrarmos da prova que nos deu tanta dor de cabeça quatro anos antes.

Mesmo já fora da sala, no corredor, ainda não acreditamos que vencemos.

— Temos de ir à nossa hamburgueria preferida pra comemorar a vitória! — digo aos meus amigos, pulando de alegria.

Então noto que Alaska está sozinha, apoiada em um dos armários, falando ao telefone. Por sua expressão de tristeza, imagino que não esteja achando a menor graça em ter de enfrentar o exame final.

Em direção à saída do colégio, Martha, Tyler e eu passamos por ela.

— Sim, tio, fui mal — escutamos Alaska dizer. — Eu me preparei muito, só que não tive sorte. Agora estou cagando de... Ai, desculpe! Estou morrendo de medo. Morrendo de medo do exame da semana que vem.

Penso em como foi que me senti quando perdi... Será que deveria ajudá-la?

Se Charlotte escolhe ajudar Alaska com o exame final, vá para o PRÓXIMO CAPÍTULO ➔

Se Charlotte escolhe não ajudar Alaska, vá para o CAPÍTULO 55 (página 255) ➔

CAPÍTULO 54

Não sei se vou me arrepender do que estou prestes a fazer. Estou ciente de que o que vou lhe dizer vai ajudar suas amigas insuportáveis, Eleanor e Madison. Mas...

— Volto já — digo aos meus amigos.

É que sou tonta, tenho certeza de que vou me arrepender depois.

— Charleston! — Martha grita quando dou meia-volta e caminho em direção a Alaska. — O que está fazendo?

Como ela continua falando ao telefone, não percebe que me aproximo até parar a um metro de distância.

— Espere um momento, tio. — Ela tira o celular da orelha.

Antes que me pergunte o que estou fazendo ali, digo as respostas da prova que conseguia lembrar:

— 1a, 2c, 13b, 20d... e não me lembro do resto.

Alaska franze o cenho sem entender nada.

— O quê?

— São algumas das respostas do primeiro dia do exame. O resto, deixo com você.

— Como você sabe...?

Uma vez que não tenho uma desculpa plausível, prefiro dar-lhe as costas e ir embora antes que ela termine a pergunta. Junto-me aos meus amigos, que me aguardam ao final do corredor.

— É, Motty, nossa amiga Ton não para de falar no Jared, mas está babando mesmo é pela Alaska — brinca Tyler.

– Ton, entre todas as meninas do Silver Bay, você tem de gostar logo da Alaska? – Martha pergunta.

Não consigo protestar, porque, por cima da minha voz, Tyler começa a cantarolar a marcha nupcial.

– Não gosto da Alaska.

– Ah, tá bom. – Martha revira os olhos. – Faz tempo que estamos na sua cola. Teve um dia que o Tyler e eu contamos quantas vezes você olhou pra ela em uma única aula. Quer saber? Oito!

Sinto minhas bochechas queimarem. Do que estão falando? Quando aquela parte de mim, inconscientemente, tentava reprimir a atração que eu sentia por Alaska, fazia todo o possível para que ninguém notasse. Nem eu mesma me dava conta do meu comportamento... E fiz uma tremenda salada mental depois que nos beijamos.

Mas agora é diferente. Uma coisa é eu escrever uma mensagem para ela no presente, porque a vida pintada de recordações é sempre mais colorida. Mas, ao voltar ao passado, vi que ela é odiável, metida, embora tenha um lado fascinante, sedutor...

Olho para os meus amigos. Se sempre pensaram isso, por que nunca me disseram nada no outro passado? Eu achava que meu beijo em Alaska tivesse surpreendido tanto a mim como a eles, mas vejo que estava completamente enganada.

Olho para trás, mas não consigo ver a líder de torcida. No entanto, quando penso nela e no que disseram meus amigos, sinto um leve arrepio percorrer meu corpo.

Fico um tempo em silêncio, ruminando o que disseram e me perguntando se o que sinto agora é produto do que eles enfiaram na minha cabeça ou se é porque continuo gostando da Alaska.

Vá para o PRÓXIMO CAPÍTULO →

CAPÍTULO 55

A caminho da saída, lembro que ainda não posso ir embora do colégio.

— Ei, meninos, vou ter de ficar. — Bato a palma da mão na minha testa. — Tenho de ir pra sala de pintura terminar o *Morte rubra*.

— Genial, Ton. — Martha sorri. — E não esqueça: aconteça o que acontecer, você é uma grande artista.

Quando contei a eles que tinha feito inscrição para o concurso, me apoiaram no mesmo instante e me disseram que, caso não ganhasse, não significaria que meu quadro não tem valor. Contudo, quando Martha diz isso agora, observo que força um sorriso que só consegue manter por poucos segundos. É a mesma expressão que fiz outro dia (dentro de quatro anos), quando uma seguidora abordou minha melhor amiga durante o almoço.

Acho estranho, porque Martha sempre foi segura de si... Deve ter sido imaginação minha.

O senhor Rochester já me espera na sala. Primeiro, conversamos um pouco sobre como foi nosso dia e, depois, ele fica ao meu lado enquanto faço na tela as interferências que me sugeriu.

Para o personagem que representa a morte, crio com a espátula uma mancha vermelha em relevo. Para o príncipe Próspero e os convidados, uso o pincel e escolho o cinza. Dessa forma, busco expressar qual personagem tem poder sobre os demais.

— Excelente resultado — parabeniza o professor.

— Estou um pouco ansiosa com o que pode acontecer — reconheço. — Sei que é muito difícil que exponham o meu quadro, mas tenho medo de desanimar completamente se não ganhar.

Sempre fui muito insegura em relação a minha pintura e, mesmo sabendo que há muita gente que não consegue um prêmio logo de cara, me apavora pensar que seja esse o meu caso. É como se minha mente sussurrasse: "Se não conseguiu, é porque fez algo errado".

— Você já ganhou, Charlotte — assegura o professor. — O fato de ter decidido mostrar seu quadro ao mundo já é um grande avanço. E, eventualmente, a vida nos recompensa por esses pequenos atos de fé. Outra vezes, não é nosso momento, mas nem por isso somos piores que os demais.

Eu me arrependo demais por ter sido tão reservada na primeira vez que frequentei essa disciplina. Teria aprendido muito com o senhor Rochester. Infelizmente, preferi não chamar atenção e esperar que algum dia, como por milagre, ele me notasse.

A vida não é como nos filmes. Passei muitos anos encolhida em meu canto, sem sair do lugar, enquanto as pessoas levaram adiante os próprios projetos. E acabei ficando cada vez mais frustrada por não realizar um sonho pelo qual nem sequer lutei.

Por isso, agora estou feliz por agir de outra maneira.

Vá para o PRÓXIMO CAPÍTULO →

CAPÍTULO 56

Estou adorando "recuperar" a tradição de ir à hamburgueria ao lado do colégio. Há algo no ambiente deste lugar que, sem dúvida, é diferente de quando fomos outro dia, antes da consulta com a bruxa.

Quando contamos ao dono do estabelecimento que nos livramos da prova de Química Avançada, ele nos felicitou.

– Bem... então precisamos celebrar. Uma rodada de refrigerante por conta da casa.

Também fez o mesmo quando perdemos. Esse homem sempre nos tratou com muito carinho.

– Que maravilha! – Martha bate palmas. – Vocês não têm ideia de como me diverti ao ver a cara delas quando perderam.

– Sim! Principalmente da Eleanor – comenta Tyler.

– Agora ela sabe o que é provar do próprio veneno. Foi delicioso ver a cara de estúpida que ela ficou. – Minha melhor amiga olha para mim. – Charleston, e você, o que achou?

– Que não há nada melhor que dividir a vitória com vocês.

Nesse momento, chegam os refrigerantes, e Martha levanta seu copo.

– Proponho um brinde: aos Abutres!

Rio comigo mesma. Faz tempo que abandonei essa insígnia, mas também levanto meu copo.

– Aos Abutres!

Passo o fim de semana e o início da seguinte me adaptando à nova/velha realidade. Calculo meus próximos passos no colégio, mas não há muito o que fazer. Não preciso ir à aula de Química, pois estão fazendo o primeiro exame final e, posteriormente, farão a correção. Além disso, as aulas de Pintura se resumem a transpor para a tela objetos de diferentes volumes.

Na quinta-feira, as coisas mudam quando chego atrasada para a aula de História e a professora anuncia que vamos realizar um trabalho em duplas.

– Ah, Charlotte! Como chegou atrasada, vai fazer dupla com Jared Temples – anuncia ao me ver entrar apressada.

Paro na porta, meio desconcertada.

– Desculpe, eu estava na aula de Pintura consultando o senhor Rochester sobre a tela que eu...

– Não tem problema – me corta a professora. – Agora já está aqui e tem parceria para o trabalho. Venha, sente-se ao lado dele.

Obedeço, cabisbaixa. Ele não foi meu par para esse trabalho no passado e, sinceramente, não esperava que essa fosse uma das consequências por ter me inscrito no concurso de pintura.

Tremenda consequência...

Martha e Tyler riem, maliciosamente, quando passo por eles. Ignoro-os e me sento ao lado de Jared, tentando disfarçar a vergonha por ter de interagir com ele.

Passeio os olhos pela classe e vejo Alaska me observando com cara de poucos amigos. Será que é porque estou sentada com seu ex-namorado ou porque ainda está ressentida por minha vitória na competição?

– Bem, fomos colocados juntos... – Jared tenta quebrar o gelo.

– É... – Tento não demonstrar o nervosismo. – Sim.

– Achei bom. Assim vejo um rosto diferente – admite. – Gosta de trabalhar em grupo?

– Odeio. Mas posso abrir uma exceção.

A professora explica a tarefa, embora eu já a conheça de sobra.

– Cada dupla fará uma apresentação sobre um período específico da história dos Estados Unidos, que vou anunciar agora. – Põe-se, então, a ler os nomes que formam as duplas e o tema que cabe a cada uma.

No passado, tive de pesquisar sobre o início da Guerra da Secessão com uma colega cujo nome já nem lembro. Vamos ver o que me espera agora.

– Charlotte Dewsbury e Jared Temples, os dois farão uma apresentação sobre a entrada dos Estados Unidos na Segunda Guerra Mundial.

Assim que a professora anuncia o tema, eu me lembro da bruxa de Salém. Ela havia comentado que, em outra encarnação, fui uma alemã que fugiu para os Estados Unidos durante a Segunda Guerra. Portanto, farei um trabalho sobre algo que, infelizmente, vivi numa vida passada.

Ao meu lado, Jared bufa e apoia a cabeça em seus braços, cruzados sobre a mesa.

– Affemaria, que horror! – queixa-se.

– Vou avaliar se farão uma exposição agradável e compreensível, e não uma sequência de informações que decoraram e repetem como papagaios. – A professora olha para a classe de forma ameaçadora. – A entrega será quinta, dia 4 de abril. Entendido?

Jared fica indignado e nega com a cabeça repetidas vezes.

– Mas essa mulher tem noção do que está pedindo? É revoltante.

Sim, o que ela nos pede é complicado. Principalmente pela quantidade de dados e datas que devemos incluir.

Mas teremos tempo para preparar uma boa apresentação.

No fim de semana, já mais habituada a meu novo passado, decido que já é hora de comprar roupas novas. Quem fica eufórica com essa decisão é minha mãe, que não para de aplaudir e soltar gritinhos de alegria.

— A que se deve essa celebração? — pergunto enquanto olho para o meu pai, saudosa.

— Bom, respeito suas escolhas, por isso nunca digo nada... Mas tem dias que vai bem horrorosinha pra escola, né?

— Defina "horrorosinha" — respondo secamente.

— Querida, precisa se valorizar mais. — Ela se levanta do sofá e belisca de leve minha bochecha. — Você é tão linda.

— Ai, mãe, não faça eu me arrepender de ter te contado.

Se eu soubesse, teria chamado o Lucas para ir comigo. Sério, não aprendo nunca. Nem no outro passado nem agora.

— Você vai continuar calado? — ela pergunta a meu pai.

— O que vou dizer? Que deixe a Charlotte respirar, porque já não é nossa menininha?

— Isso não é verdade. Ela sempre será minha pequena. — E volta a olhar para mim. — Vamos, então? Ou prefere ir sozinha?

Se Charlotte ajudou Alaska com o exame final, vá para o PRÓXIMO CAPÍTULO →

Se Charlotte não ajudou Alaska com o exame final, vá para o CAPÍTULO 58 (página 265) →

CAPÍTULO 57

Talvez me arrependa de ir às compras com minha mãe, mas ela está tão contente que não posso recusar.

– Vamos juntas, mas não exagere, hein? – digo.

Quando entro no carro, ela começa a cantarolar uma melodia inventada, da cabeça dela.

– Está bem contente, né?

– Não é pra menos, Charlotte. Quando foi a última vez que passamos uma tarde de mãe e filha? Bem, sei que você está na fase rebelde, como qualquer adolescente. Só que às vezes sinto falta dos nossos momentos juntas.

Comprimo os lábios.

– E por que nunca me disse nada?

– Porque preciso deixar você crescer, filha. Não seria justo manter a minha menininha protegida numa bolha para sempre.

Porém, a vida não é tudo ou nada. Podemos aproveitar mais tempo juntas e, ao mesmo tempo, eu voar do ninho.

– Pois a partir de agora teremos mais tardes entre mãe e filha – prometo.

Então abraço-a forte para mostrar que a amo.

A tarde com minha mãe é tão caótica quanto eu imaginava. Mesmo assim, curto bastante – mais ainda depois do que conversamos. Assim que terminamos as compras, ela recebe a ligação de uma colega de trabalho, e fico sentada sozinha enquanto a espero, mexendo no celular. De repente, do nada, uma pessoa surge diante de mim. Levanto a cabeça e me deparo com Alaska.

Está sozinha, sem suas amigas líderes de torcida.

É a primeira vez que interajo com ela desde o dia em que Tyler e Martha fizeram insinuações sobre o que eu sentia. Meu estômago se contrai no mesmo instante.

— Oi... — murmuro.

— Quero agradecer por ter me dado as respostas da prova — diz, sem sequer me cumprimentar. Noto que está nervosa. — Como você sabia as respostas?

— Tenho um sexto sentido — respondo, rindo.

— Ah, sei. Você roubou a prova, não foi?

— É você quem está dizendo...

Alaska solta um suspiro e senta-se ao meu lado no banco.

— Bom, seja como for, você me ajudou a passar. Por isso eu... eu te comprei uma coisa. Talvez seja uma besteira, mas... Não sabia se deveria dar ou não, mas acho que é um sinal eu ter te encontrado aqui.

Alaska pega um embrulho retangular de sua bolsa e me dá. Fico atônita.

— O que...?

— Um dia escutei você dizer que estava pintando um quadro inspirado num livro, então pensei: "E se eu der um livro pra ela?". Deste eu gosto muito.

Franzo o cenho. Não me lembro de ter falado de *Morte rubra* perto dela, mas vai saber. Olho para o pacote e, por fim, decido rasgar o papel com estampas florais.

— *Linho e seda*, de Beatrice Edevane. — Examino a capa, é uma edição ilustrada. — Tenho a impressão de que conheço este livro, mas não li.

– É muito bom. Sobre uma garota que investiga as mortes ocorridas em um incêndio em Londres, no período vitoriano. Depois ela abre uma agência de detetives.

– Tipo Sherlock Holmes?

– Sim, e como Hercule Poirot, mas acho esse melhor. Além disso, é bastante feminista pra época, tem bastante crítica social.

Enquanto ela me conta sobre o livro, leio a sinopse na contracapa. Há algo que me parece muito familiar, na verdade. Provavelmente passaram o filme na televisão... Talvez seja isso.

– Você gosta da era vitoriana? – pergunto à toa, porque na verdade não sei muito bem o que dizer.

– Bom, na verdade, não muito. Mas o livro é genial.

– Assim que começar a ler, eu te conto.

Ficamos alguns segundos em silêncio, sem assunto. Se minha mãe não chegasse, teríamos continuado mudas por muito mais tempo.

– Opa, encontrou uma amiga. – Estende a mão para Alaska. – Muito prazer, sou Donna Dewsbury, mãe de Charlotte.

– Muito prazer, senhora Dewsbury. – Aperta-lhe a mão. – Me chamo Alaska.

– Ah, você é como eu imaginava. Charlotte já falou muito de você.

Sinto meu rosto corar, não pelo que minha mãe disse, mas *como* disse. Olho-a com um dos meus piores olhares, enquanto ela me dá uma furtiva piscadinha de cumplicidade.

Estava tão óbvio assim que eu gostava da Alaska?

– Então, já tenho de ir – balbucia Alaska. – Também estou com minha mãe e... é isso. Até mais, Charlotte. Tchau, Donna. – E vai embora andando depressa.

Ainda bem, porque meu rosto já estava queimando como um braseiro pelas coisas que minha mãe acabava de dizer.

— Acho que ela gosta de você — cantarola minha mãe. — Vamos ver o que te deu de presente.

— Mãe!

A fim de preservar um pouco da minha intimidade, abracei *Linho e seda* para que ela não bisbilhotasse. Sim, a tarde com ela foi caótica, e bem mais do que eu imaginava.

Vá para o CAPÍTULO 59 (página 268) →

CAPÍTULO 58

Sei que minha mãe está animada para passar uma tarde comigo, mas acho que é melhor ir às compras com Lucas.

– Sim... Não sei, mãe... Não sei se é uma boa ideia...

– Enfim, você quer ir com seus amigos – admite, derrotada. – Entendo, não se preocupe.

Agora estou me sentindo meio mal com minha escolha, mas também é uma oportunidade para reencontrar o Lucas.

Como ele não é muito de mensagens, ligo direto.

– Central Telefônica para falar com Lucas Aiken – escuto sua voz ao celular. – Para passar uma tarde inesquecível com seu melhor amigo, aperte 1; para desabafar sobre quão insuportáveis são os pais e as mães, aperte 2; para qualquer outra consulta, aperte 3.

– O que você acha de passar uma tarde fazendo compras? – proponho. – Tenho de renovar meu guarda-roupa e esta é uma boa desculpa para nos vermos.

– Aceito com a condição de que depois você me leve ao cinema.

– Feito. Nos vemos daqui a pouco.

Voltar a ver meu melhor amigo é um presente. Assim que nos encontrarmos, não vou conseguir fazer outra coisa senão abraçá-lo com todas as minhas forças.

Decidimos ir ao centro da cidade, já que o cinema de que mais gostamos fica ali. Primeiro entramos nas lojas que costumo frequentar nos dias atuais. Depois de comprar o que eu precisava, vamos ao cinema. No caminho para a sala de projeção, Lucas comenta que está emocionado porque vai ver o "novo" filme da Marvel. Antes de entrarmos, porém, Lucas me dá um toquinho no ombro.

– Ei, aquele não é o menino que você gosta?

Olho na direção que Lucas indica e vejo que Jared está lá com alguns amigos. Meu coração dispara.

– Droga... Ele está aqui. – Me desespero. – E agora, o que eu faço?

– Vai lá falar com ele, Charlotte. O que se pode fazer?

– Mas os amigos dele também estão lá.

Minha insegurança faz Lucas soltar uma gargalhada. Dessas que despertam em mim um instinto assassino por ele demonstrar zero empatia pela minha situação.

– Com medo não se vai a lugar nenhum – diz, mais sério.

Meu amigo sempre foi uma pessoa muito atrevida. Por isso não me surpreendo quando pega meu braço e me arrasta até onde está Jared.

– Oi, Charlotte. – Depois, olha para o meu amigo. – Oi...

– Lucas.

– Prazer. Vieram ver o filme da Marvel?

Os amigos de Jared não tiram os olhos de mim. Ah, sério! Que vergonha.

– Sim. Sempre que sai um novo, vemos juntos – afirmo.

– Legal, então divirtam-se!

Como não há muito mais o que dizer, mas também não quero parar de falar com ele, solto a primeira coisa que me vem à cabeça:

– Olha, será que podemos nos encontrar nesse feriado pra adiantar o trabalho?

– Sim... claro. Assim o Peter vai ver que estou fazendo alguma coisa no feriado. Nos falamos.

Não sei quem é Peter, mas tudo bem.

Em poucos segundos, já estamos nos nossos assentos. Ainda não acredito que conversei com Jared fora da sala de aula. E graças ao Lucas – só que agora tenho de agradecê-lo por isso.

– Que máximo, Charlie – sussurra. – Você vai ter um encontro com o *crush*.

– Que encontro, Lucas? – Reviro os olhos. – Temos de fazer um trabalho.

Mas não posso negar que será a primeira vez que vou ficar sozinha com ele.

Vá para o CAPÍTULO 61 (página 279) ➤

CAPÍTULO 59

Nesta noite começo a ler *Linho e seda*, de Beatrice Edevane. Na verdade, sinto certa dificuldade em mergulhar na leitura, porque tem um ritmo meio lento. Quem manda essa gente do século XIX fazer descrições tão longas?

— Que me importam os enfeites sobre a mesa? — protesto e pulo a página.

Nesse momento ouço uma notificação do Instagram. Sorrio ao verificar que Alaska me segue, então entro em seu perfil para segui-la também.

Não, muito cedo. Não quero que pareça que uma rejeitada como eu está morrendo para que uma popular como ela me siga. Em vez disso, acho melhor postar um *story* sobre o livro que estou lendo.

Alguns minutos depois, entra uma mensagem dela.

> Olha! Pelo que vejo, você já começou a ler.
> O que está achando?

Mordo o lábio pela enorme mentira que penso em responder.

> Ainda estou no início,
> mas estou achando muito bom!

E ela logo responde:

Então espere só pra ver, à medida que for lendo! ♥

Como não respondo mais nada, Alaska envia outra mensagem poucos minutos depois.

Oi...
O que você acha de nos encontrarmos
Nesta semana das férias de primavera?
E então podemos fangirlear sobre *Linho e seda*.

Se ela tivesse me perguntado uns dias atrás, eu seria tomada pelo orgulho, por causa da nossa inimizade. Mas hoje é diferente: hoje eu digo sim.

Na terça-feira, às cinco da tarde, estou com os nervos à flor da pele, porque marquei de me encontrar com Alaska. Porém, quando seu Alfa Romeo estaciona em frente à minha casa, me acalmo um pouco.
Não é para tanto. Vamos apenas conversar sobre um livro.
As janelas do carro estão baixadas, e o som está no último volume. A esta altura já me encontro na varanda.
– Sobe! – grita.
Assim que me acomodo no banco do passageiro, Alaska arranca, mas nenhuma das duas diz nada inicialmente. Por sorte, começa outra música, o que enseja que eu comente alguma coisa.
– Nossa! Fazia uns mil anos que não escutava esta música.
Na verdade, nem sei qual é.

— É um CD — diz Alaska, baixando um pouco o volume. — Você gosta da Taylor Swift?

— Já ouvi algumas músicas dela.

Sim, bem depois do ensino médio. Mas, quando eu era adolescente, não.

— É sensacional. *Oh, you and me, we got big reputations. Ahhh, and you heard about me...* — canta e ri. — Sou uma *swiftie* desde os nove anos, quando fui com meu tio e a ex-namorada dele a um show dela.

— Sério?

— Sim! Adoro. Qual a sua favorita da Taylor?

Coço a bochecha. Dá para contar nos dedos de uma mão as músicas que conheço da Taylor Swift.

— Das que já escutei, minha favorita é "All Too Well".

Se penso em Dylan quando canto essa canção a plenos pulmões? Sim, muitas vezes.

Mas Alaska não a coloca para tocar, porque já chegamos.

Martha, Tyler e eu nunca viemos tomar milk-shake nesta lanchonete, porque é território dos populares.

— Bom, o shake de chocolate é o que há de melhor — recomenda. — Mas também são deliciosos os de frutas silvestres, morango, morango e mirtilo, banana e morango, banana e chocolate...

Alaska dispara a falar; jamais a vi tão agitada como hoje. Apoio o queixo nas mãos enquanto a observo fascinada.

— Ai, desculpe — diz, interrompendo-se. — Virei um cardápio falante, mas é que venho muito aqui.

— Não se preocupe. — Abro um largo sorriso. — Então, de toooodos os sabores que você falou, qual o seu preferido?

— Como eu disse, o de chocolate.

— Então é o que vou escolher. Confio no seu gosto.

E realmente estava delicioso, tanto que a primeira coisa que eu disse quando provei foi:
— Isso deveria ser proibido. É bom demais.
— Eles colocam sal pra reforçar a doçura!

Começamos a falar sobre *Linho e seda*, mais especificamente até a parte em que a protagonista decide investigar por conta própria. De início estamos um pouco tensas, porque não nos conhecemos muito, mas pouco a pouco vamos nos soltando e as coisas fluem entre nós.

— Mudando de assunto — diz Alaska —, como foi que você se interessou pela pintura?

Fazia muito tempo que eu não falava sobre o início de minha aventura pelo mundo da arte.

— Foi depois que vi um quadro do Kandinsky. Pensei: "Uau! Isto é uma coisa que posso pintar". Bem, eu tinha cinco anos. Só depois entendi que a arte abstrata é muito complexa, mas eu era só uma criança.

— É sério?

— Juro. Foi a partir de então que comecei a pintar. Prometi a mim mesma que jamais abandonaria meu lado criativo.

Tento não pensar que estive a ponto de fazê-lo por causa do Dylan.

Alaska me olha fixamente, atenta à minha história. Jamais alguém mostrou tanto interesse por minha ligação com as artes plásticas, nem minha família, nem meus melhores amigos. Pela primeira vez sinto que não estou sendo julgada, que alguém me entende completamente.

— Eu adoraria ter me inscrito nessa matéria optativa... — revela.
— Mas não dá pra fazer tudo ao mesmo tempo.

— Você também gostaria de ser pintora?

— Claro que não! Não tenho talento pra isso. Mas gostaria de dar voz às artistas que têm algo a dizer ao mundo. Não só as de hoje, mas também "descobrir" mulheres que foram apagadas da história. Tudo começou quando descobri Elisabeth Jerichau-Baumann, a pintora que me abriu os olhos para o assunto aos treze anos. Era amiga da família real dinamarquesa e do autor da *Pequena sereia*! Inclusive viajava o mundo todo para pintar retratos! Não entra na minha cabeça que não seja conhecida fora da Dinamarca.

À medida que Alaska revela esse seu lado, percebo que está sendo ela mesma, de uma maneira que jamais vi. É tão estranho vê-la assim... Não tem nada a ver com a pessoa da qual eu nem queria chegar perto no Silver Bay.

– Posso fazer uma pergunta?

– Claro!

– Se gosta tanto de arte, por que é líder de torcida? Não que não possa ser as duas coisas, mas você nunca me pareceu muito feliz fazendo estrelinha lateral.

Alaska toma um pouco do seu milk-shake e fica mexendo o canudinho antes de me responder. Acabo me arrependendo da pergunta e do meu comentário. Talvez tenha sido muito invasiva.

– Minha mãe era a capitã das líderes de torcida da sua turma no Silver Bay – explica. – Sempre quis que eu seguisse seus passos. Gosto de ser animadora, mas não teria feito essa escolha por mim mesma.

O olhar de Alaska perde o brilho, o que me faz achar que sua última frase é, na realidade, uma meia-verdade. Fico com a impressão de que tenta se convencer de que gosta desse esporte.

– Não sei... – continua. – Às vezes sinto que vou decepcionar minha família se não fizer o que esperam de mim. Pra falar a verdade, vou cursar Biologia porque o meu tio pode me empregar na sua empresa de biotecnologia, mas não porque esteja segura de que é isso que desejo fazer.

Estou surpresa por Alaska se abrir tanto comigo. Sei que às vezes pode ser mais confortável falar com alguém que não seja muito próximo, mas eu não esperava esse tipo de confissão da parte dela.

– Desculpe se me meto onde não sou chamada. Mas você já tentou conversar com eles?

– E se não aceitarem?

– Se não aceitarem, estão sendo egoístas. – Seguro sua mão com força. Não sei de onde saiu esse impulso, mas simplesmente saiu. – Eles já tiveram oportunidade de fazer escolhas, Alaska. Agora é o momento de você fazer as suas.

Ela lança para mim um olhar tristonho.

– Sei que você tem razão, mas não é fácil.

– Não há nada de mau em querer viver sua vida. – Aperto sua mão com mais força. Não sei se é uma boa ideia, mas não quero soltá-la. – Tenho certeza de que sua família vai entender.

– Pô, Charlotte, você é muito legal... Quisera eu ser tão v...

– Ei, Alaska, o que você está fazendo com essa esquisitona?

Nosso momento afetuoso é interrompido por alguém perto de nós. Soltamos as mãos, assustadas, e então vemos quem se pronunciou.

Eleanor.

– Oi, Eleanor – diz Alaska, com uma expressão de desagrado.

A outra cruza os braços e volta a provocar:

– Vocês estão tendo um encontro?

Alaska e eu ficamos sem graça. Mesmo que pareça estranho estarmos juntas, não significa que seja um encontro amoroso. Somos apenas duas pessoas diferentes tentando nos conhecer melhor. Por isso decidi voltar no tempo. Para dar-me a chance de me aproximar daqueles a quem perdi no passado, descobrir o que seria a minha vida se tivesse feito outras escolhas.

Mesmo assim, Eleanor consegue me desestabilizar. Será que, no fundo, desejei que este fosse um encontro amoroso?

– É, eu... – balbucio, mas Alaska me interrompe.

– Não é um encontro – diz, taxativa, embora sua voz soe um pouco trêmula.

Por algum motivo, Eleanor acha engraçado.

– Amiga, você está muito perdida. Andando com uma nerd. Sério que prefere ficar com essa aí a ficar conosco? – esbraveja enquanto aponta para mim sem me olhar.

– "Essa aí" está aqui e está te ouvindo – murmuro.

– E eu não me importo – retruca, e neste momento olha para mim. Depois volta a se dirigir a Alaska. – Quer dizer que agora vocês são amiguinhas? Não somos boas o bastante para você, né, Alaska? Vai ser mais uma das aberrações do colégio?

Sinto o sangue subir. Como ela ousa dizer tudo isso na minha cara? Está difícil me segurar e não fazer barraco neste lugar. Mas apenas abaixo a cabeça e penso numa desculpa para ir embora. Não sou obrigada a aguentar esses ataques gratuitos.

– Você é odiável, Eleanor. É a pior pessoa que já conheci na minha vida.

Levanto a cabeça, atordoada. Tanto eu como Eleanor somos pegas de surpresa com o desabafo de Alaska. Jamais imaginei ouvi-la se rebelar contra Eleanor, sua grande amiga.

– Como? O que disse? – reage Eleanor. – O que significa isso?

– É que você já passou do limite de ser a má amiga que é. Sempre tenta me deixar mal, nunca fica feliz por mim... Isso foi demais. Está provocando a Charlotte na minha cara. – Aponta para mim. – Não entendeu que estamos conversando? Por que vem aqui falar merda? Estou farta. Quando voltarmos das férias, pode procurar outra pessoa pra sentar com você no almoço, porque comigo não vai sentar nunca mais.

Eleanor, a que há poucos minutos era sua "amiga", fica furiosa.

– Vou dar um jeito de fazer com que a treinadora te expulse da equipe, Alaska. Você se acha intocável, mas não sabe com quem está falando.

– Boa sorte – responde Alaska antes de se levantar e me puxar pela mão. – Vem, Charlotte. Este lugar está muito mal frequentado. Vamos embora deixando Eleanor esbravejar sozinha.

Vá para o PRÓXIMO CAPÍTULO →

CAPÍTULO 60

Enquanto saímos da lanchonete, Alaska não para de rir. Dentro do carro, as gargalhadas aumentam.

— Você está bem? — pergunto.

— Sim, me sinto viva! Escutei seu conselho. Ao menos uma vez, tomei uma decisão por minha própria vontade.

— Eu estava falando da sua família...

— Mas é muito mais que isso! Pensei que teria medo no dia em que tentasse dar um freio na Eleonor. Mas nem me abalei! Já sei que ela vai falar muito mal de mim. Talvez até tente algum truque sujo. Mesmo assim, tirei um peso enorme dos meus ombros. Tem coisa melhor que tirar da sua vida alguém que está te prejudicando? — Olha para mim por uns instantes. — Charlotte, vou te contar um segredo: muitas vezes me vi obrigada a me moldar para me encaixar no que minhas amigas esperavam de mim, embora nem sequer me sentia à vontade com elas.

— E por que anda com elas?

— Porque tinha medo de deixá-las de lado e acabar sozinha. Não sou como você, Charlotte. Eu não sou corajosa.

Corajosa, eu? Minha nossa, voltar ao passado está me revelando muitas surpresas. Nunca imaginei que Alaska pudesse ter um conceito tão alto a meu respeito. Bom, acabo de presenciar Alaska me defender quando Eleonor nos interrompeu.

– Você também é uma pessoa muito corajosa, Alaska. Olha o que acabou de fazer!

– Mas fiz por sua causa, pelo que você me falou. Porque me inspirou. Obrigada, Charlotte. É sério. – Inclinou a cabeça para um lado e sorriu.

Estou feliz que Alaska tenha se guiado por seu coração, e não por seus medos. Fico me perguntando se a Alaska do presente chegou a essa mesma conclusão ou se continua tendo Eleanor entre seu grupo de amigos.

Espero que tenha sido capaz de se dar conta por si mesma.

– Estou aqui para o que você precisar – digo a ela.

Antes de ligar o carro, Alaska pega o CD do álbum *Red* para tocar, especificamente, "All Too Well", – mas eu a impeço.

– Não, põe uma outra mais alegre.

Não estou a fim de escutar uma música triste depois do que acabou de acontecer. Então deixo que Alaska escolha outra, e ela coloca uma do álbum *Fearless*.

– *'Cause I don't know how it gets better than this, you take my hand and drag me head first, fearless...*

Essa também não conheço, por isso me limito a acompanhar a cantoria da Alaska apenas balançando a cabeça ao ritmo da melodia.

– *In this passenger's seat, you put your eyes on me...* – canta fitando-me direto nos olhos.

Fico envergonhada e desvio o olhar, pois é como se dedicasse esses versos a mim.

Não paramos de falar durante todo o caminho. Penso que teria sido incrível se lhe tivesse dado chance antes (assim teria experimentado essas borboletinhas no estômago desde o início).

Ao parar em frente à minha casa, recebo uma mensagem. Leio antes de descer. Não imaginaria que fosse de Jared, muito menos com tal conteúdo.

Oieee...
temos que fazer o trabalho de história, não é?

— Jared acabou de me enviar uma mensagem perguntando sobre a apresentação da aula de História — digo, surpresa.

— Ah, esse Jared... Lizy e Peter são um pouco rígidos com ele. Achei bom ter sido colocado pra fazer o trabalho com você, assim não vai se acomodar. — Concordo com a cabeça, mesmo sem ter ideia de quem sejam as duas pessoas mencionadas. — Como ele está, Charlotte? Acha que está bem?

Suspiro longamente, sem saber o que responder.

— Falei com ele duas vezes, Alaska, se muito. Não saberia responder. Você pergunta porque acha que Jared pode estar mal depois que rompeu com ele?

— Sim, mas nós dois concordamos que devíamos terminar. Acho que... Bom, nós nunca chegamos a ser um casal de verdade, né? Éramos como dois grandes amigos. Algumas pessoas disseram que seria bom nos afastarmos para conseguir superar, mas sinto muito a falta dele.

— Com certeza ele também sente a sua falta.

Gostaria de revelar que, com o tempo, ela vai recuperar a amizade com Jared. No entanto, não posso adiantar acontecimentos futuros, então apenas respondo:

— Nos vemos, Alaska. Me diverti muito.

Desço do carro e ela se despede de mim com um aperto de mão. Apesar dessa última conversa, noto um suave sorriso em seus lábios.

Tento ignorar o leve tremor que persiste no estômago.

Vá para o PRÓXIMO CAPÍTULO →

CAPÍTULO 61

Na quinta-feira, Jared e eu nos encontramos na biblioteca. Como ele não sabe de que jeito me cumprimentar, levanta a mão e batemos um enérgico *high five*.

A verdade é que estou nervosa; nunca estive a sós com Jared antes, então não sei como me comportar. Tenho a impressão de que, de certa forma, vai ser meio desconfortável, porque não o conheço muito bem.

– Preparada para morrer com esse trabalho? – brinca para quebrar o gelo.

– Na verdade, não estou nada animada.

Antes de nos acomodarmos em uma mesa, selecionamos alguns livros para a nossa pesquisa.

– Ok – sussurro –, primeiro temos de fazer um resumo do que vamos falar. Depois montamos a apresentação.

– Credo, vai sair uma tragédia. – Bate a mão na mesa, o que provoca pedidos de silêncio de algumas pessoas. – Vamos em frente.

Só não consigo imaginar o que seria uma apresentação "agradável", como pediu a professora. Não entendo por que se perd...

– Bem, vamos fazer o melhor que pudermos.

Depois de fazer uma revisão do tema – do ataque a Pearl Harbor até as consequências que a Segunda Guerra provocou nos Estados Unidos, entre elas a Guerra Fria –, combinamos quais aspectos cada um deve apresentar. Meu colega se queixa o tempo todo e, na verdade, fico espantada ao descobrir essa sua faceta. Desde que a professora mandou que sentássemos juntos para realizar o trabalho, não parou de reclamar. Como se apenas ele estivesse cansado de tantas obrigações escolares.

Felizmente, enquanto estruturamos a segunda metade da apresentação, Jared começa a se mostrar mais disposto a terminar o que começamos. Talvez porque já consegue ver uma luz no fim do túnel.

Faltando alguns pequenos ajustes, damos por terminado nosso encontro na biblioteca.

– Sério, estou com a cabeça estourando.

– Não conhecia esse seu lado tão... chorão.

– Mas eu não disse nada!

– Nem você consegue acreditar nisso.

– Que ótima imagem está fazendo de mim – comenta num tom de brincadeira. – Agora já não vai querer fazer dupla comigo... E eu curti muito, Charlotte. – Quando levantei as sobrancelhas, incrédula, completa: – Verdade, mesmo eu tendo sido, segundo você, um chorão.

– É sério que você curtiu?

– Claro, muito. Até acabei de ter uma ideia.

Fico curiosa.

– Diga.

– Pode ser que soe um pouco estranho, mas vamos lá. Peter e Lizy compraram ingressos para que Alaska e eu fôssemos com eles à ópera depois de amanhã. Mas, não sei se você sabe, terminamos o namoro. Por isso ela não vai mais conosco. Então... pensei que, talvez, você queira me acompanhar. Não é um *date* nem nada, tá? É que não sei de ninguém que queira ir comigo, e seria um dinheiro perdido.

A proposta me pega de surpresa. Nunca poderia imaginar que fazer uma tarefa do colégio com Jared resultaria num convite para a ópera.

– Mas nem sei quem são Peter e Lizy. – Fico tão atrapalhada que é a única coisa que consigo dizer.

– Ah, é! Desculpe. São meus pais adotivos.

Tento reagir com naturalidade. O que ele acaba de revelar faz parte de um passado difícil que viveu antes de eu mudar de escola e conhecê-lo. Gostaria que me contasse mais sobre essa parte da sua vida, mas prefiro que ele mesmo decida se quer falar comigo sobre o assunto.

Por enquanto, preciso dar-lhe uma resposta a respeito do seu convite.

Se Charlotte já se tornou amiga de Alaska e vai recusar o convite, vá para o PRÓXIMO CAPÍTULO →

Se Charlotte não tem amizade com Alaska e vai aceitar o convite, vá para o CAPÍTULO 65 (página 294) →

CAPÍTULO 62

Depois da conversa que tive outro dia com Alaska, acho que não pegaria muito bem ir à ópera com Jared. Tampouco seria conveniente, pois nem sequer nos conhecemos direito. Além do mais, sabendo como ela se sente em relação ao distanciamento entre os dois, faz muito mais sentido que ela mesma o acompanhe.

— Alaska vai me matar quando eu contar isso pra ela. — Suspiro. — No outro dia, quando fomos juntas...

— Vocês saíram juntas?! — me interrompe.

— Bem... sim. Acho que hasteamos a bandeira branca.

Jared fica pensativo por alguns segundos.

— Espera, não vai me dizer que você é a... — Não conclui a frase e dá um sorriso. — Caramba, que louco.

— Que sou o quê? — pergunto, meio tensa.

— Nada, nada. Te interrompi. O que ia dizer?

Tento recuperar a linha de raciocínio e demoro uns segundos.

— Não... é que... Bom, conversamos sobre a falta que ela sente de você, como amigo, e...

— Ela sente minha falta?

Sua voz falha um pouco e percebo que o sentimento é mútuo.

— Claro. Então, por que você não diz a Alaska que sente o mesmo? De todo jeito, onde está escrito que não podem ser amigos e sair juntos só porque terminaram o namoro?

— Você tem razão, Charlotte. Dane-se o que deveríamos fazer. Vou convidá-la.

Deixo escapar uma gargalhada afetuosa diante do entusiasmo com que anuncia sua decisão.

— Aí, muito bem, assim que eu gosto.

No sábado à noite, já que não fui à ópera, estou com Martha e Tyler na minha casa — combinamos de assistir ao melhor filme de todos os tempos: *Garota infernal*.

— Vamos ver se você muda de opinião sobre este filme depois de ver pela segunda vez — digo à minha amiga.

Sei que isso não vai acontecer, já que Martha detesta o filme, mas ao menos a convenci de assistirmos juntas.

Então recebo uma mensagem no celular.

Obrigada, Charlotte ♥

Meu coração dispara ao ler as palavras de Alaska. Fico contente em saber que dois amigos voltaram a se encontrar graças a mim, mas desconfio que minha agitação não se deva exatamente a esse motivo.

Meus amigos parecem notar meu nervosismo, pois Tyler fica olhando para mim e começa a me dar cutucões no braço.

— Ei, Charleston, tudo bem?

Martha se aproxima e, por cima do meu ombro, vê a mensagem no celular.

— Você está falando com a Alaska? — pergunta, surpresa.

Escondo o telefone, um pouco envergonhada. Não quero que desaprovem minha amizade com Alaska e tento encontrar a melhor forma de me explicar.

— Bom, é…

Não sei como contar sem que me interpretem mal, mas eles são meus melhores amigos, e não posso esconder meus sentimentos por muito mais tempo. Nem que saímos juntas, nem o *frisson* que sinto pelo corpo cada vez que penso nela. Além disso, Martha e Tyler foram os primeiros a insinuar que eu gostava da Alaska, mas, mesmo assim, duvido que acharão muita graça nessa história.

– Saí com ela algumas vezes. Como amiga. Alaska é mais legal do que eu pensava e temos muitas coisas em comum. – Faço uma pequena pausa antes de confessar: – Acho que estou gostando dela.

– Mentira! – reage Tyler.

– Como amigas, né? – pergunta Martha, arqueando de leve as sobrancelhas.

– Bem...

Minha melhor amiga cruza os braços.

– Como Abutres, rejeitamos qualquer tipo de contato com populares como Alaska St. James. Isso entra em conflito com as normas fundamentais deste grupo. Mas, como seus amigos, ficamos muito felizes por você, finalmente, assumir seus sentimentos.

– Sim, Charleston, já era hora – acrescenta Tyler.

Sinto meu rosto queimar como brasa.

– Não aconteceu nada entre nós! – exclamo.

Martha enruga a testa.

– Mas bem que você gostaria, né?

Fico calada. Não me sinto muito à vontade de falar sobre o assunto. É verdade que adoro estar com ela, mas isso não estava nos meus planos. Não era o que tinha em mente quando decidi viajar no tempo, contudo a vida não para de me surpreender desde que voltei.

Acho que minha melhor amiga tem razão.

Gosto... Gosto da Alaska, sim.

– Fui fisgada por Alaska St. James – murmuro, mais para mim mesma que para meus amigos. – Ai, meu Deus!

Tyler bate palmas e cai na risada.

– Finalmente admitiu! Ainda bem! Mas sei que foi difícil, amiga – Ele me abraça.

Lembro-me de quando fiquei com Alaska na festa de formatura. Então tenho receio, agora, de contar que já a beijei, pois não sei como podem reagir. Na outra vez, para eles foi uma história divertida, mas naquele momento foi diferente. Já havíamos terminado o ensino médio, Alaska fazia parte do passado e não teríamos de voltar a ver a nossa "pior inimiga".

– Sério que vocês não se incomodam? – pergunto, receosa.

– Claro que não! – Tyler festeja, me abraçando outra vez. – Não é, Motty?

Martha me apoia, mas creio que é difícil para ela assumir que possa sentir alguma afeição por Alaska.

– Claaaaro que não. Mas você não vai trazê-la às nossas festas do pijama, não é, Charleston? É um rito sagrado entre amigos. E, se ela te machucar, vai ter de se entender com os Abutres. Por isso, pode dizer pra sua queridinha que estamos de olho nela.

Dou uma gargalhada e digo para minha melhor amiga que ela se daria muito bem com Alaska se a conhecesse melhor. Na verdade, a vida seria muito mais simples se todos fossem mais abertos a conhecer as pessoas antes de julgá-las.

Vá para o PRÓXIMO CAPÍTULO →

CAPÍTULO 63

Alaska e eu passamos o domingo juntas. Ela veio à minha casa para conhecer meus quadros. Sinto-me muito à vontade enquanto mostro o que estou pintando no momento.

— Dei o título de *Chamas de linho e seda* porque me inspirei no livro que você me deu — explico. — Está vendo estas curvas laranja e vermelhas? Remetem ao incêndio. E esta mancha cinza no centro representa o mordomo antes de simular sua morte e fugir. "Confundiram-no com um manequim vestido com um terno de linho e lenço de seda" — cito um trecho do texto.

Terminei a leitura há alguns dias e, embora a autora tenha exagerado nas descrições, gostei do romance mais do que esperava no início. O ponto alto é quando a protagonista descobre algo que provoca uma reviravolta da trama. Não imaginei que fosse me marcar tanto.

— Está incrível, Chars. — Alaska me abraça. — Você tem talento para a pintura.

— Nunca passou pela minha cabeça que você gostasse de arte... Quando começou a se interessar?

Já lhe contei como minha paixão pela pintura foi despertada. Agora quero saber como aconteceu com ela.

— Foi numa viagem que fiz com meus pais quando era pequena. Fomos a Paris, e eu não queria sair do Louvre de jeito nenhum. A arte me fascina. Sempre que visitamos um novo lugar, peço para conhecer as galerias que há na cidade. No mês passado, viajamos para Nova York para comemorar o meu aniversário e fomos ao MoMa.

É incrível ver Alaska falar sobre isso. Seu rosto se ilumina. E meu coração se aquece ao ver como seus olhos brilham.

Sinto como se estivesse desvelando um aspecto de sua vida que foi resguardado com extremo cuidado. Suponho que, por encobrir essa particularidade, no outro passado nunca pude perceber nossas semelhanças.

— É incrível, Alaska. Sério, ainda não entendo por que você não se matriculou na aula de Pintura. Com certeza sua mãe teria aceitado.

— Bom, às vezes eu... — Alaska para de falar e comprime os lábios com força. As maçãs do rosto enrubescem de repente, como se estivesse a ponto de dizer algo que não deveria.

Observo-a com curiosidade.

— Às vezes você o quê?

— Nada — murmura. — É bobagem.

— Adoro bobagens. Conta logo.

— Bom, é que às vezes... às vezes fico olhando você pintar, Charlotte. Pela janela da sala, quero dizer. Gosto de ver como você movimenta o pincel e como vai criando imagens do nada, e eu... não consigo evitar. Desculpe.

Recordo, então, da figura que me observa em algumas aulas. A que quase sempre está de capuz verde.

Não pode ser.

— Você é a pessoa do capuz verde?

Alaska fica ainda mais vermelha, e seus olhos começam a marejar.

— Por favor, não fique com raiva — diz.

— Não, claro... É que... eu não esperava. Por que você me espia?

— No início, eu ia apenas para observar as aulas, porque tinha vontade de participar do clube de arte. Mas agora... agora gosto de ver você pintar.

Coço as têmporas, um pouco espantada com sua resposta.

— Está me parecendo coisa de *stalker*. Você poderia ter falado comigo em vez de ficar me espiando.

— Eu sei, mas tinha vergonha de me aproximar de você. Sempre achei que você não gostava de mim.

Não estava enganada. Antes, não a suportava.

— Curto você, Alaska. Mas, quando você ligava o modo "capitã das líderes de torcida perversa", não muito. Agora você não faz mais isso.

— Nem quero — assegura com um leve sorriso. — Não quero voltar a ser essa pessoa. Agora quero ser sua amiga.

Senti um espinho cravar no meu peito. "Agora quero ser sua amiga." Amiga, nada além.

Uma flecha que me fere exatamente no coração.

— E eu, sua — respondo, tentando não demonstrar que estou chateada. — Pra mim, é um grande elogio você gostar de me ver pintar.

— Muito mesmo!

— Gostaria de olhar enquanto finalizo o quadro durante a tarde? — proponho.

Seu rosto encantador se ilumina. Penso, para minha tristeza, que quero beijá-la.

— Claro!

Durante toda a tarde, Alaska e eu conversamos sobre arte enquanto ela me observa e vou explicando o meu processo de pintura. Em certo momento, tira uma foto minha em que aparece a tela e posta em seu *story* do Instagram. Ao que parece, o sucesso foi imediato.

— Charlotte, as pessoas estão amando!

Pelo resto do dia, Alaska segue me contando como se multiplicam os comentários sobre *Chamas de linho e seda*. Posso ver que está orgulhosa de mim, tamanha é sua animação. E eu me sinto agraciada por compartilhar com ela esse pedacinho de mim. É a primeira vez que alguém valoriza minha arte dessa maneira. Como se tudo fizesse parte de um sonho do qual vou acordar em breve.

Vá para o PRÓXIMO CAPÍTULO →

CAPÍTULO 64

Na segunda-feira, ao voltar às aulas após as férias de primavera, estou muito nervosa. Sei que muita gente viu o *story* no qual estou pintando a tela e, provavelmente, todos puderam juntar as peças: Alaska e Charlotte, então, são amigas. O caso é que a abelha-rainha do ensino médio sempre foi o centro das atenções, mas eu não estou acostumada aos holofotes e não sei o que esperar.

De fato, assim que entramos no colégio, somos o alvo dos olhares. No entanto, o assunto não é só nossa amizade, mas principalmente a relação de Alaska com suas amigas líderes de torcida.

Ou melhor, ex-amigas.

— É melhor você não sentar conosco — Madison sussurra antes do início da primeira aula. — Eleanor nos contou o que aconteceu outro dia na lanchonete, e não queremos problemas com ela. Você sabe como ela é, né?

Não acredito no que vejo: Alaska sendo rejeitada pelas amigas da pior forma.

— E ela contou também as coisas que disse à Charlotte?

— Bom, também não entendemos por que a defendeu, nem aceitamos que ela seja sua amiga... Sentimos muito, Alaska.

— Pois ela é, sim, mais que vocês.

Alaska olha para elas, impotente. Sabe perfeitamente que as líderes de torcida só resolveram lhe dar uma explicação porque Eleanor ainda não chegou.

Nem seria necessário esperar para confirmar. Assim que Eleanor chega, o grupo passa a ignorar Alaska por completo.

Jared, no entanto, é o único que fica declaradamente ao seu lado. Inclusive, na hora do almoço senta-se com ela, com meus amigos e comigo.

— Sério que você prefere deixar de falar com eles? — Alaska pergunta a Jared.

— Eles que se danem. Não vou aguentar mais nada.

Em silêncio, Martha, Tyler e eu observamos nossa mesa se converter no foco de interesse dos populares.

— É, este almoço está bem interessante — Martha comenta, baixinho. — De rejeitados a personagens coadjuvantes nas fofocas. Não estou aguentando esses olhares em cima da gente, isso sim.

Um dos olhares vem do Dylan, que me encara com rancor por eu ter ignorado sua mensagem de felicitações. Estou adorando a raiva dele; é minha pequena vingança silenciosa.

— Com certeza esta reviravolta na trama supera a do livro que a Ton me recomendou — comenta Tyler. — O *Linho e seda*.

— Charlotte te indicou *Linho e seda*? — Alaska pergunta, surpresa.

— Sim! — meu amigo confirma. — Não para de falar desse romance e nos mostrou o quadro que fez inspirado nele. Está maravilhoso!

Agora estou morrendo de vergonha. Mesmo que Alaska tenha me acompanhado enquanto eu terminava a tela (ela e metade dos seus seguidores), e por isso saiba que adorei o presente, fico constrangida por ela saber que me causou um impacto tão grande a ponto de eu sair por aí recomendando-o aos meus amigos. Faz sentido?

Embora Alaska e Jared tenham se tornado mais um membro da mesa dos "perdedores", as repercussões da briga com as líderes de torcida não terminam aqui. Depois das aulas, participo de uma sessão extra de pintura e, quando procuro por Alaska na saída, encontro-a chorando dentro do carro.

— Me excluíram da equipe — conta entre lágrimas.

Fico com um nó na garganta por testemunhar a dor e a humilhação de Alaska. No outro passado, isso nunca aconteceu. Ela brilhou até a última partida da temporada ao lado dos Silver Crocodiles.

É a primeira vez que me arrependo de ter viajado no tempo. Se não tivesse me lançado nesta aventura, a pessoa que adoro não estaria assim, magoada pela traição das amigas.

— O que aconteceu?

— Eleanor disse que joguei milk-shake na cara dela lá na lanchonete porque a invejo. E todas as colegas da equipe a apoiaram. — Soluça. — A treinadora nem me deixou falar.

— Mas é mentira! Aquela garota vai se arrepender!

Abro a porta para sair do carro e ir ao encontro de Eleanor para confrontá-la, porém Alaska agarra meu pulso. O toque de seus dedos na minha pele me faz estremecer.

— Não, Charlotte, não vá...

— Por que não? Sinceramente, ela merece ouvir um monte. Não podem te expulsar...

— É que... fiquei feliz. Estou aliviada. Você sabe que nunca quis realmente ser líder de torcida, e estou aqui há mais de meia hora pensando que, afinal, vou poder focar no que gosto.

Estou atordoada. Nunca esperei essa confissão.

— De qualquer forma, isso não pode ficar assim. Alguma coisa tem de ser feita.

— Não precisa. Fecha a porta que vou te levar pra casa. — Alaska limpa as lágrimas e dá a partida. — É uma grande decepção, mas tudo bem. Coloca uma música, vamos lá.

Ligo o rádio sem contestar. Em seguida observo-a enquanto muda as estações até parar em um rock do começo dos anos 2000.

And to be yourself is all that you can do
To be yourself is all that you can do

Acho que a música, cujos versos sugerem que as pessoas devem agir de acordo com a sua essência, respeitando o que realmente são, deu força para Alaska decidir, de uma vez por todas, assumir as rédeas da própria vida.

– E se eu aproveitasse a expulsão da equipe para falar com a minha família sobre os meus sonhos? – diz de repente. Ela para num semáforo e me olha. – Quero tentar. E gostaria que você estivesse ao meu lado para me apoiar.

Vá para o CAPÍTULO 68 (página 307) →

CAPÍTULO 65

Estou meio atordoada. Em que momento duvidei do que deveria fazer? É o que desejei desde que o conheci. Mas é claro que vou com ele à ópera.

– Está bem, vou com você.

– Então nos vemos no sábado.

Na sexta-feira, Martha fica para dormir em casa e, junto com minha mãe, me preparam para o "não *date*". Minha amiga me emprestou um vestido de noite violeta, que chega até meus joelhos, mas não gosto muito. Acho formal demais para mim.

– Querida, está lindíssima – diz minha mãe quando o experimento.

– Vou fantasiada.

– Não, filha, você vai a uma ópera.

Olho para Martha, que me observa com cara de paisagem enquanto come amêndoas.

– Ficou gata, Ton – comenta com uma voz neutra.

Apenas quando ficamos a sós decide falar:

– Você vai sozinha com o Jared?

– Não, ele disse que vamos com os pais adotivos dele.

– E isso não te incomoda? – Nego com a cabeça. – Porque... sabe quem eles são, né?

– Eu deveria?

– Acho que sim. É o professor de Educação Física e a professora de Matemática. Bom, com ela você ainda não teve aula, mas com o senhor Johnson, sim.

– Sério? – Já cheguei a ver Jared e o professor juntos, mas achei simplesmente que se davam bem porque no ano passado Jared fez parte da equipe de atletismo. – Então eles são Peter e Lizy?

– Sim, amiga, você não sabe da história? Ah, claro, isso foi um ano antes de você entrar no colégio... Eles conseguiram a guarda provisória e, pelo que você diz, creio que já o adotaram.

Martha não fala mais nada e volta a parecer tristonha. Ela está meio melancólica desde ontem, mas não consigo lembrar o que aconteceu com ela nessa época e ainda não havia tido oportunidade de perguntar. Imagino que ela vai esperar que eu pergunte algo sobre a adoção de Jared, mas seu estado de ânimo me preocupa mais.

– Ei, você está bem? Estou te sentindo estranha o dia todo.

– Fora o fato de minha avó ter gastado setecentos dólares em telefonemas para uma médium, estou ótima.

Tapei a boca, surpresa. Lembrava que isso havia ocorrido no último ano do ensino médio, mas não nesta época.

– Ai, Motty, sinto muito. – Tento me mostrar o mais espantada possível. – Como vocês estão?

– Péssimos. Minha vó sempre foi a pessoa mais centrada do mundo... Agora tentando falar com o vô! Ele morreu há tantos anos, Ton! Isso não entra na minha cabeça.

Sento-me junto dela e a abraço. Então me lembro de mim mesma, há algumas "semanas", no dia em que entrei na consulta da bruxa. Ela prometeu que me traria de volta para eu resolver algumas questões e aceitei, mesmo achando que pudesse ser tudo uma fraude.

Ainda bem que não foi, como no caso da avó de Martha.

— Acho que, no desespero, as pessoas tomam decisões irracionais — penso em voz alta.

— Só que essa decisão irracional vai custar à minha família uma mensalidade extra da hipoteca — lamenta.

Sinto uma pressão no peito. Desde que voltei ao passado, é a primeira vez que não estou feliz por ter concordado com essa viagem. Fico mal por Martha ter de passar de novo por esta situação tão desagradável. Ainda que ela não saiba que já chorou antes por sua avó — mas eu, sim.

Jared e seus pais me buscam às seis da tarde. Ainda bem que Martha me avisou que são professores do colégio, do contrário não tenho nem ideia de como reagiria ao vê-los.

— Oi, Charlotte — o professor de Educação Física cumprimenta. — Preparada para fazer vinte flexões?

— Peter! — a professora de Matemática o repreende, bem-humorada.

— Puxa, não posso nem brincar?

— Você não quer que nossa convidada fique constrangida, não é?

Na verdade, já estou, mas tudo bem. Ao menos já vim preparada.

Esboço um sorriso nervoso e me mantenho em silêncio enquanto eles falam de mim. Só agora noto que Jared está de terno. Só o vi assim no baile de formatura e lembro que estava bem charmoso.

— Está muito bonita, Charlotte — ele comenta com certa timidez.

Minhas bochechas começam a queimar. Não esperava o comentário, sobretudo na presença dos pais. Por sorte, eles continuam conversando e nem se tocaram.

— Você também.

Quando chegamos ao teatro, Jared me oferece o braço para que eu o segure. É claro que fico envergonhada por caminhar de braço dado com ele, mas estou vivendo o que sempre sonhei durante o ensino médio.

— É a primeira vez que vem à ópera? — a professora pergunta.

— É, sim, senhora Johnson.

— Pode me chamar de Felicity. Não estamos na escola. — Ri.

— Está bem, Felicity.

Trata-se da encenação de *Madama Butterfly*. Tento me guiar pelo contexto, já que é cantada em italiano. No entanto, nem preciso conhecer a língua para que o último ato me deixe arrasada.

— É muito triste — digo quando saímos do teatro.

— A ópera transforma as pessoas. Quando você sai do teatro, já não é a mesma pessoa que entrou — Jared comenta. — Isso foi o que eles me disseram quando me trouxeram pela primeira vez, há alguns anos. E estavam certos.

O senhor Johnson e a esposa querem saber o que achei da experiência. É interessante vê-los em um contexto diferente do que estou acostumada, no colégio, principalmente o professor. Ele se mostra bastante risonho comigo, nada a ver com o dia a dia na Educação Física. Na verdade, achava que ele não gostava de mim.

Então me convidam para jantar em um restaurante próximo ao teatro. Por azar, no caminho encontramos dois amigos de Jared. Com certeza isso vai me tirar a tranquilidade.

— Essa menina não frequenta o mesmo colégio que a gente? — um dos garotos pergunta, depois de falar um pouco com Jared.

— Sim.

— Você é rápido, hein? — Dá um tapinha nas costas de Jared. — Mal terminou com a Alaska e já tem uma nova conquista. Nos vemos na segunda, "arrasa-corações"!

Nunca gostei dos amigos dele, e agora menos ainda ao ser reduzida a uma "conquista". O que me consola é lembrar que no presente

— ou futuro, já que voltei no tempo — parece que Jared já não tem contato com eles.

— Ela não... é... — começa a falar, meio sem graça, mas não tem tempo de se explicar, porque seus amigos já estão indo embora.

A senhora Johnson balança a cabeça em desaprovação.

— Não gosto nada desses garotos, Jared — comenta. — Desse grupinho com quem você costuma sair, a mais simpática é a Alaska.

Durante o jantar, os professores se interessam em me conhecer melhor e me perguntam o que penso fazer depois do ensino médio.

— Vou estudar Arte na UCLA. Quer dizer, se me aceitarem — corrijo o excesso de segurança com que me expressei. Afinal de contas, supõe-se que ainda não sei que serei admitida. — Adoro arte abstrata. Na verdade, eu pinto.

— Olha, como a Alaska! — Felicity exclama. — Bom, ela não pinta, mas é completamente apaixonada por arte.

— Eu adoraria ver seus quadros — Jared me pede.

Abro um sorriso que me delata. Adoro quando alguém demonstra interesse pela minha arte. Por fim, não consigo me controlar e pego o celular para mostrar-lhes algumas fotos que tenho dos meus quadros.

— Adorei esse! — Jared diz. — O que significam esses triângulos verdes e marrons?

Ele se refere a *Outono decadente*, que pintei aos quinze anos.

— Simbolizam a melancolia que sentimos no outono, indo em direção ao inverno. Quanto desejamos que a primavera chegue quando o verão ficou para trás.

— Uau, Charlotte! Adorei. Você é boa nisso.

Meu sorriso se alarga ainda mais com essas palavras.

— Obrigada. Acabei de me inscrever no Concurso de Arte do Congresso... Estou nervosa.

— Claro que vai ganhar. Você tem talento.

Sinto que enrubesci outra vez. Será que ele realmente acredita que tenho chance?

Depois do jantar, Peter e Felicity me levam para casa. Jared sai do carro comigo para me acompanhar até a porta.

– Obrigado por ter vindo – ele agradece. – Me diverti bastante.

– Eu que agradeço pelo convite, Jared. Faz... faz tempo que eu precisava disso.

E nos abraçamos. Tomara que seja o primeiro de muitos abraços futuros.

Vá para o PRÓXIMO CAPÍTULO →

CAPÍTULO 66

Na segunda-feira, ao entrar no colégio, escuto cochichos por onde passo. Não quero parecer paranoica, então decido ignorá-los e me apresso para ver meus amigos.

No entanto, não consigo me livrar de alguns olhares e risinhos que me irritam profundamente.

— Pode-se saber o que acontece com todo mundo? — Martha protesta, pois já notou o alvoroço entre os alunos.

— Não sei. Tem alguma coisa no meu cabelo?

— Talvez seja a roupa nova — Tyler sugere, dando de ombros. — É legal, mas é...

— Inusitada — completa Martha. — Ao menos em você.

Não sei se agradeço ou se pergunto se "inusitada" significa algo bom ou ruim.

Nem tenho tempo de dizer nada: alguns meninos da minha classe passam por mim rindo e espalhando beijinhos pelo ar.

— Você brigou com o namorado?

— Está tão séria. Pede um beijinho para o Jared.

— Como é?! — Martha pergunta, os olhos arregalados.

Estou tão espantada quanto ela. Eles não param, continuam andando sem parar de falar e nem consigo me manifestar.

Conforme as horas passam, começo a entender melhor o que está ocorrendo: os amigos de Jared que nos viram perto do teatro espalharam a fofoca de que estamos namorando e, agora, somos o assunto do colégio. Inclusive noto Alaska bem estranha quando passa por mim no corredor – quase nem olha na minha cara.

Como não aguento mais os risinhos e comentários, vou antes para a aula de História para tirar satisfações com Jared. Por sorte, eu o encontro sozinho.

– Ei, Jared, o que está acontecendo?

Ao menos se mostra culpado, o que já é alguma coisa.

– Meus amigos... aqueles que nos viram juntos. Pensaram o que não deviam e saíram contando para todo mundo... Sinto muito, Charlotte, por ter de passar por isso.

– Isso está acontecendo porque aceitei ir à ópera... E porque sou uma idiota.

– Não, é porque não sei como enfrentar esses moleques.

Isso também. Mas estou com tanta raiva que não sei como expressar minhas emoções. Então, a única coisa que consigo dizer é:

– E o que você pensa fazer a respeito?

Jared fica quieto e encolhe os ombros. Frustrada, depois de passar o dia inteiro aguentando as piadinhas, dou-lhe as costas e vou para o meu lugar. Justo nesse momento, chegam seus amiguinhos, que voltam a fazer chacota comigo.

Cerro os punhos. Não posso acreditar que esse é o garoto de quem eu gosto: um covarde, arrogante. Como é possível que não seja capaz de contar aos amigos que não estamos namorando e desmentir as coisas que estão dizendo de mim? Se fiquei incomodada no sábado porque me reduziram a uma simples "conquista", agora me sinto nauseada... E ele nem sequer respondeu à minha pergunta, o que certamente significa que não vai fazer nada, óbvio. Porque isso não o afeta. Porque vai ficar com a fama de pegador, o gostosão do colégio, enquanto sou a garotinha que se rendeu aos seus encantos.

Que ódio.

Sinto o olhar de Jared em minha nuca o tempo todo. Quando toca o sinal, saio depressa da sala antes que ele possa me dizer qualquer coisa.

Vá para o PRÓXIMO CAPÍTULO →

CAPÍTULO 67

Ao longo da semana tenho de aguentar a saraivada de comentários e olhares dirigidos a mim e a Jared. Felizmente, com o passar dos dias vou lidando melhor com a situação, porque, afinal, falta pouco para acabar o ensino médio – novamente.

O pior, sem dúvida, é nossa apresentação sobre os Estados Unidos na Segunda Guerra Mundial. A classe fica numa grande agitação, os colegas rindo e cochichando a nosso respeito enquanto falamos, tanto que a professora precisa pedir silêncio várias vezes interrompendo a exposição. O tempo todo estou morrendo de vergonha e, num dado momento, perco a linha de raciocínio e tenho de voltar os slides para retomar o conteúdo. Sei que isso afetará nossa nota, mas ficar sem ter o que dizer também afetaria.

– Ótimo! – a professora diz quando terminamos. – Vocês se saíram bem demais, apesar do péssimo comportamento dos colegas. Vocês ficarão com um A+.

Ao escutar nossa nota, Jared se aproxima de mim e me abraça com tanto entusiasmo que quase me tira do chão. Sua euforia espontânea provoca um novo burburinho na sala. Eu me desvencilho o mais rápido que posso de seus braços, tensa.

Continuo com raiva, porque ele não fez nada para me proteger e conter os rumores. Por outro lado, não posso negar que esse abraço fez meu coração disparar.

Não encontrei o Jared nos outros dias da semana. Na verdade, percebo que a melhor maneira de me esquivar das fofocas é não deixar que me vejam com ele. Contudo, isso não dura muito tempo. Na sexta-feira, de longe enxergo-o chorando no gramado e o impacto da cena me faz ir ao seu encontro como se minhas pernas se movessem sozinhas.

Mesmo já imaginando o motivo, pergunto:

– Jared, você está bem?

Ele seca as lágrimas no casaco, mas não tenta esconder o choro. Gosto disso nele, nunca tem medo de se mostrar vulnerável.

– Sinto muito a falta da Alaska – confessa.

– Imaginei.

– É tão óbvio assim?

Desde que começaram os rumores sobre nosso suposto namoro, notei que Alaska se afastou de Jared. Calculo que se sentiu magoada ao imaginar que o ex-namorado ficou tão pouco tempo de "luto" pelo fim do relacionamento.

– Mais ou menos.

Jared inspira profundamente e esconde o rosto nos braços, cruzados sobre os joelhos. Em silêncio, espero que ele me conte o que está acontecendo.

– Não sinto falta dela como namorada, que fique claro, mas como amiga. Desde que terminamos, perdi minha melhor amiga. E não consigo entender! Foi ela quem me deixou, então achei que, como não fiquei magoado com sua decisão, continuaríamos nos vendo, nada mudaria... Se tem de ter alguém contrariado com essa situação, sou eu. Eu poderia ter ficado com raiva, me afastar, e não o contrário. Ela está cada vez mais fria comigo. – Ele seca as lágrimas. – Mesmo sabendo o que ela significa pra mim.

Fico apreensiva ao ouvi-lo, porque sei que se refere a um passado que nunca conheci.

— Então deixa pra lá, tenta esquecer — digo, tentando ajudá-lo.

— Pode parecer fácil pra você, mas não é pra mim.

Ele parece muito magoado. Sua dor me desperta empatia.

— Já te contaram como eu era antes, né? — pergunta.

— Não. Mas suponho que essa é uma história que pertence a você.

Jared comprime os lábios.

— Sim, mas é estranho que ninguém ainda tenha te contado a história de "Jared, o menino problemático". Não posso culpar ninguém. Eu realmente estava sempre envolvido em brigas e outras confusões. Segundo a psiquiatra, eu sofria de um desequilíbrio emocional muito forte, devido às condições da minha casa. Não estou me justificando, nada disso, mas a médica me dizia que é muito difícil não reproduzir os comportamentos com os quais se convive dentro de casa.

Fica em silêncio, e eu não pergunto nada, porque me parece um assunto muito íntimo. Dentro de mim, no entanto, agradeço a confiança que ele está depositando em mim.

Então ele continua.

— Mais de uma vez eu fui suspenso das aulas, queriam me expulsar do colégio. Os professores já estavam fartos de mim... Achavam que era um caso perdido, que não valia a pena perder nem mais um minuto comigo. Mas Peter começou a prestar atenção e percebeu que algo mais grave estava acontecendo. Daí ele tentou se aproximar, ser meu amigo, até compreender uma série de indícios de que eu... Bem, chamou o conselho tutelar.

Nesse momento, aperto seu ombro suavemente para reconfortá-lo um pouco.

— E então te adotaram.

— Primeiro conseguiram a guarda provisória. Demorou bastante para que a adoção fosse autorizada. Não sei, talvez o juiz estivesse aguardando mais um tempo, para o caso de eu querer voltar a viver com os degenerados com quem compartilho meu DNA. Enfim, Peter e Lizy se esforçaram para que eu me integrasse no colégio. Me inscreveram no clube de atletismo, no time de futebol... Nada funcionava. Mas daí comecei a fazer amigos, esses de agora. E Alaska foi a primeira, me ajudou a aceitar que também merecia viver coisas boas.

— É por isso que você não suporta perdê-la como amiga — falo em um quase murmúrio.

— Exatamente.

— Dê um tempo a ela. Tenho certeza de que vai voltar. Como você disse, Alaska sabe o que essa amizade significa pra você.

Jared encolhe os ombros e fica alguns segundos em silêncio. Depois, de repente, me abraça forte de um jeito que volto a sentir meu coração palpitar. Como quando me abraçou por causa da nota de História.

— Obrigada por me escutar, Charlotte. Você é uma boa amiga. De verdade.

— Eu é que agradeço por você confiar em mim e contar sua história.

Vá para o CAPÍTULO 70 (página 317) →

CAPÍTULO 68

Não esperava que Alaska me fizesse esse pedido, mas, considerando a maneira como suas amigas a trataram e que a pessoa que era seu maior apoio é agora seu ex, faz sentido que me peça ajuda.

– Claro, pode contar comigo.

Vamos juntas para sua casa nesta tarde. Durante todo o caminho, Alaska está uma pilha de nervos.

– Não sei o que vai acontecer, Chars. E se tudo der errado?

– Você só está sendo fiel a si mesma. Nada de mau pode acontecer quando respeitamos a nossa essência, por mais que os outros não consigam entender.

Alaska sorri e parece tranquilizar-se um pouco. Depois, continuamos o caminho em silêncio, refletindo sobre a conversa que terá em questão de minutos.

Descubro que não moramos longe uma da outra, são apenas algumas quadras de distância. Alaska abre a porta da casa e anuncia que já chegou. Sua mãe aparece logo em seguida.

– Oi, filha. Trouxe uma visita?

Por algum motivo, Alaska ruboriza um pouco.

– É minha amiga, mãe.

– Oi, me chamo Charlotte – me apresento.

– Mãe, preciso falar com você – Alaska anuncia, ignorando as formalidades.

Seguimos as três para a sala. Assim que começa a falar, Alaska não consegue se conter e começa a chorar, possivelmente com medo da reação da mãe.

— Está me preocupando, filha. O que houve?

— Mãe, me expulsaram da equipe das líderes de torcida — diz, enxugando as lágrimas.

— Como?! Então vamos falar com a treinadora! — sua mãe reage prontamente. — Como podem fazer isso?! É uma vergonha!

Alaska agarra minha mão. É um movimento tão repentino que reajo por intuição: com o coração disparado, mantenho nossas mãos apertadas enquanto ela conta o que aconteceu.

— Na verdade... foi preciso que me expulsassem para eu ter coragem de sair. Nunca gostei de ser líder de torcida, mãe.

Um silêncio incômodo se prolonga diante de nós. Finalmente Alaska manifestava seus sentimentos sobre pertencer à equipe.

— Nunca? Mas você parecia tão contente por ser a capitã dos Silver Crocodiles, como eu... Por que não me falou quando se inscreveu?

— Eu estava feliz porque você estava, mas não era o que eu queria fazer. Assim como também não tenho vontade de... de estudar Biologia.

A última frase foi dita quase num sussurro. Seguro sua mão com mais força, para reafirmar meu apoio.

— Pois então não estude Biologia. Filha, você tinha medo de nos dizer isso?

Alaska abafa um grito com a mão. Mas, pela postura calma e receptiva enquanto a escutava, eu já imaginava que a mãe fosse entender sua escolha. Na verdade, Alaska estava se deixando levar pelos próprios medos, que agora se mostravam infundados.

— Achei que você não fosse gostar. E como a ideia era eu trabalhar depois com o tio no laboratório de bioquímica...

— Você nos conhece bem pouco, não é, senhorita?

Sua mãe se levanta em seguida e diz que vai chamar o marido. Embora a conversa tenha fluído muito bem, Alaska parece ainda muito nervosa e olha para mim angustiada.

— Ainda bem que você está aqui. Sério, não sei o que faria se não estivesse comigo.

— Pra isso são as amigas — respondo, o coração agitado. — Não se preocupe, que tudo vai dar certo.

A mãe de Alaska retorna e nós soltamos as mãos. Atrás dela vêm seu pai e o tio, que também se encontra na casa nesta tarde.

Alaska repete para eles tudo o que já disse à mãe e, da mesma forma, ambos a entendem perfeitamente e logo o demonstram.

— Mas, Alaska, a única coisa que queremos é que seja feliz. — Seu tio a abraça. — De que adianta ter a bióloga mais talentosa do mundo na minha empresa se não é o que você quer fazer?

— Eu não queria decepcionar vocês.

— Mesmo que algum dia nos decepcione, não quer dizer que vamos deixar de te amar. Diga, o que gostaria de estudar?

— Arte.

Tenho a impressão de que não acham tanta graça nisso. Mesmo assim, decidem apoiá-la.

Antes de ir embora, me despeço de todos. Ao me aproximar do tio de Alaska, no entanto, tenho a sensação de que já o vi em outra ocasião.

— Perdão, mas acho que conheço o senhor de algum lugar...

— Acho que não. Não me lembro de você e também não costumo sair na mídia.

Inclino a cabeça, meio em dúvida. Talvez o tenha confundido com outra pessoa.

— Mas você saiu na *Forbes* uns meses atrás! — exclama Alaska. — Não liga para o que ele diz, Charlotte. É dono do laboratório mais importante da...

O tio, porém, a faz calar com o olhar, do tipo que esconde um: "Alaska, não pega bem sair alardeando isso por aí".

Em seguida, Alaska se oferece para me levar em casa. Tento recusar, já que moro tão perto, mas ela diz que faz questão como agradecimento pela minha solidariedade.

— Por fim, tudo saiu muito bem — diz quando chegamos à minha casa. Desliga o carro e olha para mim.

Sorrio.

— Claro que sim, Alaska. Eu tinha quase certeza disso.

Alaska fica me olhando por alguns segundos. Depois, sem dizer nada, inclina-se em minha direção, me abraça e me beija. Assim, simplesmente. Sou pega de surpresa. Minha respiração fica meio entrecortada, e levo um tempo para entender o que está acontecendo entre nós. Mas logo retribuo o beijo. Nossos lábios se movem com suavidade e, fascinada, abro os meus quando sinto sua língua acariciá-los.

Não posso acreditar. Mas isto é real: Alaska me beijou. Na verdade, ainda estamos nos beijando. Alaska, a garota que no passado despertou em mim sentimentos que não consegui assumir, está me beijando.

Ao fim do que me parece muito pouco tempo, ela se afasta. Tem o rosto avermelhado e os lábios ainda úmidos. Olha pela janela do carro a seu lado, nervosa, e passa o dorso da mão na boca.

— Bom. Obrigada por sua ajuda, Chars. — A voz soa muito formal, embora gentil. Alaska parece querer ignorar o que acaba de acontecer entre nós. — Sem você não sei se conseguiria ir adiante.

Continuo sem ar. Nem escuto direito o que ela diz. Não consigo parar de pensar em nosso beijo.

– Sempre que precisar, estarei aqui – respondo, meio sem graça, porque não sei o que dizer.

– Está bem. – Por alguns instantes ela fica pensativa, ainda vermelha. – Olha, Charlotte, o que acabou de acontec...

– Gosto de você – digo repentinamente, um pouco trêmula. – Estou feliz por termos nos aproximado nesses últimos tempos. Gosto de ficar com você, e não só como amiga.

Como se o beijo não tivesse sido prova suficiente. Alaska me encara, confusa.

– Chars... achei que só eu me sentia assim. Sempre gostei de você, desde que te vi pela primeira vez, no ano passado.

– Mas pensei que até...

Eu me calo. Ia falar do beijo no baile de formatura, mas ainda não aconteceu.

– O que você pensou?

– Não... é que... Quero dizer... Jamais podia imaginar que você gostasse de mim mesmo namorando o Jared.

– Você não é a única que demorou a aceitar seus sentimentos.

Solto meu cinto de segurança e me aproximo dela com um sorriso. Agora sou eu quem a beija.

Vá para o PRÓXIMO CAPÍTULO →

CAPÍTULO 69

À noite, não consigo dormir. E não é pelo beijo de Alaska (não só). Não consigo parar de pensar em como Eleanor conseguiu o que queria. Então escrevo para Alaska.

> Estava aqui pensando que não podemos deixar
> que Eleanor se safe dessa.

No mesmo instante, recebo sua resposta:

> Às duas da madrugada?

> Claro, nós temos de fazer alguma coisa!

> Você não vai parar até
> que ela pague por isso, né?

> Exatamente. Aliás, tenho uma ideia.
> Vou falar com o meu melhor amigo, Lucas.

No dia seguinte, Alaska, Lucas e eu vamos ao campo de futebol, onde as líderes de torcida treinam sempre que o tempo está bom. Já devem estar no final, então poderemos pegar Eleanor sozinha.

— Você tem de ver as coisas que a tua namorada me arranja! — meu amigo brinca com Alaska, deixando-a envergonhada.

Namorada? Bem, ainda não falamos sobre isso.

— Tem certeza de que não se importa em me ajudar? — ela pergunta ao Lucas.

— Claro que não. É pra colocar um freio em uma *bully*? É meu esporte predileto!

O plano é que eu arme uma discussão com Eleanor enquanto Lucas, dissimuladamente, grava a conversa. Como não é aluno do Silver Bay, pode ficar por perto sem que ela suspeite que é meu amigo. Enquanto isso, Alaska avisa a treinadora, para que depois, juntas, ouçam o material.

Assim que nos separamos, Lucas e eu entramos no campo, cada um por um lado. Depois caminho com passos firmes até onde estão Eleanor e sua equipe.

— Uau, quem temos aqui! — A nova capitã se pavoneia ao me ver. — Olhem só se não é a esquisita.

A maioria das líderes começa a rir. Enquanto isso, percebo Lucas já "falando" ao celular.

— Quero conversar com você — exijo, ignorando as provocações. — A sós.

— Podemos conversar aqui mesmo.

— Está com medo de enfrentar a garota que chama de esquisita?

Suas amigas gritam um "uhuuu!" sarcástico, a fim de me provocar. Eu, no entanto, cruzo os braços para aparentar segurança.

— Não tenho medo de você. — Eleanor empina o nariz. — E você, tem medo da minha equipe?

— Você adoraria. Mas pessoas covardes que se escondem atrás de outras ainda mais covardes me fazem rir.

As outras garotas não sabem se compram briga comigo pelo que eu disse ou se vão embora. Por fim, obedecendo às ordens de Eleanor, a nova abelha-rainha, seguem para o vestiário.

— O que você quer?

Ao mesmo tempo que fala comigo, olha rapidamente para o meu amigo. Espero que não descubra o que ele está fazendo.

— Que me diga por que inventou para a treinadora aquela baboseira de que a Alaska jogou milk-shake na sua cara.

Claro que sei o motivo, mas falo em voz alta, para que Lucas grave todo o contexto.

— Porque avisei que ela se arrependeria de ter me enfrentado. Agora a capitã sou eu.

Fico sem palavras. Achei que ela levaria mais tempo para falar a verdade. Eleanor, sem dúvida, é ingênua demais para a perversa que é.

— A verdade é que ser sua amiga não traz nenhuma vantagem para Alaska. — Ela se aproxima de mim de forma invasiva e segura uma mecha do meu cabelo. Dou um passo atrás. — Agora vamos ver quem vai votar em Alaska para a rainha do baile.

Existe alguém mais superficial do que essa?

Nesse momento, Eleanor olha de novo para Lucas e percebe suas intenções.

— Está me gravando?

Engulo em seco ao ver que meu amigo faz diversos sinais para indicar que conversa ao celular.

— Você está me gravando! — Eleanor me agarra pelo pulso e não solta, por mais que eu tente. — Isto aqui é uma armadilha, sua esquisita de m...?

— Aqui está ela!

Às minhas costas, ouço Alaska, que vem acompanhada da treinadora. Ainda bem que chegam a tempo, do contrário a situação se complicaria.

— Quer me explicar o que está acontecendo? — a treinadora pergunta a Eleanor.

Lucas se aproxima e estende o celular na direção de Alaska e da treinadora. Começamos a escutar o material gravado.

— Vocês vão se arrepender. Juro que vão se arrepender! — Eleanor esbraveja, quase roxa de raiva.

Solto uma gargalhada ao vê-la desestabilizada, justamente o que eu pretendia. É o que basta para Eleanor me puxar, a fim de me bater.

— Ei, ei, ei! — A treinadora se coloca entre a gente. — Pare com isso, Eleanor! Quer, por favor, me explicar o que ouvi nesse maldito celular?

— Eu...

— Você tentou agredir uma colega de classe. Depois de ter acusado sua capitã de algo que ela não fez. Está fora da equipe, Eleanor, e vou pedir que te suspendam por uns dias. Por isso, inclusive, vai perder algumas provas finais.

Alaska, Lucas e eu aplaudimos a treinadora. Os olhos de Eleanor ficam marejados: ela vai chorar. Abro ainda mais meu sorriso.

Olho para Alaska e beijo-a na têmpora. Estou muito orgulhosa de termos conseguido restaurar a ordem natural das coisas.

— Alaska, quero me desculpar por ter acreditado em Eleanor — a treinadora reconhece. — Bem-vinda de volta ao grupo, capitã.

Alaska respira fundo antes de responder.

— Obrigada, treinadora, mas não penso em voltar para a equipe. — E se aproxima de mim e do Lucas: — Que tal um milk-shake? — convida, abraçando-nos pela cintura.

Enquanto saímos do campo, as líderes de torcida retornam do vestiário e nos bombardeiam com pedidos de desculpas.

– Alaska, como você está?

– Sempre acreditamos em você, mas ficamos com medo.

– Finalmente acabou o reinado de horror de Eleanor!

Alaska joga a cabeça para trás, força uma longa gargalhada e, em seguida, olha para as garotas com desprezo.

– Ah, claro, meninas... Danem-se vocês!

E vamos embora.

Vá para o CAPÍTULO 71 (página 320) →

CAPÍTULO 70

Jared se acalma, mas acho que é melhor não ir embora e deixá-lo assim.
— Quer dar uma volta? — pergunto sem pensar muito.
Ele parece surpreso com meu convite repentino, mas, pelo sorriso que vejo, tenho certeza de que gostou da proposta.
— Aonde quer ir, Charlotte?
— Me leve ao... ao seu cantinho preferido no mundo — digo, em parte de improviso, mas também por curiosidade.
Pode até ter soado poético demais, mas ele não parece se incomodar.
— Você gosta de videogame?
— Já joguei *League of Legends* algumas vezes com a Martha e o Tyler, mas sou muito ruim. Isso conta?
Jared ri.
— Bom, já é alguma coisa. Gosto tanto de videogame quanto você gosta de arte.
— Pensa em se dedicar a essa área?
— Não, nada a ver. Quero me formar em Serviço Social. Fazer o possível para que nenhuma criança passe pelo que passei.
Meu coração fica apertado ao ouvi-lo falar com tanta naturalidade sobre esse assunto, tanto que não consigo responder nada.
Jared não diz para onde estamos indo até chegarmos. Fico atordoada enquanto examino a imensa variedade de máquinas dos anos 1980. Devido ao horário, neste meio de tarde, estamos quase sozinhos.

— Este é o único fliperama que resta aberto na cidade — ele assegura. — É o meu refúgio desde os doze anos.

Fico emocionada. Não só por ter me trazido ao seu canto favorito, mas por ser o lugar que o ajudou a superar os horrores do passado.

— Olha, esta é a máquina de que eu mais gosto. — Coloca uma ficha. — O Galaga. Parece um jogo bobo, mas me distraiu um milhão de vezes.

— É o das moscas que ficam voando em grupo?

— São marcianos... Mas, sim, é. Quer experimentar?

Lembro-me de ter jogado quando era bem pequena, mas ainda sei como funcionam os comandos. Os primeiros níveis, supero sem problemas. Porém, há um momento em que aparecem mais aliens do que minha nave pode destruir.

— Para a direita! — Jared me indica. — Charlotte, vão te matar!

— Há muitas moscas!

— São marcianos!

E, por fim, me matam.

— Vai, deixa comigo — ele diz entre risadas. — Você vai ver como vou fazer mais pontos que você.

Por sorte minha (e azar dele), Jared perde no segundo nível. Não consigo parar de rir vendo sua cara de frustração. Chego a chorar.

— O controle não funcionou quando tentei escapar — diz como desculpa. Bem esfarrapada, por sinal.

— Ah, tá!

Disputamos mais algumas partidas no Galaga e, depois, vamos para outras máquinas: Asteroides, PacMan... Mas a que eu mais curto, sem dúvida, é a do Mortal Kombat. Principalmente porque adoro irritar o Jared cada vez que ganho.

— Este botão não funciona! — Aperta com brutalidade e repetidamente enquanto meu personagem dá uma surra no dele. — Assim não vale, isso é trapaça! Vamos mudar, você fica no meu lugar.

No entanto, quando trocamos as posições, continuo ganhando.

– Assuma, Jared, você é muito ruim.

– Claro que não! – Coloca as mãos na cintura. – É que as partidas de hoje estão amaldiçoadas. Se não for isso, não há outra explicação.

Volto a cair na risada e ele me acompanha.

Quando nossas fichas acabam, proponho sair para tomar alguma coisa e descansar um pouco.

– Escuta, Charlotte, sinto demais pelo que aconteceu no colégio. Eu... achei que iriam esquecer logo.

Paro de beber meu suco e o encaro. Não esperava que fosse tocar nesse assunto. Acho legal ele admitir sua responsabilidade, mas estou amando a nossa tarde e o que menos quero é retomar algo tão desagradável.

– Obrigada, Jared, mas já está esquecido. Agora prefiro pensar em outra coisa.

– Sim, sim, claro.

Depois de conversar mais um pouco, nos dirigimos ao ponto de ônibus para voltar às nossas casas.

– Adorei nosso passeio, Jared – admito.

A verdade é que me sinto renovada depois de um encontro tão feliz. Para que mentir?

– Eu também, Charlotte. Quem dera tivéssemos sido amigos em todo o ensino médio. Você é uma pessoa muito divertida.

Se ele soubesse que no outro passado nunca chegamos nem a conversar...

No entanto, o destino foi alterado para melhor agora.

– Antes tarde do que nunca. – Dou uma piscadinha para ele.

Vá para o PRÓXIMO CAPÍTULO →

CAPÍTULO 71

Nos dias seguintes, ando tão focada nos exames finais que me esqueço do Concurso de Arte do Congresso. Por isso, quando recebo a mensagem de convite para a cerimônia de premiação do meu estado, ignoro-a, porque estou ocupada com os estudos. Além disso, sei que as chances de ganhar são nulas e assumo que perdi.

No entanto, quando chego à aula de Pintura, o senhor Rochester me recebe com aplausos.

– Quero que todos aplaudam a Charlotte, a vencedora do nosso distrito no Concurso de Arte do Congresso.

Congelo ao ver meus colegas celebrarem.

– Eu ganhei?!

Eu me sinto meio zonza, incrédula. Entre os milhares de concorrentes no meu distrito, escolheram a mim. A mim!

"Quebrou a cara, Dylan Franco. As pessoas gostam da minha arte", penso de cara.

– Parabéns! – o professor me felicita.

– Não sei o que dizer... Nem fui à entrega dos prêmios porque estava certa de que tinha perdido.

– Charlotte, você tem pouca fé em si mesma. Espero que esse prêmio seja seu talismã para quando não confiar o suficiente no seu talento.

Meus amigos receberam a notícia com muita alegria, inclusive a pessoa especial que ocupa um lugar cada vez maior no meu coração.

Eu sabia que você ia conseguir.

Assim que os exames terminam, somos convidados à exposição no Capitólio. Fui com minha mãe, meu pai, o senhor Rochester e Martha. Fico muito contente por convidar minha melhor amiga. Ela sempre fez questão de que eu participasse de suas conquistas no presente original e quero fazer o mesmo com ela.

Choro quando vejo *Morte rubra* exposto ao lado de outros quadros do meu estado. Tantos anos achando que minha arte não valia nada e agora tenho a confirmação de que estava errada... E não fiz absolutamente nada de extraordinário neste passado alternativo, só aceitei os desafios que há quatro anos recusei.

Sempre haverá gente que dirá que meu talento é insuficiente, e não posso evitar que isso aconteça. Mas o pior crime que um artista pode cometer é menosprezar sua criatividade, porque essa é uma forma de autodepreciação.

– Eis a pintura da minha menina! – meu pai grita. – Venha aqui que quero tirar uma foto!

Primeiro tiro uma foto sozinha. Depois, tiro outra com o senhor Rochester, que fica do outro lado do quadro.

– Sua filha tem um talento extraordinário – meu professor me elogia. – Desejo um grande futuro na arte para ela.

Olho para minha melhor amiga. Assim como há algumas semanas, ela se esforça para sorrir. Eu a conheço muito bem, e essa não é sua expressão quando está genuinamente feliz com alguma coisa.

Então me sinto refletida nela. Assim como dentro de quatro anos terei sentimentos contraditórios diante do seu sucesso, hoje está acontecendo com ela. Não vou mentir, é uma sensação desagradável perceber que Martha não está feliz com minha vitória, mas quem sou eu para julgá-la?

Nesta noite ficamos acordadas até tarde no quarto do hotel. Quando me sinto à vontade para tocar no assunto, pergunto:

— Motty, queria saber uma coisa. Você está bem?

Martha franze o cenho.

— Sim! Por quê?

— Achei você meio emburrada na exposição. Sei que você está contente por mim, mas às vezes não parecia.

— Está dando uma de psicóloga agora?

É normal que fique na defensiva. Talvez eu também fizesse o mesmo se a Martha da outra linha temporal tentasse questionar minhas inseguranças.

— Motty, você é a minha melhor amiga. Te conheço como se fosse sua mãe.

— Você me conhece há um ano e pouco, Charlotte. — Eu me assusto ao escutá-la dizer meu nome inteiro. — Sim, nos damos bem, ok. Mas não quer dizer que seremos melhores amigas para sempre. Uhuuu, *the besties*! — Ergue as mãos para o alto e balança-as de forma jocosa.

Claro, ela não sabe que continuamos amigas quase seis anos depois. Por isso meu vínculo com ela é mais forte que o dela comigo — trata-se de um fator temporal.

— Só quero que saiba que… Bem, não me importa se você não está conseguindo lidar com as emoções. Quero dizer, nunca me senti inferior por isso. É algo completamente humano. Nos últimos meses aconteceu comigo também em relação a você.

Como eu imaginava, Martha não consegue entender o que digo, porque isso ainda não aconteceu.

— Não sei em qual aspecto você se compara comigo — fala, bufando.

— É que você é uma pessoa que tem muito valor, mas não está enxergando isso.

Percebo que Martha vai começar a chorar a qualquer momento.

— Não fui aceita na Stanford.

Tento parecer surpresa diante da notícia que já conheço.

— Ton, me comunicaram há algumas semanas, mas não tive coragem de te contar. Sei que você deu duro para conseguir esse prêmio... Só que às vezes eu fico pensando: por que você, e eu não? Por que as coisas dão certo pra você, e pra mim, não? Quero que as coisas deem certo pra você, é óbvio, mas pra mim, também.

Há uma razão para sermos melhores amigas: é a mesma sensação de inveja e frustração que tive nos últimos meses.

— Olha, Motty, não vou negar que é doloroso ouvir isso, mas seria hipocrisia da minha parte se eu não entendesse.

— Sei que você merece tudo isso, Ton. E muito. O problema é que me sinto uma perdedora.

— Meu sucesso não anula o seu. — Fico surpresa com minhas próprias palavras — Você é maravilhosa, Motty. Aliás, um passarinho me contou que no futuro você vai inspirar milhares e milhares de pessoas.

Não acrescento mais nada, porque não quero modificar o futuro brilhante da minha amiga por contar além do que devo.

— Você acha?

— Com certeza! As pessoas vão te reconhecer na rua e perguntar: "Você é Martha Smith, a psicóloga que tem me ajudado tanto?". E você dirá: "Sim, sou eu, a melhor psicóloga do mundo".

— Que belo roteiro você montou, hein?

— Sempre.

Minha melhor amiga me abraça com força e chora comigo. À medida que nossas emoções transbordam, percebo que já não me sinto ameaçada diante do seu sucesso. E não porque ganhei um concurso, mas porque aprendi que as coisas podem dar certo para nós duas. Esta vida não é uma competição; ambas podemos brilhar ao mesmo tempo.

Creio que a Martha de quatro anos mais adiante já sabe disso.

Se Charlotte escolhe ficar com Alaska, vá para o PRÓXIMO CAPÍTULO →
**Se Charlotte escolhe ficar com Jared, vá para o CAPÍTULO 74
(página 332)** →

CAPÍTULO 72

O final do ensino médio chega mais cedo do que eu imaginava. Terminados os exames, agora só falta o baile e, depois, a cerimônia de formatura com a entrega do diploma.

Gostaria que minha acompanhante para a noite do baile fosse Alaska. Ainda não conversamos sobre em que ponto está nossa relação (apesar do comentário de Lucas), mas passamos juntas todo o tempo que podemos, e ela celebrou mais do que ninguém quando ganhei o concurso.

Acho que sem seu apoio eu não teria progredido tanto. Cada vez que penso em como minha vida mudou desde que decidi dar uma nova chance à nossa relação, volto a sentir umas borboletas no estômago.

Certo dia, Alaska me puxa até meu armário no colégio e me pede que o abra. Em seu interior, havia colocado um buquê de rosas e um bilhete com letras fosforescentes com a pergunta:

– Quer ser meu par no baile? – leio em voz alta, totalmente surpresa. – Você descobriu a combinação do meu armário?

– Motty me deu a letra.

Nunca imaginaria que um dia as duas pudessem se dar bem, nem nesta realidade nem em nenhuma outra. Porém, a vida me surpreende o tempo todo.

– Ah, claro que vou. – Dou um leve beijo nos seus lábios. – Vou com você ao baile. Mas isso significa que somos...? – Interrompo a frase, meio encabulada.

Olho para o chão, e ela toma as minhas mãos.

– Sim, se você quiser – diz com um sorriso tímido. – Eu ficaria muito feliz se você quisesse ser minha namorada.

Sinto meus olhos marejarem.

– Quero, sim, Alaska. Muito.

Neste sábado, ponho um vestido de alças verde-claro que realça a cor dos meus olhos castanhos. Prendo meu cabelo num coque. Minha mãe é um mar de lágrimas, então olho para o meu pai, para não chorar também. Não foi de grande ajuda, pois ele também está com os olhos marejados.

– Charlotte, sua mãe e eu estamos muito orgulhosos de você – diz com a voz embargada.

Sei que não se refere somente ao baile, mas também ao concurso. Então o abraço.

– E eu, de vocês. Obrigada por estarem sempre ao meu lado.

Nesse momento, toca a campainha e sei que é Alaska com seus pais.

– Você está linda! – dizemos juntas, em uníssono, e caímos na risada. Os cachos dos nossos penteados balançam e se entrelaçam, graciosos.

Enquanto coloco o ramalhete de flores em seu pulso, nossas famílias tiram fotos de nós duas. Para mim, esses instantes como modelo fotográfico são um tormento, me parecem excessivos. No entanto, Alaska ainda insiste que posemos para mais fotos juntas.

Quando finalmente terminamos, vamos para o ginásio do colégio, onde o baile vai se realizar. Compartilhamos a limusine com Martha e Tyler – que decidiram ir juntos "como amigos" –, além de Jared com uma colega das aulas de Tecnologia.

Embora esta noite faça parte de meu outro passado, vivencio-a como se nunca houvesse existido. Alaska e eu dançamos até doerem nossos pés e precisarmos parar para descansar e tomar um refresco.

Na metade da noite, após a votação, os organizadores da festa anunciam quem são o rei e a rainha do baile. Assim como há quatro anos, os escolhidos são Jared e Alaska, o que faz minha namorada (ainda não me acostumei, mas gosto de chamá-la assim) dar pulos de alegria, maravilhada. Imagino que ela não esperava ganhar, por causa do que aconteceu com Eleanor. De canto de olho, consigo perceber a irritação de sua ex-amiga com o resultado.

Orgulhosa, eu me preparo para fazer um vídeo de Jared e minha namorada enquanto são coroados. No entanto, no momento de receber a coroa, ele recusa a insígnia. Vai até o microfone e explica sua decisão:

— Nesta noite, penso que não sou eu quem deve ocupar este lugar. Alaska merece estar ao lado da sua rainha. Charlotte, poderia vir ao palco?

Minhas mãos tremem enquanto abaixo o celular. Por um momento, acredito que todos vão vaiá-lo por não respeitar a votação. No entanto, quando o aplaudem, entendo que concordam com Jared.

Martha pega meu celular para filmar o momento em que serei coroada como segunda rainha da noite. Os aplausos se intensificam quando Alaska me ajuda a subir ao palco e em seguida me beija.

Eu, rainha junto com Alaska, não consigo pensar em um desfecho mais acertado para uma noite que já transcorre perfeita. Assim que nos coroam e tiram as fotografias de praxe, somos convidadas a ir até o centro do salão para dançar.

Quase não posso acreditar quando escuto os primeiros acordes de "Fearless", de Taylor Swift — a nossa música!

— Pedi para colocarem essa canção um pouco antes de você subir ao palco — Alaska confessa. — Não pude pensar numa escolha melhor.

Enquanto dançamos, lembro que faz quatro anos que beijei Alaska pela primeira vez. E também que lhe dei um *ghosting*. Ao menos desta vez a história é outra e, por fim, estamos como deveria ter sido desde o início. Juntas. Eu e ela.

— Esta é nossa noite — murmuro.

— Sem dúvida que é.

Mesmo que ela não entenda por que estou dizendo isso.

Assim que a música termina, tudo começa a girar de repente. Sinto vertigem e ao meu redor só consigo enxergar uma grande névoa.

Então, escuto uma voz bem distante. A voz da bruxa: "Charlotte, você quer continuar nesta realidade? Ou gostaria de voltar para casa?".

Havia esquecido que, em algum momento, a bruxa apareceria para me lembrar que não pertenço a esta realidade. Mas não, não quero decidir nada neste momento. Não em uma das melhores noites da minha vida.

"Preciso de mais tempo. Este não é o momento", penso.

"O momento é agora. Você tem de escolher", a voz insiste.

Se Charlotte escolhe continuar nesta realidade, vá para o PRÓXIMO CAPÍTULO →

Se Charlotte escolhe voltar ao presente, vá para o CAPÍTULO 97 (página 408) →

CAPÍTULO 73
NOSSA VERSÃO NA TELA

Não tenho muito tempo para pensar na resposta. No entanto, basta ver como meu passado melhorou. Sim, viverei outra vez os quatro anos de diferença, mas isso não será um fardo ao lado de Alaska.

"Decido ficar", penso.

"Que seja como você quer." E a voz da bruxa desaparece da minha cabeça.

– Charlotte, você está bem? – A voz da minha namorada está carregada de preocupação.

– Melhor do que nunca.

A partir daqui, minha realidade não tem nada a ver com a que vivi na dimensão original. Sim, vou para a UCLA estudar Arte como na primeira vez, mas agora estabeleço os contatos que nunca consegui fazer. Além disso, meu sucesso no concurso do Congresso faz que me observem com outros olhares.

Alaska e eu mantemos nosso relacionamento a distância durante os anos em que estamos na universidade, já que ela vai para Yale para cursar Arte também. No entanto, nunca perdemos o amor e a paixão que sentimos uma pela outra e tentamos nos ver sempre que possível.

No último ano da faculdade, decidimos nos mudar para um apartamento depois de concluir nossos cursos. O lugar? Newlowhite

Springs, nossa cidade natal. Além disso, Alaska tem uma notícia para me dar.

– Quero abrir uma galeria, e meu tio vai me dar uma ajuda financeira. E eu gostaria que você fosse uma das primeiras artistas a expor.

Embora também esteja se especializando em Arte, Alaska sempre teve muito claro que se dedicaria à parte administrativa.

– Pode contar comigo, meu amor.

Alaska não quer que eu participe do processo de montagem da galeria, porque pretende me fazer uma surpresa. Por isso, não me deixa visitar o espaço, nem mesmo quando já vivemos juntas ou quando cedo algumas das minhas telas ao acervo da galeria. Alaska permite que eu vá somente no dia da inauguração.

Com meus olhos cobertos por um lenço, Alaska me guia por sua galeria e, quando retiro a venda, sou surpreendida pelos aplausos dos amigos, da família e de outras pessoas que não conheço. Observo atentamente o lugar onde estamos, porque não é a primeira vez que o vejo. É a mesma galeria na qual estive prestes a visitar no outro presente, a mesma para a qual Martha foi convidada após compartilhar meu quadro em suas redes sociais.

Olho para o tio de Alaska. Por isso, quando o conheci, tive a impressão de que já o havia visto. Será que isso quer dizer que o destino, mais cedo ou mais tarde, faria com que eu me reencontrasse com Alaska? Uma Alaska que, por conta própria, havia tomado a decisão de ser ela mesma sem se importar com a opinião de seus familiares?

Voltei no tempo para chegar ao mesmo lugar? Será que vivi, afinal, outra versão de nós?

Mesmo assim, não me arrependo de ter mudado minha linha temporal, porque afetou não apenas minha relação conjugal, mas também minha autoestima e minha relação com a arte.

– Gostou, Chars? – Alaska me pergunta ao me ver calada.

Esboço um sorriso

– É magnífica. Mais incrível do que eu poderia imaginar.

Sem mais delongas, começo a discorrer sobre meu trabalho a conhecidos e desconhecidos. Nada neste mundo poderia melhorar o dia de hoje, um dia em que estou rodeada de amigos e parentes e é resultado de uma segunda chance que certa bruxa decidiu me dar.

Fim

CAPÍTULO 74

Depois de fazer o trabalho de História e todos os exames finais, Jared e eu continuamos próximos. Ainda bem que ninguém mais pensa que somos namorados. Já nem escutamos nenhum rumor a respeito.

O fim do ano está muito próximo e, de vez em quando, nós dois nos encontramos para estudar e jogar videogame. Certo dia, quando ainda faltava pouco para o baile de formatura (ao qual, imagino, irei com Martha e Tyler, como da outra vez), Jared se aproxima de mim antes da aula e pede para conversarmos a sós.

Não tenho nem ideia do que se trata, mas a seriedade com que fala comigo me impede de fazer qualquer tipo de gracejo.

– O que aconteceu?

– Charlotte... Não sei como começar, fico muito sem graça... – Como se mostra genuinamente nervoso, espero com paciência. Mesmo assim, toda essa hesitação me incomoda. Afinal de contas, somos amigos ou não? – É que não sei como me expressar, não depois do que te fiz passar...

Levanto uma sobrancelha. Será que surgiram mais fofocas sobre a gente?

– O que foi? Anda...

– É que... Bom. Olha. Fiquei pensando se você já tem um acompanhante para o baile de formatura. – Coça a nuca. – E se não tiver... se quiser, podemos ir juntos.

Arregalo os olhos, surpresa.

— Quem foi que te deu um *ghosting*? — brinco.

— O quê? Não! Não é nada disso. Você jamais seria meu plano B. É um encontro. Para irmos juntos de verdade. Eu precisava te dizer isso. Estou adiando há dias, mas ia falar com você.

Nas últimas semanas, nos tornamos amigos. Ainda assim, me sinto insegura, não sei se é uma boa aparecer no baile com ele. Toda a confusão depois da noite da ópera já me irritou o bastante. Não gostaria que o baile de formatura naufragasse por causa de uma situação parecida.

— E qual o motivo de você querer que eu seja o seu par? — pergunto, cismada. O coração bate tão forte no peito que quase dói.

— Porque eu gosto de você, Charlotte.

No outro passado, sempre fantasiei este momento. Imaginei tanto esta declaração que hoje só consigo encará-la como um desejo ilusório da minha mente. Por isso, não sei como reagir.

O Jared gosta de mim.

— Charlotte?

Sacudo a cabeça para voltar à realidade.

— Também gosto de você, Jared. Desde sempre.

Ele sorri, entre feliz e confuso.

— Quem diria!

— Quem diria? Por quê?

— Porque eu achava que era invisível para você — revela. — Bom, nós éramos um para o outro, pois pertencíamos a grupos diferentes, né? Mas nunca passou pela minha cabeça que você pudesse sentir o mesmo por mim.

E não é de se estranhar. Nunca tive vocação para paquerar e, no ensino médio, menos ainda. Além disso...

– Não gosto de me meter nos relacionamentos dos outros. Você estava com outra pessoa. – Faço uma pequena pausa. – Mas, sim, gosto de você, Jared. Depois que te conheci melhor, gosto mais ainda.

Seus olhos brilharam, assim como os meus.

– Então, você vai ao baile comigo? – ele volta a perguntar.

– Não consigo imaginar nada melhor.

Embora insegura com o que possa ocorrer, quero ir com Jared.

No sábado do baile de formatura, aguardo ansiosa a chegada do Jared. Ponho um vestido de alças verde-claro que realça a cor dos meus olhos castanhos. Prendo o cabelo num coque. Minha mãe é um mar de lágrimas, então olho para o meu pai, para não chorar também. Não foi de grande ajuda, pois ele também está com os olhos marejados.

– Charlotte, sua mãe e eu estamos muito orgulhosos de você – diz com voz embargada.

Sei que não se refere somente ao baile, mas também ao concurso. Então o abraço.

– E eu, de vocês. Obrigada por estarem sempre ao meu lado.

Nesse momento, toca a campainha e sei que é Jared com seus pais.

Abro a porta e ele fica ruborizado ao me ver. Eu também fico, mas, para que ninguém perceba, abaixo a cabeça. Tenho vontade de beijá-lo, mas damos apenas um abraço, porque perto dos nossos familiares não seria muito adequado.

Assim que nos afastamos, ele coloca um ramalhete de flores no meu pulso, enquanto nossos pais tiram fotos. Depois vamos para o ginásio do colégio, onde o baile vai se realizar. Na limusine, vamos só com Martha e Tyler, já que a relação de Jared e Alaska ainda anda meio tensa e ele prefere não ir no mesmo carro que ela. Para ser sincera, eu também.

Ao longo da noite, Jared e eu conversamos mais do que dançamos – apesar da dificuldade de nos entendermos, já que a música está altíssima. De todo modo, prefiro uma boa conversa a ficar com os pés doloridos.

Observo seus lábios de vez em quando, impaciente para beijá-los. Dou até algumas indiretas, com olhares e um certo jogo de corpo, insinuando-me, mas ele parece nem se dar conta.

Então, depois de tocarem algumas baladas românticas, enlaço seu pescoço com os braços e fito-o nos olhos. Colo meu corpo no dele e, pelo suspiro que ele dá, sei que consegui meu intento. Inclino minha cabeça para o lado, à espera e...

– E agora vamos apresentar o rei e a rainha da noite!

O clima ardente entre nós se desfaz no mesmo instante, e olhamos para o palco, onde estão os organizadores do evento para anunciar os eleitos. Se não me falha a memória, o rei e a rainha foram Jared e Alaska.

Por isso, quando ouço o nome dos dois, não me admiro. Meio constrangidos, ambos sobem ao palco e são coroados como as pessoas mais importantes da festa. Então descem para dançar juntos.

Enquanto aprecio a dança, noto que Jared e Alaska conversam amigavelmente. Deduzo que estão tentando resolver as diferenças das últimas semanas, e isso me deixa feliz. Vou, então, para perto de Martha e Tyler, pois imagino que ficarão juntos durante muito tempo. No entanto, assim que a música termina, Jared se afasta de Alaska e vem para o meu lado.

– Você não vai ficar com a sua rainha? – brinco.

– A única rainha desta noite pra mim é você, Charlotte. Vamos dançar? – convida, estendendo-me a mão.

Aceito, empolgada, e vamos para a pista. Em um dos giros que damos, meu cabelo se solta levemente e Jared afasta uma mecha do meu rosto.

Quando sinto seus dedos roçarem minha pele, meu coração acelera outra vez. Este é o momento, e nós dois sabemos disso.

Capturados por um encantamento do qual não queremos sair, fechamos os olhos e nos unimos em um beijo. A emoção que me invade é indescritível. Estou beijando Jared, meu *crush* do colégio, que já não é alguém distante – somente agora pude conhecê-lo, ao longo destas últimas semanas.

E estou adorando.

Entretanto, quando nos afastamos, tudo começa a girar de repente. Sinto vertigem, e ao meu redor só consigo enxergar uma grande névoa.

Então, escuto uma voz bem distante. A voz da bruxa: "Charlotte, você quer continuar nesta realidade? Ou gostaria de voltar para casa?".

Havia esquecido que, em algum momento, a bruxa apareceria para me lembrar que não pertenço a esta realidade. Mas não, não quero decidir nada neste momento. Não em uma das melhores noites da minha vida.

"Preciso de mais tempo. Este não é o momento", penso.

"O momento é agora. Você tem de escolher", a voz insiste.

Se Charlotte escolhe continuar nesta realidade, vá para o PRÓXIMO CAPÍTULO →

Se Charlotte escolhe voltar ao presente, vá para o CAPÍTULO 97 (página 408) →

CAPÍTULO 75
NOSSA VERSÃO COMO SEMPRE DESEJEI

Não tenho muito tempo para pensar na resposta. No entanto, basta ver como meu passado melhorou. Sim, viverei outra vez os quatro anos de diferença, mas isso não será um fardo ao lado dos meus. Entre eles, Jared.

"Decido ficar", penso.

"Que seja como você quer." E a voz da bruxa desaparece da minha cabeça.

– Charlotte, você teve uma vertigem?

A voz do meu acompanhante me assusta. Claro, ele acaba de me ver perder a noção da realidade e me afastar de mim mesma.

– Um pouco, mas já estou melhor.

E volto a beijá-lo. Então escuto os aplausos de Martha e Tyler, que passaram todos os anos do ensino médio me ouvindo falar do meu amor platônico.

Minha história com ele não termina aqui – ao contrário, começa *a partir* daqui, com a promessa de nos conhecermos melhor. Quando o verão começa, já somos oficialmente um casal. E, ao longo da universidade, nosso relacionamento continua, apesar de eu ir para a UCLA, para me formar em Arte, e ele, para a Universidade de Utah estudar Serviço Social. Mas nos vemos sempre que possível.

Após terminar a graduação e obter a licença para exercer a profissão, Jared recebe uma proposta para trabalhar em Nova York, em um centro de acolhimento para menores em risco. Seu sonho sempre foi poder ajudar crianças e adolescentes em situação de risco pessoal e social a encontrar a mesma qualidade de vida que ele conseguiu com os pais adotivos.

Embora eu esteja feliz por ele, sei que agora vem a conversa mais temida.

— Você quer vir comigo ou prefere ficar? Haja o que houver, não vai afetar a nossa relação. O trabalho em Nova York é temporário.

Depois de pensar muito, chego à conclusão de que é uma boa oportunidade para eu me mudar. Muitos professores da graduação têm conhecidos na cidade e podem me apresentar a essas pessoas. Diferentemente do outro passado, desta vez consegui fazer bons contatos na universidade, principalmente depois de ganhar o Concurso de Arte do Congresso.

Então, por fim, Jared e eu embarcamos nesta aventura que promete muitas realizações. Além dos familiares, Martha, Tyler e Lucas — nossos melhores amigos — nos ajudam com a mudança.

Jared e Alaska se reconciliaram, contudo a amizade entre os dois não é mais a mesma. Encontram-se uma vez ou outra, mas já não são tão chegados como antes.

Em Nova York, estamos instalados em um apartamento que dividimos com outro casal. Amanhã Jared assumirá o cargo de assistente social, e eu, de supervisora em uma pequena galeria de arte.

— Você vai ver, assim que conhecerem um pouco do seu trabalho artístico, vão logo querer expor suas telas.

Jared sempre me incentivou em relação à minha arte, até mesmo nos meus momentos de maior insegurança.

— Uma coisa de cada vez — respondo e dou-lhe um beijo. — Primeiro preciso arrasar como supervisora, depois veremos.

De todo modo, algo me diz que nessa galeria vou realizar minha primeira exposição. E, quando tenho uma intuição, nunca me engano.

FIM

CAPÍTULO 76

Quando fecho os olhos, só consigo pensar naquele Natal com Lucas, meu melhor amigo. Então não tenho dúvida: vou recuperar minha amizade com ele.

— Quero voltar a ver o Lucas, meu melhor amigo, no Natal de dois anos atrás.

— Está bem, vamos começar o processo. Feche os olhos. Preciso que você se lembre desse dia com a maior exatidão possível.

Obedeço e começo a visualizar o dia para o qual quero regressar. Revejo a mim mesma dentro do avião retornando para casa. Eu saía de um semestre intenso na UCLA e começavam, então, as férias de fim de ano.

Tento me lembrar da roupa que usava: um suéter preto e branco e uma calça de veludo cotelê branca. O celular em uma mão e um lenço na outra.

Eu havia chorado por causa do imbecil do Dylan Franco.

Enquanto vou recordando, minhas pálpebras começam a ficar pesadas – como naquele dia, em que meus olhos estavam muito inchados. Inclusive sinto arder as narinas, de tanto assoar o nariz.

Deveria ter escolhido voltar uns dias depois. Assim estaria me sentindo um pouco melhor...

Aperto os olhos com força, mas continuo me sentindo tão mal como daquela vez. Não é possível, será que já mudei de dimensão? Então, não é uma fraude. A viagem no tempo é real.

– Você está bem? – o passageiro ao lado me pergunta.

Abro os olhos e dou uma espiada pela janela do avião. Surpresa, toco o vidro e sinto a baixa temperatura que vem do lado de fora. Voltei.

– Oi? – insiste o passageiro, já que não lhe respondi.

– Sim, estou – respondo com a voz embargada.

Tento me tranquilizar. Dylan já não exerce nenhum poder sobre mim, portanto eu deveria conseguir acalmar minha mente. Felizmente, pego no sono e durmo por alguns minutos; quando acordo, me sinto melhor. Porém, o mal-estar volta assim que desbloqueio o celular e releio as mensagens que trocamos.

> Me deixe em paz, Dylan. Namorar você só me trouxe infelicidade. Estou farta das suas traições e de você ainda me dizer que é tudo fruto da minha cabeça...

Quem me trouxe infelicidade foi você, pirralha.
Se eu soubesse que você ia virar uma louca,
jamais teria te namorado. Tô saindo fora.

Depois disso, tinha me bloqueado.

Chorei demais depois da última mensagem. Sinto um nó no estômago ao ver suas manipulações e ataques. Dylan continua presente neste passado e, embora tenha me "deixado", seu *modus operandi* é voltar. Sempre voltava. Me apavora pensar que vou ter de deixá-lo de novo, definitivamente.

Consigo me tranquilizar um pouco ao aterrissar. Pego minha bagagem de mão e saio do avião. No aeroporto, meus pais já estão me esperando, assim como aconteceu da outra vez. Ao vê-los, começo a chorar – não por causa do Dylan, mas pela tristeza de perceber como estão preocupados comigo.

Anos atrás, eu estava tão destruída que não conseguia enxergar o mal que meu ex-namorado causava também a meus pais.

– Oi, minha linda, como foi a viagem? Você está bem? – Minha mãe me abraça.

– Bem.

Claro que ela não acredita, devido a minha cara de choro.

Meu pai me abraça também, sem dizer nada. Para ele foi mais difícil entender como Dylan conseguiu me manipular com seus caprichos. Certa vez meu pai me disse que não entrava na sua cabeça como uma garota como eu, com tanta personalidade, podia cair nas redes de um sujeito tão desprezível quanto Dylan.

Como se as duas coisas tivessem alguma relação...

Na verdade, depois consegui entendê-lo, mas só quando já havia terminado com Dylan. E não o julgo, pois foi criado em uma geração para a qual a escala de cinza não existia. Ou se era forte ou se era manipulado. Para ele, as duas coisas eram incompatíveis, como demonstra sua conversa com minha mãe, agora, a caminho de casa.

– Não consigo entender, Donna, realmente não consigo.

Engulo a saliva, preparando-me para ouvir a mesma coisa de sempre. "Não comece, Steve."

– Não comece, Steve. – Minha mãe segura o volante com força.

Encosto a bochecha no vidro da janela e sinto os efeitos da neve. "Uma pessoa inteligente como a Charlotte com esse... irresponsável... blá, blá, blá, blá."

– Uma pessoa inteligente como a Charlotte com esse... irresponsável, que a manipula como bem entende... Me deixa doente, de verdade.

— Pai, estou aqui — procuro lembrá-lo. — Pode falar *pra mim* em vez de falar *de mim*.

— Bom, então me explique, porque devo não estar entendendo alguma coisa.

Respiro fundo antes de responder.

— Dylan é um narcisista de carteirinha e sempre tentava... quer dizer... — retifico — tenta me manipula quanto quer. Não vou voltar com ele, pai. Finalmente, encontrei a saída.

Às vezes sentia que não tinha escapatória. Que nunca seria capaz de me afastar dele e, se o fizesse, sofreria consequências catastróficas.

— Só quero que você fique bem, Charlotte. — Ouço meu pai fungar por causa das lágrimas.

— Eu sei.

Quando estacionamos e saímos do carro, aproveito para dar outro abraço forte neles. Eu os amo demais.

— Bem-vinda à sua casa — minha mãe sussurra ao meu ouvido. — Ainda não montamos a decoração de Natal.

E assim fizeram durante todos os anos em que estive na universidade: esperavam que eu chegasse para montar a árvore de Natal e decorar a casa. A vizinhança toda preparada para as festas de fim de ano, menos nós.

— Vamos montar os três juntos. — Sorrio. — Como sempre fizemos.

Vá para o PRÓXIMO CAPÍTULO →

Até que o fim do Natal nos separe

CAPÍTULO 77

Newlowhite Springs, 20 de dezembro

Na manhã seguinte, tenho dificuldade para me levantar. Costuma acontecer quando passo mal no dia anterior. Além do mais, meus olhos continuam pesados. Se não me falha a memória, agora minha mãe vai entrar para dizer que meu pai preparou um café da manhã natalino.

Exatamente como lembro, ouço-a entrar no quarto e então me balança para eu acordar.

– Charlotte... – sussurra pertinho do meu rosto. – O pai fez chocolate quente e cookies de gengibre.

– Humm... Estou acordada. – Bocejo.

– Está melhor?

Ergo-me na cama.

– Sim, mãe.

– Não precisa se obrigar a ficar bem. Respeite o seu tempo. Não ligue pro seu pai. Você sabe como ele é.

Esboço um sorriso cansado e abraço-a.

– É sério, estou bem.

Em seguida me levanto da cama e sigo para a cozinha. No caminho, na sala de estar, vejo a cama do meu cachorro, Cookie, vazia.

Com certeza, fazendo jus a seu nome, ele comeu todos os cookies de gengibre.

Engulo em seco. Cookie tinha morrido meses antes, e ainda não havíamos tido coragem de tirar sua caminha do lugar.

Meu pai, minha mãe e eu tomamos o café da manhã em silêncio. A refeição está bem mais gostosa do que eu lembrava, e não vejo a hora de o Natal chegar. Pestanejo, confusa. Espera... já estamos nessa data. Ando tão esgotada fisicamente que ainda não assimilei totalmente que voltei.

A bruxa não mentiu. E Martha, em sua racionalidade, não estava certa. Isso significa que ela chegará a qualquer momento.

Como se a tivesse invocado, a campainha toca pouco depois.

— Falei ou não falei? — digo assim que abro a porta. — Eu estava com a razão.

Embora o cachecol cubra-lhe a metade do rosto, posso ver a mudança de expressão.

— Falou o quê?

— É... — Claro, ela não é a Martha com quem falei ontem, ou dentro de dois anos. Improviso uma rápida resposta: — Que achava que Dylan ia me bloquear de novo.

— Vem cá. — Martha segura minhas mãos com força, depois me abraça.

É estranho ver meus pais e minha amiga tentando consolar uma Charlotte que já conseguiu superar tudo.

— Você sabe que estou aqui para o que precisar — ela me consola.
— O que você pensa fazer?

Mesmo que se mostre compreensiva, sei que minha melhor amiga não quer que eu dê mais nenhuma chance a Dylan.

— Deixá-lo para sempre. Estou farta das atitudes dele.

Também estou cansada de voltar a falar dessa pessoa. No entanto, entendo que voltei a uma época em que ele ainda fazia parte da minha vida.

— Martha! — Ouço minha mãe às minhas costas. — O que está fazendo aqui? Achei que não chegaria antes de segunda-feira.

Agora vai dizer que pegou um voo mais cedo para me ver.

— Oi, Donna. Ontem falei com Charlotte e fiquei um pouco preocupada, então resolvi adiantar minhas férias de fim de ano.

Minha mãe a convida para nos acompanhar no café da manhã.

— Charlotte me contou que você está arrasando no Instagram — minha mãe continua. — Dez mil seguidores!

Apoio a mão no queixo. Não sei se, com este mal-estar, estou preparada para escutar tudo o que a Martha do passado já conquistou até aqui.

"Muito obrigada, Donna, mas na verdade... blá, blá, blá..."

— Muito obrigada, Donna — diz minha amiga —, mas na verdade não é pra tanto.

Faço um esforço enorme para me sentir feliz por ela outra vez. No entanto, não consigo. Por mais que eu tente, é muito difícil.

— Não se menospreze, Martha — minha mãe aconselha. — Sei que muita gente gosta dos seus posts. Sobre o que você fala nas suas redes?

— Principalmente sobre saúde mental, com foco nos jovens.

— Não sei mexer bem com o celular, mas já pedi pra Charlotte me ajudar a te seguir.

Em silêncio, tiro minha xícara da mesa. O chocolate já está gelado. Achei que, ao regressar ao passado, a inveja que me consome desapareceria. No entanto, continua aí e faz eu me sentir culpada.

— Charlotte, por que também não cria uma conta pra falar de seus quadros? — minha mãe pergunta.

– É o que eu digo pra ela sempre que nos encontramos! – Martha se entusiasma ao encontrar uma cúmplice.

– Já faz tempo que não te vejo pintar, filha. Deveria retomar.

– Graças ao tal Dylan – meu pai resmunga, baixinho, mas escutamos do mesmo jeito.

Respiro fundo. Sei que seria bom voltar à pintura, mas agora não tenho ânimo. Talvez mais tarde. Neste momento só preciso processar que estou de volta e vou rever o Lucas – que também aparecerá dentro de poucos...

Ding, dong.

– É o Lucas – murmuro, animada, enquanto minha mãe corre até a porta para que eu fique com Martha à mesa.

Vou vê-lo pela primeira vez depois do nosso afastamento neste Natal. E o melhor é que será como se nunca tivesse acontecido nada, já que saltei de uma dimensão a outra.

– Bom dia, Donna – meu amigo a cumprimenta à porta.

– Minha nossa, Charlotte! *Overbooking* nesta casa! – ela brinca.

Corro para cumprimentá-lo. Contudo, tento esconder a emoção, pois Martha pode se chatear por eu não a ter recebido com a mesma alegria (embora tenha antecipado sua viagem só para me ver). Acontece que estou há um ano e meio sem falar com Lucas, o que não ocorre com ela.

– Lucas!

– Oi, Charlie! Desculpe ter vindo só agora. Ontem quis deixar você descansar.

Tinha falado com ele dois dias antes por videochamada, antes de o meu ex ligar. Aliás, foi o que deixou Dylan irritado, pois não o atendi na primeira vez que chamou. Ficou uma fera por eu ficar conversando um tempão com meu melhor amigo e não com ele.

— Não se desculpe. Na real, eu precisava mesmo. Acabei dormindo cedo.

Estou tremendo. Deve ser pura ansiedade por causa do reencontro, que na verdade não é um reencontro, ao menos não oficialmente. Sim, só pode ser isso.

— Ei, o que é isso? — Ele finge indignação ao entrar em nossa casa. — Não tem árvore de Natal, nem guirlanda de azevinho, nada!

Lucas é um apaixonado pelas festas natalinas. De fato, veste um suéter com a estampa de uma rena e um gorro com o trenó do Papai Noel.

— Estávamos esperando Charlotte chegar para montarmos os enfeites juntos — minha mãe explica.

— Ainda bem que cheguei pra ajudar.

Sinto vontade de chorar por ter meu melhor amigo de volta à minha vida como se jamais tivéssemos nos afastado (porque ainda não aconteceu, claro). Duvido que o Lucas de dois anos depois agiria assim comigo, por mais que nos reconciliássemos. Isso me dói, porque somos amigos desde o jardim de infância. No ensino fundamental, nos tornamos inseparáveis. Mesmo depois de eu mudar de colégio no início do ensino médio, quando tive problemas com os colegas de classe, ele sempre esteve ao meu lado.

— Oi, Martha — ele cumprimenta minha amiga.

— Oi, Lucas, como você está?

Junto com meus pais, nós três decoramos a árvore com as bolas, as luzes e os festões. Depois penduramos os pés de meia sobre a lareira e a guirlanda de azevinho na porta. Minha amiga providencia uma *playlist* de músicas de Natal. A primeira a tocar, claro, é "All I Want For Christmas Is You", de Mariah Carey.

Por incrível que pareça, essa é a música que Lucas mais detesta.

— Ah, por favor, tira isso, Martha! Coloca "Jingle Bell Rock".

— Você não gosta mesmo, hein? — comento, rindo, ao lembrar que não é a primeira vez que eles têm essa conversa.

— É mais forte que eu. — Ele bufa. — É tão natalina que, pra mim, é tudo, menos natalina.

Quando terminamos a decoração interna, vamos para a parte externa e instalamos as luzes que contornam a estrutura da casa. Lembro bem que meu pai e minha mãe trataram de esquivar-se dessa tarefa. Então, quando desço pela escada depois de enfeitar o telhado, não me surpreendo ao ver que já sumiram.

Martha e Lucas também me abandonaram, mas porque foram fazer um boneco de neve. Na primeira vez fiquei brava com eles, porque o trabalho não avançava, mas agora decido participar da brincadeira.

Ao terminarmos, meus pais já nos chamam para mais um chocolate quente. Ótimo, porque nós três estamos congelados.

— Então você chegou ontem — Martha dirige-se a Lucas.

— Sim. Estou cursando Marketing em Stanford, mas ontem já não teve aula, então tomei o avião.

Ela toma um gole de chocolate antes da próxima pergunta.

— E o que está pensando em fazer nestas férias de fim de ano?

— Sou voluntário da associação Nenhuma Família sem Natal. Coloco uma fantasia de elfo e distribuo presentes a crianças com poucos recursos. Que tal serem elfas neste Natal? Qualquer ajuda é bem-vinda.

— Não posso me comprometer, mas agradeço o convite, Lucas.

— E você, Charlotte? Quem sabe também te ajude a clarear as ideias.

No outro passado, Lucas me perguntou a mesma coisa e respondi que não iria porque estava desanimada. Contudo, agora acho a ideia perfeita para que a gente se aproxime mais.

— Eu adoraria — respondo quase sem pensar.

– Sabia que você ia topar! – Me segurei para não rir, já que da outra vez recusei. – Neste ano precisam de pessoas na fábrica de presentes.

– E o que eu teria de fazer na fábrica? – pergunto.

– As famílias fazem visitas, e nós mostramos os departamentos da fábrica. Fazemos algumas apresentações... alguma coisa para que as crianças se divirtam e também nos ajudem. Ao final, conhecem o Papai Noel, que dá um presente pra cada uma delas.

Parece divertido. Com certeza, vai ser uma ação da qual vou me sentir orgulhosa.

– E até quando é? Até 25 de dezembro? – pergunto.

– Nada disso, durante as férias inteiras. Até o ano-novo, mais ou menos. Damos a desculpa de que o Papai Noel tem muito mais trabalho na véspera e no dia do Natal, mas que fabrica presentes durante as férias inteiras.

– Conta comigo.

– Legal. Hoje à tarde te levo para conhecer a presidenta da associação. Vamos trabalhar juntos até que o fim do Natal nos separe.

Que assim seja.

Vá para o PRÓXIMO CAPÍTULO →

CAPÍTULO 78

Nesta tarde, Lucas me leva à associação, que na verdade é uma indústria têxtil abandonada que foi transformada em uma fábrica de presentes de Natal.

Sou tomada por uma imensa ternura ao ver os elfos fabricando os presentes e as crianças, encantadas, observando tudo de perto.

– Olha, papai! – grita um menininho. – Quanto presente!

Sorrio para Lucas, que me retribui com uma expressão feliz. Isso faz com que meu sorriso se alargue, principalmente porque consegui recuperar minha amizade com ele. Não posso acreditar que voltamos a estar aqui, e dessa forma. Não posso acreditar que a oportunidade de consertar os erros passados seja real.

Estou tão contente...

Ele então me leva até a chefe da organização, que estava em um dos escritórios.

– Oi, Erin. Esta é minha amiga Charlotte. Charlotte, esta é a Erin.

Apertamos as mãos e eu me apresento.

– Prazer em conhecê-la. Gostaria de participar das ações da fábrica neste fim de ano.

– Muito bom. Quanto mais voluntários, melhor. E, se você veio por intermédio do Lucas, melhor ainda. Ele está envolvido mil por cento e tenho certeza de que vai ser ótimo ter você conosco.

Aceno com a cabeça, em concordância. Por um momento, sinto o peso da responsabilidade e receio não ser tão boa quanto ela espera.

Mas consigo mudar minha forma de pensar. Tudo bem se, em algum momento, eu cometer algum erro; sou humana e é com erros que se aprende.

— Obrigada pela confiança. Quando posso começar?

— Amanhã mesmo, se quiser.

Olho para Lucas, que se mostra satisfeito por eu estar aqui.

— Legal! Então amanhã eu venho.

No dia seguinte, pego o ônibus e encontro meu amigo na porta da fábrica.

— Preparada? — pergunta, empolgado.

— Sim! Estou animada.

— Já pensou em qual vai ser seu nome de elfa? O meu é Entardecer Nevado, caso precise de inspiração.

Mordo o lábio, pensativa. Não... quero algo diferente. Olho ao redor para ver se me ocorre alguma ideia. Então vejo as renas mecânicas que estão na entrada.

— Já sei... Penélope Rudolf.

No vestiário, já encontro um armário com meu nome e um figurino. É um vestido verde, com botões vermelhos na frente, e um gorro vermelho e verde. Olho para minhas companheiras, que pintam três sardas em cada bochecha. Com uma massa de cera, modelam a ponta do nariz e as orelhas pontiagudas. Tento imitá-las, mas não me saio tão bem quanto elas.

Quando saio do vestiário, Lucas cai na risada ao ver o desastre em que me transformei.

— Não tem a menor graça — protesto.

— Ah, tem, sim! Vem cá, vou arrumar essas orelhas.

— Não entendo por que vocês não têm aquelas orelhas de silicone.

— Porque assim cada um faz do seu jeito e parecem mais reais, Charlie.

Enquanto Lucas remodela a massinha que coloquei, sinto um arrepio na pele ao toque de seus dedos. Não sei se ele notou, mas creio que não, pois está muito concentrado em me ajudar. De qualquer forma, fico desconcertada por meu corpo reagir desse jeito.

— Pronto. — Dá um tapinha em meus ombros. — Agora você é uma elfa oficial da nossa Lapônia improvisada.

Eu, no entanto, não consigo dizer uma palavra.

— Charlie, está tudo bem?

— Eu... sim...

Ainda meio atordoada, Lucas me leva até o local onde se inicia o processo de "fabricação" de presentes.

— Hoje vamos ficar aqui — explica. — Costumamos nos revezar nos papéis, menos no de Papai Noel.

— Tá certo. E o que tenho de fazer?

— Só precisa abaixar esta alavanca. — Indica a peça afixada na parede, acima de nossas cabeças. — Pra fazer de conta que é assim que as caixas de presente saem da máquina. É apenas um adereço. O que ativa a engrenagem de verdade é o botão que está na ponta da esteira. — E me mostra também.

Parece uma tarefa simples. Mas a coisa complica quando Lucas arranca a alavanca falsa de um golpe só, de modo que a peça fica na sua mão.

— A graça começa depois que as famílias entram e você arranca a alavanca para que as crianças pensem que quebrou. Quando o elfo que as acompanha começar a falar, será a deixa pra você arrancá-la.

— Mas os presentes continuarão saindo...

— Não, porque vou apertar o botão que interrompe o movimento da esteira. — Volta a colocar a alavanca no lugar. — Então as crianças vão nos ajudar a consertar a máquina.

Fico pensativa, imaginando o que vai me custar assumir esse papel logo no primeiro dia. Para meu azar, não tenho tempo de compartilhar minha preocupação, porque entra um elfo com o primeiro grupo de visitantes.

Lucas muda o tom de voz:

– Quantos presentes! Eu quero um, Penélope Rudolf!

Fico calada enquanto "aciono" a alavanca devagar e saem os presentes. Lucas inclina a cabeça discretamente, sinalizando para que eu lhe dê alguma resposta.

– Oh, Entardecer Nevado! – exclamo, também alterando a voz.

– Você não pode. Os presentes são para todas as crianças do mundo! Como ela! – E aponto para uma menina de uns sete anos que está acompanhada do pai.

– Não quero nem saber, eu quero um! – meu amigo elfo insiste, enquanto pega uma caixa vazia e a examina de perto. – Mas aqui não tem presente!

– Claro, porque nós somos os encarregados da fabricação das caixas. Os presentes serão colocados depois. Ai, minha Santa Maria, esse Entardecer Nevado! – Olho para a menina. – Como é bobo!

Ela ri e fica na expectativa do que mais vai ocorrer. Porque sabe que alguma coisa vai ocorrer.

De soslaio, vejo que Lucas assiste à cena com indignação simulada. Chegou o momento.

– Bem, como estão vendo – o elfo guia intervém –, Penélope Rudolf e Entardecer Nevado têm um papel fundamental nesta fábrica. Se acontecer alguma coisa com esta máquina, não poderemos embrulhar os presentes.

Então abaixo a alavanca bruscamente, como havia ensinado meu amigo, e arranco-a da parede. No mesmo instante, Lucas aperta o botão para interromper o processo.

– Penélope Rudolf, você quebrou a máquina! – o elfo se zanga.

– Ah, não! – a garotinha grita. – Os presentes!

O pai sorri ante o envolvimento da filha na cena. Eu, no interior do meu personagem, também sorrio.

– O que vou fazer agora?! – Finjo estar nervosa. – Se o Papai Noel souber, vai me demitir!

– E milhões de meninos e meninas poderão ficar sem presente neste ano! – Lucas olha para a criança. – Precisamos de alguém que nos ajude a salvar o Natal!

O pai levanta a mão da pequena.

– Eu, eu! – ela berra.

Então, pega-a pela mão e vem até nós depois que o elfo encarregado da segurança libera a passagem pelo cordão de isolamento. Ajoelho para ficar da altura da menina e pergunto:

– Como você se chama?

– Leah.

– Leah, agora você tem nas mãos uma missão muito importante. – Entrego-lhe a alavanca. – Consegue nos ajudar?

– Sim, vou ajudar. E vou falar para o Papai Noel não te demitir. Porque você quebrou sem querer.

Seguro o riso. Como é fofa essa criança.

Em seguida, o pai a levanta para que possa recolocar a peça em seu lugar. Assim que a menina puxa a alavanca para baixo, Lucas aperta o botão da esteira. No mesmo instante, as caixas de presente voltam a sair.

– Muito bem! Você salvou o Natal! – o elfo Entardecer Nevado celebra. – Muito obrigado, Leah! Penélope Rudolf, continue conosco e não quebre mais nada!

Leah cai na risada ao ver meu colega me dar uma bronca. Depois disso, todos se dirigem a outras seções da fábrica. Em algumas há pequenas apresentações, como a que fizemos, em outras as coisas funcionam com aparente normalidade.

– Você foi ótima, Charlie – Lucas me elogia.

A verdade é que esse reencontro vai me deixar boas lembranças. Quando nosso número começou, esqueci a minha autoexigência de fazer tudo perfeito e pude focar na verdadeira protagonista do teatro que organizamos.

– Gostei muito de ver a cara de felicidade da menina – digo.

– Isso é o mais gratificante. Somos a magia que falta no Natal dessas crianças.

– Passam por tantas privações assim? – pergunto.

– Por essa razão a associação se chama Nenhuma Família sem Natal.

Quando chegam outras famílias, repetimos a encenação. Diferentemente de Leah, algumas crianças são mais incrédulas, e temos de incorporar nossos personagens com mais habilidade para envolvê-las.

Horas mais tarde, paramos para almoçar, e Lucas me apresenta aos demais colegas. Pelo que contam, quase todas as crianças pediram ao Papai Noel que perdoasse Penélope Rudolf por ser tão atrapalhada.

– A propósito, Charlotte – diz Garrett, o Papai Noel de hoje –, amanhã um dos elfos não poderá vir, e tenho uma visita à ala pediátrica do hospital. Gostaria de ir no lugar dele?

Meu estômago se contrai diante da proposta. Deveria ficar feliz, mas me apavoro só de pensar em enfrentar um cenário completamente novo. Uma coisa é estar na fábrica, ao lado de Lucas; outra é encarar esse desafio sozinha.

– Acho que não consigo. Sinto muitíssimo, mas agradeço a consideração.

Garrett arregala os olhos, surpreso com minha resposta. E eu me sinto péssima por ter recusado o convite.

Se Charlotte muda de opinião e decide ir, vá para o PRÓXIMO CAPÍTULO →
Se Charlotte continua firme em sua recusa ao convite, vá para o CAPÍTULO 81 (página 363) →

CAPÍTULO 79

Que nada! Vou aceitar. Mas, se preciso do Lucas ao meu lado, tenho de pedir que ele também vá.

– Desculpe, Garrett. Na verdade, gostaria que o Lucas fosse comigo, pois ele é quem está me ensinando o ofício.

– Ora, então que ele venha também! Nos vemos amanhã. Sejam pontuais.

No dia seguinte, nos encontramos diretamente na porta do hospital. Ainda não estamos com o figurino de elfos porque Lucas recomendou que nos trocássemos no vestiário destinado aos médicos.

– Eles não se importam que usemos o vestiário quando se trata de uma boa causa – explica enquanto esperamos o "Papai Noel". – Na verdade, sempre deixam um armário livre como cortesia.

Alguns minutos depois, Garrett chega.

Em seguida, vamos para o vestiário e nos trocamos. Embora na teoria nos permitam o acesso, as médicas me olham com certa estranheza. Fazem com que eu me sinta mais intrusa do que já sou.

Assim que troco de roupa, faço as pintas nas bochechas e saio dali. Só não coloquei as orelhas.

– Desta vez, nem tentei – murmuro, derrotada, enquanto entrego a massa de cera ao Lucas.

– Eu ajudo. Estou te deixando mal-acostumada, hein?

Pega um pedaço do material e, com delicadeza, faz novamente duas orelhas pontiagudas. Sinto o mesmo *frisson* de ontem. Será só nervosismo, pelo receio de decepcionar as crianças?

Havia um grande número de presentes reunidos em uma saleta do hospital, cada qual com um cartão onde se lia o nome da criança que o receberia e sua idade.

– As crianças internadas escrevem uma carta indicando o presente que querem ganhar – Garrett explica. – A associação se encarrega de comprá-los e os deixamos guardados aqui.

Enquanto fala, vai colocando os presentes em um enorme saco de tecido vermelho. Conta também que costumam fazer uma encenação antes da entrega do presente verdadeiro. Uma das caixas está vazia e é a primeira a ser dada à criança, para que pareça que perdemos seu pacote.

Quando chegamos à ala pediátrica, estou ansiosa. Espero estar à altura desse voluntariado.

– A primeira criança é a Eileen, de dez anos – lê o nosso Papai Noel. – Quarto 301.

Abrimos a porta e encontramos a menina com uma enfermeira. Sinto muita pena ao vê-la e, por isso, custo a entrar no personagem.

– Ho! Ho! Ho! – Garrett cumprimenta. – Sou o Papai Noel e estou procurando uma jovenzinha que se chama Eileen e se comportou muito bem neste ano.

Ela assente devagar com a cabeça, mas não se mostra muito disposta a conversar.

– Olha, Eileen, é o Papai Noel! – A enfermeira tenta animá-la.

– É só um homem disfarçado de Papai Noel. O de verdade não existe. É a família que compra os presentes. Como estou internada e não posso ter Natal, vocês montaram isso.

Imagino que vamos encontrar mais crianças céticas, sobretudo a partir de certa idade. No entanto, Garrett tenta dar um jeito de se manter no personagem.

Lucas e eu reviramos o saco de presentes e pegamos a caixa vazia. Eileen abre-a com desinteresse e nem demonstra surpresa ao ver que não há nada dentro.

– Oh, não! – Lucas lamenta com sua voz de elfo. – O presente da Eileen não veio! Penélope Rudolf, você não disse que tinha embrulhado esse presente com muito amor?

– Sim, Entardecer Nevado! – respondo também com minha voz de elfo. – O que pode ter acontecido?!

– Ok, agora vocês vão dizer que perderam o meu presente. – A menina força um bocejo e estende a mão. – É a mesma coisa do ano passado. Vai, agora podem me dar o de verdade.

Mesmo assim, continuamos sustentando nossos personagens, até que Garrett decide acabar com o suposto equívoco.

– Vejam, meus queridos elfos, o presente da Eileen está aqui! – Entrega-o à menina. – Sinto muito pelo mal-entendido. É que Penélope Rudolf e Entardecer Nevado são ajudantes novatos ainda.

– Ah, claro. – Revira os olhos. – É o primeiro dia deles.

No meu caso, mais ou menos isso.

Eileen abre o presente um pouco mais animada e fica feliz ao constatar que era o que havia pedido.

– É o kit de pintura que você queria! – A enfermeira afaga sua cabeça.

Então saio do personagem de Penélope Rudolf e volto a ser Charlotte.

– Você gosta de pintar? – pergunto com minha voz normal.

– Sim... é que quando eu crescer quero ser mangaká. – Agora mostra-se mais receptiva. – Sabe? Aqueles quadrinistas de mangá.

Talvez não devesse dizer, mas já não posso remediar:
— Eu também gosto de pintar, Eileen, só que arte abstrata.
— Uau! Faz um quadro pra mim?

O pedido da menina me surpreende. Até mesmo a enfermeira se espanta — com certeza esperava que Eileen permanecesse arredia até o fim da visita.

Olho para o Papai Noel, pedindo, em silêncio, sua permissão. Mas Garrett não parece satisfeito por eu ter saído da personagem.
— Vou tentar — respondo. — Mas não prometo.

As demais crianças que visitamos durante o dia parecem mais dispostas a participar da nossa apresentação. Inclusive as que têm a mesma idade de Eileen ou um pouco mais.

Diferentemente da fábrica, o trabalho de voluntariado no hospital termina ao meio-dia, e a advertência pelo episódio do quadro veio na hora do almoço, depois de entregarmos todos os presentes.

— Não me leve a mal, Charlotte, mas é importante que você aprenda a separar a vida real de sua personagem — Garrett me adverte enquanto esperamos nossos pratos num restaurante das redondezas.
— É muito duro o que vemos e, se você se envolver demais, não vai aguentar este trabalho. Digo por experiência própria. No primeiro ano, eu sempre chegava em casa chorando.

— Então acha que eu não devo pintar um quadro para Eileen?
— Meu conselho é que não. Mas isso é com você.

Entendo sua postura sobre mantermos o maior distanciamento possível. No entanto, talvez por ser meu primeiro ano no voluntariado, acho muito difícil ignorar o pedido que ela me fez tão entusiasmada. Não sei se posso resistir.

Vá para o PRÓXIMO CAPÍTULO →

CAPÍTULO 80

Quero seguir o conselho de Garrett. No entanto, antes de chegar em casa, meus pés me guiam, contra a minha vontade, para a loja onde eu costumava comprar meu material artístico. O que se há de fazer?

Há anos não pinto nada que não tenha a ver com a universidade e não tenho ideia de como vai sair minha criação. Mesmo assim, o que me motiva é o entusiasmo (e a esperança) de Eileen ao me fazer o pedido.

Minha mãe e meu pai, da porta do quarto, celebram minha iniciativa de voltar a pintar.

– Estou vendo vocês – provoco.

– Filha, você finalmente está radiante e feliz – meu pai comenta.

Estou? Realmente estou feliz? Claro que sim, me reencontrei com Lucas. Além disso, me sinto realizada com o que estou fazendo nestas férias de Natal.

No fim da tarde, quando as aquarelas que usei já estão secas, vou para o hospital. No geral, costumo demorar mais para finalizar uma pintura. No entanto, queria atender o desejo de Eileen o mais rápido possível.

Bato mais de uma vez à porta e espero que a enfermeira abra.

– Olhe quem veio, querida!

A menina permanece séria, mas só até perceber que a visita sou eu.

– Oi, Eileen, sou a Penélope Rudolf, só que sem fantasia.

– Gosto mais assim, sem a fantasia. Já não sou criancinha e sei que é tudo mentira.

Logo me acomodo na beirada da cama e lhe entrego a aquarela. Como esperava, Eileen fica confusa quando a vê.

– Você me explica o que significa?

– Sim, é arte abstrata, como te disse de manhã. As linhas verdes e vermelhas do fundo representam o Natal. E estas pequenas manchas amarelas que estão acima são a magia que envolve esta época.

Ela segura a aquarela pelas bordas e move-a para observá-la melhor, com curiosidade. Já fico preparada para a próxima pergunta.

– Mas as linhas verdes e vermelhas estão todas à esquerda. E as manchas amarelas você espalhou por todo o quadro com outras linhas.

– Sim, as outras linhas coloridas representam as outras épocas do ano. Mas a magia sempre está presente, embora às vezes a gente não seja capaz de vê-la.

Eileen assente com a cabeça e analisa um pouco mais a pintura antes de agradecer o presente.

– Gostei. Obrigada! Qual é o seu TikTok? Para eu seguir você.

O que faz uma criança em redes sociais? Não sabe que é perigoso?

– Não tenho – respondo.

Talvez devesse escutar o que dizem Martha e minha mãe.

– Ah... – responde, decepcionada. – Eu, quando for uma mangaká famosa, vou dedicar minha primeira HQ a você.

– E sobre o que vai ser?

– Vai se chamar *Karlomag* e é sobre uma menina chamada Érika que descobre que é a princesa de um mundo fantástico – explica, entusiasmada, enquanto a escuto com atenção. – E, para resgatar a coroa, ela terá de recrutar as guardiãs dos quatro elementos. Mas essas guardiãs são controladas pela rainha malvada. E seu arqueiro terá como missão deter os passos de Érika. – Ameaço comentar algo, mas ela levanta a mão para que não a interrompa. – Espera, espera! Porque esse arqueiro é nem mais nem menos que o melhor amigo de Érika no colégio. E nem ele sabe que sua amiga é a princesa, nem ela sabe que ele é o arqueiro.

Não sou muito adepta do gênero, mas farei um esforço para ler sua história quando um dia for publicada.

– Quero muito conhecer Érika e seu mundo. – Sorrio.

Pouco depois, me despeço para deixá-la descansar. A enfermeira, então, me acompanha até o elevador e aproveita para falar comigo.

– Obrigada pelo que você fez por Eileen. Hoje você a fez muito feliz. Mais que qualquer imitação de Papai Noel.

Era justamente o que eu queria. Fico comovida em saber que alegrei seu dia e, talvez, suas festas.

– É para isso que a Penélope Rudolf está aqui.

Vá para o PRÓXIMO CAPÍTULO →

CAPÍTULO 81

Cada dia temos uma nova aventura na fábrica de presentes e preparamos todos os detalhes um dia antes.

– Amanhã vamos ficar no setor onde embrulhamos os presentes – Lucas avisa. – Assim fazemos um pouco de tudo. Estava pensando... e se você trouxer alguns de seus estudos de aula?

Costumo guardar alguns esboços, gravuras ou mesmo telas de antigos trabalhos da universidade. Não são grande coisa, mas é o que tenho de mais recente.

– Para fingir que nos enganamos com o presente?

Lucas umedece os lábios.

– Não, como presente mesmo, de verdade. Mas também podemos fazer assim, se você prefere. – Vou responder que não me sinto preparada, mas ele acrescenta: – Pense bem. Sério. Seria muito bom. E...

"E, se você voltasse a pintar, eu ficaria ainda mais feliz", silencia, provavelmente.

No dia seguinte, apareço com algumas telas pequenas. Lucas fica bem impressionado.

– São... incríveis. Você tem de continuar pintando! Acho que as crianças vão amar.

Menos, menos, Lucas...

– É arte abstrata – digo.

Ele olha para mim com cara de interrogação.

– E o que tem a ver?

– Que eles não vão entender. É pra que seja engraçado. Anuncio que quero colocar a pintura na caixa de presente enquanto você tenta me impedir. O que acha?

– Como queira...

Vamos para uma mesa ao lado do final da esteira, onde já há algumas caixas empilhadas com presentes.

– E aqui estão Entardecer Nevado e Penélope Rudolf guardando os presentes para o Papai Noel – anuncia o elfo que acompanha o primeiro grupo do dia.

Então, Lucas e eu começamos nossa encenação. Pego uma das minhas telas e mostro a eles.

– Olha só, Entardecer Nevado, fiz um quadro muito bonito para colocar na caixa de presente.

Meu amigo ergue a pintura e a analisa bem de perto. Faz tudo com gestos exagerados, para despertar o riso das crianças e das famílias. E consegue.

– Mas, Penélope Rudolf – diz encolhendo os ombros –, nenhuma criança pediu os seus quadros.

– Não?

– Não.

Sem saber como continuar, fico parada coçando a testa. Porém, tanto os adultos como as crianças acham muita graça no meu silêncio (ao menos é o que eu acho, pelas gargalhadas que dão).

– Mas eu gosto dos meus quadros – respondo.

– Mas as crianças, não, Penélope Rudolf.

Começo a fungar e soluçar, fingindo chorar. Cubro o rosto para parecer mais real.

No entanto, à medida que prossigo na representação do choro, sinto que as palavras de Lucas me afetaram de verdade. Em algum recanto da mente, fui transportada para o tempo em que Dylan menosprezava o que eu fazia. E, embora agora seja um contexto muito distinto, com uma pessoa completamente diferente, conseguiu tocar em uma ferida que ainda está aberta.

Talvez haja aspectos da minha antiga relação que custarei a superar.

– Você está bem, Charlie? – Lucas pergunta em voz baixa, fora do personagem.

Seco as lágrimas e balanço a cabeça afirmativamente.

– Não liga pra ele – um garotinho reage. – Eu quero o seu desenho.

– Eu também – grita outro. – O Entardecer Nevado tem inveja porque nunca vai conseguir pintar como você.

Opa, por essa eu não esperava. Achei que eles fossem dar razão a Entardecer Nevado, principalmente porque o meu estilo é o menos atraente para as crianças.

– Acho que me descobriram – Lucas murmura.

Então dou duas telas, uma para cada criança que pediu, e volto a entristecer. As crianças vêm correndo ao meu encontro para me abraçar e me consolar. O que elas não sabem é que não estão consolando Penélope Rudolf, mas, sim, Charlotte Dewsbury.

– Obrigada, crianças. Vocês fizeram esta elfa muito feliz hoje.

Ao fim dos abraços e agradecimentos, o guia leva o grupo para a próxima etapa da visita, quando já irão conhecer o Papai Noel e receber o presente final.

– Acho que não trouxe tela suficiente – reconheço.

– Viu só, Charlie? Sabia que fariam sucesso. – Lucas me olha, sério. – Aliás, você está bem? Exagerei com as palavras? Você não parecia dentro do personagem.

— Sim, estou bem. Não se preocupe.

Então ele me puxa para junto dele, a fim de me consolar. Mas meu corpo se enrijece e me retraio ante o abraço — não porque o gesto me desagrada, exatamente o contrário: gosto mais do que deveria e não tenho ideia do que isso significa.

Nem sei se quero pensar no assunto, porque não estou preparada para imaginar que posso estar apaixonada pelo meu melhor amigo. Esboço um sorriso. Devo ter dado um sorriso bem estranho, porque Lucas olha para mim e contrai os lábios.

— Vamos, já vão chegar mais crianças — ele diz, depois de permanecer calado por um instante.

A julgar pelo tom de voz, parece um tanto ausente. Eu o conheço muito bem. Minha intuição me diz que está remoendo o que acabou de acontecer.

Vá para o PRÓXIMO CAPÍTULO →

CAPÍTULO 82

Na véspera do Natal, ainda não acredito que Lucas voltou à minha vida. Embora tenhamos compartilhado muitos momentos na associação, continuo sem apreender esse fato.

Nas outras coisas que não consigo assimilar (a estranha tensão que me perturba cada vez que ele me toca ou quando ficamos muito próximos), prefiro nem pensar.

Enquanto passeamos pela feira de Natal nesta noite, olho o tempo todo para ele, de tão emocionada que estou com a sua presença.

– Será que podem tocar outra música que não seja a da Mariah Carey? – ele se queixa ao escutar os sininhos da introdução. – Obrigado!

Dou um soquinho em seu braço, rindo. A tensão que houve entre nós pelo abraço frustrado se dissipou no dia seguinte e, apesar de minha inquietação, vejo que voltamos a ser o Lucas e a Charlotte de sempre.

Estou muito contente.

– Olha que enfeites mais lindos! – observo ao pararmos em frente a uma barraca. – Puxa, se eu tivesse vindo antes, teria comprado.

– Todo ano você diz a mesma coisa. E todos os anos a gente vem aqui na véspera do Natal, porque peço pra você vir comigo. – Ele balança a cabeça, incrédulo. Depois me puxa para que continuemos o passeio.

Enquanto olhamos as barracas, sinto um desconforto no estômago.

– Charlie, desde que você voltou pra casa, está muito estranha. Outro dia ficou tensa porque te dei um abraço. E não acredito que foi pelo que eu disse na apresentação. E agora não para de olhar pra mim... O que foi?

O problema, fora o fato de que me conhece há muito tempo, é que não sei disfarçar muito bem.

– Nada, Lucas. Estou bem.

– Estou vendo. Vamos lá, o que acontece? Você me odeia em segredo? Não, pela sua cara, não é isso. Ok! Sou um fantasma e nem notei? – Com os dedos, puxa as pálpebras inferiores para baixo. – Neste momento você é Jennifer Love Hewitt em *Ghost Whisperer*. É isso, não é?

Começo a rir. Lucas sempre soube me arrancar um sorriso quando me via nervosa ou tínhamos alguma conversa mais delicada.

– Sério, Charlotte – continua. – O que está acontecendo?

De repente me bate medo. Será uma boa ideia colocar em palavras o que vem me incomodando há dias? E se deixarmos de ser os bons amigos de sempre depois de eu falar? Quero conversar com ele sobre isso, como sempre fizemos, mas ao mesmo tempo...

– Sabe...

– Fala comigo, Charlie. Estou preocupado. Fiz alguma coisa que te deixou chateada?

Se Charlotte escolhe se declarar para Lucas, vá para o PRÓXIMO CAPÍTULO →

Se Charlotte acha muito cedo para se declarar, vá para o CAPÍTULO 84 (página 373) →

CAPÍTULO 83

Dói saber que ele imagina ter feito algo errado para me deixar assim. Pelo contrário! No entanto, entendo que esteja inseguro, pois meu comportamento tem sido bastante evasivo.

– Não é isso, Lucas...

O vento frio do inverno sopra em meu rosto.

– Então, o que é?

Tento escolher as palavras adequadas para dizer que gosto dele. Porém, está difícil. O medo de perdê-lo outra vez é maior que qualquer sentimento que eu possa ter.

– Não sei, Lucas. As coisas... Acho que estou confusa desde que voltei. – Ele deve estar pensando que me refiro à volta para casa neste período de Natal, pois nem poderia imaginar que fiz uma viagem muito maior. – Queria que ficasse tudo bem, sabe? Distanciar-me do Dylan, organizar um pouco minha vida, colocar as coisas no lugar. E então... voltei a te ver e ficou tudo confuso.

Não sei se o que estou dizendo faz sentido, mas estou sem condições de organizar todos os meus sentimentos.

Lucas enruga a testa.

– O que quer dizer com "tudo confuso"? Não fiz nada errado, né?

– Não! Claro que não, Lucas, você é o que há de melhor na minha vida. Esse é o problema. Você é doce, me abraça, me trata bem e... Não sei se é pelo contraste com Dylan, ou pelo tempo que ficamos separados, ou simplesmente porque agora consigo ver melhor as coisas, mas acho que... eu... – Fico calada.

Ele continua intrigado.

– Não estou entendendo – diz, devagar.

– Acho que gosto de você – solto, de maneira atropelada. – É isso que estou tentando dizer, Lucas. Que voltei depois de tanto tempo e você é um anjo comigo, me abraçou e me fez sentir coisas, entende?

Sinto a respiração ofegante assim que termino de falar. Agora já foi, já disse.

– Você... gosta de mim?

– Sim.

– Desde quando?

Olho para o chão, desconfortável. Sinto as bochechas queimar num misto de vergonha e febre.

– Que diferença faz?

– Não sei, é que faz tão pouco tempo que você terminou com o Dylan. E eu sempre achei que você não sentia nada por mim, senão...

Arregalo os olhos. O coração começa a bater mais forte.

– Senão o quê?

– Nada, tanto faz – diz, mais seco do que antes. – Você sempre me falou de outros caras, e namorava há um tempão o Dylan.

– Então...? – pergunto.

– Não sei o que diz meu coração, Charlie. É tudo muito repentino. Eu...

Estou vendo que vai me rejeitar a qualquer momento. O que me apavora é ter chegado tarde demais e não estar preparada para perdê-lo de novo. Ficarei em frangalhos.

– Olha, deixa pra lá – digo. – Vamos fazer como se não tivesse acontecido nada. Nós viemos dar uma volta na feira de Natal e estávamos falando dos presentes que o Papai Noel vai nos trazer.

Tento, sem sucesso, forçar uma expressão alegre para descontrair. Lucas me olha tão desconfortável quanto antes, mas agora parece mais triste.

— Desculpe não responder o que você esperava. — Ele abaixa a cabeça. — Mas preciso pensar.

Depois dessa conversa, fica difícil retomar o estado de ânimo anterior. Por isso, vamos embora o mais rápido possível.

Já na cama, não consigo dormir e, ao ver que Martha está on-line, envio uma mensagem perguntando se podemos fazer uma chamada de vídeo.

— Tudo bem? — Martha me cumprimenta com um bocejo.

— Fiz merda.

Então conto que me declarei para o Lucas e que me dei mal. Tento não desatar no choro enquanto falo, envergonhada.

— Ele não disse que não gosta de você, Charlotte — ela tenta me animar. — Só que não sabe o que sente.

— Dá no mesmo!

— O que você faria se ele tivesse se declarado pra você um tempo atrás, quando você estava a fim do Jared? Com certeza teria respondido o mesmo... — Martha faz uma pausa. — Olha, entendo o Lucas. Já te contei que respondi algo parecido para o Tyler?

Fico surpresa.

— Por que é a primeira vez que escuto isso, Martha?

Agora eles já estão namorando há quase um ano.

— Porque tive vergonha de contar. O caso é que eu não tinha muita certeza do que sentia e pedi um tempo. Olha pra nós agora! O tempo não é necessariamente ruim.

Compreendo o ponto de vista de Martha, mas minha cabeça não consegue processar dessa forma. Só consigo pensar que, se ele gostasse de mim, a reação dele teria sido outra.

– E se ele não gosta de mim? E se eu perder a amizade dele?

– Dá um tempo pro Lucas. Se ele gosta de você, vai dizer. E, se não gosta, vai ser desconfortável no começo, mas logo voltarão a ser amigos.

Suspiro, angustiada. Voltar ao passado me permitiu recuperar a amizade com Lucas, mas sinto um gosto amargo ao pensar que posso ter encontrado outra maneira de estragar tudo.

Será que valeu a pena voltar? Talvez não estivéssemos destinados um ao outro de nenhum jeito, mesmo sem o Dylan no caminho.

Se Charlotte foi ao hospital trabalhar no voluntariado, vá para o CAPÍTULO 85 (página 376) →

Se Charlotte não foi ao hospital trabalhar no voluntariado, vá para o CAPÍTULO 86 (página 379) →

CAPÍTULO 84

Dói saber que ele imagina ter feito algo errado para me deixar assim. Pelo contrário! No entanto, entendo que esteja inseguro, pois meu comportamento tem sido bastante evasivo.

— Não é isso, Lucas...

O vento frio do inverno sopra em meu rosto.

— Então, o que é?

— Nada.

Aperto a mandíbula com força, tensa. Não quero que ele insista mais, já que não me sinto em condições de falar sobre meus sentimentos por ele.

— Charlotte?

— Já disse que não é nada! — Minha resposta é tão brusca que Lucas chega a estremecer. Me arrependo por ser grossa com meu melhor amigo. — Eu... é que... — tento retificar.

— Bom, então quando quiser me dizer o que está acontecendo, nos falamos — ele responde, irritado.

O clima entre nós fica tão pesado que vamos embora da feira logo depois. Volto para casa com remorso. No meu íntimo se misturam vergonha, dor e medo. Afinal, viajei no tempo para chegar a um final semelhante: nos afastamos da mesma forma, só que agora por iniciativa do Lucas.

Antes de subir para o quarto, sento num degrau da escada e fico ali encolhida.

— Oi, filha… — escuto a voz da minha mãe. — O que houve? Está chorando por causa do Dylan?

A esta hora, ainda está acordada. Meus pais costumam dormir cedo, então não esperava encontrá-la.

— Não, mãe… — respondo, calma. — O Dylan já é página virada.

Minha mãe se senta ao meu lado. Não é preciso olhar para o seu rosto para saber que minha resposta a tranquilizou.

— Então o que foi, querida?

— Acho que estou gostando do Lucas, mas não consegui dizer a ele.

Apoio a cabeça nas mãos e deixo cair as primeiras lágrimas. Monto um filme dramático na mente, no qual Lucas nunca mais volta a falar comigo e eu retorno ao presente real me sentindo ainda pior.

— Você não está chorando exatamente por isso, não é? — Minha mãe acaricia as minhas costas.

— Não. É porque ele se irritou com uma resposta atravessada que eu dei.

Quando me calo, ela ergue meu queixo para ver meu rosto.

— Sabe, sempre achei, desde que vocês eram pequenininhos, que acabariam juntos. Pode chamar isso de pressentimento ou como quiser.

— E se não for assim? E se ele me rejeitar e eu perder o meu melhor amigo?

— Charlotte, viver é correr riscos. Se você quiser que a sua vida seja um tédio, não corra risco nenhum. Mas te garanto que, no dia em que você partir deste mundo, vai ter muitos arrependimentos. Além disso, se vocês dois tiverem de deixar de ser amigos, isso vai acontecer você se declarando ou não.

— Muito obrigada, mãe — respondo com ironia. — Você realmente me animou.

Porque, no outro passado, já aconteceu.

Se Charlotte foi ao hospital trabalhar no voluntariado, vá para o PRÓXIMO CAPÍTULO →

Si Charlotte não foi ao hospital trabalhar no voluntariado, vá para o CAPÍTULO 86 (página 379) →

CAPÍTULO 85

Quando acordo na manhã de Natal, escuto as músicas que minha família sempre coloca neste dia especial.

> *You better not pout, I'm telling you why*
> *Santa Claus is coming to town*

Sinto as lágrimas correrem ao lembrar de Cookie. Todo 25 de dezembro eu acordava com um doce na boca, não porque ele me trazia de presente, mas porque já o estava comendo.

Ao descer e encontrar meus pais, vejo que também estão tristes. Embora este seja o terceiro Natal que passo sem Cookie, para eles é o primeiro.

Eu me ajoelho diante da árvore e procuro as roupas que me deram neste ano. No entanto, não consigo encontrá-las. Descubro, na verdade, dois pacotes quadrados de diferentes tamanhos.

— O que é isso?

— Abra, Charlotte — meu pai incentiva. — Acho que vai gostar.

O primeiro presente que abro é uma tela. O outro pacote contém uma caixa de tintas e um jogo de pincéis (os meus já estão muito velhos).

— Como você estava pintando naquele dia — acrescenta —, resolvemos te dar, para que continue a brilhar como artista.

– Ficamos felizes por você voltar às suas telas. – Minha mãe me abraça. – Filha, por que não faz um perfil no Instagram ou nesse TikTok para divulgar seu trabalho?

Coço a sobrancelha. Ela está começando a insistir nesse assunto, do mesmo modo que Martha.

– Quem poderia se interessar? – pergunto.

"Fora meus familiares e amigos, a Eileen, por exemplo", penso. "Mas só ela."

– Muita gente. Veja a sua amiga. Tão graciosa, falando sobre seus estudos de psicologia. E as pessoas a seguem. Tenho certeza de que com você aconteceria o mesmo.

– Mas porque Martha tem carisma. Eu... não.

Além disso, não acho que vou ficar à vontade diante da câmera. Já tentei fazer as dancinhas do TikTok e foi um fracasso total. Ainda tenho pesadelos com isso.

– Mas é claro que tem. Vamos lá, você já está criando o perfil? Deixe-me ver.

– Tá booom, mãe... Mas, primeiro, abram seus presentes.

Eu já tinha comprado os presentes de ambos quando voltei para casa no Dia de Ação de Graças. Se não me engano, um par de tênis de corrida para minha mãe e um enorme quebra-cabeça para meu pai.

– Não, Charlotte, porque depois você vai querer se esquivar.

Então ela se aproxima para verificar se estou cumprindo minha palavra e criando uma conta no TikTok.

– Pronto, feito! Feliz?

– Muito, mas não por mim, por você.

Depois de abrirem os presentes – que é o que eu lembrava –, meu pai nos serve um café especial com sabor de caramelo e nozes.

Enquanto tomamos o café da manhã, conto à minha amiga sobre meus progressos.

> Você acredita que minha mãe
> me obrigou a fazer um perfil no TikTok
> para expor meus quadros?
> Sim, você acredita...

Donna sempre me representando!
Ainda bem que foi ela quem te obrigou.
Você nunca me escuta.

Agora, a pergunta é: quem vai se interessar por meu trabalho artístico, além de uma menina de dez anos que nem sabe qual é o meu nome de usuário?

Vá para o CAPÍTULO 87 (página 381) →

CAPÍTULO 86

Quando acordo na manhã de Natal, escuto as músicas que minha família sempre coloca neste dia especial.

> *You better not pout, I'm telling you why*
> Santa Claus is coming to town

Sinto as lágrimas correrem ao lembrar de Cookie. Todo 25 de dezembro eu acordava com um doce na boca, não porque ele me trazia de presente, mas porque já o estava comendo.

Ao descer e encontrar meus pais, vejo que também estão tristes. Embora este seja o terceiro Natal que passo sem Cookie, para eles é o primeiro.

Eu me ajoelho diante da árvore e procuro as roupas que me deram neste ano. Tento fingir que estou surpresa quando abro os embrulhos. Já sei o que é, mas não quero que pensem que não gostei.

– Amei! – exclamo.

Bem, talvez tenha sido efusiva demais.

– Estamos felizes por ser como você queria – meu pai diz.

Depois me levanto, para que eles abram seus pacotes. Se não me engano, um par de tênis de corrida para minha mãe e um enorme quebra-cabeça para meu pai. Eu já tinha comprado os presentes de ambos quando voltei para casa no Dia de Ação de Graças.

Assim como no outro passado, eles também gostam.

Depois, meu pai nos prepara um café especial com sabor de caramelo e nozes. Enquanto aproveitamos esta manhã natalina, só consigo me perguntar se realmente valeu a pena voltar ao passado. Até o momento, minha vida não mudou muita coisa.

Vá para o PRÓXIMO CAPÍTULO →

CAPÍTULO 87

À tarde, enquanto minha família aproveita com tranquilidade o dia de Natal, vou para a associação. Nós nos dividimos em dois grupos, para que alguns trabalhassem pela manhã, e os demais, no período da tarde.

Ao reencontrar Lucas, fico paralisada. A tragédia na feira de Natal ainda não saiu da minha cabeça.

O clima entre nós dois continua tenso, mas nos esforçamos para fingir que nada aconteceu. Infelizmente, nosso ânimo interfere no desempenho como elfos: visivelmente não estamos muito concentrados, e as crianças não se envolvem nas brincadeiras como nos outros dias.

Terminadas as atividades, me sinto exausta. Tudo o que quero é chegar em casa e, antes de dormir, assistir a um bom filme.

Antes de sairmos da associação, porém, Lucas decide quebrar o silêncio incômodo que estava entre nós.

– Charlie, não estou gostando de ver a gente deste jeito. Sério!
– Nem eu.
– Topa ir até a pista de gelo para relaxarmos um pouco?

Não é o que eu tinha em mente. Mesmo assim, embora esteja esgotada, agradeço o convite para patinar.

Se Charlotte escolhe patinar com Lucas, vá para o **PRÓXIMO CAPÍTULO** →
Se Charlotte escolhe não patinar com Lucas, vá para o **CAPÍTULO 89** (página 385) →

CAPÍTULO 88

De qualquer forma, acho uma boa ideia sair um pouco. Não só para terminar o dia com o pé direito, mas também para melhorar a situação entre nós dois.

— Por mim, genial a ideia de patinar. — Bocejo. — Mas não vou mentir para você, estou um pouco cansada.

Por causa do horário, a pista de gelo já está lotada com famílias aproveitando ao máximo o dia de Natal, por isso é muito mais difícil deslizar pelo gelo tranquilamente, como de costume.

— Você lembra quando apostamos corrida na pista? — Ele sorri, nostálgico.

— Sim. Nós tínhamos o quê? Uns catorze anos?

— E acabamos, ambos, com uma torção no tornozelo!

Apoiamo-nos na barra que contorna a pista para relembrar aquele momento, sem perigo de cair. Não sei por que tivéramos a brilhante ideia de patinar o mais rápido que podíamos. Então acabamos nos colidindo e fomos parar no chão. Ficamos de muletas por algumas semanas.

— Eu não repetiria a façanha. — Seco as lágrimas que brotam de tanto rir. — Mas guardo esse dia com muito carinho na memória.

— Nesse dia percebi que você significava para mim muito mais que uma amiga.

Parei de rir de repente e olhei para ele.

– O quê?

Eu não esperava... Não, claro que não esperava por isso.

Lucas encolhe os ombros.

– No começo, eu não tinha coragem de me declarar e, depois, quando você começou a namorar o Dylan, me convenci de que era melhor esquecer. Mas acho que nunca deixei de te amar, Charlie.

– Você está falando a sério?

Ele assente com a cabeça.

– Eu tinha medo de perder você se dissesse que estava apaixonado – confessa.

Meu melhor amigo abaixa a cabeça e me olha de soslaio algumas vezes. Está ansioso por ouvir minha resposta.

– Acho que não somos tão diferentes, Lucas – respondo, com um sorriso envergonhado.

Também me senti da mesma maneira nos últimos dias: com medo de assumir meus sentimentos por imaginar supostas consequências.

Em seguida lhe estendo a mão, convidando-o a retomar a patinação. Ele hesita um pouco e, por fim, pega-a para continuarmos nossa viagem sem rumo.

Juntos, deslizamos entre a grande quantidade de gente. Ao mesmo tempo, parece que estamos sozinhos na pista. De vez em quando, nos olhamos como se não soubéssemos dar o próximo passo: nos beijar.

Não até chegarmos ao outro lado da pista, quando paramos e ele aproxima o rosto do meu, bem devagar. Então encostamos nossos lábios até nos entregarmos a um beijo apaixonado.

Meu coração dispara enquanto compartilhamos esse momento de intimidade. É muito bonito e, ao mesmo tempo, desconcertante, pois é a primeira vez que um beijo desperta em mim tantas emoções boas.

Quem sabe porque este é o primeiro beijo de amor verdadeiro que recebi. Ou porque estou beijando alguém por quem tenho sentimentos tão profundos.

Quando nos separamos, ambos nos fitamos com um sorriso de felicidade no rosto.

Se você desbloqueou o *plot* da Charlotte pintora, vá para o CAPÍTULO 90 (página 388) →

Se não, vá para o CAPÍTULO 91 (página 392) →

CAPÍTULO 89

Gosto quando o Lucas tenta aparar as arestas entre nós. No entanto, hoje estou muito cansada. Quero ir para casa.

— Obrigada, Lucas, mas preciso descansar. — Bocejo.

— Ok, vejo você amanhã, então.

Neste instante recebo uma mensagem de minha mãe.

> Ei, diga ao Lucas para vir comer em casa.
> Ele vai pensar que somos mal-educados.
> Desde que colocou você na associação,
> ainda não o chamamos para vir aqui.

Minha mãe, sempre tão gentil.

— Minha mãe está te chamando para comer em casa — digo ao Lucas.

— Então não me resta opção.

— Bom, você já conhece. Ela nunca aceita um não como resposta.

Então seguimos juntos para minha casa e minha mãe fica muito feliz ao vê-lo. Vamos todos para a cozinha preparar o jantar, enquanto nos perguntam como vão as coisas no voluntariado.

— Na verdade, a Charlotte foi uma ótima contratação — Lucas comenta. — Estão todos encantados com ela.

Ele olha para mim com um sorriso sincero, apesar do nosso desentendimento na feira de Natal. Desvio o olhar e ruborizo. Não quero que meus pais percebam o que estou sentindo por ele.

– Você não tem ideia da alegria que essa notícia nos causa – meu pai responde. – Vamos ver se Charlotte agora consegue enxergar o potencial dela.

Reviro os olhos. Já vai começar.

– Lucas – continua minha mãe –, não acha que nossa filha deveria acreditar mais em si mesma?

– Claro, Donna. A Charlotte é uma garota muito especial.

Minhas bochechas começam a arder ainda mais neste momento – não pelo que ele disse, mas pela forma como o fez. Por favor, só espero que meus pais não percebam... Que vergonha.

Quando terminamos de comer e consigo escapar dessa conversa (nada confortável para mim), Lucas e eu saímos de casa. Minha ideia é acompanhá-lo até o ponto de ônibus e nos despedirmos, mas então ele me joga uma bola de neve e deduzo que não quer ir embora tão cedo.

– Isso é traição! – grito, fingindo indignação.

No outro passado, também brincamos de guerra de neve. Porém, isso aconteceu na manhã de Natal, quando ele me visitou para saber como eu estava. Então minha mãe tirou uma foto nossa.

Como não devolvo o ataque, ele atira outra bola. Eu me agacho e junto um punhado de neve, que jogo quase sem olhar. Obviamente, erro o alvo.

– Charlie, você está perdendo a pontaria, meni...

Sua frase é interrompida pela bola que recebe em cheio no rosto. Lucas passa a cuspir a neve que quase engole, enojado.

– Toma! Comeu neve! – celebro.

– Você me paga!

A brincadeira prossegue sem sequer nos preocuparmos em moldar as bolas e caímos na gargalhada quando nossa guerra perde qualquer tipo de coerência.

Lucas agarra meus pulsos para evitar novos ataques e nos empurramos até cair sobre a neve. Eu, literalmente, em cima dele. Mesmo assim, continuamos rindo, por causa da adrenalina do momento.

— Você está bem? — pergunto.

Lucas assente e me observa em silêncio por alguns segundos. Depois, seu olhar se fixa nos meus lábios.

Com a respiração suspensa, imagino o que está para acontecer. Fecho os olhos e, sem pensar, começo a beijá-lo, ao que ele corresponde com imensa suavidade.

Meu coração dispara enquanto compartilhamos esse momento de intimidade. É muito bonito e, ao mesmo tempo, desconcertante. É a primeira vez que um beijo desperta em mim tantas emoções boas.

Quando nossos lábios se separam, imagino que vá acordar a qualquer momento.

— Estou sonhando? — pergunto.

Voltamos a rir, devido à tensão do momento, e ele responde:

— Se for assim, acho que ambos estamos sonhando.

Se Charlotte abriu seu perfil no TikTok, vá para o PRÓXIMO CAPÍTULO →
Se não, vá para o CAPÍTULO 91 (página 392) →

CAPÍTULO 90

Quando conto ao Lucas que minha mãe insistiu para eu criar um perfil no TikTok, ele me incentiva a subir alguns conteúdos. No início, não sei como me comportar diante da câmera. Mesmo tendo várias ideias, todas desaparecem assim que Lucas começa a gravar.

Assim, depois de várias tentativas, decidimos utilizar um áudio preexistente que alguns artistas usam para divulgar seu trabalho. No vídeo, aproveito para mostrar também minhas telas.

Porém, enquanto edito os textos, critico-me internamente, porque pareço muito artificial. Nada a ver com a espontaneidade de Martha.

— Não gostei — me queixo.

— Mas está genial, Charlie.

Ele me vê com bons olhos porque sou sua melhor amiga (ou o que quer que seja agora), mas estou ciente dos erros que cometi. De qualquer forma, subo o vídeo. Por mais exigente que seja comigo mesma, entendo também que é meu primeiro vídeo. Vou melhorar com o tempo, pois ninguém nasce sabendo tudo.

— Como vai o vídeo? — Lucas me pergunta uma hora depois. — Já viralizou?

Insegura, abro o aplicativo. Sei que é muito difícil meu vídeo se tornar popular, sendo o primeiro. Mas uma parte de mim gostaria que isso acontecesse.

— Vinte e cinco visualizações. — Suspiro. — E nenhum comentário.

– Bom, tem que começar de algum lugar, Charlie. – Ele me beija. – Não desanime.

No entanto, perfeccionista que sou, minha cabeça só entende que isso representa um fracasso absoluto.

Assim que Martha descobre que comecei minhas andanças pelas redes sociais, compartilha minha conta em seu Instagram. Graças a ela, chegam mais algumas pessoas. Nesta noite, me encontro com ela e Tyler para jantar. Ainda não o vi, porque, embora sejamos amigos, nos distanciamos um pouco quando fomos para a universidade. Se não perdemos completamente o contato, foi graças a Martha.

– Temos de comemorar que Charlotte voltou a pintar. E também por ter, finalmente, criado uma conta no TikTok!

– Quantos seguidores você já tem? – Tyler pergunta enquanto pega seu telefone.

– Treze.

– Agora são catorze – Tyler anuncia.

– Estou muito orgulhosa de você, minha querida artista. – Martha aperta minha mão carinhosamente.

Acabo me tornando o centro das atenções do jantar. E ainda mais quando revelo que estou namorando o Lucas – ou, bem, que estamos começando.

Depois do jantar, Martha e eu ficamos sozinhas, porque Tyler estava cansado e quis ir embora. Nós duas, então, resolvemos dar um passeio noturno de Natal. As luzes dessa época nos acompanham, junto com o vento gelado do inverno.

– Está contente com a conta no TikTok, Chars? – ela me pergunta.

– Continuo achando uma perda de tempo – comento, desanimada. – Ninguém está interessado no que tenho a dizer. É só ver que subi o vídeo e ele não teve nem cem visualizações.

– Não seja tão dura com você, Charlotte. Os algoritmos funcionam desse modo. Assim que começar a disparar mais vídeos, seu perfil vai crescer muito.

Inspiro fundo e exalo o ar, observando o vapor suspenso através da iluminação natalina.

– Ah, tá. Isso você diz por dizer.

– Como?! Gata, nós nos conhecemos há anos. Você sabe perfeitamente que não sou do tipo que vai ficar enchendo sua bola só porque é minha amiga.

Sei disso. No entanto, é difícil para mim acreditar que posso ter o mesmo magnetismo dela.

– As pessoas adoram você, Martha, mas não a mim.

– Isso não é verdade.

– E às vezes é meio inevitável não me comparar com você.

Paro no meio do caminho ao me tocar que deixei isso escapar. Observo a expressão de Martha, que não me dá pistas se está com raiva ou, ao contrário, se me entende perfeitamente.

– Quer dizer – acrescento –, sei que você merece tudo o que conseguiu. Mas muitas vezes quebro a cabeça pensando por que tem sido mais difícil pra mim. O que estou fazendo errado?

Tive, inclusive, de saltar entre dimensões para consertar meu passado, mas essa parte guardo para mim.

Acho que este é o momento em que Martha vai dizer que sou uma péssima amiga e que vai parar de falar comigo. Por isso seu abraço me pega de surpresa.

– Sabia, Chars, que me senti do mesmo jeito quando você e o Tyler foram aceitos nas faculdades que escolheram?

Arregalo os olhos, surpresa. Eu não fazia ideia. De fato, Martha teve de ingressar na universidade comunitária de uma cidade próxima, porque não foi aceita naquela que havia escolhido. No entanto, não me lembro de ela ter dito nada sobre como se sentiu.

– Você ficou muito contente pela gente.

– Porque você não me conhecia tão bem naquela época. Senão, teria percebido. Foi exatamente como você se sente agora. Eu entendia que vocês mereciam, mas o problema era: por que eu não? Com certeza, Martha e eu somos almas gêmeas. Não no sentido romântico, mas no plano de uma amizade profunda. É como se eu estivesse me ouvindo através dela.

– Mas agora, com as redes sociais, você passou a confiar mais em si mesma – presumo.

– De jeito nenhum. No início, quando me vi crescendo no Instagram, me comparava com pessoas que tinham uma comunidade maior que a minha. Foi um longo processo interno. Aprendi que minha autoestima não tem nada a ver com as conquistas que posso ter, nem com as realizações de outras pessoas. Se eu não tivesse dado o primeiro passo para mudar, ainda me sentiria infeliz. Mesmo que eu fosse a pessoa mais bem-sucedida do mundo.

Ela tem razão. Mas é difícil imaginar que, na sua posição, eu ainda me sentiria inferior.

– É você que tem de perceber seu próprio valor, Charlotte. – Ela faz uma breve pausa. – Bem, caso precise ouvir, você é uma das pessoas que mais admiro no mundo.

Sem poder me conter, me atiro em seus braços e quase a derrubo. De todo modo, agora que finalmente confessei minhas inseguranças, sinto que perdem força. Sei que ainda tenho um caminho a percorrer até resolver essa questão. Mas, felizmente, já é um começo.

– Te amo muito, Martha.

– Eu também te amo, minha querida artista.

Vá para o PRÓXIMO CAPÍTULO →

CAPÍTULO 91

Como Lucas e eu nos conhecemos desde sempre, nosso namoro evolui depressa. De fato, nossos familiares logo descobrem que somos mais que amigos e acolhem a notícia com satisfação. Aliás, quando vou à casa dele visitar seus pais, já me recebem como nora.

– Já era hora de vocês formarem um casal! – o pai dele me parabeniza. – Bem-vinda à família!

– Pai, por favor! – Lucas reclama. – Nós ainda não somos um casal. Quer dizer, somos, mas não... não sei o que nós somos!

– Os jovens a cada dia têm menos certezas – a mãe intervém, em tom brincalhão. – Pois saiba que bastou um encontro com seu pai para eu perceber que era o homem da minha vida.

Nos dias seguintes, Lucas e eu não escondemos o amor que sentimos um pelo outro. Sempre que podemos, nos beijamos, imersos em uma paixão desconhecida para mim até o momento.

Também não passamos despercebidos pelos colegas do voluntariado. Por isso, Erin, diretora da associação, nos propõe que no último dia de trabalho – na véspera do ano-novo –, nossos elfos "se casem".

– Vai ser uma celebração em grande estilo – explica. – Será o toque final até o próximo ano.

Embora Lucas goste da ideia, admito que me deixa muito envergonhada. Porque significa que temos sido carinhosos demais diante de todas essas pessoas. E eu que criticava os namorados que ficavam se beijando pelos corredores do colégio...

Infelizmente, a alegria do início do nosso relacionamento desaparece assim que vejo uma solicitação de mensagem privada no meu Instagram pessoal.

    Charlotte, você me bloqueou?

Engulo em seco. Dylan. Com uma conta nova, que deve ter sido criada para entrar em contato comigo. Ando tão feliz nestas férias, curtindo o namoro com Lucas, que até me esqueci da existência do Dylan.

    Fiz o mesmo que você.

    E eu tentando falar com você,
    para reatar nosso namoro...
    Pelo que vejo, você não
    está nem aí com a gente...

Ele me disse algo parecido no ano passado, em outra dimensão. Na verdade, conseguiu que eu voltasse com ele por puro sentimento de culpa, não porque o amasse de verdade.

    Você tem razão, não me importo nem um pouco.
    Nem penso em voltar com você.

    Você vai desistir de nós tão rápido, Charlotte?
    Sei que o nosso relacionamento teve seus erros
    porque sou um imbecil. E eu sinto muito.

> Mas temos que lutar por nós.
> É o que fazem os casais que se amam.
> E, se agora age assim comigo,
> está me mostrando que nunca
> esteve realmente apaixonada por mim.
> Por favor, me dê uma chance, meu amor.

Nem me dou ao trabalho de ler a mensagem inteira, mas dou a mesma resposta de quando terminei definitivamente com ele no outro passado. Ou seja, no ano que vem.

> Dylan, não vou voltar.
> Esta é a última mensagem
> que envio. Vou bloqueá-lo
> nesta conta também. E, se você criar
> uma nova conta, bloqueio também.
> Adeus. 💧

Antes que ele consiga me responder, elimino-o para sempre da minha vida.

Vá para o PRÓXIMO CAPÍTULO →

CAPÍTULO 92

No último dia de voluntariado, estou com as emoções à flor da pele. Minha participação na associação está chegando ao fim, o que me causa uma enorme tristeza. Gostei muito da experiência, sobretudo por compartilhá-la com o Lucas.

As famílias estão reunidas num mesmo grupo. A ideia é representar uma cena que culmina em nosso casamento élfico. Por isso, o guia os acomoda em frente à nossa seção na esteira.

— Estou com a cabeça nas nuvens hoje, Penélope Rudolf — Lucas começa a apresentação.

— O aconteceu, Entardecer Nevado?

— É que estou tão apaixonado por você...

Os pequenos e os adultos acompanham a encenação atentamente. Entre os diálogos que interpretamos nos últimos dias, este é o que me deixa mais encabulada.

— Eu sei, Entardecer Nevado. E é por isso que estamos namorando. Não lembra, não, seu bobão?

— Mas eu te amo muito. E sinto que é muito pouco ser só seu namorado.

Então, ele se ajoelha e me propõe casamento. Mas o anel de noivado, no lugar de um diamante, traz uma enorme bala de caramelo.

— Obrigada, obrigada, meu amor! — agradeço enquanto vou mordendo a bala. — Hummm... Que delícia o meu anel!

— Não, Penélope Rudolf! Não faça isso! Assim não poderemos nos casar!

— Pois, então, vamos nos casar já! Antes que eu devore todo o meu anel de noivado.

Antes do casamento, o Papai Noel entrega os presentes às crianças e, então, vamos ao seu "escritório", para o bom velhinho realizar a cerimônia. As crianças ficam ao nosso redor enquanto ele oficializa nossa união.

— Pelo poder que me foi concedido pelo Estado da Lapônia, eu os declaro elfo marido e elfa mulher!

As crianças aplaudem, animadas, quando Lucas e eu nos beijamos. Em seguida, para aumentar o lado cômico do momento, volto a morder o anel.

— Penélope! — Lucas protesta.

E todos voltam a cair na risada.

Quando o casamento termina e as famílias vão embora, dou uma última olhada no local. Sei que voltarei no próximo ano, mas me entristece saber que não haverá fábrica até o próximo Natal.

Neste momento, alguém se aproxima de mim.

— Desculpe, não estudamos juntos no ensino médio?

Não acredito no que vejo.

— Jared!

O garoto de quem eu tanto gostava na época do colégio Silver Bay. Que estranho, olho para ele e não sinto absolutamente nada.

— Isso, você é a...?

Ele nem sequer lembra meu nome.

— Charlotte.

— Verdade! Que coincidência. Não lembro de ter cruzado com você aqui nos anos anteriores.

— É que este foi o meu primeiro ano. Como não nos vimos antes?

– Costumo me encarregar da compra dos materiais e dos presentes. Não sou muito de aparecer para o público.

Não sei bem o que dizer.

– Foi um prazer voltar a falar com você depois de tanto tempo – me despeço.

E vou para onde está Lucas, a fim de contar a novidade.

– Você não vai acreditar, aquele é o Jared.

Aponto disfarçadamente, para que não perceba que estamos falando dele.

– Você está brincando! – Semicerra os olhos para poder enxergar melhor. – O Jared, Jared?

Em outras palavras: "Jared, aquele do colégio?".

– O próprio.

– Nunca pude imaginar. Já falei diversas vezes com ele aqui e nunca fiz nenhuma conexão.

Fico perplexa por sua péssima memória. Neste presente, passaram-se apenas dois anos desde que terminei o ensino médio.

– Mas eu te mostrei um monte de fotos dele...

– Ok, Charlie, mas isso já faz cinquenta mil anos.

Arqueio as sobrancelhas, incrédula.

– Não passou tanto tempo assim.

No entanto, tempo suficiente para eu me dar conta de que é o Lucas quem amo de verdade.

Vá para o PRÓXIMO CAPÍTULO →

CAPÍTULO 93

Com o fim do voluntariado, também se aproxima o fim das nossas férias, o que significa que em breve Lucas e eu teremos de nos separar, até as férias de primavera.

É triste não termos mais tanto tempo para ficar juntos, mas aproveitamos ao máximo os dias que nos restam – principalmente quando nossos pais saem para resolver algum assunto ou encontrar os amigos. Na casa dele ou na minha, compensamos o tempo perdido: beijos, carícias, camisetas arrancadas, risadas, mais beijos... É difícil parar, exceto se o que ouvimos é o motor do carro dos meus pais na garagem.

– Você não disse que ficariam fora mais tempo? – ele cochicha, assustado, depois de tirar a cabeça do meio de minhas pernas.

– Foi o que pensei!

– Chegamos, Charlotte! – anuncia minha mãe, abrindo a porta da casa.

Nós nos vestimos em um segundo, e escondo Lucas dentro do armário para não ser descoberto. Terá de ficar ali até que meus pais entrem no quarto deles e então possa sair.

– Rápido! – sussurro quando já não há ninguém por perto.

Com uma mistura de rapidez e cautela (se é que as duas coisas podem se combinar), descemos pela escada e consigo fazer que ele saia sem ser visto.

– Nos vemos à noite – ele fala baixinho antes que eu feche a porta.

– Charlotte, o que está fazendo? – pergunta meu pai.

– Nada! – respondo, apoiando as costas na porta. – Não sabia onde vocês estavam. Pensei que ainda estivessem na sala.

Não pareço muito convincente, mas ele decide não prolongar o assunto.

À noite, Lucas e eu vamos à Praça do Relógio para celebrar o ano-novo. Martha e Tyler estão conosco. A multidão que espera a passagem do ano inicia a contagem regressiva como se fosse a primeira vez. Mas o que estou dizendo? Para eles, sim, é a primeira vez. Para mim, a segunda.

– Quatro, três, dois, um! – Nossa voz soa abafada, por causa das máscaras que usamos.

E então os sinos da torre do relógio começam a bater. Gritamos de alegria pela chegada do novo ano... E este ano, de seu marco zero, será ao lado do amor da minha vida.

Quando começa a queima dos fogos de artifício, aproveito para beijar o Lucas. Ele enlaça minha cintura para ficarmos mais próximos ainda. Enquanto os fogos iluminam a noite, nossos lábios fazem as promessas que não verbalizamos: que vamos continuar juntos a partir de agora.

Contudo, sinto um nó no estômago ao pensar que tenho de voltar a viver este um ano e meio.

– Não consigo imaginar melhor forma de começar o ano – Lucas diz, sorrindo.

Afago seu rosto, mas logo meu gesto se desfaz. Sinto tudo à minha volta girar. O que acontece? Será que a agitação da multidão ao redor está me provocando vertigem? Minha vista se embaça.

É quando ouço uma voz no interior da minha cabeça: a voz da bruxa.

"Charlotte, você quer continuar nesta realidade? Ou gostaria de voltar para casa?"

Se Charlotte escolhe ficar e você desbloqueou o *plot* da Charlotte pintora, vá para o PRÓXIMO CAPÍTULO →

Se Charlotte escolhe ficar e você não desbloqueou esse *plot*, vá para o CAPÍTULO 95 (página 403) →

Se Charlotte escolhe voltar ao presente, vá para o CAPÍTULO 97 (página 408) →

CAPÍTULO 94
NOSSA VERSÃO DEPOIS DAS FÉRIAS

Não tenho muito tempo para pensar na resposta. No entanto, basta ver como meu passado melhorou. Sim, viverei outra vez esse um ano e meio de diferença, mas não será um fardo junto aos meus. Entre eles, Lucas.

"Decido ficar", penso.

"Que seja como você quer." E a voz da bruxa desaparece da minha cabeça.

– Charlie, o que aconteceu?

Seguro as mãos de Lucas enquanto recupero a visão e a noção do que existe ao meu redor.

– Acho que me desesperei um pouco no meio de tanta gente.

– Está certo, então vamos embora.

– Sim – Tyler concorda conosco. – Esse ambiente está ficando asfixiante.

Quando por fim conseguimos sair da praça, vamos para uma área da rua muito mais tranquila. E é assim que terminamos nosso ano velho e iniciamos o nosso ano novo.

Depois das férias, Lucas e eu voltamos para a universidade – eu para a UCLA e ele para Stanford. Mas não perdemos o contato e, a distância, assumimos nosso relacionamento "oficialmente" (ou seja, nos pedimos em namoro).

Continuo com o TikTok. No início, realmente me sentia muito insegura, mas depois fui ganhando confiança. Um ano depois, conto com trinta mil seguidores. Isso, sim, me dá vertigem. Ainda não consigo me convencer de que haja tanta gente interessada em minha pintura.

O melhor é que, por meio do meu perfil, diversas galerias me contatam, interessadas em expor minhas obras. A primeira exposição é feita em um local pequeno e alternativo, e estou acompanhada dos familiares e amigos. Faltam apenas algumas semanas para eu terminar meus estudos na universidade. Aproveitando o momento, Lucas me faz uma surpresa que jamais esquecerei.

– Peço a atenção de todos! – exclama no auge do evento.

De início, não consigo entender o que ele pretende, mas quase morro de susto quando se ajoelha diante de mim e declara:

– Charlotte, talvez pareça um pouco repentino, mas nos conhecemos desde o jardim de infância, e não existe outra pessoa com quem eu queira passar o resto da minha vida. – Tira do bolso uma caixinha com o anel de noivado. – Charlotte Dewsbury, quer se casar comigo? Juro que desta vez o anel é de verdade, e não de bala de caramelo.

Solto uma risada nervosa ao lembrar da nossa aventura como elfos de Natal. Depois, as lágrimas inundam meus olhos.

– Sim, meu amor! Claro que quero me casar com você!

Lucas coloca a joia no meu dedo anelar, enquanto os familiares e os amigos nos felicitam. Então nos beijamos para selar nosso pacto. Nossa amizade atravessou um caminho pedregoso antes de se tornar esse relacionamento extraordinário. E eu não o mudaria por nada neste mundo.

FIM...

... exceto se Charlotte fez a regressão à Segunda Guerra Mundial – neste caso, vá para o CAPÍTULO 96 (página 406) →

CAPÍTULO 95
NOSSA VERSÃO JUNTOS

Não tenho muito tempo para pensar na resposta. No entanto, basta ver como meu passado melhorou. Sim, viverei outra vez esse um ano e meio de diferença, mas não será um fardo junto aos meus. Entre eles, Lucas.

"Decido ficar", penso.

"Que seja como você quer." E a voz da bruxa desaparece da minha cabeça.

– Charlie, o que aconteceu?

Seguro as mãos de Lucas enquanto recupero a visão e a noção do que existe ao meu redor.

– Acho que me desesperei um pouco no meio de tanta gente.

– Está certo, então vamos embora.

– Sim – Tyler concorda conosco. – Esse ambiente está ficando asfixiante.

Quando por fim conseguimos sair da praça, vamos para uma área da rua muito mais tranquila. E é assim que terminamos nosso ano velho e iniciamos o nosso ano novo.

Depois das férias, Lucas e eu voltamos para a universidade – eu para a UCLA e ele para Stanford. Mas não perdemos o contato e, a distância, assumimos nosso relacionamento "oficialmente" (ou seja, nos pedimos em namoro).

Tento fazer os contatos que não fiz na primeira vez durante a graduação e recupero o entusiasmo que havia perdido pela pintura. No entanto, o caminho não é tão simples, e vejo mais obstáculos que facilidades. Por isso, quando me formo em Arte, percebo que ainda vai levar um tempo até que meu trabalho seja reconhecido.

Mas não desanimo, porque vou continuar trabalhando na área. Meu antigo colégio, o Silver Bay, precisa de uma professora de História da Arte, e me candidato à vaga. Dessa forma, continuarei envolvida nessa disciplina que eu adoro e tenho certeza de que um dia meu momento chegará. Além disso, meu relacionamento com Lucas vai muito bem, obrigada. Tanto que, assim que terminamos a graduação, decidimos morar juntos.

Porém, minha intuição diz que logo daremos um passo maior.

E acontece em um dia em que estamos em casa, um dia normal, rotineiro. Lucas e eu estamos sozinhos e, depois do jantar, ele começa a me dizer algumas coisas que me alegram o coração.

– Charlie, sei que estamos juntos há apenas um ano e meio, mas... não existe outra pessoa com quem eu queira passar o resto da minha vida.

Levanta-se da cadeira e se ajoelha diante de mim. Fico sem palavras quando o vejo tirar do bolso uma caixinha com um anel de noivado.

– Charlotte Dewsbury, quer se casar comigo?

Tapo a boca com as mãos, reprimindo um grito, e me levanto também.

– Sim, meu amor! Claro que quero me casar com você!

Lucas coloca o anel no meu dedo, enquanto dou pulos de alegria. Então nos beijamos para selar nosso pacto. Nossa amizade atravessou um caminho pedregoso antes de se tornar esse relacionamento extraordinário. E eu não o mudaria isso por nada neste mundo.

FIM...

...exceto se você veio da regressão à Segunda Guerra Mundial – neste caso, vá para o PRÓXIMO CAPÍTULO ⟶

CAPÍTULO 96
NOSSA VERSÃO ATRAVÉS DO TEMPO

Lucas e eu planejamos nos casar dentro de alguns anos. Embora já estejamos noivos, isso não significa que queremos encarar um casamento imediatamente. Mesmo assim, decidimos tirar férias em Santa Bárbara, na Califórnia. Uma espécie de lua de mel antecipada.

Uma de nossas paradas é a praia, onde aproveitamos para aprender a surfar. Na minha cabeça só consigo pensar na nossa antiga encarnação: Tobias e Hanna. Gosto da ideia de termos nos reencontrado em outra vida e, embora nosso relacionamento não seja exatamente o mesmo, o vínculo é.

— Acho que na outra encarnação fui surfista — brinca meu namorado quando terminamos a aula. — Estou me saindo superbem.

— Talvez você tenha sido.

Lucas não é tão cético quanto Martha, mas não acreditaria em mim se eu lhe dissesse que em outra encarnação ele foi um marinheiro dos Estados Unidos, nem que a relação que temos hoje é outra versão de nós.

Depois da aula de surfe, damos um passeio pela orla. Após alguns minutos de caminhada, paro em frente a um lugar que minha alma conhece muito bem.

— Os Doces de Emma — sussurro.

É a cafeteria que Hanna ia abrir com sua amiga Emma, tenho certeza!

– "Os melhores milk-shakes e bolos desde 1946". – Lucas semicerra os olhos enquanto lê os dizeres da placa. – Você quer entrar?

Abraço sua cintura.

– Adoraria.

Hanna Beck não só conseguiu realizar seu sonho como, além disso, a cafeteria continua aberta até hoje. Encho o peito, orgulhosa. Posso até não ser ela hoje, mas Hanna sempre viverá em minha alma.

E creio que uma boa forma de homenageá-la é pintar uma tela sobre esta viagem.

AGORA, SIM...

Fim

CAPÍTULO 97

Fecho os olhos, pensando que quero ficar neste novo passado. No entanto, ao refletir mais um pouco, percebo que não é o que realmente desejo. Sinto um nó na garganta quando admito que viajei para outra dimensão para retornar ao ponto de partida.

Por que quis voltar ao passado para viver tantas coisas se tenho de retornar ao presente?

Porque este novo passado é uma mentira.

Não é natural. Não foi o que aconteceu. Eu o criei segundo meus desejos, com informações que já conhecia, como, por exemplo, que eu tinha de ficar o mais longe possível de Dylan.

Mesmo que jamais esqueça isso (tudo o que vivi, todas as coisas diferentes que aconteceram), nada aconteceu de verdade.

"Acho que é hora de voltar pra casa", respondo, derrotada.

"Eu sabia que você tomaria essa decisão."

Sinto meu coração se partir só de pensar que tenho de abandonar essa pessoa por quem me apaixonei. Existe uma maneira de nos encontrarmos novamente no presente original? Ou nossa história acabou para sempre?

"Deixe, pelo menos, eu dizer adeus", suplico.

"Você não pode..."

– ... é hora de voltar.

De repente, estou de volta à consulta da bruxa. Sinto-me frustrada. O tempo não passou na mesma velocidade por aqui. Na outra dimensão, passaram-se muitos dias, e agora volto a estar neste mesmo momento, assim como ela prometeu.

Como se o que experimentei não tivesse sido real.

– Fiz uma viagem ao passado pra nada – lamento.

– Para nada, não. Você aprendeu algo muito importante: não há nada mais valioso que o presente.

Arqueio uma sobrancelha. Será que realmente aprendi? Não tenho tanta certeza.

– Nossa vida é feita de momentos bons e ruins. Todos temos nossos sonhos realizados, outros frustrados, nossos traumas. Mas, quando não queremos mudar nada da nossa existência, mesmo que nos deem oportunidade, significa que somos felizes de verdade. Hoje você tomou a decisão de manter a sua vida exatamente como é.

Se Martha estivesse aqui, com certeza diria à bruxa que seu otimismo ultrapassa os limites da toxicidade, já que não leva em conta todas as circunstâncias possíveis. Mesmo assim, gosto de alimentar a esperança de que minha vida pode ser muito mais do que os obstáculos do meu passado.

– Quanto devo pela consulta? – Abro minha bolsa.

– Nada. A lição que você aprendeu já é o bastante pra mim.

– Só uma pergunta... bem... – começo.

– Meu nome é Sally.

– Sally, voltarei a me encontrar com... – não consigo dizer o nome – essa pessoa?

A bruxa olha para o chão enquanto pensa na minha pergunta. O que dói é pensar que, ao escolher o presente, perdi para sempre uma pessoa tão especial. Por isso, neste momento, preciso escutar que sim, que vou voltar a encontrar o amor da minha vida.

— Se for seu destino, sim — responde.

Não é a resposta que eu queria ouvir.

Saio da consulta aturdida por voltar à minha realidade. Martha me espera do lado de fora com um sorriso irônico.

— Como foi sua viagem no tempo? Deu tempo de ir e voltar em um minuto? Que rápido!

Prefiro mentir, já que ela não vai acreditar se eu disser que foi real. Provavelmente pensaria que estou mentindo só para não lhe dar razão.

— Se eu tivesse viajado no tempo, não estaria aqui agora. — Dou de ombros.

Então dou um forte abraço nela. Percebo quanto senti sua falta. Mesmo estando juntas no passado, não era esta Martha.

— Bem, Charlotte Dewsbury — ela se solta do meu abraço para falar —, já está na hora de nos prepararmos para o evento.

— Que evento?

Para mim, passou muito tempo. Quase me esqueci das circunstâncias que nos trouxeram até aqui.

— Você não pode estar falando a sério! Esqueceu, Charlotte?

Então lembro que convidaram minha amiga para a inauguração de uma galeria, por ela ter compartilhado um quadro meu em suas redes sociais.

— Ah! É verdade!

— Que cabeça, hein? Anda, depressa, ou vamos nos atrasar.

Estou exausta pelo que aconteceu nos últimos "dias", mas Martha não me dá escolha: vamos ao evento. Para ela, estivemos separadas somente por meia hora.

Vá para o CAPÍTULO 100 (página 414) →

CAPÍTULO 98

Conforme ouço Martha sair da consulta, chego à conclusão de que é tudo bobagem. Ok, a ideia de viajar no tempo e mudar meu passado me atrai, mas o que disse minha amiga e sua saída dramática me fazem pensar melhor: isso não faz sentido.

Porque isso de viajar entre dimensões não é real. Como poderia ser?

– No que estou pensando? – Sacudo a cabeça. – Olha, te agradeço muito, mas... acho melhor eu ir embora.

Sem dar tempo para que a bruxa tente me dissuadir, abandono o lugar.

– Martha, espere! – grito ao abrir a porta.

Minha amiga olha para o relógio do celular, surpresa.

– Nossa, você não demorou nem quinze segundos. Já viajou no tempo?

– Você tem razão. – Levanto as mãos. – Não sei o que me passou pela cabeça para acreditar que posso saltar entre dimensões.

– É o desespero para mudar sua vida. É disso que essa gente se aproveita.

Sim. Contudo, me surpreende eu ter sido incapaz de me convencer disso até estar prestes a embarcar nessa onda. Cheguei, inclusive, a brigar com minha amiga por isso.

— Venha aqui, minha querida artista. — Ela enlaça meu pescoço e encosta minha cabeça na sua. — Vamos nos arrumar para ir à galeria.

Então, sorridentes, seguimos para o nosso próximo destino: a casa da Martha.

Vá para o CAPÍTULO 100 (página 414) →

CAPÍTULO 99

Hoje foi um dia muito cansativo, por causa da regressão. Mesmo assim, não posso deixar que minhas vivências passadas me afetem. Por mais que tudo o que lembrei tenha me marcado, é um ciclo da minha alma que já se fechou.

O que importa não é o passado, mas o que faço durante a minha vida sendo Charlotte Dewsbury. E quero lembrar-me de hoje como o dia em que retomei minha paixão pela pintura, e não como o dia em que boicotei minha primeira oportunidade em anos por causa de uma vida passada.

– Eu vou – afirmo. – Vamos nos vestir e vamos brilhar nessa galeria.

Martha levanta o rosto, orgulhosa ao me escutar.

– Isso sim é atitude! Vamos embora, minha querida artista.

Então, com tempo suficiente, vamos para a casa da minha amiga nos arrumar.

Vá para o PRÓXIMO CAPÍTULO →

CAPÍTULO 100

Primeiro passamos pela minha casa para pegar meu portfólio e depois vamos para a casa da Martha para escolher o que vestir nesta noite, já que, em razão de seu trabalho nas redes sociais, ela tem muito mais opções que eu para participar desse tipo de evento.

Minha amiga me empresta um vestido preto com alças que se amarram no pescoço, e ela, por sua vez, escolhe um terninho verde-claro. Como ainda temos tempo, colocamos na tevê uma série para nos entreter até a hora de sair, mas acabamos nos distraindo e, no final, precisamos sair correndo, porque já estamos atrasadas.

– Amiga, são oito e quinze! A inauguração começa em quinze minutos! – Martha grita.

– Entendi que começava às nove. Achei que tínhamos tempo de sobra!

Sinto-me ridícula ao sairmos desembestadas pelas ruas, de salto alto e arrumadas para o evento. Tenho a impressão de que todo mundo nos observa, fora o medo de torcer o pé – não pela dor, mas pelo vexame em público.

Quando enfim chegamos à galeria, meus pés já estão doloridos.

– Que vergonha! – Martha lamenta. – Já tem um monte de gente.

Pego meu celular para ver as horas.

– São nove e quinze.

— Que desastre, Charlotte. Bom, é o que temos. Chegamos tarde e pronto, não podemos fazer mais nada.

Mas conheço a Martha. Quando fala em voz alta desse jeito, é porque está tentando convencer a si mesma.

Com um olhar, minha melhor amiga sugere que eu entre primeiro. Eu, porém, comprimo os lábios e a encorajo a fazer a entrada triunfal. Ela abre a porta com relutância e, então, um homem que imagino ser quem a convidou vem até nós.

— Boa noite, meu nome é Martha Smith. Desculpe o atraso, nos perdemos no metrô, fomos parar na estação errada. Esta é minha acompanhante, Charlotte Dewsbury.

Balanço a cabeça diversas vezes, em concordância, para dar veracidade à sua mentira. O promotor do evento olha para ela sem lhe dar muito crédito, mas nos deixa entrar.

— Fiquem à vontade, aproveitem a noite — diz em um tom educado, mas frio.

Martha e eu nos misturamos entre os presentes.

— Agora precisamos descobrir quem foi que abriu a galeria — diz. — Você consegue localizar o homem de terno que vimos hoje à tarde?

Aquele que vimos na nossa visita furtiva? Tento encontrá-lo, mas, por fim, balanço a cabeça negativamente.

— Não o vejo por aqui. Por que não pergunta ao promotor?

— Nem a pau! — Martha pega o celular para gravar alguns *stories* para o Instagram. — Já perdemos o começo do evento, aí é que ele vai pensar que viemos aqui só pra fazer *networking*.

Quando um garçom passa ao nosso lado, aproveito para pegar duas taças de vinho branco.

— Foi para isso que viemos, Martha — respondo.

— Ok, mas não precisa ficar tão evidente...

Minha amiga pega uma das taças e dá um golinho. Então, arregala os olhos e me cutuca o braço várias vezes.

– Amiga! Amiga! Amiga!

– O que foi?

– Aquela ali não é a Alaska?

Sigo o olhar de Martha. De fato: ali está ela. A garota mais popular do colégio. Mesmo Martha me avisando, fico espantada... Mas o que me deixa realmente chocada é que ela não é apenas mais uma convidada, mas aquela que está dando entrevistas à mídia.

– Alaska é a dona da galeria – murmuro.

Então, tomo um bom gole do vinho.

Se você passou pela regressão à Londres vitoriana, vá para o PRÓXIMO CAPÍTULO →

Se você passou pela reconexão com a Alaska, vá para o CAPÍTULO 102 (página 418) →

Se você passou pela reconexão com o Jared ou com o Lucas, vá para o CAPÍTULO 103 (página 419) →

Se não passou por nenhuma das situações anteriores, vá para o CAPÍTULO 104 (página 420) →

CAPÍTULO 101

A bruxa disse que a alma de Frederick também estava nesta vida. Alguém com quem eu compartilharia "a mesma paixão por alguma atividade ou profissão", disse. Claro que eu jamais esperaria que fosse a Alaska.

Porque não é. Claro que não. Como poderia ser a Alaska? Com tanta gente no mundo. Só pensei nisso porque as coisas aconteceram uma atrás da outra e porque não conheço muitas outras pessoas interessadas em arte. Mas achar que pode ser ela é um erro. E não faz o menor sentido. Como seria possível uma das minhas inimigas declaradas do ensino médio ser o amor da minha vida em outra encarnação? Vamos, Charlotte, não seja boba.

A imagem do nosso beijo no baile de formatura passa pela minha cabeça. Também passa a da sua mensagem depois e, quatro anos mais tarde, a minha mensagem para fazer as pazes. Mas isso não significa nada. Além do mais, ela nem me respondeu. O que parece um sinal inequívoco de que Frederick Edevane não é Alaska St. James. Não é. Porque, como a bruxa me mostrou, Frederick foi o amor da minha vida.

Não pode ser ela. Enquanto saboreio o vinho, observo-a a distância. Por algum motivo, não me deixo convencer.

Vá para o CAPÍTULO 104 (página 420) →

CAPÍTULO 102

Sinto um gosto amargo ao voltar a vê-la. Há poucas "horas", estávamos no baile de formatura e éramos as rainhas da noite.

Agora sei por que seu tio me pareceu familiar: era o homem que Martha e eu vimos por trás da vidraça da galeria durante a tarde. Certamente ele a ajudou a abrir o negócio. Por outro lado, estou surpresa que Alaska tenha decidido abrir uma galeria de arte. Pelo que me contou no passado, teve muita dificuldade em encontrar seu próprio caminho. Mas, pelo visto, chegou à mesma conclusão... só que sem mim.

Agora voltei a encontrar Alaska, mas a Alaska original. A que possivelmente continua me detestando por ter ignorado sua mensagem. A mensagem que ela enviou depois de nos beijarmos no primeiro baile de formatura do colégio.

Decidi viajar entre as dimensões para consertar meus erros com a Alaska. No fim, durante todo esse tempo a vida estava tentando cruzar nossos caminhos de novo. Como a bruxa disse, o destino me uniria à pessoa certa. E essa pessoa era Alaska St. James. Simplesmente, será outra versão de nós.

Vá para o **CAPÍTULO 104** (página 420) →

CAPÍTULO 103

Quando a bruxa me disse que o destino me uniria à pessoa certa, não pensei em Alaska. Quer dizer, por que eu deveria pensar em Alaska? Não fazia sentido. Não tínhamos sido amigas no ensino médio (na verdade, éramos totalmente o oposto). Havíamos nos beijado e depois... nada da minha parte. Até "ontem" à noite, quando lhe escrevi. Da parte dela, nada também, nem sequer durante a minha viagem no tempo. Na verdade, na minha cabeça só existia a possibilidade de ficar com *ele*, sem opções. Não queria nem imaginar uma vida em que não estivéssemos juntos.

Mas o destino decidiu colocá-la em meu caminho. Não ele. Não o amor da minha vida. Simplesmente, a Alaska St. James.

E não sei como me sentir a respeito.

Vá para o PRÓXIMO CAPÍTULO →

CAPÍTULO 104

Enquanto a vejo falar com um jornalista, lembro-me do nosso beijo no baile de formatura.

— O que aconteceu? A rainha do baile está evitando os seus súditos? — perguntei na ocasião, quando a vi.

Eu tinha saído para ficar sozinha, meio sufocada naquela aglomeração. Queria ficar com o Jared, mas ele nem olhava para mim. Além do mais, estava tão meloso com sua acompanhante que eu sabia que não teria a menor chance.

Alaska riu com um ar triste.

— Só quero que esta festa acabe — lamentou.

— Por quê? Esta é a sua noite.

Então ficamos conversando no meio do campo de futebol e acabamos nos beijando.

Quatro anos depois, deixou minha mensagem no visto. E, agora que estamos aqui, vai pensar que entramos de penetras por algo relacionado ao que escrevi.

Quando por fim nota a nossa presença, não se mostra muito contente. Por um momento acho que vai nos ignorar. Porém, logo vem em nossa direção com passos decididos.

— O que estão fazendo aqui? — pergunta, com um tom bastante grosseiro.

— Mas que garota simpática! — Martha faz uma expressão de nojo.
— Se estamos aqui é porque nos convidaram.
— Quem, o Victor? — Olha para o promotor de eventos que contatou minha amiga. — Foi por isso que me escreveu, Charlotte? Pra depois poder rir da minha cara?
Entendo que pense assim.
— Você escreveu pra Alaska? — Martha cochicha.
— Olha, eu não sabia que isto aqui tinha a ver com você. Foi uma coincidência — confesso, desconfortável. — E enviei a mensagem pra me desculpar por ter te ignorado antes. Porque, realmente, sinto muito.
Minha ex-colega de classe cruza os braços e sai andando sem dizer absolutamente nada. Depois se dirige a outros convidados, com os quais tem uma atitude bem mais agradável.
— Você não me contou nada — Martha me repreende, brincando.
— Nossa amizade está em perigo a partir de agora.
— Ontem à noite tive uma crise de angústia pelo que minha vida poderia ter sido e não foi. Então resolvi pedir desculpas pra ela.
— E a que horas foi isso?
— Às quatro da manhã.
Fico meio brava com minha melhor amiga quando ela ri de mim.
— Eu te amo muito, Charlotte, mas às vezes você exagera na dose.
Sim, eu sei. Não foi a coisa mais sensata do mundo. Mas ontem me perguntei o que teria acontecido se eu tivesse respondido à Alaska naquela noite, por isso tentei falar com ela. Queria compensar meu erro. Porém, graças à minha ideia, agora parece que a minha intenção desde o início era incomodá-la.
— Bem, já que estamos aqui, vamos ficar um pouco mais — sugere Martha. — Embora não ache que você vai conseguir fazer muitos contatos.

Felizmente conseguimos nos integrar com alguns convidados ligados ao mundo da arte. Aproveitei para falar do meu trabalho, reconhecendo, constrangida, que a última coisa que pintei por prazer foi há três anos.

— Bem, eu sou pintora — comentei. — Sou fascinada por arte abstrata desde pequena. Depois de ver uma pintura de Kandinsky, pensei: "Uau! Isto é uma coisa que posso pintar". Claro que é muito mais complexo do que imaginei, mas eu era apenas uma menina de quatro anos.

Faço uma tentativa de mostrar meu portfólio. No entanto, assim que percebem meu objetivo, nos dão as costas de maneira bastante rude.

— Que gente mal-educada! — Martha reclama.

— Talvez a mal-educada seja eu por tentar me aproveitar da situação. — Fecho a pasta, desconsolada.

— Nada! Vamos procurar outras pessoas. Você vai ver como esses serão os únicos.

Os próximos grupos que abordamos têm a mesma reação: são cordiais até que eu comece a falar sobre meus projetos. Um homem até torce o nariz quando mostro minha pintura. Por isso, me dá vontade de ir embora. Não me sinto confortável nesta inauguração, sou uma intrusa. O ambiente é muito hostil conosco e sinto que, se falarmos com mais pessoas, receberemos o mesmo tratamento.

— Vamos pra casa, Marta. — Tomo o último gole da minha taça.

— Já vai desistir? Ninguém disse que o caminho seria fácil.

— Este caminho está cheio de armadilhas. Deixa pra lá, aqui não é o meu lugar e não sei se algum dia será.

— Você está vendo as coisas dessa forma porque hoje foi um dia intenso, amiga.

— Não, eu vejo as coisas assim pela forma como eles estão se comportando.

Bufo, cansada. Preciso aceitar que, se quiser realizar meu sonho, não será na galeria da Alaska.

— Sinto muito que meu plano tenha dado tão errado.

— Você não tem nenhuma responsabilidade, Martha. Como podia adivinhar que as pessoas seriam assim?

— Eles é que estão perdendo.

Assim como perderam durante a minha adolescência...

Contudo, antes de sairmos daqui para sempre, uma voz nos detém. Alaska.

— Oi, queria me desculpar. Tive uma reação um pouco, digamos... exagerada.

Suas palavras vêm acompanhadas por uma expressão de arrependimento. Não sinto a menor vontade de responder, então deixo que Martha assuma o controle.

— Vejamos. De fato, não foi o melhor jeito de nos receber. — Martha ativa o modo psicóloga. — Mas a mente humana é muito complexa, e as pessoas interpretam o mesmo estímulo de formas diferentes, embora não cheguem nem perto da realidade.

— É que... — Alaska olha para mim — sua mensagem mexeu com muitas coisas em mim. Na verdade, estava pensando em responder depois da inauguração. Mas, quando te vi aqui, achei que tivesse escrito só pra rir de mim hoje. Sei que me odiava pelo que eu era e imaginei que por isso nunca me respondeu, Charlotte.

Eu me sinto desconfortável. Sim, em parte foi por isso mesmo. Mas fico nervosa diante da tranquilidade com que Alaska me fala essas coisas.

— Isso tudo ficou pra trás — Martha responde. — Eu também era muito chata na adolescência, então não leve em consideração o que eu pensava de você quando tinha dezessete anos. Não tenho mais nada a ver com a pessoa que sou hoje.

– Sim. Na verdade, adoro suas postagens no Instagram.

– Você me segue?

Então ela e Martha começam a falar sobre a trajetória da minha amiga nas redes sociais. Desfoco meu olhar até perder a noção da realidade.

– E Jared, não veio? – pergunta minha amiga.

– Veio, mas precisou sair em seguida, porque tinha de ir para o aeroporto.

Meu momento de digressão só é interrompido quando Alaska se dirige a mim.

– Como você está, Charlotte? Continua com suas pinturas?

Olho para ela e percebo que está sorrindo para mim. O mesmo sorriso de quando nos beijamos há quatro anos. Desvio o olhar.

– Bom, mais ou menos. Mais menos do que mais, na verdade.

– Esse é o seu portfólio?

– É...

Sem pensar muito, entrego o portfólio. Enquanto Alaska vira suas páginas, temo que o rejeite, assim como o restante de seus convidados.

– Você sempre pintou muito bem.

– Você gostou? – Arregalo os olhos, surpresa.

– Claro. Como eu poderia não gostar?

"Não sei, talvez porque alguns de seus convidados o olharam com repulsa."

Embora sejam as palavras que tenho em mente, decido não verbalizá-las. Prefiro que Alaska continue falando.

– É uma pena que no ensino médio você nunca tenha me mostrado – admite. – Senão, teria me visto elogiar suas telas talvez... todos os dias.

As palavras de Alaska produzem uma agradável onda de calor no meu peito. E não só por contrastar com a reação das pessoas que me ignoraram há pouco, mas porque estou certa de que são ditas com honestidade. Seu olhar brilha enquanto ela fala sobre minha pintura.

– Bom, acho que vou andando – Martha anuncia. – Estou muito cansada.

Martha chega a bocejar para provar que não está mentindo. Mas sei exatamente o que minha melhor amiga tenta fazer: me deixar sozinha com Alaska para que finalmente tenhamos o nosso reencontro.

Se Charlotte escolhe ir embora com Martha, vá para o PRÓXIMO CAPÍTULO →
Se Charlotte escolhe ficar com Alaska, vá para o CAPÍTULO 107 (página 431) →

CAPÍTULO 105

No entanto, eu também não estou nem um pouco a fim de ficar aqui. Foi um dia cansativo, e tudo o que quero é ir para casa.

Além disso, acho que será melhor ficar sozinha agora. Depois da consulta com a bruxa, cheguei à conclusão de que devo colocar minha vida em ordem antes de ficar com alguém. Seja Alaska, seja qualquer outra pessoa.

Por mais que o destino queira nos unir, não acredito que seja o momento.

— Bom, também vou embora — digo em seguida.

— Ah... — Nossa ex-colega parece desapontada. — Que pena. Mas fiquei feliz por rever vocês. Podemos nos encontrar um dia desses, Charlotte.

— Claro, Alaska. Nos falamos.

Depois das despedidas, Martha e eu saímos da galeria sem cumprir nossa missão.

— Enfim, não consegui fazer nenhum contato — comento enquanto caminhamos sob a iluminação dos postes. — Mas nos divertimos.

— Só não entendi por que você não ficou. Charlotte, a Alaska queria terminar a noite com você.

— Não sei, Martha. Mas uma coisa que aprendi nas últimas horas é que tenho de aproveitar melhor os meus momentos de solidão.

Isso não vai durar pra sempre e, quando acabar, quero ser a melhor versão de mim mesma.

Marta me abraça.

– Essa é a melhor decisão que você poderia tomar.

A caminho do metrô, penso que estou plenamente de acordo com Martha. Afinal, escolho a mim, e não as minhas circunstâncias.

FIM

CAPÍTULO 106

Decido tentar não desperdiçar a oportunidade de consertar as coisas. Não por meio da magia, mas por minhas próprias ações.

Beatrice Edevane aprendeu que a única solução era lutar pelos seus sonhos. Não pretendo deixar que essa lição se perca na minha atual encarnação: também vou continuar com o projeto de ser uma pintora.

Peço a Martha o endereço da galeria e vou até lá.

> Martha, você ainda está na galeria?

> Não. Acabei de sair. Por quê?

> Porque estou indo até aí.
> Me passa o endereço?

Quando chego, quase não tem mais ninguém. Apenas Alaska e o homem de terno que vimos à tarde.

Nunca imaginei que a garota popular que beijei pudesse partilhar comigo algo tão especial quanto o gosto pela arte. Se ao menos eu tivesse me dado ao trabalho de conhecê-la...

Assim que me vê, o promotor do evento tenta impedir minha entrada – claro, não estou na lista de convidados –, mas Alaska autoriza minha entrada assim que percebe que sou eu.

Quando nossos olhares se encontram, lembro como foi aquela noite em que nos beijamos.

— O que aconteceu? A rainha do baile está evitando os seus súditos? — perguntei na ocasião, quando a vi.

Eu tinha saído para ficar sozinha, meio sufocada naquela aglomeração. Queria ficar com o Jared, mas ele nem olhava para mim. Além do mais, estava tão meloso com sua acompanhante que eu sabia que não teria a menor chance.

Alaska riu com um ar triste.

— Só quero que esta festa acabe — lamentou.

— Por quê? Esta é a sua noite.

Então ficamos conversando no meio do campo de futebol e acabamos nos beijando.

— Sua amiga avisou que eu estava aqui? — Sua pergunta me devolve ao presente.

Noto que ela continua loira, como eu tinha visto nas fotos do Instagram, mas não com uma tonalidade tão clara como era antes.

— Mais ou menos — respondo. — Não trouxe meu portfólio, mas...

— Você veio pra falar sobre os seus quadros.

— Vim pra pedir desculpas pela mensagem que nunca respondi.

Alaska assente com a cabeça e comprime os lábios. Mostra-se receptiva, nada a ver com a reação enraivecida que eu imaginava.

— E eu ia te responder por esses dias. Mas estava com a cabeça na inauguração da galeria e precisava me concentrar nisso.

— Não se preocupe. — Abraço meu livro. — Eu entenderia se você não quisesse mais ouvir falar de mim.

— Não acredito! Você também gosta de Beatrice Edevane?

Estremeço ao ouvir meu antigo nome em seus lábios. Por um momento, imagino que foi dito por outra pessoa, alguém a quem pertenci, em parte; o amor da minha outra vida. Olho para o livro e me concentro na história que escrevi no século XIX. Que coincidência maravilhosa Alaska conhecer meu outro eu.

— Sim, estou lendo.

— Adoro a saga *Linho e seda*... É um dos meus clássicos favoritos.

O destino é muito caprichoso em muitas ocasiões. Se Alaska soubesse que fui Beatrice Edevane, as histórias ganhariam um novo significado para ela.

— Li também os poemas de Frederick Edevane, marido dela — deixo escapar uma meia-verdade.

Tenho um pressentimento. As palavras da bruxa rondam minha cabeça e não consigo evitá-las. E se a Alaska...? E se ela fosse na outra encarnação...?

— Sim, li algumas coisas dele. Os poemas dele me horrorizam e me fascinam ao mesmo tempo. Que mente grotesca...

Rio por dentro ao vê-la adotar uma expressão de repulsa. Seria muito engraçado se eu pudesse contar a ela que, possivelmente, foi sua alma quem escreveu aqueles poemas.

— Bem, imagino que vá ficar por aqui um pouco mais — presume.

Então esboça um sorriso, o mesmo que me seduziu há quatro anos e me fez beijá-la.

— É a minha intenção. — E pego uma taça de vinho.

Vá para o PRÓXIMO CAPÍTULO →

Depois de todo esse tempo, você

CAPÍTULO 107

Newlowhite Springs, 8 de julho

Fico na galeria, curiosa para ver aonde vai me levar este encontro com a Alaska. Na verdade, nossa conversa se estende tanto que acabamos sozinhas na galeria com a equipe de *catering*.

Eu não diria que estou embriagada, mas sinto que o vinho me deixou um pouco zonza.

— Estou muito feliz por você — celebro. — Conseguiu abrir uma galeria de arte aos vinte e dois anos. Meus mais sinceros parabéns!

— Você só está me elogiando para eu expor seus quadros.

— A resposta é sim. Se está à procura de um talento jovem que ainda não foi descoberto... aqui estou eu. — Coloco a mão no queixo, fazendo pose.

Começamos a rir. Sinto o clima entre a gente bem mais descontraído que no passado.

— Me manda uma mensagem na segunda-feira e passo o seu contato para o meu tio. É ele quem seleciona os artistas plásticos. Além do mais, foi quem me ajudou a abrir a galeria — admite. — É quem tem dinheiro na minha família. Bem, também pagou meus estudos...

— ... e a sua viagem para os Hamptons — acrescento, lembrando como ela se gabou disso na classe.

— Meu tio é que passa férias nos Hamptons. Só nos convidava para ir à casa dele.

— Bom, mas agora falando a sério: acho o máximo que você já tenha uma empresa, Alaska.

Ela agradece com um gesto de cabeça. Então, do nada (e talvez ainda por causa do vinho, já que também parecia um pouco alta), Alaska St. James diz algo que me deixa confusa:

— Durante o ensino médio eu estava muito a fim de você.

— Sério? — Sinto as orelhas queimarem, e não de embriaguez.

Ela ri.

— Claro que é sério.

— E por que nunca me falou nada?

— Primeiro porque eu namorava o Jared. Mas, quando entendi que era de você que eu gostava, aí você estava com outra pessoa.

Dylan.

— Espere! — exclamo, buscando entender o que ela tentava dizer nas entrelinhas. — Você terminou com o Jared por minha causa?

— Sim, mas...

— Você deixou o Jared por minha causa — repito, com um sorriso que não pude evitar.

Alaska estala a língua e nega com a cabeça, embora exiba um sorriso maroto.

Em seguida, meu olhar se fixa numa pintura surrealista. Concretamente, trata-se dos espíritos de uns monstros deformados que sobrevoam um aterro sanitário abandonado.

— Achei que você me detestasse — murmuro.

— Eu não deixava transparecer quem eu era de verdade. Mas não, Charlotte, nunca detestei você.

— Também nunca disse que gostava de arte.

– Acho que escondi muitas coisas. E era muito boa nisso. Só comecei a ser fiel a mim mesma quando parei de andar com aquele grupo de amigos que não me fazia nada bem.

– Bom, fico feliz que tenha dado esse salto na sua vida. O ensino médio é uma época terrível em que tentamos nos encaixar em um grupo. Acho que você e eu não éramos tão diferentes naquela época... Eu também tentava me sentir superior aos populares, embora na realidade me sentisse inferior. Pegava mesmo no pé de vocês. – Dou uma risadinha boba, efeito direto do vinho. – Pra falar a verdade, implicava mais com você do que com qualquer outra. Estava meio obcecada por você.

– É sério? – Alaska levanta a voz uma oitava. – Sempre me pareceu uma garota com muita personalidade. De fato, era isso que eu gostava em você, embora houvesse... uma certa rivalidade entre nós.

– Já faz algum tempo que tenho pensado em como as coisas seriam se tudo tivesse acontecido diferente.

Alaska lambe os lábios. Seu olhar é intenso.

– Acho que é hora de fechar a galeria. – Bate uma palma, dando o assunto por encerrado. – O que acha de tomarmos a saideira na minha casa?

Se Charlotte escolhe ir à casa de Alaska, vá para o PRÓXIMO CAPÍTULO →

Se Charlotte escolhe ir a uma balada com Alaska, vá para o CAPÍTULO 109 (página 439) →

CAPÍTULO 108

Estava esperando que ela me convidasse. Caso contrário, eu a chamaria para a minha casa, aproveitando que meus pais estão fora.

— Você mora muito longe daqui?

— Não, só dois quarteirões.

Ajudamos a equipe de *catering* acabar de recolher as coisas, até irem embora, depois abaixamos a porta de aço.

— Um sonho tornado realidade — ela murmura para si.

Assim que entramos na casa de Alaska — um apartamento de um quarto —, a primeira coisa que faço é tirar os sapatos. Solto um suspiro de felicidade. Não sabia quanto meus pés doíam até me livrar dos saltos.

— O que quer beber? — pergunta.

— Um refrigerante.

Agora que já não sinto o efeito do vinho, não quero tomar nada alcoólico. Alaska, por sua vez, se serve da mesma bebida e senta no sofá ao meu lado.

— Então, Charlotte, o que anda fazendo agora? Imagino que algo relacionado à arte.

— Imaginou mal. Trabalho em um restaurante cobrindo folgas até encontrar algo na minha área.

A minha ex-colega de classe não esconde a surpresa. E espera que eu fale mais sobre mim.

— Durante a graduação, passei como invisível. As melhores oportunidades de trabalho foram conquistadas pelos alunos que se destacaram. Eu tinha perdido a autoconfiança para que os professores pudessem acreditar em mim.

— Mas você era a que pintava melhor na classe.

— Mas ninguém aposta numa pessoa que não confia em si. Tem gente que consegue ver o meu talento, como você, por exemplo. Mas as coisas mudam quando se trata de um professor que não te conhece e não tem interesse em conhecer. Pra quê? Se há dezenas de outros alunos.

Pensativa, a antiga capitã das líderes de torcida passa o dedo na borda do copo diversas vezes. Droga, acho que estou fazendo o papel da pessimista da noite. Não que não possa falar das minhas preocupações, mas não vim à sua casa para ter uma conversa pesada logo de cara.

— E que curso você escolheu na graduação? — Tento desviar o assunto.

— Fiz o primeiro semestre de Biologia, porque a ideia era trabalhar na empresa do meu tio. Mas desisti, não aguentei. Queria aproveitar a vida que havia me negado para agradar aos outros.

Observo o orgulho com que diz isso.

— E agora você está colhendo os frutos da sua bravura. — Levanto meu copo para brindar com ela.

— Sim. — Bate seu copo no meu. — Embora às vezes tenha me sentido sem apoio, para ser sincera.

Bem, ela também não fica atrás com suas angústias. O que ambas tínhamos em mente parece começar a esfriar.

— Charlotte, sei que não nos falamos há quatro anos. Talvez, por isso, o que tenho a dizer não seja de muita utilidade. Mas... tenho certeza de que em breve a vida lhe dará o que você tanto merece.

— Muito obrigada — digo com um sorriso frágil.

Inclino-me para colocar o copo na mesa em frente ao sofá, mas ele escorrega na minha mão e respinga o refrigerante no meu vestido.

— Merda, desculpe! Ai, o vestido... A Martha vai me matar.

— Espere, vou pegar um pano.

Quando ela retorna, passa a dar tapinhas com o pano sobre o vestido, tentando enxugá-lo como pode. Logo percebo que se forma a mesma tensão que houve entre nós naquele baile de formatura. Nossos olhares se encontram.

Respiro fundo. Agora que me sinto mais sóbria, tudo o que conversamos antes e as coisas que ela disse me atingem mais profundamente. Há algo entre nós que nunca parei para pensar, provavelmente porque significava correr um risco, ou talvez porque Dylan nunca me deu espaço. Agora, porém, eu a tenho diante de mim e não posso deixar de abrir um pouco essa porta.

Não consigo parar de pensar em tudo o que poderia ter sido. Minha vida. A nossa.

— Alaska, eu queria te dizer...

— Estou pensando em tomar uma ducha — ela me interrompe e se levanta de repente. Oferece a mão para me ajudar a ficar de pé. Evita olhar-me nos olhos, agitada. — Talvez você queira ir primeiro, não me importo, eu...

Permaneço calada. Não sei o que eu pretendia dizer, mas sei que ela está aqui, que estamos em sua casa e ela ainda segura minha mão mesmo depois de eu já ter me levantado.

Aperto seus dedos e olho para ela. Como resposta, vejo um olhar brilhante e cheio de emoções que posso notar com clareza, que reconheço, porque também sinto o mesmo.

Entendo como um convite.

Então a beijo.

Alaska abafa um gemido quando passo a língua em seus lábios, que têm sabor de framboesa. Não quero mais me separar dela.

Meio atabalhoada, ela me guia até o chuveiro, as mãos brincando com o vestido que Martha me emprestou. Ao encontrar o fecho no pescoço, abre-o depressa para me despir. Ao mesmo tempo, desço o zíper de seu vestido para tirá-lo o mais rápido que posso também.

Já nuas, Alaska olha para meu corpo sem nenhuma reserva. É como se enxergasse através da minha pele nua, como se visse a minha alma.

– Você não tem ideia de quantas vezes imaginei isso – murmura. – Muitas.

Então me aproximo e começo a beijá-la por todo o corpo. Ajoelho-me diante dela sem tirar os lábios de sua pele, mas Alaska se afasta assim que atinjo a suas coxas.

– Espere, Charlotte. A proteção é importante. Se vamos usar a boca, tenho barreiras de látex.

É a primeira vez que ouço alguém falar sobre esse tipo de proteção. Não sabia que existia, mas faz sentido, por causa das DSTs.

– Claro. No chuveiro, então, só com as mãos.

Após nosso trato, nos beijamos enquanto nos ensaboamos. Em meio a sussurros e carícias, aprendemos o que cada uma gosta mais. E Alaska me leva ao orgasmo antes de continuarmos em sua cama.

Jamais senti tanto prazer como nesta noite.

Quando terminamos, saciadas e exaustas, já eram duas da manhã. Não sei se temos intimidade suficiente para eu passar a noite em sua casa, então sento-me na cama, prestes a me vestir.

– Você não vai dormir aqui? – Ela se coloca de lado para me olhar melhor.

– Se você quiser, sim.

Alaska abraça o lençol antes de responder.

– Lógico que eu quero. Fique aqui.

Vá para o CAPÍTULO 110 (página 443) →

CAPÍTULO 109

Penso que é um pouco precipitado ir à casa de Alaska, uma vez que acabamos de nos reencontrar.

– E o que você acha de antes sairmos para tomar alguma coisa por aí? – proponho.

– Claro. Tem uma balada aqui perto.

Ajudamos a equipe de *catering* acabar de recolher as coisas, até irem embora, depois abaixamos a porta de aço.

– Um sonho tornado realidade – ela murmura para si.

Então pegamos um táxi até o lugar que Alaska sugeriu. Na verdade, uma casa noturna que eu frequentava durante as férias de primavera do ano passado.

Enquanto esperamos na fila, sinto meus calcanhares começarem a doer. Mesmo assim, tento manter a linha. Se eu disser que meus pés estão me incomodando, ela vai querer ir embora agora, e eu prefiro aguentar um pouco.

– Conte – tento me distrair puxando conversa –, como foi que decidiu abrir uma galeria?

– Sempre me interessei por arte, desde pequena. Comecei a estudar Biologia, mas durou apenas um semestre, porque aquela não era a vida que eu queria pra mim.

– É verdade! Você estava na aula de Química Avançada conosco.

Ainda me recordo da derrota humilhante que sofri em uma competição contra a Alaska e seu grupo de amigas para nos livrarmos do exame final.

– E, se bem me lembro, você também. – Pisca para mim, me lembrando, silenciosamente, daquele fatídico momento.

– Sim, mas era pra chamar atenção das universidades, não porque eu gostava.

– Imagino que esteja trabalhando em alguma coisa relacionada à pintura.

– Imaginou mal. Trabalho em um restaurante barreiras até encontrar algo na minha área.

Alaska não esconde sua surpresa enquanto seguimos a fila, que finalmente começa a andar.

– Mas você era a melhor pintora da classe.

– Assim é a vida.

Nesse momento, não quero mais prolongar o assunto. Só pretendo me divertir ao lado daquela que um dia foi minha inimiga declarada.

Assim que entramos, pedimos uma bebida para tomar no balcão. Como o efeito do vinho já passou, prefiro tomar apenas um refrigerante, para não ficar embriagada. Alaska pede o mesmo.

Então vamos para a pista e começamos a dançar ao som de uma música dos Black Eyed Peas.

– Essa música me faz lembrar minha infância! – grito para a Alaska.

– O quê?!

Chego perto do seu ouvido e falo novamente.

– Que essa música me faz lembrar minha infância!

Quando percebo que não conseguiríamos conversar, me arrependo de ter preferido vir para cá. Esqueci como é horrível falar com alguém estando a música tão alta.

E, para completar, também esqueci que tem gente que costuma derrubar bebida em cima dos outros. Por isso, fico em choque ao perceber que a saia do meu vestido estava molhada.

— Derramaram bebida no meu vestido! — berro. — Martha vai me matar!

Alaska tenta enxugar o tecido com um guardanapo, mas não há o que fazer.

A partir daqui, aproveitamos para nos comunicar através da nossa linguagem não verbal. Ou seja, dançando. A princípio, dançamos separadas, mas, à medida que surge um clima entre nós, começamos a nos aproximar cada vez mais.

Alaska ergue os braços e mexe os quadris com sensualidade. Então envolvo-a pela cintura e a atraio para mim.

Até que nossos narizes se encostem.

Até que nossos hálitos se misturem e nossos lábios voltem a se tocar, como naquela noite há quatro anos.

E, enquanto toca "Blinding Lights", do The Weeknd, nos beijamos. Seus lábios têm sabor de framboesa misturada com refrigerante, e eu os saboreio enquanto nossos corpos se movem.

Contudo, logo já não somos capazes de nos satisfazer somente com um beijo.

— Vamos para minha casa — propõe Alaska.

Não é preciso que ela eleve a voz para que eu entenda perfeitamente. Ofegante, pego-a pela mão e vamos para a saída da balada.

O táxi que pegamos na volta parou bem perto da balada, mas o pequeno trajeto foi um martírio. Nesta altura da noite já nem consigo sentir meus pés.

— Odeio andar de salto — reclamo.

— Por isso mesmo que eu não uso. Decidi aceitar que sou baixinha.

— Então diga isso à Martha da próxima vez que ela quiser me convencer de que é uma boa ideia.

Nos beijamos novamente. Desta vez é ela quem toma a iniciativa, e continuamos assim até entrar em seu apartamento. Sem acender as luzes, vamos direto para sua cama.

Minha ex-colega de classe me despe com voracidade. Assim que encontra o fecho do vestido em minha nuca, abre-o o mais depressa que pode. Eu também tiro o seu vestido e a deito na cama.

Começo a explorar seu corpo com meus beijos. Embora esta seja a minha primeira vez com uma mulher, não me sinto nem um pouco nervosa. Estou à vontade com Alaska.

Quando meus lábios se aproximam de seu sexo, ela me entrega um preservativo oral.

– Primeiro, a proteção – adverte.

Uso a barreira de látex para cobrir-lhe o sexo antes de acariciá-lo com a boca. Alaska vai me guiando por meio de sussurros e movimentos do corpo, até que atinge o auge do seu prazer.

Agora é a minha vez. Minutos depois, chego ao primeiro orgasmo. E, depois, ao segundo, ao terceiro...

Jamais senti tanto prazer como nesta noite.

Já saciadas, nos sentimos exaustas. Então vejo as horas: são três e meia da manhã. Embora seja tarde, não sei se temos intimidade suficiente para que eu passe a noite em sua casa. Assim, passados alguns minutos, me levanto para me vestir.

– Você não vai dormir aqui? – Ela se coloca de lado para me olhar melhor.

– Se você quiser, sim.

Alaska abraça o lençol antes de responder.

– Lógico que eu quero. Fique aqui.

Vá para o PRÓXIMO CAPÍTULO →

CAPÍTULO 110

Abro os olhos, por volta das nove e meia da manhã, um pouco desorientada. No primeiro instante, não reconheço o quarto onde passei a noite. Porém, quando vejo Alaska nua ao meu lado, dormindo tranquilamente, lembro o que aconteceu entre nós.

Observo-a durante alguns segundos e noto sua expressão doce enquanto dorme. Em silêncio, me levanto para tomar uma ducha e verifico meu celular. Martha enviou uma mensagem à uma hora nesta madrugada.

> Você não entrou em contato.
> Então sei que rolou alguma coisa com Alaska.
> Pode começar a contar tudo!

Abro um sorriso e entro no banheiro. Depois conto para a minha melhor amiga que manchei o vestido dela.

> Quem sabe eu não tenha
> nada interessante para contar...

Tomo banho e, ao sair do chuveiro, vejo que há outra mensagem de Martha. Ela me conhece o suficiente para saber que, sim, algo aconteceu.

Não acredito!
Você dormiu com a Alaska!
Quero detalhes...
Você está na casa dela?

Sim...

E aí?

OS MELHORES
ORGASMOS DA MINHA VIDA

E o que mais...?

— Bom dia, Charlotte. — Alaska entra no banheiro, sonolenta. — Vai tomar café comigo? — Me divirto com sua cara de sono ao sentar para fazer xixi.

Meu estômago começa a roncar, antecipando minha resposta.

Então me visto enquanto Alaska coloca o pijama e, juntas, preparamos torradas com geleia e suco de laranja.

— A noite foi boa — comenta, sorrindo. — Você tem planos pra hoje?

Estou a ponto de dizer que estou livre quando me lembro do meu trabalho.

— Tenho de ir para o restaurante à tarde.

— Ah, tudo bem.

A conversa morre em seguida, já que Alaska ainda não despertou completamente. Parece que estou presa em um sonho. Não consigo acreditar que estamos aqui hoje, depois de anos sem contato.

— Você guarda algum rancor por eu não ter respondido sua mensagem há quatro anos?

Alaska me olha, perplexa.

— Por que está me perguntando isso agora?

— Porque achei que você não iria querer mais nada comigo, mas... aqui estamos.

Ela desvia o olhar antes de responder.

— Bom, quando vi que você tinha visualizado a mensagem, fiquei muito mal, não vou mentir. Nesse dia, depois de nos beijarmos, eu já estava imaginando o nosso casamento. Mas, enfim, o tempo passou, eu já tive várias namoradas e... Não sei, agora já não me machuca o que aconteceu. O que você fez não foi legal, mas entendo que talvez não fosse o nosso momento.

Tenho vergonha do meu comportamento no passado. Porque, no fundo, sei que teria ficado com ela se a conhecesse melhor. Continuo arrependida disso.

No momento de ir embora, tento me despedir de Alaska com um beijo. Ela, no entanto, se afasta e me dá um abraço. Isso me deixa com mais dúvidas que respostas.

Ao sair do edifício, recebo uma mensagem de Martha. E lembro que não respondi à sua última mensagem. Com certeza, está superansiosa para saber como foi meu encontro com Alaska.

> Charlotte, preciso que me ligue.
> Você não pode soltar uma bomba dessa
> por mensagem e desaparecer. 😱

> Fique calma. Tenho de ir à sua casa
> por causa da roupa. Estou a caminho!

— Eu estava adivinhando que você ia sujá-lo — Martha resmunga quando mostro o que houve no seu vestido.

Ela se agacha e examina de perto a mancha de bebida no tecido. Solta um palavrão em voz baixa quando vê o tamanho do estrago.

— Bom, tudo bem. — Põe-se de pé. — Se todo o mal do mundo fosse um vestido manchado...

Depois de vestir minha roupa, que deixei na sua casa, conto a ela e ao Tyler como foi meu encontro com a Alaska. Os dois escutam atentos o meu relato, mas, por uma questão de privacidade, não entro em muitos detalhes.

— No ensino médio, Martha e eu tínhamos certeza de que você acabaria ficando com ela — Tyler relembra. — Nosso prognóstico demorou a se realizar, mas não falhou.

— Foi estranho — admito.

— Estranho em que sentido? — minha amiga pergunta.

Lembro-me do gosto amargo que ficou depois do abraço que Alaska me deu antes de eu ir embora.

— Quando comecei a namorar o Dylan, e naquela época era assim, se você beijasse alguém já podia considerar que estavam num relacionamento mais sério. Ontem à noite dormi com a Alaska... e não somos nada, nem sei se vamos ser. Nem sequer sei se estamos "nos conhecendo" ou se tudo vai parar por aqui.

— Veja o lado positivo disso — Martha pondera. — Antes nos apressávamos e saíamos namorando qualquer pessoa sem conhecer direito. E agora levamos a coisa com calma.

— Pois eu, a última coisa que espero é ficar com o coração destroçado por causa de uma pessoa que nem sequer cheguei a namorar.

Martha respira fundo e enlaça meu pescoço com um dos braços. Depois me dá vários beijinhos na bochecha para me confortar.

— Ninguém quer que aconteça isso. Mas, se você não der o primeiro passo, nunca saberá.

O pior é que ela tem razão, mesmo que eu não queira admitir.

No caminho para o restaurante, recebo a notificação de que Alaska começou a me seguir no Instagram. Em resposta, sigo-a também.

Isso significa, no mínimo, que quer manter uma amizade, não é?

— Boa tarde, senhora Collins — cumprimento minha chefe assim que chego ao trabalho.

— Oi, Charlotte. Quero um rostinho bem alegre, ok? — Desenha um sorriso no ar.

Ela sempre me lembra que os clientes não são culpados pelo nosso cansaço ou pelo mau humor. E ela está certíssima. No entanto, há ocasiões em que é muito difícil manter o alto-astral. Não me considero uma pessoa com talento para lidar com o público.

Ainda bem que, por ser domingo, o turno é corrido, mas não chega a ser como no sábado. Normalmente me encarrego de atender às mesas. Digo "normalmente" porque mais de uma vez a senhora Collins me pediu que ajudasse na cozinha, por falta de pessoal.

No final do dia, sinto muita dor nas costas por ficar o tempo todo de pé. Além disso, estou muito cansada, por ter dormido pouco na noite passada.

Meu turno termina sempre depois de servir os últimos clientes. Mas é raro eu ir direto para casa, pois meus colegas costumam me chamar para sair e fechar a noite.

Hoje Kathleen me pergunta se quero tomar uma bebida com eles no bar ao lado. Planejei voltar logo para casa, mas, enfim, talvez não seja má ideia esfriar a cabeça. Além do mais, já rejeitei diversos convites dela nos últimos tempos.

Vá para o PRÓXIMO CAPÍTULO →

CAPÍTULO 111

Aceito o convite com a condição de não voltar muito tarde para casa, mas me arrependo assim que chegamos ao bar. Não porque estou cansada ou pelo lugar, mas devido à companhia. Por um momento, esqueci as razões pelas quais não costumo acompanhá-los nessas saídas.

Para começar, porque as cinco pessoas com quem estou têm o costume de fazer críticas a qualquer colega que não esteja presente, inclusive à senhora Collins, e esse tipo de ambiente me incomoda muito. Acho que há outros assuntos que poderíamos abordar além de falar mal das pessoas com quem trabalhamos, e da forma mais abjeta.

– Vocês viram a cara de cavalo que ela tem?

– Não importa quantos preenchimentos labiais faça, vai continuar sendo feia – comenta um colega.

– O que você acha, Charlotte?

Tentam me incluir no intercâmbio de atrocidades. E eu, uma vez mais, tento desviar a conversa da melhor maneira possível.

– Acho que nós poderíamos mudar de assunto – proponho. – Não sei... Por exemplo, o que vocês pensam em fazer no fim de semana?

– Deixem pra lá – debocha uma das garotas, como se eu não estivesse presente. – Esta é a Charlotte... Sempre educadinha, tão certinha.

– É verdade – concorda outra colega. – Não sei por que vocês insistem em chamá-la. É sempre a mesma coisa.

Seguro-me para não revidar. O problema é que não participar desse tipo de conversa também tem suas consequências: eu não me sentir integrada com os demais pelo resto da noite. Ou melhor, não permitirem que eu me integre.

Então, para evitar um desagradável mal-estar, controlo a vontade de ir embora. Na verdade, até tolero uma ou outra "brincadeira" que fazem comigo. Dessas em que a pessoa procura me atingir, mas usa um tom tão passivo-agressivo que nem tenho como me defender.

Porque, quando respondo à altura, fingem sentir-se ofendidos.

"Credo, Charlotte, por que você falou desse jeito com Não-Sei--Quem? Ele (ou ela) só estava brincando."

Já estou farta de ter de entrar no jogo deles. Preciso encontrar outro trabalho para poder sair do restaurante.

– Oi, Chars. Desculpe o atraso.

Reconheço a voz da Alaska, mas demoro alguns instantes para entender que ela está aqui, ao meu lado. E também não entendo por que me pede desculpas.

– Obrigada por me esperar. Tive de abastecer o carro.

Não acredito. Em que momento marquei alguma coisa com a Alaska?

Ah, agora entendi. Não marcamos nenhum compromisso mesmo, nada – ela está tentando me salvar.

– Não esquenta, Alaska.

– Você combinou de sair com ela e, ao mesmo tempo, conosco? – Kathleen pergunta, visivelmente ofendida.

– Então... Desculpem. Boa noite, pessoal. Nos encontramos quando tiver de cobrir outro turno.

Enquanto deixo a mesa e me afasto com Alaska, percebo que meus colegas ficam me observando em silêncio e furiosos comigo.

– O que foi isso? – Franzo o cenho, olhando para Alaska.

— Bom, notei que você estava superdesconfortável com esse grupo. Só vim resgatar você.

Nem sei de onde ela saiu. Não a vi no bar antes. Imagino que tenha chegado há pouco tempo.

— Agora é certeza que vão me massacrar. — Olho para trás para confirmar que estão cochichando descaradamente.

Alaska me leva até um grupo com duas garotas e um garoto.

— Voltei. Essa é a Charlotte, minha… amiga.

Por suas reticências, subentende-se que tipo de amizade nós temos.

— Prazer, Charlotte — dizem os três ao mesmo tempo.

Embora ainda me sinta meio perturbada por causa dos colegas de trabalho, pouco a pouco esqueço que estão aqui e percebo que estou me divertindo bem mais com os amigos da Alaska.

À meia-noite decidimos que já é hora de voltar para casa. Uma pena, porque o papo está muito interessante. Mas amanhã é segunda-feira e, embora meu trabalho seja bastante irregular, as outras pessoas têm de levantar cedo para cumprir horário fixo.

Quando nos despedimos, Alaska segura meu queixo e me beija. Eu não diria que é um beijo muito curto, nem muito longo, mas dura o suficiente para que seus amigos aplaudam e eu considere passar outra noite com ela.

— Agora resolveu se despedir com um beijo? — pergunto, confusa.

— E como você quer que eu me despeça?

Levanto uma sobrancelha. Não foi ela quem, nesta mesma manhã, se despediu de mim com um simples abraço?

Não entendo mais nada.

Vá para o PRÓXIMO CAPÍTULO →

CAPÍTULO 112

Na segunda-feira, Alaska me conta que passou meu contato para o tio, que vai iniciar uma nova seleção de obras artísticas.

— Quero deixar claro que não depende de mim se você vai expor ou não — Alaska repete pela milésima vez e noto o desespero em sua voz através do telefone.

Entendo que insiste nisso porque não quer ficar mal comigo, mas não vou me decepcionar se receber um não.

— Não se preocupe, Alaska. Você já fez mais por mim do que todos os professores que tive na graduação.

De todo modo, essa oportunidade pode me ajudar por dois motivos: primeiro porque enriquece meu currículo e, assim, posso dar aulas em universidades ou centros educativos; segundo, porque volto a pintar por prazer depois de anos parada, no presente original.

Meus pais chegam a ficar muito emocionados quando me veem enchendo de cores uma tela em branco. E, para falar a verdade, eu também.

Não é um quadro alegre, mas simboliza a realidade que tenho vivido nos últimos meses. Crio um mosaico de cores: preto, cinza e branco. Com isso, tento representar as partes obscuras da vida. Não todas são extremamente negativas, há circunstâncias em que são matizes de cinza. E em meio a toda dor e sofrimento dessas tonalidades, está a cor branca, a felicidade. Por isso, decido dar ao quadro o título de *Obscura infelicidade*.

"Há luz no fim do caminho, mas também há ao longo dele", penso.

Sinto que perdi minha criatividade nos últimos anos. Mas me orgulho de ter extravasado as emoções de maneira tão real e crua.

Minha alegria é tamanha que, assim que finalizo a tela, decido mandar uma foto para Martha.

Minha amiga me liga imediatamente:

– É um quadro novo! – grita assim que atendo.

– Isso mesmo!

– Charlotte, estou muito feliz. Você voltou a pintar!

Ao final da frase, sua voz começa a falhar. Está emocionada por ver que retomei minha paixão depois de tê-la abandonado.

– Martha, você está chorando?

– É que... – funga – estou tão contente por você ter resgatado... Principalmente porque nos últimos meses não parecia muito feliz.

Toda a expressão do meu rosto se apaga assim que a ouço.

– Em que sentido?

– Não sei, Charlotte, eu via que você estava indo ao fundo do poço. E não sabia até que ponto podia falar as coisas pra você.

Tiro o celular do ouvido para mudar para vídeo. Intuo o que pretende me dizer, mas preciso que me diga claramente.

– A que você se refere, Martha?

– Nos últimos meses, notei que você não anda muito feliz por mim.

Meu coração começa a bater mais rápido. Não porque tenha me desvendado, mas pela tristeza com que revela.

– Martha, me desculpe. Tenho tentado administrar meus sentimentos da melhor forma possível, porque sei que não é sua culpa que eu não esteja nos melhores momentos.

– Eu sei... Se eu não disse nada, é porque tenho consciência de que você não é assim, é só uma fase. Além disso, não estou te julgando. Eu também me sentia assim anos atrás.

Sinto meu lábio inferior tremer enquanto ouço minha melhor amiga. Acho que suas palavras não correspondem à expressão de seu rosto. E eu a entendo, não sou ninguém para exigir-lhe outra reação.

– Mas isso dói em você, imagino...

– Claro... porque eu gostaria que minha melhor amiga celebrasse minhas vitórias em vez de se sentir mal por elas.

Deixo escapar uma lágrima. E, então, ela também começa a chorar. Sinto-me muito miserável por não ter conseguido ser a Charlotte de que ela precisa.

– Martha, juro, prometo que vou voltar a ser a amiga de sempre. Na verdade, já estou a caminho.

– E eu fico muito feliz que esteja voltando. Feliz por mim e por você. Porque eu preciso de você ao meu lado, mas você também precisa de você mesma.

Ficamos em silêncio, apenas nos observando enquanto as lágrimas inundam nossos rostos. Não ter conseguido acompanhá-la em suas vitórias me deixa destruída. Eu já tinha começado a mudar desde a consulta com a bruxa. Mesmo assim, choro como se fosse a mesma Charlotte de alguns dias atrás.

Ao terminarmos a chamada, prometo a mim mesma que, a partir desta experiência, surgirá uma versão melhor de Charlotte. Uma que não se sinta ameaçada pelo sucesso da melhor amiga.

Vá para o PRÓXIMO CAPÍTULO →

CAPÍTULO 113

Ao longo das semanas seguintes, Alaska mantém um comportamento contraditório que está me desestabilizando totalmente. Num momento, é capaz de vir até a minha casa cuidar de mim porque estou com cólica. No outro, inclusive no mesmo dia, é capaz de mudar sua atitude do nada e se manter distante o resto do tempo. E, para fomentar minhas incertezas, na noite desse mesmo dia, me manda vídeos da Taylor Swift cantando "Lover", "Love Story" e "You Belong With Me" em um show na nossa cidade. Mas no dia seguinte quase nem olha na minha cara enquanto almoçamos juntas. Quando lhe pergunto por que está desse jeito, me responde que "não está de nenhum jeito".

Numa sexta-feira à tarde em que não tenho trabalho e Alaska delega os negócios da galeria a um funcionário, ela me convida para fazer um piquenique à beira do lago em um parque da cidade.

> O que você quer que eu leve?

Nada, eu me encarrego de tudo.
Você só vai para desfrutar da experiência.

Quando passa para me buscar em seu carro, me recebe com um beijo.

– Senti saudades – declara.

Fico um pouco tensa com essa recepção, porque não sei o que me espera no encontro de hoje. Bom, acho que posso chamar de encontro, não é?

– Você está bem? – Alaska pergunta.

– Sim, sim, animada para ir ao parque. – Forço um sorriso.

Mas desta vez sou eu quem está um pouco estranha, reconheço. Por causa disso, cada vez que paramos em um semáforo, vejo de canto de olho que Alaska me esquadrinha com o olhar. Ela percebeu que algo está errado comigo, mas não acha um jeito de perguntar.

Talvez porque pressinta os motivos.

Assim que chegamos ao parque, Alaska pega do porta-malas uma cesta de vime com o nosso lanche e uma toalha xadrez vermelha e branca. Abre um largo sorriso quando nossos olhares se cruzam. Já com tudo em mãos, procuramos um lugar onde possamos desfrutar de um pouco de privacidade, mas que ao mesmo tempo seja próximo ao lago.

– Que tal a paisagem, Chars?

– Adoro. – Semicerro os olhos por causa da luz do sol.

– Posso fazer uma pergunta?

Fico tensa, esperando o que vai me dizer agora. Vindo de Alaska, pode ser qualquer coisa.

– Claro.

– Como você se vê dentro de cinco anos?

Fecho os olhos e procuro imaginar como eu gostaria de estar.

– Realizando meu sonho de ser uma pintora reconhecida – murmuro. – Rodeada dos meus parentes e dos meus amigos, sempre.

Alaska dá um leve sorriso.

– E eu estou com você nesse futuro? – pergunta com um tom de voz sedutor, enquanto desliza o dedo indicador pela minha coxa.

"Não posso saber. Se eu nem sei se está comigo no presente", penso.

Entretanto, decido responder-lhe apenas com uma expressão burlesca, erguendo e abaixando as sobrancelhas repetidamente. Não quero dizer muito mais.

– E você, Alaska?

– Eu me vejo abrindo mais galerias e sendo sua mecenas. E rodeada das pessoas mais queridas, entre elas você, é claro. – E me abraça com força.

Permanecemos no parque a tarde toda, até o sol se pôr.

– Obrigada pelo piquenique, Alaska.

– É o que fazem as boas amigas, certo? Se apoiam mutuamente.

A forma como me classifica é um soco no meu estômago. Chega a me provocar náuseas, de verdade. Não somos um casal. No entanto, também não somos amigas no sentido que ela dá à palavra.

Posso ser firme e contar a Alaska como me sinto ou ignorar meus sentimentos.

Também posso perguntar a ela sobre o que realmente sente por mim ou, então, me calar.

Se Charlotte escolhe perguntar a Alaska sobre seus sentimentos, vá para o PRÓXIMO CAPÍTULO →

Se Charlotte escolhe não perguntar nada, vá para o CAPÍTULO 115 (página 460) →

CAPÍTULO 114

Encaro-a com gravidade, prenunciando que vou tocar em um assunto delicado.

– Nunca conversamos sobre isso, mas o que somos eu e você, Alaska? Porque, evidentemente, amigas não somos. Me sinto um pouco perdida com você.

Ela adota uma expressão séria, de preocupação.

– Perdida por quê?

– Porque não consigo entender o que você pretende comigo. Você faz uma demonstração clara de que sou importante pra você, mas aí, do nada, se mostra distante. Hoje vem com essa de "amigas" depois de perguntar se quero que você faça parte da minha vida dentro de cinco anos. Eu poderia citar dezenas de outros exemplos que aconteceram nessas semanas que passamos juntas.

Minha ex-colega de classe pisca várias vezes enquanto tenta assimilar tudo o que estou despejando em cima dela. À medida que elaboro meus argumentos, percebo que estou cansada. Se já no início da relação estamos assim, como seria nosso futuro como casal? Eu mesma posso responder: inexistente.

A única coisa que quero é um pouco de tranquilidade e estar com uma pessoa que esteja tão envolvida emocionalmente quanto eu.

– Charlotte, me desculpe, eu...

– Não, pra falar a verdade, acho que cansei, Alaska. Ou sou a pessoa especial da sua vida ou sou sua amiga, mas as duas ao mesmo tempo não dá pra ser.

Levanto-me, irritada. Alaska mantém a cabeça baixa, mostrando-se chateada com o rumo que a conversa tomou.

– Até entendo que talvez você e eu não estejamos procurando as mesmas coisas na relação – continuo –, mas não me sinto confortável com você alimentando falsas esperanças em mim. Pra mim não dá, Alaska.

– Sim, mas é que...

– Se for pra continuar dessa forma, prefiro que sejamos somente amigas e pronto. Vai ser melhor pra nós duas.

Não consigo decifrar sua expressão, mas é tudo, menos alegre. Então faço menção de ir embora do parque sozinha. Mas Alaska me detém.

– Não, eu te levo. Viemos juntas, e não é justo você voltar sozinha.

Durante o caminho, permanecemos em silêncio. Apoio meu braço na janela e fico pensando no que se transformou esse nosso encontro. Por outro lado, sinto que já não dá para continuar deste jeito.

Assim que paramos em frente à porta da minha casa, me despeço com um leve movimento de cabeça e saio do carro em seguida.

Os dias seguintes transcorrem meio deprimentes, porque meu coração já alimentava alguns sonhos com Alaska. Não que eu esteja apaixonada, mas achei que nossa relação duraria mais que duas semanas.

Meus pais percebem que não estou no melhor estado de espírito e começam a me perguntar o que está acontecendo. Porém, não estou com muita energia para combater minha melancolia. Então respondo com evasivas.

Fico à espera de alguma mensagem de Alaska. Alguma explicação, ao menos. No entanto, a única coisa que recebo é seu silêncio. Talvez eu mereça isso.

Ela não fala comigo nem mesmo quando seu tio telefona para dizer que quer expor dois dos meus quadros: *Morte rubra* e *Obscura infelicidade*. Talvez esteja esperando que eu dê o primeiro passo, mas ainda não tenho ânimo para isso.

Por isso, me bate uma esperança quando ouço uma notificação no celular – acho que pode ser ela tentando iniciar uma conversa. No entanto, a pessoa que se anuncia na tela é outra, muito diferente.

> Oi, Charlie, como estão as coisas? Espero que bem...
> Há algumas semanas você me mandou uma mensagem por engano.
> Acho que já é hora de conversarmos. Quando estaria bem pra você?

É o Lucas, meu melhor amigo de infância e de quem me afastei há um ano e meio.

Vá para o CAPÍTULO 116 (página 463) →

CAPÍTULO 115

Prefiro não dizer nada, porque entrar nesse assunto só vai estragar nossa tarde. Se eu começar a falar, sei que não vai ser da melhor maneira.

No entanto, ela insiste.

— Charlotte, você está bem mesmo? Estou te achando muito pensativa hoje.

— Sim, só que... eu gostaria que às vezes você não parecesse tão contraditória, sabe?

Alaska fica séria e balança a cabeça, concordando.

— Você está falando isso por causa de eu ter dito que somos amigas? Isso te incomodou?

— Um pouco. Não consigo entender por que você se comporta de maneira tão íntima num momento e, no outro, fica distante.

Ela olha para o lago, procurando palavras para me responder. Cruzo os braços, impaciente.

— Nunca sei qual é a dose correta de amor nos começos — admite. — Às vezes sinto que estou me excedendo na intimidade. E não quero que fique tão evidente que continuo apaixonada por você depois de quatro anos... — Cobre a boca com a mão. — Ah, não! Pensei em voz alta.

Prendo a respiração, pasma. Não porque Alaska continue sentindo algo por mim, mas porque teria sido bem simples se tivesse me falado de suas preocupações. Embora, na verdade, quem sou eu para julgá-la? Também não fui muito comunicativa com ela e, se me atrevi a ser depois, foi por insistência dela.

– Seja você mesma – sugiro.

– Ok, mas ser eu mesma tem me custado alguns quase relacionamentos. E não quero estragar tudo desta vez.

Chego mais perto para abraçá-la. Ficamos assim por um longo momento, até que seus lábios tocam os meus e nos beijamos. Mesmo assim, não permito que dure muito, porque ainda tenho coisas importantes a dizer.

– Ouça, não quero que você seja outra pessoa. Quero que seja você mesma, porque é com quem estou namorando ou de quem sou "amiga". – Faço as aspas com os dedos.

Consigo entender suas inseguranças, que surgiram depois de alguns fracassos amorosos. Não seria bom criticá-la, principalmente agora que está se abrindo comigo. Mas percebo que continua tentando adotar uma personalidade diferente daquilo que realmente é, como fazia no colégio, para ser o que acha que as pessoas esperam dela.

– Pode ser que não sejamos "amigas". – Imita meu gesto. – Mas também não somos namoradas ainda.

– Entendo.

Solto uma risada e ficamos contemplando o lindo pôr do sol.

– Fico feliz por termos conversado sobre isso – afirmo.

– Eu também.

A partir desse dia, a relação que tenho com Alaska se torna mais próxima. Inclusive, chego a falar com meus pais sobre ela. Não somos namoradas ainda, mas é quase como se fôssemos.

O comportamento ambíguo já desapareceu. Ao contrário, conheço alguém que é muito carinhosa e preocupada com as pessoas de quem gosta. Por exemplo, eu.

Um dia, ela ligou para me dar a notícia que eu aguardava há tempos.

— Meu tio vai telefonar para você, para dizer que vamos expor seus quadros! Juro que não tive nada a ver com isso.

Ouço Alaska dar gritinhos de alegria, que contrasta com minha mudez. Estou absolutamente perplexa, não esperava. Já estava certa de que ele não se interessaria por minha obra.

Pelo menos já sei quais quadros quero expor: *Morte rubra* e *Obscura infelicidade*.

Afinal, posso dizer que esta é uma das melhores semanas da minha vida. Não apenas estou realizando um sonho, como também vivo um momento ótimo com Alaska. Além disso, uma pessoa muito importante entrou em contato comigo depois de um ano e meio sem nos falarmos.

> Oi, Charlie, como estão as coisas? Espero que bem...
> Há algumas semanas você me mandou uma mensagem por engano.
> Acho que já é hora de conversarmos. Quando estaria bem pra você?

É o Lucas, meu melhor amigo de infância.

Vá para o PRÓXIMO CAPÍTULO →

CAPÍTULO 116

Olho a caixa de mensagens e, de fato, enviei um "J" sem querer algumas semanas atrás. Sinto uma enorme alegria por Lucas aproveitar minha gafe e me contatar. Mesmo assim, me causa certa ansiedade pensar que vou encontrá-lo.

De qualquer forma, não quero deixar para depois a conversa que temos pendente. Porque, embora eu tenha evitado o conflito no outro passado, neste continuamos sem nos falar.

> Quanto antes, melhor.

Marcamos de nos encontrar em uma cafeteria perto da minha casa, aonde costumávamos ir. Meu antigo melhor amigo não demora a aparecer – sempre foi muito pontual. De longe, noto que já não usa seu cabelo cacheado solto; agora está cheio de trancinhas.

Embora eu tenha vontade de correr e abraçá-lo, mantenho uma postura mais contida. Não sei como ele reagiria diante do meu entusiasmo.

– Oi, Lucas.

– Oi, Charlie, há quanto tempo.

– Sim... Pra começar, queria te pedir desculpas por ter me distanciado de você.

Minhas pernas tremem. Nem sequer entramos no café e já pedi desculpas. Lucas não consegue me responder nada, só me abraça e começa a chorar no meu ombro. Também não contenho o choro, que só aumenta quando o escuto:

– Charlie, também quero pedir desculpas. Coloquei você contra a parede para que tomasse uma atitude.

Desculpar-me com Lucas me traz tranquilidade, mas ouvir suas palavras me deixa curada.

Então entramos no café e pedimos duas xícaras de café com leite.

– Você continua com o Dylan? – pergunta.

– Que nada, essa pessoa já não tem mais nenhum poder sobre mim. Agora estou com a Alaska... Bom, mais ou menos. Não sei se você vai se lembrar dela, a "garota popular" do meu colégio.

– Não acredito! A capitã que você odiava? – Balanço a cabeça afirmativamente. – Quero que me conte toda essa história! E já!

Então, faço um breve resumo desde o reencontro com Alaska, há algumas semanas, até a situação atual do nosso relacionamento.

– Eu jamais poderia imaginar. A vida é cheia de surpresas, Charlie.

– E você, está namorando?

Lucas pega o celular e mostra uma foto em que está com a namorada. Parecem bem felizes.

– Ela se chama Jeanette, estamos há mais de um ano juntos. Estou pensando em pedi-la em casamento em breve. E, obviamente, gostaria que você participasse da cerimônia.

Escuto Lucas falar da namorada e penso que nunca o vi tão apaixonado. E fico feliz por ele, porque as coisas estão sendo como deveriam ser para nós dois.

– Então... amigos? – pergunto a certa altura.

– Não.

Levo um susto, fico sem graça.

– Os *melhores* amigos – ele enfatiza em seguida. – Sempre fomos e sempre seremos.

Levanto-me e dou um abraço nele, com todas as minhas forças. Lucas, meu melhor amigo de infância, voltou para ficar. E eu não poderia estar mais feliz.

Depois do abraço, continuamos colocando nosso papo em dia. Entusiasmado, me conta que está lendo uma HQ escrita por uma garotinha que conheceu no voluntariado. O título é *Karlomag*, e ele está ajudando na divulgação pela internet. Lucas é voluntário de uma associação natalina que faz visitas a crianças hospitalizadas (entre outras coisas). É evidente sua alegria ao falar da história em quadrinhos, porque isso é sinal de que a pequena está curada.

Se Charlotte se afastou de Alaska, vá para o PRÓXIMO CAPÍTULO →
Se Charlotte continua com Alaska, vá para o CAPÍTULO 118 (página 470) →

CAPÍTULO 117

Quando agendo uma reunião com o tio da Alaska para acertarmos os detalhes da exposição dos meus quadros, como a data e o local da galeria em que ficarão expostos, tenho esperança de vê-la. No entanto, no dia em que vou à galeria, ela não estava. Tomei a decisão de me afastar da Alaska, mas ela também fez o mesmo.

Nesse mesmo dia, recebo uma chamada no celular de um número desconhecido.

— Alô!

— Boa tarde, aqui é da Escola de Arte Milton. Há alguns dias recebemos seu currículo e gostaríamos de entrevist...

— Sim, sim! Quando poderíamos conversar?

Meu entusiasmo me delata. Quero muito encontrar algum trabalho dentro da minha área. Embora seja só uma entrevista, já é um avanço.

De qualquer forma, procuro me manter calma durante o restante da conversa, para aparentar profissionalismo.

Ajo da mesma forma quando vou pessoalmente para a entrevista com a responsável pela escola.

— Gostaríamos que você assumisse como professora de crianças de oito a dez anos. Nesta escola, enfatizamos o aprendizado de correntes mais contemporâneas. Você será ótima para ensinar-lhes arte abstrata.

Quase não consigo conter a alegria que me invade. Justamente o que eu precisava ouvir: que posso ser valorizada atuando no campo da minha paixão. Não é um sonho, é a minha realidade.

– Muito obrigada. A senhora não se arrependerá.

Ao sair da entrevista, ligo para minha chefe no restaurante para dizer-lhe que não posso mais fazer os turnos para cobrir as folgas dos funcionários, porque consegui um trabalho fixo.

Embora seja um trabalho de meio período, decido celebrá-lo num jantar com minha família e meus amigos, quase como se isso bastasse para eu me tornar independente. Martha, Tyler e meus pais aproveitam para colocar a conversa em dia com Lucas.

Contudo, no meu mais íntimo, sinto que ainda falta alguém para que esta noite seja inesquecível.

Não tarda muito, no entanto, para que essa pessoa atravesse a porta do restaurante em que estamos. Meu coração dispara quando vejo que Alaska veio para a minha celebração.

Diferentemente do encontro com Lucas, desta vez não consigo me segurar e corro ao seu encontro para abraçá-la.

– Eu a chamei – Martha cochicha. – As duas são orgulhosas demais, e eu sabia que continuariam sem se falar.

Martha tem razão. Não tenho por que me contrapor ao que ela disse.

– Obrigada, Martha.

Faço o possível para que Alaska se integre ao grupo. Meus pais fazem mil perguntas para conhecê-la melhor e, inclusive, saber como nos conhecemos. Já que, pelo meu comportamento, deduzem que se trata de alguém que ainda estou conhecendo.

Mas minha mãe logo junta as peças.

– Ah, não me diga que você é a menina que fazia parte das líderes de torcida!

Escondo o rosto nas mãos. Que vergonha, já vai soltar uma das suas.

— Sim, sou eu...

— Lembro que Charlotte falava muito de você. E eu já achava você muito linda, uma bonequinha.

Sinto minhas bochechas quentes quando ouço minha mãe me delatar. Creio que na época mostrei a ela uma foto da Alaska com o Jared.

— Mãe, acho que você já falou demais — censuro.

Quando o jantar termina, Alaska e eu ficamos a sós para tentar consertar o que aconteceu no piquenique.

— Você começa ou eu? — ela pergunta, enquanto nos sentamos em um banco na calçada.

— Você, se quiser.

Alaska começa a girar os polegares enquanto pensa no que dizer.

— Desculpe se te deixei atordoada. Não era minha intenção.

— Mas por quê?

— Eu achava que, se me entregasse demais na relação, você se sentiria sufocada e se afastaria.

— Não estou entendendo — digo, franzindo o cenho.

— Sou uma pessoa muito carinhosa, atenciosa... Mas isso me colocou em várias situações desagradáveis com pessoas que queriam ir mais devagar. E com você, uma pessoa com quem eu pretendia que tudo fosse perfeito, acabei estragando as coisas porque fiz o que sempre me disseram.

Alaska resolveu despejar suas experiências sobre mim como se fossem verdades universais. Parece que ela não mudou tanto desde o ensino médio. Continua tentando atender às expectativas que os outros criam sobre ela. Imagino que o caminho será pedregoso e muito lento.

— Não é porque você se comportou de maneira distante — esclareço. — É porque você se mostrava muito próxima, mas depois erguia um muro entre nós que eu não entendia de onde vinha.

— Eu tinha medo de que você percebesse que eu continuava apaixonada por você depois de quatro anos. Achei que você se assustaria.

— Bom, mas eu também deveria ter lhe dado a chance de falar naquele dia — admito. — Desculpe por tirar conclusões tão apressadas.

— E eu deveria ter sido mais honesta com meus sentimentos desde o princípio.

Suspiro longamente. Incrível pensar que estivemos a ponto de acabar nossa relação por causa das atitudes equivocadas de ambas.

— Somos humanas. — Encolho os ombros. — Não somos perfeitas e cometemos erros.

Ficamos em silêncio por um momento, até começarmos a nos beijar.

— Então quer dizer que está apaixonada por mim, é? — Dou-lhe uma suave cotovelada.

— Bem, é... eu gosto bastante de você.

— Pode ser que eu esteja apaixonada por você também. E, se ainda resta alguma dúvida, saiba que não costumo me apaixonar pelas minhas "amigas". — Faço de novo as aspas com os dedos.

Alaska revira os olhos com uma careta engraçada.

— Eu também não, tá bom?

Vá para o CAPÍTULO 119 (página 472) →

CAPÍTULO 118

Finalmente sinto que a vida começa a sorrir para mim outra vez. Essa é a conclusão a que chego enquanto Alaska, seu tio e eu conversamos sobre a exposição dos meus quadros.

— Achamos que nesta parede pode ficar melhor, para dar maior visibilidade — ela propõe.

— Parece-me uma ótima ideia — concordo. — O que vocês acharem melhor.

Enquanto acertamos os detalhes, me ligam de um número desconhecido. Por algum motivo, pressinto que tem a ver com o trabalho que venho procurando há algum tempo.

— Alô.

— Boa tarde, aqui é da Escola de Arte Milton. Há alguns dias recebemos seu currículo e gostaríamos de entrevist...

— Sim, sim! Quando poderíamos conversar?

Meu entusiasmo me delata. Quero muito encontrar algum trabalho dentro da minha área. Embora seja só uma entrevista, já é um avanço.

De qualquer forma, procuro me manter calma durante o restante da conversa, para aparentar profissionalismo.

— Me chamaram para trabalhar em uma escola de arte! — conto a eles. — Claro, primeiro tenho uma entrevista.

Alaska e eu pulamos de alegria, enquanto seu tio me dá os parabéns de forma mais comedida.

Quando vou conversar pessoalmente com a responsável pela escola, tento demonstrar que sou apta para o cargo. E, apesar de muito entusiasmada, tento aparentar sobriedade.

– Gostaríamos que você assumisse como professora de crianças de oito a dez anos – comenta a diretora. – Nesta escola, enfatizamos o aprendizado de correntes mais contemporâneas. Você será ótima para ensinar-lhes arte abstrata.

Quase não consigo conter a alegria que me invade. Justamente o que eu precisava ouvir: que posso ser valorizada atuando no campo da minha paixão. Não é um sonho, é a minha realidade.

– Muito obrigada. A senhora não se arrependerá.

Ao sair da entrevista, ligo para minha chefe no restaurante para dizer-lhe que não posso mais fazer os turnos para cobrir as folgas dos funcionários, porque consegui um trabalho fixo.

Embora seja um trabalho de meio período, decido celebrá-lo num jantar com minha família e meus amigos, quase como se isso bastasse para eu me tornar independente. Como sempre, estão comigo meus pais, Martha, Tyler, Lucas e, não poderia faltar, Alaska.

– Um brinde a Charlotte! – Minha melhor amiga levanta a taça. – Uma das pessoas a quem mais admiro nesta vida.

Enquanto vejo todos baterem suas taças, me dou conta da minha felicidade. É tanta que dá até medo. Não quero que acabe.

Contudo, exatamente por saber que um dia acabará, tenho de aproveitá-la ao máximo.

Vá para o PRÓXIMO CAPÍTULO →

CAPÍTULO 119

No dia da exposição, estou uma pilha de nervos. Pela primeira vez meus quadros estarão em uma galeria, e toda a gente do meio vai vê-los.

Tento não criar um filme na minha cabeça, no qual um caça--talentos me descobre e me torno uma das promessas da arte moderna – embora, por um segundo, minha fantasia me pareça maravilhosa e possível. No entanto, entendo que será um processo bem mais complexo. Talvez hoje eu dê um passo adiante e amanhã retroceda dois. Mas o importante é que desta vez não vou abandonar minha pintura. Porque aprendi a valorizá-la.

E este é só o começo de um longo caminho. Às vezes pode ser maravilhoso, outras, catastrófico.

Se alguma coisa aprendi nas últimas semanas é que meu passado, meu presente e meu futuro foi, é e será imperfeito. Em algumas ocasiões tomarei as decisões certas, em outras me equivocarei. Mas essa é a magia da vida: não sabemos o que nos espera após cada escolha.

Mas, vamos lá, também não sou hipócrita. Se me dessem a chance de apagar para sempre meu relacionamento com o Dylan, sem dúvida eu o faria.

Ao cruzar a entrada da galeria e ver as pessoas que têm importância para mim me receberem com aplausos, percebo que gosto deste presente. O meu presente original.

– Não estou chorando, é você quem está. – Minha melhor amiga, Martha, aperta minha mão e tira uma *selfie* comigo.

– Amo você, Martha.

– Também amo você. Você merece tudo isso e muito mais.

Tyler me parabeniza pela exposição, então abraço ambos ao mesmo tempo.

Em seguida, olho para Lucas, que trouxe Jeanette, sua noiva. Eu a conheci há alguns dias e posso assegurar que formam um lindo casal. Replico o mesmo gesto carinhoso com os dois.

E, claro, não poderia me esquecer dos meus pais. Me escapa uma gargalhada emocionada quando vejo meu pai chorando de alegria.

Por fim, fico ao lado de Alaska, que, como responsável pela galeria, é quem se encarrega de me apresentar ao público, da forma mais profissional possível.

– Charlotte Dewsbury é uma de nossas jovens promessas e decidimos apostar em seu trabalho. Estamos muito contentes por trabalhar com ela. Espero que, depois desta exposição, venham muitas outras oportunidades de trabalharmos juntos.

Depois é minha vez de falar.

– Aqui temos dois quadros que pintei em diferentes épocas da minha vida. *Morte rubra*, que fiz quando ainda estava no ensino médio, aos dezoito anos. Naquele momento, o que mais me inspirava era a literatura.

Fico calada durante alguns segundos. Estou surpresa por não sentir nenhuma vergonha em falar sobre meus quadros diante do público. Sim, aqui estão meus amigos e família, mas também há muita gente que não conheço.

Percebo, então, que não há nada que me dê mais satisfação do que compartilhar minha paixão com outras pessoas. Deixou de ser algo íntimo para estar ao alcance de mais pessoas.

E continuo minha apresentação.

— E esta é a minha criação mais recente: *Obscura infelicidade*. Pintei este quadro em um momento um tanto caótico da minha vida, isto é, no mês passado. — Isso provoca o riso no público, o que me anima a continuar. — Quis expressar as emoções positivas e as negativas que coexistem em nós em uma fase difícil. A tristeza, a raiva, a monotonia, mas também os breves momentos de alegria.

Os convidados voltam a aplaudir-me assim que termino. Fico muito emocionada, mas tento conter as lágrimas.

Após a apresentação, alguns jornalistas se aproximam. Nunca acreditei que alguém pudesse interessar-se pela minha arte, muito menos pelo que tenho a dizer sobre ela. Enquanto respondo às perguntas deles, vejo de canto de olho meus entes queridos, que miram seus olhares e celulares em mim.

— Como você se sente em relação ao acolhimento das suas obras?

Não preciso pensar muito para responder.

— Hoje é o dia mais feliz da minha vida.

E, com toda certeza, jamais o esquecerei.

Vá para o PRÓXIMO CAPÍTULO →

CAPÍTULO 120
NOSSA VERSÃO COMO DEVERIA TER SIDO

A incrível celebração não acabai aqui. Alaska pede que eu a acompanhe num jantar para comemorarmos meu sucesso a sós. Quando saímos depois de fechar a galeria – ou seja, tarde –, ela coloca uma venda em meus olhos.

– O que é isso? – pergunto, rindo.

– É uma surpresa. Você não pode ver aonde vamos, Chars.

Quando entramos no carro, faço menção de puxar o lenço, por brincadeira.

– Fica quieta, Charlotte!

– Dê ao menos uma pista – suplico, fazendo beicinho.

Ao pararmos em um semáforo (suponho), sinto que Alaska amarra delicadamente meus punhos.

– Pra que você não trapaceie.

– Eu não ia tirar o lenço. Era brincadeeeeira.

– Só pra garantir, porque não confio muito.

Durante o caminho, conversamos bastante sobre a inauguração da exposição.

– Você teve uma ótima acolhida – comenta. – Estou orgulhosa de você, Charlotte.

Não respondo nada, mas abro um sorriso genuíno.

Passados uns quinze minutos, Alaska desamarra meus punhos, me ajuda a sair do carro e me guia até o nosso destino. Assim que tira a venda dos meus olhos, fico deslumbrada diante do belo cenário à minha frente.

Várias mesas iluminadas à luz de velas estão distribuídas por um jardim repleto de roseiras. Um quarteto de violinos dá vida musical à noite.

— É o restaurante do hotel — diz Alaska enquanto nos sentamos à mesa reservada para nós. — Gostou?

— Hotel? — Pestanejo, sorrindo. — Então vamos passar a noite juntas.

Pelo nervosismo que Alaska tenta disfarçar, suspeito que o jantar é só a antessala do que ela preparou para depois. Então, aguardo o momento com ansiedade até entrarmos no nosso quarto. E entendo tudo.

Em cima da cama, pétalas de rosas vermelhas, no interior de um coração traçado por rosas brancas, formam os dizeres "Quer ser minha namorada?".

Quase perco o fôlego ao ver a surpresa que ela preparou no meu dia. Nosso dia.

— Você organizou tudo isso para me pedir em namoro?

Alaska inclina a cabeça para o lado, com um sorriso.

Vou até ela e a beijo nos lábios.

— A resposta é sim — respondo enquanto seguro seu rosto. — Sim, Alaska. Quero ser sua namorada e quero construir um futuro ao seu lado. E você não tem ideia de como me arrependo por não ter tomado um caminho diferente há quatro anos.

Quando não aceitei que também podia gostar de mulheres.

Quando não aceitei que podia sentir algo muito forte por minha inimiga declarada do colégio.

Embora acredite que minha vida teria me levado exatamente aonde estou, poderíamos ter-nos poupado desses quatro anos separadas.

– Quem pode saber? – Seus olhos brilham. – Talvez tivéssemos tomado caminhos paralelos, e então seria uma outra versão de nós. O importante é o aqui e agora. E, esta noite, a única coisa que desejo é passar com você.

– Aqui e agora... – murmuro.

Não digo mais nada, porque agora é ela quem me beija, calando-me. Está disposta a cumprir a promessa de ficar comigo em um dos dias mais importantes da minha vida.

Fim

AGRADECIMENTOS

Sou uma pessoa que costuma enrolar-se feito uma persiana, e mais ainda para fazer agradecimentos. Hahaha... Então vou tentar ser breve.

Primeiramente, quero agradecer a toda a equipe da Molino, por ter confiado em mim e ter-me acompanhado neste processo. Desde Mar, Míriam e Marta (minha editora) até Noelia, Lluïsa e Inma (que alegria podermos trabalhar juntas), passando por todas as pessoas a quem não tive oportunidade de conhecer. Vocês me ajudaram a extrair o melhor de *Outras versões de nós*, e eu não poderia ser mais grata.

Mil vezes obrigada também à Marta Pineda pela incrível capa e pelas ilustrações. Fiquei apaixonada. Você é um gênio!

Com a mesma intensidade, quero também agradecer a Clara Cortés, por ter sido uma peça fundamental na edição e por ter participado com uma frase do livro.

Obviamente, quero mencionar a Raquel Brune, não só por sua frase, mas também por ter-me acompanhado nesta aventura desde que, passeando pelas ruas de Copenhague, lhe contei o que era este livro.

Não poderia esquecer os amigos que também me apoiaram desde que lhes contei sobre este projeto. Alguns, inclusive, puderam ler um pouquinho de *Outras versões de nós*. Sandra, Ana, Laura, María, Vanessa, Andy, Niloa, Carla, Bea, Sergio, Alba, Sara, Marta, Anto... Eu amo a todos e vocês sabem disso.

Evidentemente, isto não seria um agradecimento se eu não falasse mais uma vez de quanto minha família tem sido importante no meu processo como escritora. Quero fazer uma menção especial ao meu pai, por ter-me ajudado com a documentação sobre Pearl Harbor (eu sabia que sua obsessão pela aviação da Segunda Guerra Mundial e pelo filme algum dia serviria para alguma coisa. Hahaha...).

E, por último, mas não menos importante, queria agradecer a você, leitora ou leitor, por ter dado uma chance a *Outras versões de nós*. Tanto se já me havia lido antes ou se é a primeira vez. Sem o seu apoio, eu não estaria onde estou hoje. **OBRIGADA!** ♥